LE TEMPS DES JUMEAUX

LANCEDRAGON
AU FLEUVE NOIR

La trilogie des Chroniques de Lancedragon

1. Dragons d'un crépuscule d'automne
2. Dragons d'une nuit d'hiver
3. Dragons d'une aube de printemps
par Margaret Weis et Tracy Hickman

La trilogie des Légendes de Lancedragon

1. Le temps des jumeaux
2. La guerre des jumeaux
3. L'épreuve des jumeaux
par Margaret Weis et Tracy Hickman

La trilogie des Préludes de Lancedragon (septembre 1996)

1. L'Ombre et la Lumière
par Paul B. Thompson
2. Kendermore
par Mary Kirchoff
3. Les frères Majere
par Kevin Stein

LANCEDRAGON®

LE TEMPS DES JUMEAUX

par
Margaret Weis
et
Tracy Hickman

Couverture de
LARRY ELMORE

FLEUVE NOIR

Titre original :
Time of the Twins

Traduit de l'américain
par Dominique Mikorey

Collection dirigée par Patrice Duvic
et
Jacques Goimard

ISBN : 2-265-05866-1

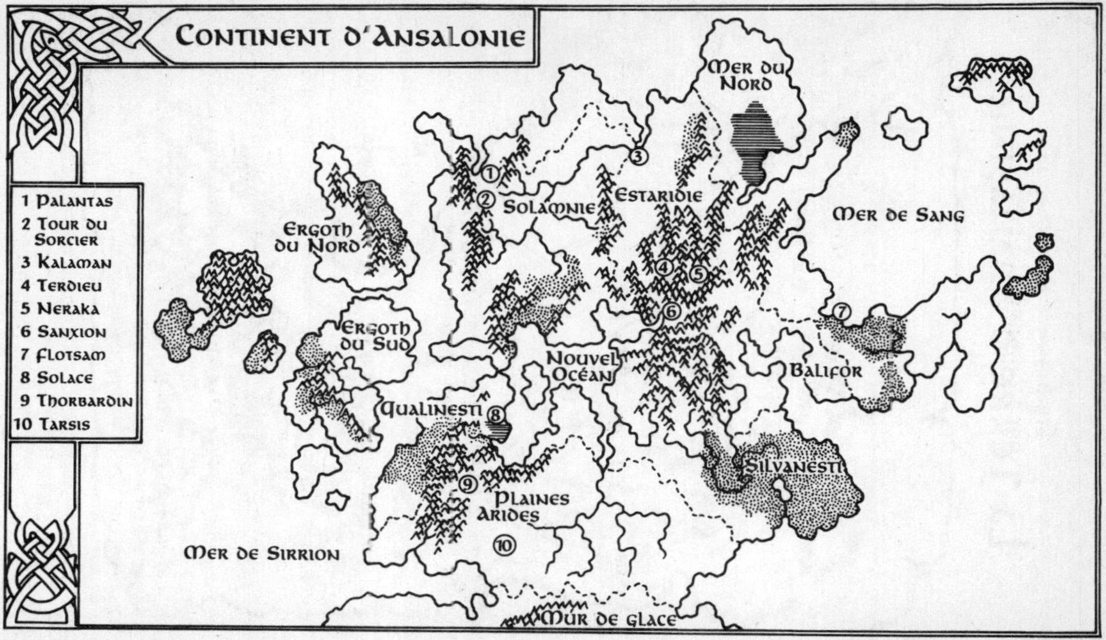
Continent d'Ansalonie
1 Palantas
2 Tour du Sorcier
3 Kalaman
4 Terdieu
5 Neraka
6 Sanxion
7 Flotsam
8 Solace
9 Thorbardin
10 Tarsis
Mer du Nord
Solamnie
Estaridie
Mer de Sang
Ergoth du Nord
Ergoth du Sud
Nouvel Océan
Balifor
Qualinesti
Silvanesti
Plaines Arides
Mer de Sirrion
Mur de glace

La Terre d'Abanasinie

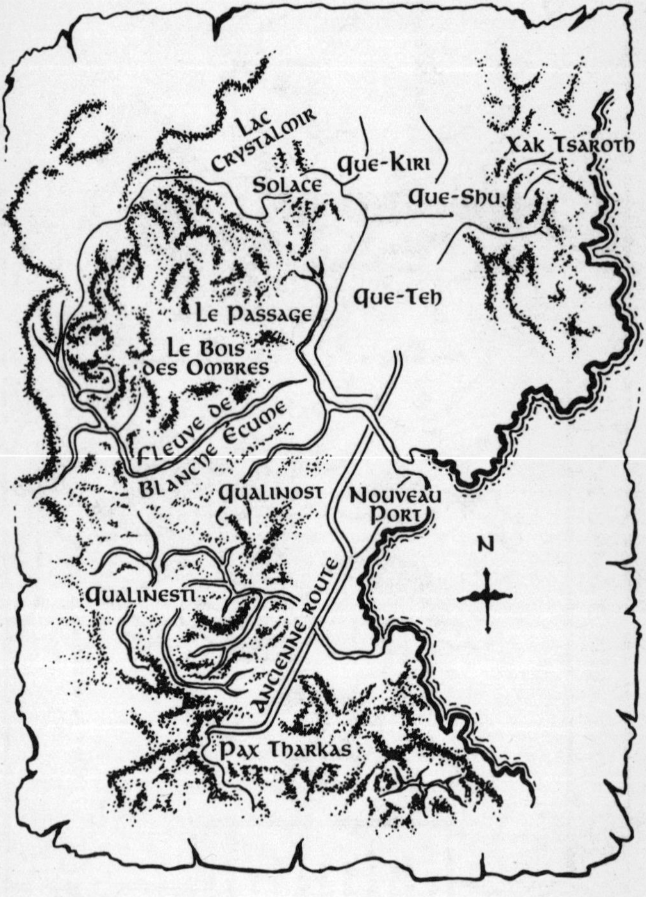

LIVRE I

LA RENCONTRE

Dans la grande salle obscure, Bertrem se dirigea vers l'unique source de lumière. Son regard erra sur les interminables rangées de volumes qui renfermaient l'histoire de Krynn.

Ces livres finiront par m'engloutir, songea-t-il. Il voulut disparaître par enchantement et échapper à la tâche qui l'attendait.

Ces chroniques contiennent tout le savoir du monde, mais je n'y ai rien découvert qui m'en apprenne plus long sur leur auteur...

Bertrem s'arrêta devant la porte. D'un geste nerveux, il caressa son crâne chauve et rassembla son courage.

Pourquoi se tracasser ? Je vais voir le maître, c'est tout...

Cela ne lui était pas arrivé depuis le jour où, pendant la dernière guerre, il avait trouvé le jeune mage agonisant sur le perron.

La guerre... Les temps changeraient, voilà ce qui le troublait. Le monde s'était assagi. Il l'avait pressenti deux ans plus tôt : les évolutions seraient nombreuses. Comment l'empêcher... ?

— Ce n'est pas en restant planté là que je le saurai, murmura-t-il.

Il avait l'impression de vivre dans un monde de fantômes.

L'Esthète entra dans le cabinet d'Astinus de Palanthas.

L'historien ne leva pas la tête.

Bertrem s'arrêta devant la grande table de bois ciré. Il contempla la main de l'historien qui se déplaçait sur le parchemin.

— Eh bien, Bertrem ? demanda Astinus, sans cesser d'écrire.

L'Esthète déchiffra aisément les derniers mots tracés sur le parchemin.

Aujourd'hui, juste avant le vingt-neuvième degré de la soirée, Bertrem est entré dans mon cabinet de travail.

— Crysania, de la famille des Tarinius, demande à te voir, Maître. Elle prétend qu'elle est attendue..., dit Bertrem en un effort qui épuisa son courage. (La plume poursuivit sa course sur le parchemin.) Maître, reprit Bertrem en tremblant, je suis très embarrassé. Il s'agit après tout de la Révérée Prêtresse de Paladine : je n'ai pu faire autrement que de la faire entrer.

— Conduis-la à mes appartements, répondit Astinus sans lever les yeux.

Bertrem resta sans voix. Les lettres continuèrent de s'aligner.

Aujourd'hui, au vingt-huitième degré de la soirée, Crysania de Tarinius est arrivée ; elle a rendez-vous avec Raistlin Majere.

— Raistlin Majere ! s'exclama Bertrem horrifié. Nous n'allons pas le faire entrer...

Agacé, Astinus leva les yeux. La plume cessa son bruissement. La physionomie sans âge de l'historien ne laissait de souvenir à personne. Mais on n'oubliait pas ses yeux vifs et inquisiteurs, auxquels rien n'échappait. Bertrem se rappela que chaque instant qui passait était volé à l'Histoire.

— Pardonne-moi, Maître ! dit-il en s'inclinant.

Il se hâta de sortir. S'épongeant le front, il traversa en courant les couloirs de la Grande Bibliothèque de Palanthas.

Sur le seuil de ses appartements, Astinus s'arrêta un instant pour examiner la visiteuse.

L'historien résidait dans une aile de la Bibliothèque, remplie de livres comme le reste de l'édifice. La pièce, sobrement meublée, dégageait une odeur de poussière et de renfermé. Devant la fenêtre, une table laquée reflétait les lueurs du soleil couchant. Tout était parfaitement ordonné, jusqu'au feu qui brûlait dans l'âtre, rappelant un bûcher funéraire.

L'atmosphère surannée des lieux seyait à la beauté froide et altière de la femme qui attendait, les mains croisées sur les genoux.

Crysania ne montrait aucune impatience. L'horloge à eau qui ornait le mur la laissait indifférente. Droite sur sa chaise, elle fixait les nuages rougeoyant au-dessus des montagnes comme si elle assistait au dernier coucher de soleil sur Krynn.

Le spectacle l'absorbait tellement qu'elle ne prêta pas attention à l'arrivée d'Astinus. L'historien n'en fut pas surpris, mais il était soucieux.

Astinus se souvenait ; l'Histoire défilait devant ses yeux du premier au dernier jour, telle qu'il l'avait consignée dans sa Chronique.

Prédire l'avenir n'était pas son affaire, mais celle des dieux. Comme Bertrem, il voyait cependant les prémices d'un changement. L'horloge à eau égrenait inlassablement ses gouttes ; il tendit la main sous l'eau qui coulait. Mais rien ne pouvait arrêter le cours du temps.

Le regard d'Astinus revint sur sa visiteuse. Il ne la connaissait pas, mais en avait beaucoup entendu parler.

Ses cheveux sombres, brillants comme un lac dans la nuit, étaient retenus par un simple peigne de bois. La sévérité de sa coiffure rehaussait la pâleur de ses traits fins. Ses yeux gris étaient trop grands, ses lèvres trop blanches pour un visage sans couleur.

Quelques années plus tôt, les servantes paraient cette chevelure d'épingles d'or et de pierres précieuses, fardaient ces joues d'incarnat. Sa beauté avait été radieuse, ses prétendants sans nombre.

La fine tunique blanche qu'elle portait aujourd'hui la désignait comme une prêtresse de Paladine. Son seul ornement, une ceinture d'or, soulignait la finesse de sa taille.

On la croirait en marbre, songea Astinus — à la différence que le marbre peut se réchauffer au soleil...

— Je te salue, Révérée Fille de Paladine.

— Bonjour, Astinus, répondit Crysania de Tarinius en se levant.

L'historien fut frappé par l'allure décidée, presque masculine, qui contrastait étrangement avec la fragilité de son apparence. Sa poignée de main était vigoureuse, contrairement aux habitudes des Palanthiennes, qui se contentaient de tendre le bout des doigts.

— Je te remercie de bien vouloir perdre un peu de ton temps précieux, dit-elle avec froideur. Je sais que tu n'aimes pas qu'on empiète sur ton travail.

— Tant que ce n'est pas du temps gâché, cela ne me dérange pas, répondit-il, la scrutant avec insistance. Je dois cependant admettre que ce rendez-vous ne me convient guère.

— Pourquoi ?

Crysania chercha une réponse sur le visage impénétrable d'Astinus. Brusquement, elle comprit. Un pâle sourire apparut sur ses lèvres.

— Ah ! Tu crois qu'il ne viendra pas, c'est cela ?

Astinus étouffa un grognement et se détourna comme si elle n'existait plus. Il regarda par la fenêtre la ville blanche illuminée par le couchant. Seul point noir dans cette splendeur, un édifice ne reflétait pas les rayons du soleil.

Ses tourelles noires, récemment reconstruites par magie, se dressaient comme les ossements d'un squelette émergeant d'une tombe.

— Il y a deux ans, par une nuit où les lunes restèrent obscures, il a pris possession de la Tour des Sorciers, dit Astinus. Il a traversé le Bois de Shoikan, que personne, même les kenders, n'ose approcher. Il a franchi les grilles où flotte le cadavre du mage maudit qui s'y est empalé. Quand il est entré, ce sinistre gardien s'est incliné devant lui et les portes se sont ouvertes. Pendant ces deux ans, elles sont restées closes. Il n'est pas sorti, et personne d'autre n'est entré. Et tu t'attends à ce qu'il vienne... ici ?

— Il est le maître du passé et du présent, dit Crysania, comme il avait été annoncé.

Astinus eut l'air surpris.

— Tu connais donc son histoire ?

— Bien sûr. Un bon général doit se faire une idée exacte de l'ennemi avant de livrer bataille. Je connais Raistlin Majere, je le connais même très bien. Et je sais qu'il viendra ce soir.

Les lèvres pincées, Crysania regardait la Tour.

L'expression d'Astinus se teinta de gravité. Il était troublé, bien que sa voix restât égale.

— Tu es bien sûre de toi, Révérée Prêtresse. Comment sais-tu tout cela ?

— Paladine me parle. En rêve, j'ai vu le Dragon de Platine. Selon lui, le Mal avait réapparu en la personne d'un mage des Robes Noires, Raistlin Majere. Un terrible danger nous menace ; j'ai été choisie pour le conjurer, dit-elle, les yeux brillants. Ma foi sera mise à l'épreuve comme je l'ai désiré ! Je sais depuis mon enfance que je suis destinée à une grande œuvre. En voici l'occasion.

— Paladine a-t-il vraiment dit cela ? demanda gravement Astinus.

Le sentant sceptique, Crysania, contrariée, réfléchit.

— Je regrette d'en avoir parlé. Excuse-moi, Astinus. Je ne devrais pas évoquer ce qui se passe entre mon dieu et moi. Cet homme viendra, voilà tout. Il ne peut pas s'en empêcher. Paladine l'attirera.

Astinus fut médusé.

— L'homme dont tu parles, Révérée Prêtresse, sert une déesse aussi puissante que Paladine : Takhisis, Reine des Ténèbres ! Je ne devrais d'ailleurs pas parler de « servir », dans son cas...

— Le Bien engendre le Bien, répondit-elle avec un sourire froid. Le Mal se retourne contre lui-même. Le Bien triomphera une fois de plus, comme dans la guerre contre Takhisis et ses mauvais dragons. Avec l'aide de Paladine, je triompherai du Mal comme Tanis Demi-Elfe a vaincu la Reine des Ténèbres.

— Tanis Demi-Elfe a vaincu avec l'aide de Raistlin Majere, répliqua Astinus avec aplomb. Comment peux-tu l'ignorer ?

Le visage lisse de Crysania ne laissa pas affleurer l'ombre d'une émotion. Ses yeux restaient rivés à la fenêtre.

— Regarde, Astinus, le voilà.

Le soleil avait disparu derrière les montagnes, laissant le ciel embrasé de pourpre. Un domestique vint allumer le feu dans la cheminée. Les flammes égayèrent la pièce. Crysania avait regagné sa chaise, les mains croisées sur les genoux. Sous son calme apparent l'émotion faisait battre son cœur.

Issue d'une très ancienne famille noble de Palanthas, Crysania avait reçu tout ce qu'une jeune fille de son rang pouvait désirer. Intelligente et volontaire, elle aurait pu devenir gâtée et autoritaire. Ses parents avaient si bien respecté sa nature ardente qu'elle avait acquis une grande confiance en elle-même. Le seul chagrin qu'elle leur ait jamais causé fut de refuser un mariage idéal avec un jeune noble pour se consacrer aux anciens dieux.

Elle avait écouté la parole d'Elistan, venu à Palanthas. Sa nouvelle religion — qui était en fait celle des anciens dieux — s'était répandue dans Krynn comme une traînée de poudre. C'était cette foi qui avait permis de vaincre les dragons et leurs maîtres.

Dubitative, Crysania était allée écouter Elistan. Pendant vingt-cinq ans, elle avait été élevée dans la certitude que les dieux avaient abandonné les hommes et déclenché le Cataclysme ayant englouti Istar dans la Mer de Sang.

Mais le prêtre l'avait impressionnée. A cette époque, Elistan, homme d'âge mûr et de belle prestance, était rayonnant de foi. Il apparut à Crysania comme un de ces prêtres valeureux qui s'étaient battus aux côtés de Huma. Admirative, elle était tombée à genoux, heureuse d'avoir trouvé une sorte de port d'attache.

Les dieux n'avaient pas abandonné l'humanité : *les hommes* les avaient reniés en exigeant d'eux ce que

Huma avait conquis humblement. Tel était le message d'Elistan. Le lendemain, Crysania quittait parents, foyer, richesses et fiancé pour habiter dans une masure devenue le temple qu'Elistan désirait édifier à Palanthas.

Elistan avait su lui communiquer son dynamisme. Deux ans plus tard, elle était devenue la Révérée Prêtresse de Paladine, un des rares élus jugés dignes de célébrer le culte naissant. A présent, le dieu qu'Elistan avait si bien servi semblait vouloir le rappeler à lui. Pour les fidèles, il revenait à Crysania de le remplacer et de poursuivre son œuvre.

Sûre de pouvoir assumer le rôle de chef du culte, elle s'était demandé si c'était suffisant ; comme elle l'avait dit à Astinus, elle se sentait appelée à un grand destin. La guerre terminée, diriger le culte lui paraissait une tâche routinière et sans envergure. Chaque jour, elle priait Paladine de lui confier une œuvre plus importante. Elle désirait tout sacrifier à son dieu, y compris sa vie.

Un jour, ses prières furent exaucées ; son dieu lui répondit.

Aujourd'hui, elle guettait avec impatience le détenteur des pouvoirs les plus maléfiques de Krynn. Que pouvait un démon face à une foi comme la sienne ? Elle était une citadelle imprenable !

Comme un chevalier s'armant pour la bataille arbore les couleurs de l'aimée qui le rendent invincible, Crysania s'apprêtait à combattre.

Bertrem entra.

— Le mage Raistlin Majere, annonça-t-il avant de disparaître avec précipitation.

Crysania retint son souffle. Tout d'abord, elle vit une ombre noire se détacher de l'obscurité.

— Entre donc, mon vieil ami, dit Astinus de sa voix profonde.

Le velours la robe noire s'alluma de reflets : les fils d'or de la capuche scintillèrent. D'une main fine, presque décharnée, le mage s'appuyait sur un bâton à boule de cristal sertie dans une griffe de dragon.

Crysania fut déçue. Elle avait espéré une tâche difficile ! Cet homme était censé représenter le Mal ? Ce garçon frêle, qui semblait ne pas tenir debout sans bâton ? A vingt-huit ans, il marchait comme un vieillard !

Est-ce là l'épreuve que tu m'envoies, Paladine ? Vaincre cette pauvre créature ? songea-t-elle. *C'est inutile, son mal le ronge de l'intérieur.*

Tournant le dos à Crysania, Raistlin ôta sa capuche.

— Je te salue, Immortel, dit-il d'une voix douce.

— Salut, Raistlin Majere, répondit l'historien, non sans une légère ironie. Puis-je te présenter Crysania de Tarinius... ?

Raistlin se tourna.

La prêtresse eut un haut-le-corps. Le souffle coupé, frissonnante, elle serra les poings jusqu'à la douleur.

Des yeux d'or distillant une sombre lumière la fixaient, deux miroirs à travers lesquels rien ne filtrait. Terrorisée, elle ne put détacher son regard des pupilles en forme de sabliers de ce visage marqué par la souffrance. Depuis l'épreuve de la Tour des Sorciers, qui avait ravagé son corps, la physionomie du mage avait pris l'aspect d'un masque doré à l'éclat métallique.

— Révérée Prêtresse de Paladine, la salua-t-il avec respect.

Crysania s'attendait à autre chose.

Prisonnière de ces yeux, elle ne put esquisser un geste. Lui avait-il lancé un sort ? Se voulant rassurant, le mage se campa devant elle.

— Révérée Prêtresse, répéta-t-il d'une voix caressante, j'espère que tu te sens bien ?

Le sarcasme n'échappa pas à Crysania, qui s'y était préparée. Le ton respectueux l'avait surprise : on ne l'y reprendrait plus. Tâtant son talisman de Paladine, elle se leva et le défia du regard.

— Evitons ces échanges de politesses qui font perdre du temps à Astinus. Il appréciera que nous en venions au fait.

— Je partage cet avis, répondit le mage avec un semblant de sourire. Je suis venu à ta demande. Qu'attends-tu de moi ?

La colère de Crysania monta. Il se moquait d'elle.

— Je viens t'avertir, Raistlin Majere, que Paladine est au courant de tes sombres desseins. Prends garde, sinon il te détruira...

— Comment fera-t-il ? demanda Raistlin, les yeux flamboyants. Enverra-t-il des éclairs ? Un déluge de feu ? Peut-être l'éruption d'une autre montagne ?

Il avança d'un pas ; elle se retrancha derrière sa chaise.

— C'est de ton propre destin que tu te moques, répondit-elle.

Raistlin parut ne pas entendre.

— Ou va-t-il m'envoyer Elistan... ? Mais que dis-je ? Le saint homme est à l'article de la mort...

— Assez ! cria Crysania, furieuse d'avoir trahi ses sentiments. On ne se moque pas de Paladine ! La santé d'Elistan ne te regarde pas !

— Elle m'intéresse plus que tu crois.

Crysania sentit le sang battre à ses tempes. Le mage avait contourné la chaise et se rapprochait d'elle. Une chaleur surnaturelle irradiait à travers le velours noir. Une légère odeur épicée parvint à ses narines ; il lançait un sort ! Serrant son talisman divin, elle se détourna, dégoûtée.

— Paladine m'est apparu en rêve, lança-t-elle avec hauteur.

Raistlin éclata de rire.

Les rares personnes l'ayant entendu rire n'oubliaient plus ce son grinçant et coupant comme une lame. Insultant sa bonté et sa pureté, le ricanement fendit le cœur de la jeune fille.

— J'ai fait mon possible pour te détourner du Mal, dit-elle, le fixant d'un œil gris et froid comme l'acier. Tu es averti. La main des dieux s'abattra sur toi.

Cessant de rire, Raistlin la dévisagea, puis arbora un sourire distant. Cette jubilation intérieure était si incongrue qu'Astinus se leva, masquant ainsi la cheminée. Le mage et la prêtresse furent plongés dans l'ombre. Raistlin sursauta. L'air menaçant, il se tourna vers Astinus.

— Attention, mon vieil ami, dit le mage, ne t'avise pas de changer le cours de l'Histoire.

— J'en suis loin, et tu le sais fort bien. Je suis un observateur, la mémoire du monde. Je reste neutre en toutes choses. Je sais ce qui te pousse à agir et quels sont tes projets. Néanmoins, Raistlin Majere, tu vas m'écouter et tenir compte de mon avertissement. Cette jeune fille est aimée des dieux. N'oublie pas sa fonction.

— Aimée des dieux ? Ne le sommes-nous pas tous, Révérée Prêtresse ? s'enquit Raistlin, doucereux. N'est-ce pas écrit sur les Anneaux de Mishakal ? N'est-ce pas ce que le divin Elistan nous enseigne ?

— En effet, dit Crysania, prête à affronter de nouveaux sarcasmes.

Raistlin prit une expression attentive. Elle esquissa un sourire froid et poursuivit :

— Je suis heureuse d'apprendre que tu as lu les Anneaux Sacrés. Cependant, tu n'en as rien retiré. Aurais-tu oublié ce qui est écrit ?

— Je me suis absenté trop longtemps, coupa l'historien, mon travail me réclame. Sonnez pour avertir Bertrem quand vous voudrez partir. Adieu, Révérée Prêtresse. Adieu..., mon vieil ami.

Astinus ouvrit la porte ; l'air frais s'y engouffra. Crysania se détendit. Elle s'inclina devant Astinus, qui sortit.

Ils étaient seuls.

Après un long silence qu'aucun des deux n'osait rompre, Crysania sentit renaître en elle la force de Paladine.

— J'avais oublié que tes amis et toi aviez retrouvé les Anneaux Sacrés. Donc, tu les as lus. J'aimerais en discuter une autre fois avec toi, Raistlin Majere, à condition que tu emploies un ton plus respectueux pour parler d'Elistan. Il...

Stupéfaite, elle vit le mage se recroqueviller. Secoué par une violente quinte de toux, il étouffait. Sans son bâton, il se serait effondré sur le sol. Oubliant son aversion, Crysania posa les mains sur les épaules du mage et dit une prière de guérison. Sentant les spasmes qui le soulevaient, elle fut prise de pitié.

Raistlin se dégagea et la repoussa. Sa toux s'atténua. Haletant, il releva la tête.

— Ne gâche pas de prières pour moi, Révérée Prêtresse, dit-il d'un ton amer, épongeant ses lèvres tachées de sang. Ma maladie est incurable. C'est le tribut que j'ai payé contre mes pouvoirs.

— Je ne comprends pas, murmura-t-elle.

— En es-tu bien sûre ? demanda Raistlin, dardant ses prunelles dorées dans les siennes. Quel sacrifice as-tu consenti toi-même ?

Crysania rougit. Menacée dans son intimité, elle chercha refuge vers la fenêtre. La nuit était tombée. Solinari, la lune d'argent, éclairait le ciel : sa sœur jumelle, la lune rouge, restait cachée. *Et la lune noire, où est-elle ?* songea Crysania. *Peut-il réellement la voir ?*

— Je dois partir, je suis très affaibli, dit Raistlin d'une voix rauque. Il faut que je me repose.

— Certainement. Je te remercie d'être venu, dit Crysania, qui avait retrouvé son calme.

— Nous ne nous sommes pas entendus. J'aimerais te prouver que les craintes de ton dieu ne sont pas fondées. Aussi je te propose de me rendre visite à la Tour des Sorciers. Tu verras que je vis au milieu des livres et tu comprendras ce qui me préoccupe. Tes craintes s'apaiseront. Comme le disent les Anneaux, ce que nous ne connaissons pas nous fait peur.

Il fit un pas vers elle. Stupéfaite de sa proposition, Crysania voulut s'écarter, mais elle était dos à la fenêtre.

— M'y rendre est impossible, souffla-t-elle, subjuguée par l'intensité de sa présence. Elle est sous l'emprise d'un sortilège...

— Pas pour ceux que je protège, dit-il, lui prenant la main. Quel courage, Révérée Prêtresse ! Tu ne trembles pas à mon contact, pourtant maléfique.

— Paladine est avec moi, répondit-elle avec dédain.

Le sourire chaleureux du jeune homme la fascina. Il l'attira vers lui, posa les mains sur la capuche blanche qui couvrait sa tête. Tremblante à ce contact, mais incapable de s'y soustraire, elle le fixa avec effroi.

Raistlin se pencha et effleura son front de ses lèvres tachées de sang en murmurant des mots étranges.

Crysania faillit tomber. La tête lui tournait. Elle passa la main sur son front, qui la brûlait.

— Qu'as-tu fait ? Tu ne peux pas me lancer de sort ! Ma foi me protège...

— Evidemment...

Raistlin soupira de lassitude. Il avait l'air résigné de ceux que personne ne croit jamais.

— Je t'ai octroyé un charme, afin que tu puisses traverser le Bois de Shoikan. Le chemin ne sera pas facile, mais ta foi te soutiendra, ajouta-t-il, de nouveau sarcastique.

Rabattant son capuchon, le mage s'inclina devant Crysania et se dirigea vers la porte. Il tira le cordon. Aussitôt, Bertrem entra.

Il était derrière la porte, songea Crysania, jetant un regard furieux à l'Esthète.

Raistlin allait sortir quand elle lança :

— Pardonne ma méfiance, Raistlin Majere, et merci d'être venu.

Raistlin s'était retourné.

— Excuse mon ton parfois blessant. Au revoir, Révérée Prêtresse. Si savoir ne t'effraie pas, viens à la Tour dans deux jours, quand Lunitari commence à monter dans le ciel.

— Je viendrai, répondit-elle d'un ton ferme, heureuse de l'air horrifié de Bertrem.

Elle fit un signe d'adieu au mage.

Raistlin sortit, suivi de Bertrem qui claqua la porte.

Seule, elle tomba à genoux.

— Oh ! merci Paladine ! J'ai accepté le défi, et je ne te décevrai pas. Non, je ne te décevrai pas !

CHAPITRE PREMIER

Derrière elle résonnait le bruit des pattes griffues foulant les feuilles mortes. Aux aguets, Tika fit mine de n'avoir rien remarqué pour ne pas alerter l'ennemi. Le cœur battant, elle serra la garde de son épée. Les pas se rapprochaient. Une griffe se posa sur son épaule. Elle se tourna, épée brandie et... le plateau de chopes de bière s'écrasa sur le sol.

Avec un cri, Dezra fit un bond en arrière. Les clients accoudés au comptoir éclatèrent de rire. Tremblante, Tika rougit jusqu'à la racine des cheveux.

— Dezra, lança-t-elle, furieuse, tu as la grâce et la cervelle d'un nain des ravins ! C'est toi qui t'occuperas des ordures et lui qui servira à table !

A genoux devant les éclats de faïence nageant dans une mare de bière, Dezra leva la tête.

— C'est ce que je devrais faire ! cria-t-elle. Sers donc toi-même les clients..., à moins que ce soit trop demander à Tika Majere, héroïne de Lancedragon ?

Jetant un coup de pied dans la faïence, elle sortit en claquant la porte.

Tika ravala le chapelet de noms d'oiseaux qui lui venait aux lèvres. Elle regretterait de s'être emportée.

Une douce lumière de fin d'après-midi envahissait l'auberge. Le soleil couchant dorait le bois du comptoir et les boucles rousses de Tika, attirant sur elle des regards admiratifs.

Elle se repentit de son accès de colère. D'un coup d'œil par la fenêtre, elle vit Dezra s'essuyer les yeux avec son tablier. *Quelle sorte de monstre suis-je devenue ?* songea-t-elle, pleine de remords. *Ce n'est pas la faute de Dezra, mais du tourment qui me ronge... J'en arrive presque à regretter les combats contre les draconiens. Je saurais au moins de quoi j'ai peur et comment me défendre ! Comment se bat-on contre ce qu'on ne connaît pas ?*

Dans la salle, on réclamait à boire et à manger. *L'Auberge du Dernier Refuge* retentissait des rires et des exclamations des habitués.

Je suis revenue pour ça. Je suis ici chez moi. Les gens qui m'entourent sont droits et bons, il y a des rires, un chien qui lape...

Un chien qui lape...! Tika quitta le comptoir.

— Raf !

— Bière renversée : moi lécher, répondit le nain des ravins, s'essuyant la bouche sur sa manche.

Les habitués éclatèrent de rire ; les nouveaux clients prirent l'air dégoûté.

— Prends ce torchon et nettoie ! siffla Tika entre ses dents.

Elle adressa un sourire d'excuse aux buveurs.

Le nain des ravins ramassa le torchon et prit la mine de quelqu'un à qui on ne la fait pas.

— Quoi faire avec ça ? demanda-t-il, l'air angélique.

— Eponge la bière ! ordonna-t-elle, se plaçant devant lui pour le soustraire à la vue des consommateurs.

— Pas besoin de ça, répondit Raf avec gravité. Moi pas salir joli tissu.

A quatre pattes, il se remit à laper.

Tika le prit par le collet et le secoua.

— Sers-toi du torchon ! Tu vas leur couper l'appétit ! Quand tu auras fini, nettoie la grande table près de la cheminée. J'attends des amis...

Les yeux exorbités, Raf tenta d'absorber cette masse d'indications. Pour un nain des ravins, il était exceptionnel. Présent depuis trois semaines, il savait déjà compter jusqu'à trois, ce qui n'était pas courant chez ses congénères. Il s'était même débarrassé de son odeur. Ces prouesses intellectuelles, associées à la propreté, auraient fait de lui un roi chez les siens. Mais Raf n'avait pas cette ambition ; chez les nains des ravins, les monarques n'avaient pas de bière à lécher ni d'ordures à jeter. Les talents de Raf s'arrêtaient là, Tika devait l'admettre.

— J'attends des amis, reprit-elle. Aucune importance, laisse ça... et prends le torchon pour nettoyer la table. Ensuite je te donnerai autre chose à faire.

— Moi pas boire ? s'indigna Raf.

Désappointé, il prit le torchon en marmonnant quelque chose comme « gâchis de bonne bière » et fourra les éclats de faïence dans ses poches.

— Aurais-tu vu Caramon ? demanda Tika, feignant la désinvolture.

— Non. Mais moi sais où trouver. Moi le chercher ?

— Non ! rétorqua Tika. Il doit être à la maison.

— Non, pas après coucher du soleil.

— Je te dis qu'il est à la maison ! cria-t-elle si rageusement qu'il recula.

— Toi parier ? marmonna-t-il dans sa barbe pour ne pas être entendu.

Décidément, Tika était de méchante humeur ces derniers jours.

Après avoir rempli les chopes, elle les porta à un groupe d'elfes assis près de la porte.

Mes amis vont arriver, se répétait-elle. *Mes plus chers amis...* Autrefois elle aurait été si excitée à l'idée de retrouver Tanis et Rivebise. Aujourd'hui... Elle posa machinalement les chopes. *Dieux tout-puissants,* pria-t-elle, *faites qu'ils viennent et repartent vite !* S'ils restent... S'ils découvrent...

A cette pensée, Tika perdit courage. S'ils restaient, ce serait la fin de tout. Sa vie serait dévastée, une perspective insupportable. Posant en hâte la dernière chope, elle repartit à la cuisine pleurer à l'abri des regards. Raf en profita pour laper ce qui restait de bière.

*

* *

Du haut d'un tertre, Tanis Demi-Elfe regardait la route boueuse. Il avait laissé à quelques pas de là sa compagne et leurs deux montures. Par deux fois, assoupie, elle avait failli tomber de cheval. Alors Tanis avait décidé de la faire attendre à l'abri d'un fourré et d'aller seul reconnaître le chemin.

Grâce à une marche forcée, ils avaient distancé les sombres créatures qui les poursuivaient. Tanis espérait avoir gagné assez de temps pour remettre la jeune femme entre les mains de la seule personne susceptible de l'aider.

Depuis Palanthas, ils fuyaient une horreur sans nom. Malgré son expérience, Tanis ignorait de quoi il s'agissait. C'en était d'autant plus effrayant. Impossible de voir ces êtres, même du coin de l'œil. On ne pouvait que sentir leur présence. Sa compagne l'avait perçue aussi, bien qu'elle fût trop fière pour avouer sa peur.

En s'éloignant du fourré, le demi-elfe se reprocha de l'avoir laissée seule. *Le temps presse,* lui soufflait son instinct de guerrier. Mais il y avait quelque chose qu'il tenait à faire. C'eût été sacrilège que de l'esquiver.

Perché sur le tertre, il fit appel à son courage, comme devant un ogre. Pourtant, il s'agissait simplement de retourner chez lui. Il le désirait et le redoutait...

Il ferait noir avant qu'il arrive à l'auberge, et il craignait d'emprunter les routes la nuit. Une fois là-bas, ce voyage cauchemardesque serait enfin terminé : il laisserait la jeune femme et rejoindrait le Qualinesti. Avant, il fallait affronter l'obstacle. Son capuchon vert rabattu, il gravit la colline.

Au sommet, ses yeux tombèrent sur une pierre ronde moussue. Les souvenirs l'assaillirent, les larmes lui montèrent aux yeux.

Quelle idée stupide, ce pèlerinage, songea-t-il. *C'est la plus grande bêtise que j'ai jamais faite !*

Flint ! Mon ami !

Je n'irai pas plus loin. C'est trop douloureux. Pourquoi ai-je accepté de revenir ? Plus rien ne me retient ici, si ce n'est de vieilles blessures. Je suis en vie, c'est déjà ça. En fin de compte, me voilà tranquille, et même heureux. Pourquoi leur ai-je dit que je viendrais ?

Deux ans plus tôt — cela ferait trois à l'automne — il avait retrouvé là son ami de toujours, le nain Flint Forgefeu, assis sur cette pierre, occupé à sculpter un morceau de bois. La rencontre avait déclenché une série d'événements qui avaient ébranlé le monde, culminant avec la guerre de la Lance. La Reine des

Ténèbres avait été envoyée dans les Abysses, la puissance des seigneurs draconiens avait été brisée.

Je suis devenu un héros, songea Tanis en regardant les décorations qui ornaient son armure de plaques : croix des Chevaliers de Solamnie, cordon vert du Silvanesti, la plus haute distinction chez les elfes, et la médaille de Kharas, son équivalent chez les nains. Nul parmi les elfes, les demi-elfes et les humains n'avait reçu tant d'honneurs. Quelle ironie du sort ! Lui qui détestait l'armure et le cérémonial se voyait contraint de l'accepter à cause de son rang. Le vieux nain aurait bien ri.

Un héros, toi ? Tanis l'entendait s'esclaffer. Mais Flint était mort deux ans auparavant dans ses bras. *Pourquoi cette barbe ? Tu es assez laid sans ça !*

Tanis sourit en caressant la pilosité qui trahissait son sang humain (les elfes étaient imberbes).

Flint savait très bien pourquoi je l'ai laissée pousser. Il me connaissait mieux que moi-même. Il savait quel chaos agitait mon âme et de quelle leçon j'avais besoin.

— Des leçons, j'en ai reçues..., souffla Tanis à l'intention de son ami. J'ai appris, Flint, mais à quel prix !

Une odeur de bois brûlé lui monta aux narines. La fraîcheur du soir lui rappela qu'il avait encore du chemin à faire. Il laissa errer son regard sur la vallée de Solace où il avait passé les années douces-amères de sa prime jeunesse...

Il avait quitté Solace en automne. Le feuillage des grands arbres illuminait de pourpre et d'or les Monts Kharolis ; le ciel indigo se reflétait dans les eaux limpides du lac de Crystalmir. L'air était empli des fumées qui montaient au-dessus des arbres où nichaient les maisons. Flint et le demi-elfe avaient contemplé les lumières de la ville qui s'allumaient une par une entre la ramure. Solace, la cité dans les arbres, était l'une des merveilles de Krynn.

Aujourd'hui, c'était le printemps. Les fumées montaient, mais les habitations n'étaient plus dans les arbres. Construites au niveau du sol, elles s'élevaient au milieu d'une végétation éparse qui laissait apparaître les sillons des charrues, semblables à des cicatrices dans la terre.

Tanis hocha la tête. Après la destruction du temple de la Reine des Ténèbres à Neraka, tout le monde croyait la guerre terminée. Pour oublier le désastre chacun s'était employé à labourer la terre ravagée par le feu des dragons.

Le demi-elfe jugeait bon que subsistent ces cicatrices que chacun s'efforçait d'effacer. Il espérait même qu'elles resteraient toujours, pour qu'on n'oublie jamais.

Il se remémora les paroles qu'avaient prononcées Elistan à la mémoire des chevaliers morts à la Tour du Grand Prêtre :

« Nous devons nous souvenir, pour ne pas retomber dans la complaisance. Sinon, le Mal reviendra. »

Peut-être est-ce déjà le cas, songea Tanis. Il se hâta de descendre la colline.

*
* *

Il y avait beaucoup de monde à l'auberge ce soir-là.

Si la guerre avait apporté la dévastation à Solace, l'après-guerre avait ramené une telle prospérité que certains pensaient déjà qu'« elle avait eu du bon ». Solace avait toujours été un carrefour pour les voyageurs d'Abanasinie. En effet les nains, refusant tout contact avec l'extérieur, s'étaient barricadés dans leurs collines et avaient fermé leur royaume de Thorbardin. Les elfes du Qualinesti et du Silvanesti en avaient fait autant.

La guerre avait tout changé. Elfes, nains et humains ouvraient leurs frontières et voyageaient beaucoup plus. Il avait fallu que ces peuples en arrivent à ce point d'anéantissement pour que s'amorce entre eux une fraternité.

Réputée pour sa bonne bière et les célèbres pommes de terre aux épices d'Otik, l'*Auberge du Dernier Refuge* regorgeait de clients. Mais elle devait sa popularité croissante à son histoire : les héros de Lancedragon, comme on les appelait à présent, l'avaient assidûment fréquentée.

Trop vieux pour tenir l'auberge, Otik l'avait laissée à Tika, élevée comme sa fille. Il abreuvait les clients d'histoires mettant en scène Tanis Demi-Elfe et ses compagnons, parmi lesquels figurait une barbare qui avait guéri le Théocrate Hederick avec le bâton au cristal bleu. A cette occasion on avait eu la preuve du retour des anciens dieux.

Tika espérait de tout son cœur que, ce soir, Otik ne se mettrait pas à raconter de nouveau cette histoire. Mais elle serait probablement déçue.

Il y avait là nombre d'elfes du Silvanesti en route pour les funérailles de Solostaran, l'Orateur du Soleil, roi du Qualinesti. Ils interrogeaient Otik, s'empressant de raconter à leur tour comment les héros avaient libéré leur pays du dragon Cyan Sangvert.

Tika vit Otik lui lancer un regard plein d'appréhension ; après tout, elle était allée au Silvanesti avec les compagnons. Secouant ses boucles rousses, elle lui intima le silence. C'était un épisode de leur voyage qu'elle refusait d'aborder. En vérité, elle ne désirait rien tant qu'oublier le cauchemar et ce pays dévasté.

Elle ferma les yeux, comme pour nier la présence des elfes. En fait de cauchemar, elle avait le sien. « Qu'ils viennent et repartent le plus vite possible », implora-t-elle les dieux.

Le soleil venait de se coucher, et l'auberge se remplissait. Tika avait fait des excuses à Dezra ; les deux amies avaient pleuré ensemble, puis courant entre la cuisine, le comptoir et la salle, s'étaient occupées de servir les clients.

Chaque fois que la porte s'ouvrait, Tika tressaillait. Elle se rembrunissait en entendant la voix d'Otik dominer le brouhaha des conversations et des chopes.

— ... une belle nuit d'automne, je me souviens bien, j'étais au comptoir, plus occupé qu'un soldat draconien ! s'esclaffa Otik. L'auberge était au milieu des arbres, comme toute notre belle cité que ces monstres ont détruite. C'était le bon temps... Où en étais-je ? Ah oui ! J'étais au comptoir, quand la porte s'ouvrit...

Comme pour illustrer ses paroles, la porte s'ouvrit. Le silence se fit. Chassant nerveusement une mèche de cheveux de son front, Tika se raidit.

Un homme, si grand qu'il dut baisser la tête pour franchir le seuil, entra dans l'auberge. Son visage sombre émergeait des fourrures qui l'enveloppaient.

Son regard fit le tour de la pièce.

Quand il vit Tika, il sourit et ouvrit les bras.

La jeune fille hésita un instant, puis prise d'un élan de nostalgie, fendit la foule et se jeta dans les bras de son ami.

— Cher Rivebise !

Il la souleva comme une plume. Les buveurs les acclamèrent. Ils n'en croyaient pas leurs yeux : voilà que se présentait un des héros de Lancedragon, comme amené par l'histoire d'Otik — et quel héros ! Ils étaient enchantés.

L'homme se débarrassa de ses fourrures, faisant apparaître sa tunique de chef de tribu. Bien que marqué par le temps et la vie au grand air, son visage exprimait une joie intérieure sans doute durement acquise.

Tika sentit sa gorge se serrer et détourna les yeux.

— Je suis heureux de te retrouver toujours aussi belle, dit l'homme de sa voix profonde. Où est Caramon ? Je suis si impatient de le revoir... Tika, quelque chose ne va pas ?

— Non, ce n'est rien, répondit-elle en battant des paupières. Viens, je t'ai gardé une place près du feu. Tu dois être mort de faim et de fatigue.

Elle le conduisit à travers la salle, parlant sans arrêt pour l'empêcher de placer un mot. Rivebise supporta stoïquement les familiarités des clients, curieux de parler au héros. A l'étroit dans cette salle surpeuplée, il gardait la main sur son épée et les yeux sur la fenêtre. Tika l'installa à une table entre la cheminée et la cuisine.

— Je reviens de suite, dit-elle en souriant.

Elle disparut avant qu'il ait pu ouvrir la bouche.

Les conversations reprirent et Otik poursuivit son récit.

Tika revint, un plat de pommes de terre fumantes à la main.

— Comment vont Lunedor et ton fils ? demanda-t-elle au barbare, qui l'étudiait attentivement.

— Très bien, répondit-il, elle t'envoie ses amitiés. Mon fils a déjà deux ans et monte à cheval mieux que mes guerriers, ajouta-t-il avec fierté.

— J'espérais que Lunedor viendrait, soupira Tika.

— Les dieux nous ont donné encore deux enfants...

— Deux...? Ah ! des jumeaux ! s'écria-t-elle joyeusement. Comme Caramon et Raistlin...

Elle s'arrêta. Les sourcils froncés, Rivebise fit un signe pour conjurer le sort. Tika rougit et détourna les yeux. Le vacarme de la taverne bourdonnant à ses oreilles, elle se força à écouter le barbare.

— ... Les prêtres ne sont pas assez nombreux. Les conversions se font lentement. Lunedor y travaille beaucoup, trop à mon gré, mais elle devient de plus en plus belle. Nos filles ont les cheveux or et argent, comme elle.

Nos filles... Tika eut un sourire triste qui réduisit Rivebise au silence.

— J'aimerais bien prolonger ma visite, dit-il après un moment, mais je ne peux pas rester longtemps éloigné de la tribu. C'est mon devoir. Où est Caramon ?

— Je vais préparer ta chambre, dit Tika en se levant si précipitamment qu'elle renversa la chope de bière. Le nain des ravins devait faire le lit, il doit s'être endormi dessus...

Elle s'éloigna à grands pas. Devant la fenêtre de la cuisine, elle huma l'air frais.

— Qu'il parte, et vite ! murmura-t-elle.

CHAPITRE II

Tanis redoutait de revoir l'*Auberge du Dernier Refuge* ; c'est là que tout avait commencé, il y avait presque trois automnes. Lui, Flint et l'intenable kender Tasslehoff Racle-Pieds s'étaient donnés rendez-vous pour y retrouver leurs vieux amis. Le monde avait alors basculé — sans s'être remis d'aplomb depuis.

A mesure qu'il approchait, ses craintes s'apaisèrent. Les lieux avaient tellement changé qu'il croyait arriver dans un endroit inconnu, dont il ne gardait pas le souvenir. Le bâtiment se trouvait sur la terre ferme et s'était agrandi. Le toit était neuf. Les stigmates de la guerre avaient été effacés, et avec eux, les souvenirs.

Quand Tanis et sa compagne arrivèrent devant l'auberge, un garçon d'écurie accourut et prit les rênes du cheval.

— Donne-lui de l'eau et du fourrage. J'ai fait demander un cheval de rechange. Mon nom est Tanis Demi-Elfe.

Le garçon ouvrit de grands yeux. Sa curiosité pour l'armure et le luxueux manteau du visiteur se mua en admiration.

— Oui, messire, balbutia-t-il, intimidé par le héros. Le cheval est prêt. Le voulez-vous ?

— Non, je vais dîner. Amène-le dans deux heures.

Tanis aida sa compagne à descendre de sa monture.

— Tu dois être en acier, dit-elle. Repartir cette nuit même !

— A vrai dire, j'ai mal partout...

Mal à l'aise, il fut incapable de continuer.

Ses grands yeux dévorant ses joues maigres, elle avait l'air épuisée. En touchant le sol, son pied trébucha. Le demi-elfe la retint. Elle se dégagea vite et inspecta les lieux.

Tanis, que le moindre mouvement faisait souffrir, se demanda comment cette femme d'apparence fragile tenait le coup. Pendant tout le voyage, elle l'avait suivi sans broncher.

Pourquoi n'éprouvait-il aucune sympathie pour elle ? Qu'avait-elle donc de si agaçant qui le contrariait ? Devant ce visage froid, il comprit pourquoi. Elle manquait de chaleur, de passion. Parfaitement polie, mais froide et distante. *Elle m'enterrerait avec la même froideur,* songea Tanis.

Comme une réprimande, le dragon de platine de Paladine qu'elle portait au cou lui sauta aux yeux. Il se souvint des paroles d'Elistan.

« — Il est bon que tu l'accompagnes, Tanis, avait dit le prêtre. A maints égards, elle entreprend un voyage semblable au tien deux ans plus tôt ; elle est à la recherche d'elle-même. Mais tu as raison, elle l'ignore encore. Elle marche les yeux fixés sur le ciel, oubliant que c'est le plus sûr moyen de trébucher. Si elle n'apprend pas, dure sera la chute. Gardons foi en Paladine ! »

Tanis avait souvent repensé à ses paroles. Laurana l'avait beaucoup aidé à croire aux vrais dieux, mais il ne s'en remettait pas complètement à eux. Il trouvait qu'Elistan en demandait trop ; c'était aux hommes d'agir pour que le monde change.

— Qu'y a-t-il, Tanis ? demanda Crysania.

Conscient de l'avoir dévisagée trop longtemps, il détourna les yeux en toussotant. D'un geste, il désigna l'auberge.

— De fait, dit-il pour rompre un silence pesant, j'aimerais bien rester ici près de mes amis. Mais je dois être au Qualinesti après-demain, et la route est longue. Les relations avec mon beau-frère ne sont pas si bonnes que je puisse manquer les funérailles de Solostaran. D'un point de vue politique comme personnel, si tu vois ce que je veux dire...

Crysania répondit par un sourire. Tanis y lut plus de condescendance que de compréhension. Famille et politique ne la concernaient plus ; elle était au-dessus de cela.

Ils arrivèrent à la porte de l'auberge.

— D'autre part, ajouta-t-il, Laurana me manque. C'est étrange : quand elle est près de moi, nous sommes absorbés par nos tâches respectives et n'échangeons parfois qu'un sourire ou un baiser. Mais loin d'elle, j'ai l'impression d'être privé d'un bras. On ne songe jamais à son bonheur sauf quand on ne l'a plus...

Tanis s'arrêta, se sentant aussi bête qu'un adolescent amoureux. Plus froide que jamais, Crysania ne lui prêtait aucune attention. Il poussa la porte de l'auberge.

Les odeurs et les bruits familiers l'assaillirent. Vieilli et encore plus gras, Otik l'accueillit avec de grandes tapes dans le dos. Des gens qu'il n'avait pas vus depuis des années et qu'il connaissait à peine se précipitaient pour lui serrer la main. Le comptoir bien ciré était toujours là — mais comment s'y était-il pris pour marcher sur un nain des ravins ?

Il y avait aussi un grand chef de tribu qui le prit dans ses bras.

— Rivebise, murmura Tanis, serrant le barbare contre lui.

— Mon frère...

La foule les acclama. Une femme aux boucles rousses se joignit à eux. Tanis l'attira vers eux et les trois amis restèrent enlacés.

Peu enclin à montrer ses émotions, Rivebise reprit une mine grave, toussotant pour garder contenance. La barbe mouillée de larmes, Tanis regarda autour de lui.

— Que diable as-tu fait de ton ours de mari ? Où se cache Caramon ?

La question simple plongea la salle dans le silence. Rougissant jusqu'aux oreilles, Tika murmura des mots inintelligibles en saisissant le nain des ravins par le collet. Elle le secoua si fort qu'on entendit claquer ses dents.

Stupéfait, Tanis regarda Rivebise, qui haussa les épaules. Il se tourna vers Tika pour savoir ce qui se passait quand une main se posa sur son épaule. Crysania ! Il l'avait oubliée !

Tardivement, il fit les présentations.

— Voici Crysania de Tarinius, Révérée Prêtresse de Paladine. Dame Crysania, voici Rivebise, chef des barbares des plaines, et Tika Majere.

Crysania dégrafa son manteau, dévoilant un talisman de platine qui étincela sur sa robe blanche. Un murmure de dévotion parcourut l'assistance.

— Une prêtresse !

— As-tu compris son nom ? Notre future...

— C'est elle qui succédera à Elistan.

Crysania salua de la tête. Solennel, Rivebise s'inclina ; poussant le nain derrière le comptoir, Tika fit une révérence.

Entendant le nom de Majere, Crysania leva vers Tanis un regard interrogateur qui resta sans réponse.

— C'est un honneur de rencontrer les héros dont les exploits nous servent d'exemple, dit-elle de sa voix grave.

Sous la louange, Tika rosit de confusion. Rivebise resta impassible mais Tanis sentit combien il était touché par les paroles de la prêtresse. Les clients de l'auberge trinquèrent de plus belle. Comme s'il avait arrangé la cérémonie, Otik conduisit ses hôtes à une table libre.

D'abord gêné par le vacarme de la salle, Tanis décida d'en tirer parti pour discuter avec Rivebise sans crainte d'être entendu. Mais avant tout, il fallait trouver Caramon.

Les ayant fait asseoir, Tika s'occupa d'eux comme une mère poule. Dès que Tanis ouvrit la bouche, elle s'éclipsa dans la cuisine.

Perplexe, le demi-elfe la regarda s'éloigner tandis que Rivebise entamait la conversation. Les deux amis parlèrent à bâtons rompus.

— Tout le monde croit la guerre finie, dit Tanis, ce qui rend la situation plus délicate encore. L'alliance entre les elfes et les humains, solide pendant la guerre, se relâche. En ce moment, Laurana est au Qualinesti pour les funérailles de son père. Elle tente de passer un accord entre son frère, l'arrogant Porthios, et les Chevaliers de Solamnie. Notre seul espoir repose sur Alhana Astrevent, sa femme. Jamais je n'aurais cru qu'une elfe aussi braquée contre les humains défendrait un jour leur cause contre son mari.

— Un étrange mariage, dit Rivebise.

Tanis hocha la tête. Les deux hommes pensaient à leur ami Sturm de Lumlane, mort en héros à la Tour du Grand Prêtre. Ils savaient que le cœur d'Alhana avait rejoint Sturm dans les limbes.

— Sûrement pas un mariage d'amour, dit Tanis, mais utile pour l'ordre du monde. Maintenant, parle-moi de toi, mon ami. Tes yeux pétillent mais tu es soucieux. Lunedor a annoncé à Laurana la naissance des jumelles.

Rivebise sourit.

— Tu as vu juste. Je risque de regretter chaque minute que je passe ici, mais te revoir, mon frère, allège mes soucis. J'ai laissé deux tribus au bord de la guerre. Jusque-là, j'ai réussi à les faire négocier, et le sang n'a pas coulé. Mais les mécontents complotent dans mon dos. Mon absence augmente les chances qu'éclate un sanglant règlement de comptes...

— Je suis désolé, mon ami, et reconnaissant que tu sois venu. J'espérais que tu pourrais escorter cette dame. Elle se rend à la Tour des Sorciers de Wayreth.

Rivebise prit un air désapprobateur. Le barbare craignait tout ce qui touchait à la magie.

— Je vois que tu n'as pas oublié l'histoire du voyage de Caramon et Raistlin à la Tour de Wayreth. Ils étaient invités, tandis que cette dame y va de son propre chef pour consulter le mage sur...

Crysania le foudroya du regard. Tanis se mordit les lèvres et, tout penaud, ajouta :

— J'espérais simplement que tu pourrais l'accompagner...

— C'est ce que je craignais, répondit Rivebise, quand j'ai reçu ton message. Je suis venu t'expliquer les raisons de mon refus. En d'autres circonstances, j'aurais aimé le faire : ç'aurait été un honneur pour moi de servir cette vénérable personne.

Il s'inclina devant Crysania. Elle répondit à son hommage par un sourire, qui disparut quand elle regarda Tanis. Rivebise poursuivit :

— L'enjeu est trop important. Après des années de rivalités, j'ai rétabli la paix entre les tribus, mais elle reste fragile. La survie de notre peuple dépend de notre unité. Il nous faudra travailler tous ensemble si nous voulons reconstruire notre pays.

— Je comprends, répondit Tanis, touché par la gêne du barbare. Tout ira bien, Révérée Prêtresse, dit-il à Crysania qui faisait grise mine. Caramon te conduira, et il vaut à lui seul trois vulgaires mortels, n'est-ce pas, Rivebise ?

Celui-ci sourit.

— Il dévore la ration de trois mortels ! Cela lui donne trois fois plus de force. Te rappelles-tu, Tanis, quand il soulevait William Tête-de-Cochon dans ce spectacle... où était-ce ? A Flotsam...

— Et quand il a tué deux draconiens d'un coup en cognant leurs têtes l'une contre l'autre ? rit Tanis, heureux de se remémorer les bons souvenirs.

Rivebise éclata de rire. Les deux hommes échangèrent nombres d'anecdotes illustrant la force, le courage et le sens de l'honneur du guerrier.

— Et sa bonté, ajouta Tanis. Je le revois, si attentif à son frère, tendre les bras vers lui quand la toux le déchirait...

Interrompu par un cri étouffé et le bruit d'une chute, il se tourna. Pâle et défaite, les yeux pleins de larmes, Tika l'interpella.

— Allez-vous-en ! Je t'en prie Tanis, ne me pose pas de questions, mais pars ! dit-elle, en lui plantant ses ongles dans le bras.

— Par les Abysses, Tika, dis-moi ce qui se passe !

Le plancher grinça et la porte s'ouvrit avec fracas. Tika recula d'un bond, si terrifiée que Tanis porta la main à son épée. Rivebise se leva.

Une ombre gigantesque se découpait sur le seuil. Les conversations et les rires moururent, faisant place à des chuchotements.

Se souvenant des ombres malfaisantes qui étaient à leurs trousses, Tanis dégaina son épée et se plaça devant Crysania. Derrière lui, Rivebise se tenait sur ses gardes.

Ils nous ont rattrapés, songea Tanis, pas fâché d'en découdre avec ses poursuivants.

Une silhouette grotesque se profila dans la lumière.

L'homme, énorme, arborait un ventre difforme. Des bourrelets de graisse débordaient de sa ceinture, sa chemise éclatait sur son nombril. Sa face rougeaude était mangée par une barbe de trois jours ; ses cheveux embroussaillés, graisseux. Se vêtements sales puaient l'alcool et le vomi.

Furieux, Tanis leva son épée. L'ivrogne cherchait à intimider les clients. Probablement un pauvre hère qui avait sombré dans la misère.

Le demi-elfe baissa la garde. Tous les regards braqués sur lui guettaient sa réaction.

Qu'attendent-ils de moi ? se demanda-t-il. *Que j'attaque ? J'aurais l'air de quoi ? Un héros qui s'en prend à l'ivrogne du village...*

Quelqu'un sanglota derrière lui.

— Je t'avais dit de t'en aller, gémit Tika.

Elle se laissa tomber sur une chaise, la tête entre les mains et pleura à chaudes larmes.

De plus en plus perplexe, Tanis consulta Rivebise du regard, mais le barbare semblait perdu. L'air furibond, l'ivrogne avança en titubant.

— Que se passe-t-il ici ? Une fête ? grommela-t-il d'une voix pâteuse. On n'invite pas les vieux copains...?

Personne ne souffla mot. Les yeux sur Tanis, chacun évitait de regarder le nouveau venu. Celui-ci reporta son attention sur le demi-elfe et le fixa comme s'il était la cause du remue-ménage.

Brusquement ses yeux s'écarquillèrent ; il se fendit d'un sourire fou. Il tendit les bras et heurta une chaise. Oscillant comme un arbre dans la tempête, il continua d'avancer parmi les buveurs qui s'écartaient sur son passage. Puis avec un bruit sourd, Caramon Majere, héros de Lancedragon, s'affala aux pieds de Tanis.

CHAPITRE III

— Par les dieux, Caramon..., répéta le demi-elfe en se penchant sur le guerrier inconscient.

— Tanis...

Dezra et le barbare essayaient de consoler Tika. Les hôtes de l'auberge se pressaient pour interroger Rivebise et demander à Crysania de les bénir. D'autres regardaient en curieux ou commandaient de la bière.

Tanis se releva.

— L'auberge est fermée pour ce soir, cria-t-il à la ronde. (L'annonce provoqua quelques protestations.) Merci d'être venus nous accueillir. Vous n'imaginez pas ce que retrouver ma patrie représente pour moi. Mais comprenez qu'à présent, mes amis et moi aimerions rester seuls. Il se fait tard...

Des commentaires acides émaillèrent les murmures de sympathie du public. Abandonnant Tika aux bons soins de Dezra, Rivebise se chargea des derniers hôtes récalcitrants.

Le demi-elfe fit barrage devant Caramon qui continuait de ronfler comme un bienheureux. Il échangea un regard avec Rivebise ; dès la salle vide, ils parleraient.

Sur le seuil, Otik remercia les gens d'être venus

nombreux et promit que l'établissement serait ouvert le lendemain. Une fois tout le monde parti, Tanis, embarrassé, avança vers l'aubergiste. Avant qu'il puisse ouvrir la bouche, celui-ci le prit par le bras.

— Je suis content que tu sois venu, Tanis. Ecoute, dit-il sur le ton de la confidence, je fais semblant de ne rien voir. Je suis sûr que tu pourras les aider, dit-il avant de disparaître dans la nuit.

Que je les aide, moi ! songea Tanis, furieux. Les ronflements de Caramon culminèrent, le réveillant à demi. Il se tourna en éructant les vapeurs du mauvais alcool fabriqué par les nains des ravins, puis retomba dans un sommeil de plomb. Tanis et Rivebise échangèrent un regard d'impuissance.

Crysania contempla Caramon avec un mélange de pitié et de dégoût.

— Pauvre garçon ! Je pourrais peut-être tenter de le guérir...

— Tu ne peux rien pour lui, s'écria Tika, il n'est pas malade. Tu ne vois pas qu'il est ivre mort ?

Crysania regarda Tika avec stupeur.

— Rivebise, aide-moi ! Nous allons le ramener chez lui..., dit Tanis.

— Oh ! laisse-le où il est, coupa Tika. Ce n'est pas la première nuit qu'il passe sur le plancher de l'auberge. Je voulais te le dire, je t'assure. Mais j'espérais que... Je gardais un espoir, parce que... quand il a reçu ta lettre, il s'est amélioré. Il était presque redevenu comme avant. Je pensais que ton arrivée changerait les choses, et je t'ai laissé venir. Je suis désolée...

Tanis ne savait que faire.

— Je n'arrive pas à comprendre... Depuis combien de temps...

— C'est pour ça que nous ne sommes pas venus à

ton mariage, Tanis. J'aurais tellement aimé y assister. Mais...

Elle se mit à pleurer. Dezra la prit dans ses bras.

— Assieds-toi, Tika, murmura-t-elle, la poussant sur une chaise.

La jeune femme s'y laissa tomber et enfouit son visage entre ses bras.

— Asseyons-nous tous un moment et reprenons nos esprits. Toi là-bas, ordonna le demi-elfe au nain des ravins caché derrière le comptoir, apporte-nous de la bière, du vin pour dame Crysania, et des pommes de terre aux épices...

Stupéfait, le nain fit les yeux ronds et resta bouche bée.

— J'y vais, Tanis, proposa Dezra avec un sourire. Avec Raf, nous risquons d'avoir des pommes de terre dans nos chopes.

— Moi aider ! protesta Raf.

— Occupe-toi d'enlever les ordures, coupa Dezra.

— Moi beaucoup aider..., grommela Raf, se vengeant sur le mobilier.

— Vos chambres sont dans le bâtiment neuf, fit Tika, je vais vous les montrer.

— Nous verrons ça plus tard, dit Rivebise. Assieds-toi donc avec Tanis. Il va bientôt partir.

— Flûte ! Mon cheval ! s'exclama Tanis. J'ai demandé au garçon d'écurie de le préparer pour...

— Je vais lui dire d'attendre, coupa Rivebise.

— Non, j'y vais, j'en ai pour une minute...

— Mon ami, dit le barbare, lui barrant le passage, j'ai besoin de prendre l'air. Je reviens tout de suite t'aider..., ajouta-t-il en désignant Caramon du menton.

Soulagé, Tanis s'assit tandis que le guerrier quittait la salle. Crysania prit place en face du demi-elfe, qui conversait de tout et de rien avec Tika pour la dérider. Quand Dezra revint avec les chopes de bière, la jeune femme était plus calme.

Crysania toucha à peine à sa coupe de vin. De temps à autre, elle lançait un regard soucieux à Caramon étendu sur le plancher. Tanis sentait qu'il lui devait une explication, mais auparavant, il fallait qu'il en ait une.

— Quand est-ce que « cela » a...

— Commencé ? demanda Tika. Environ six mois après notre retour. Au début, il était si heureux. La ville était dans un état que tu n'imagines pas, Tanis... L'hiver a été terrible, car les draconiens et les gobelins avaient tout raflé. Les gens, qui vivaient dans les cavernes ou des abris de fortune, ont commencé à reconstruire. Ils ont accueilli Caramon en héros. Les bardes avaient déjà apporté la nouvelle de la défaite de la Reine des Ténèbres.

« Il a été très heureux car tout le monde avait besoin de lui. Il travaillait nuit et jour, abattant des arbres, descendant du bois des collines, échafaudant les maisons. Il avait même entrepris de forger, puisque Théros n'était plus là. Oh ! il n'était pas fameux, sourit-elle, mais il était content d'arriver à faire des clous, des fers à cheval et des roues de chariots — les gens aussi. La première année a été bonne. Nous nous sommes mariés, et il semblait avoir oublié... »

Tika se tut. Tanis lui tapota l'épaule et lui versa du vin. Elle en but une gorgée puis continua :

— Au printemps dernier, les choses commencèrent à changer. Quelque chose a dû lui arriver, mais je ne sais pas exactement quoi. Cela coïncide avec... La ville étant devenue prospère, un forgeron prisonnier à Pax Tharkas s'est installé ici pour s'occuper de la forge.

Bien sûr, les gens avaient encore besoin de construire, mais ce n'était plus aussi urgent. J'ai donc repris l'auberge. Je crois tout simplement que Caramon n'était pas assez occupé...

— Personne n'avait besoin de lui, dit Tanis.

— Pas même moi..., ajouta Tika. C'est peut-être ma faute...

— Non, ce n'est pas ta faute, Tika. Nous savons bien à qui elle revient.

— J'ai fait ce que j'ai pu pour l'aider, mais j'étais très prise à l'auberge. Je lui ai suggéré bon nombre de choses à faire ; il a réellement essayé. Il a aidé le maire de la ville à traquer les draconiens renégats. Il s'est loué comme garde du corps aux voyageurs en route pour Haven. Mais les gens ne s'adressaient pas deux fois à lui. L'hiver dernier, le groupe qu'il devait défendre l'a ramené sur un traîneau. Il était ivre mort. Ce sont eux qui ont dû le protéger ! Depuis, il passe son temps à dormir, ou à manger et boire avec d'anciens mercenaires à l'*Abreuvoir*, un lieu mal famé, à l'autre bout de la ville.

Tanis regretta l'absence de Laurana. Elle aurait mieux su s'y prendre que lui pour poser la question.

— Et si vous aviez eu un enfant ?

— L'été dernier, j'étais enceinte. Mais cela n'a pas duré longtemps : j'ai perdu l'enfant. Caramon ne l'a pas su. Depuis, nous ne dormons plus dans la même chambre.

Embarrassé, Tanis changea de sujet.

— Tout à l'heure, tu as dit que cela avait coïncidé avec... quoi ?

Tika sursauta et but une gorgée de vin.

— De sombres rumeurs ont couru, Tanis, tu peux t'imaginer de qui il s'agissait...

Tanis acquiesça de la tête.

— Caramon lui avait écrit. J'ai vu la lettre, c'était déchirant. Pas un mot de reproche, pas une critique. Plein d'amour, il priait son frère de revenir vivre avec nous. Il l'exhortait à renoncer aux Ténèbres.

— Qu'est-il arrivé ensuite ? demanda Tanis qui se doutait de la réponse.

— La lettre est revenue, cachetée. Elle n'avait pas été ouverte ! Sur l'enveloppe était écrit : « Je n'ai pas de frère. Et je ne connais personne du nom de Caramon. » Signé « Raistlin ».

— Raistlin !

Crysania regarda Tika comme si elle la voyait pour la première fois. Ses yeux allaient de la jeune femme à Tanis, et du demi-elfe au guerrier éructant dans son sommeil.

— Caramon... Est-ce lui, Caramon Majere ? Son frère jumeau, dont tu m'as parlé ? Celui qui devait me conduire...

— Je suis désolé, Révérée Prêtresse, répondit Tanis, écarlate. Je ne savais pas que...

— Mais Raistlin est si intelligent, si fort ! Je croyais trouver un jumeau à son image. Raistlin est si sensible, il a un tel contrôle sur lui-même et sur les autres... C'est un perfectionniste, tandis que cette loque humaine ne mérite que notre pitié et nos prières.

— C'est ce « perfectionniste » qui a fait de lui une loque humaine, Révérée Prêtresse, répondit Tanis sur un ton acide.

— Cela s'est peut-être passé autrement, dit Crysania. Le manque d'amour a pu conduire Raistlin de la Lumière aux Ténèbres...

Ebahie, Tika regarda Crysania.

— Le manque d'amour ? répéta-t-elle avec lenteur.

Caramon se débattit dans son sommeil ; ses pieds raclèrent le plancher. La jeune femme se leva de table.

— Ramenons-le à la maison, dit-elle, voyant Rivebise apparaître sur le seuil. Tanis, je te verrai demain matin, n'est-ce pas ? Tu peux rester cette nuit ?

Tanis aurait préféré avaler sa langue plutôt que de répondre.

— J'aimerais rester, mais je dois m'en aller. La route est longue jusqu'à Qualinost. Je ne voudrais pas être en retard ; le sort de deux royaumes dépend en partie de moi.

— Je comprends. De toute façon, c'est mon problème. Je me débrouillerai.

Tanis se serait arraché la barbe de frustration. Il aurait tant voulu rester, essayer de tirer quelque chose de cet entêté de Caramon ! Mais Porthios prendrait son absence aux funérailles pour un affront personnel, ce qui n'arrangerait pas les négociations entre le Qualinesti et la Solamnie.

Il y avait un autre problème, songea Tanis. Il ne pouvait emmener Crysania à Qualinost. Porthios refuserait de recevoir une prêtresse humaine.

— Ecoute, dit-il, pris d'une inspiration, je reviendrai après les funérailles.

Le visage de Tika s'éclaira. Tanis se tourna vers Crysania.

— Je te laisse ici, Révérée Prêtresse, où tu seras en sécurité. Ensuite, je te raccompagnerai à Palanthas, étant donné que ton voyage ne peut avoir lieu...

— Mon voyage *aura lieu*, répliqua Crysania. Je n'abandonnerai pas ce que j'ai commencé. J'irai à la Tour des Sorciers de Wayreth, où je consulterai Par-Salian, le mage des Robes Blanches.

— Je ne peux pas t'y emmener, dit Tanis, Caramon non plus. Je suggère donc ...

— Je sais, coupa Crysania, Caramon n'est pas en état de faire ce voyage. Mais j'attendrai ton ami le kender, puis je continuerai ma route.

— Hors de question ! cria Tanis. C'est trop dangereux ! Il n'y a pas que ces ombres menaçantes qui nous pourchassent — je songe aussi aux sombres histoires qu'a racontées Caramon sur la forêt de Wayreth. C'est encore pire. Nous repartirons pour Palanthas, je trouverai des chevaliers...

Pour la première fois, Crysania prit des couleurs. Elle réfléchit un instant puis son visage s'éclaira.

— Il n'y a aucun danger, dit-elle en souriant. Je suis entre les mains de Paladine. Les sombres créatures qui nous suivent sont peut-être envoyées par Raistlin, mais elles ne peuvent rien contre moi ! Si ce n'est conforter ma résolution. Je vais réfléchir, dit-elle en voyant la mine déconfite de Tanis. Tu as peut-être raison, ce voyage est dangereux...

— C'est du temps perdu ! marmonna Tanis, exaspéré par ce projet insensé. Si Par-Salian avait pu écraser Raistlin, il y a longtemps qu'il l'aurait fait...

— L'écraser ! Je ne cherche pas à l'écraser. (Tanis la regarda d'un air stupéfait.) Je cherche à le ramener vers le Bien. Je vais me retirer. Si quelqu'un veut bien me montrer ma chambre...

Après avoir souhaité le bonsoir, Crysania sortit avec Dezra. Tanis resta bouche bée ; Rivebise marmonna quelque chose en que-shu.

Caramon grognait dans son sommeil. Sans ménagement, les deux amis le soulevèrent et le remirent sur pied.

— Ce qu'il peut être lourd ! haleta Tanis, qui flanchait sous le poids du colosse.

L'odeur de l'alcool bon marché lui donna la nausée.

— Comment peut-il boire ce tord-boyaux ? grommela Tanis en le tirant dans le couloir.

— J'ai vu un guerrier sombrer dans la même déchéance, dit Rivebise. Il a fini par sauter d'une falaise, persuadé d'être poursuivi par des créatures qui n'existaient que dans sa tête. Il en est mort.

— Je devrais rester, murmura Tanis.

— Tu ne peux pas te battre à sa place, mon ami, déclara Rivebise. Surtout qu'il s'agit d'un combat contre lui-même...

Il était minuit passé quand ils déposèrent Caramon sur son lit. Le demi-elfe n'avait jamais été aussi fatigué de sa vie. Il se sentait vidé. Au rappel des bons souvenirs, les vieilles blessures s'étaient rouvertes. De plus, un long trajet à cheval l'attendait.

— J'aimerais tant demeurer avec toi, dit-il à Tika. Je me sens responsable...

— Non, Tanis, répondit-elle. Rivebise a raison, tu ne peux te battre à la place de Caramon. Tu dois vivre ta vie. D'ailleurs, que pourrais-tu faire ? Tu risquerais d'envenimer les choses.

— C'est bien possible. Quoi qu'il en soit, je serai de retour dans une semaine. Je lui parlerai.

— Ce serait une bonne chose. Dis-moi, dame Crysania a parlé d'un kender. S'agirait-il de Tass ?

— Oui. Tout cela est lié à Raistlin, mais je ne sais comment. A Palanthas, nous sommes tombés sur Tass, qui s'est lancé dans une de ces histoires dont il a le secret... J'ai prévenu Crysania qu'il fallait n'y croire qu'à moitié, mais il l'a convaincue qu'il ramènerait quelqu'un pour l'aider à « sauver » Raistlin...

— Cette femme est peut-être une prêtresse de Paladine, dit Rivebise, mais que les dieux me pardonnent si je parle ainsi de leur protégée : elle est folle !

Après cette déclaration solennelle, il mit son arc en bandoulière et se prépara à partir.

Tanis embrassa Tika.

— Je crains que Rivebise ait raison. Garde un œil sur Crysania tant qu'elle est chez toi. Je parlerai d'elle à Elistan quand je serai de retour. Je me demande s'il est au courant de son projet de voyage. Oh ! si Tass arrive, retiens-le ici, s'il te plaît. Je n'ai aucune envie de le voir rappliquer à Qualinost. J'ai assez de problèmes avec Porthios et les elfes !

— Bien sûr, Tanis, sois tranquille, répondit Tika, réconfortée par la force du demi-elfe.

Il n'arrivait pas à les quitter.

— Tika..., commença-t-il.

Elle se détourna.

— Va, Tanis, tu as un long chemin à faire, dit-elle avec fermeté.

Il emboîta le pas à Rivebise et ils sortirent de la maison.

Tika les suivit du regard en souriant.

Tu sais beaucoup de choses, Tanis Demi-Elfe, mais cette fois, tu te trompes, songea-t-elle. *Dame Crysania n'est pas folle ; elle est amoureuse.*

CHAPITRE IV

Une armée de nains chaussés de bottes cloutées faisaient les cent pas autour du lit. Chaque petit être qui passait devant Caramon levait son marteau et lui en flanquait un coup sur la tête. Le colosse se défendait en agitant les bras.

— Allez-vous-en ! gémit-il. Fichez le camp !

Mais les nains réagirent en chargeant son lit sur leurs épaules ; ils tournèrent à toute vitesse sur leurs talons ferrés.

Caramon sentit son estomac se soulever. Après quelques tentatives infructueuses, il réussit à sauter du lit et atteignit de justesse le pot de chambre où il vomit. Cela lui clarifia les idées. Ses tourmenteurs avaient disparu, mais ils devaient se cacher sous le lit, attendant qu'il se recouche.

Il ne fallait pas y compter ! Caramon ouvrit le tiroir de la table de nuit, où il gardait une flasque d'alcool distillé par les nains. Vide ! Tika recommençait donc son petit jeu... Il tituba jusqu'à l'armoire et fouilla des vêtements désormais trop petits pour lui. La flasque était dans une botte.

Il la déboucha amoureusement et avala une longue

gorgée du redoutable breuvage. Ouf ! Les coups de marteau sur sa tête cessèrent.

Dans la pièce à côté, un bruit de vaisselle lui rappela la réalité. Tika ! En hâte, Caramon prit une dernière gorgée et remit la flasque dans la botte. Avant d'affronter le monde, il jeta un coup d'œil au miroir.

— Il faudrait changer de chemise, marmonna-t-il d'une voix pâteuse.

Avec des gestes gauches, il enleva le chiffon qui lui en tenait lieu et le jeta dans un coin. Peut-être devrait-il se laver ? Bah ! Il n'était pas un tendron ! Beaucoup de femmes aimaient les odeurs viriles ; elles trouvaient cela séduisant. Et *il* l'était ! Tika était toujours en train de critiquer et de se plaindre. Pourquoi ne l'acceptait-elle pas tel qu'il entendait être ?

Tout en s'apitoyant sur son sort, il enfila une tunique propre. Personne ne le comprenait... La vie était dure... Il traversait une mauvaise période, mais les choses allaient changer... Un peu de patience... Un jour, demain, peut-être...

D'un pas mal assuré, Caramon traversa la salle à manger et se laissa tomber sur une chaise qui gémit sous son poids. Tika se retourna.

Il soupira. De nouveau, sa femme était furieuse. Il risqua un sourire. Ses boucles rousses ondulant de colère, elle tourna les talons et disparut dans la cuisine.

Le tintamarre des casseroles avait ramené le marteau des nains sur la tête de Caramon. Quelques instants plus tard, elle jeta devant lui une grande assiette de viande, d'œufs et de crêpes de maïs qui sautèrent sous le choc.

Caramon tressaillit, son estomac accepterait-il cette nourriture ? Puis il s'aperçut qu'il mourait de faim. Depuis quand n'avait-il plus mangé ?

Tika s'assit en face de lui. Ses yeux verts lançaient

des éclairs et ses taches étaient plus rousses qu'à l'accoutumée. Mauvais signe.

— Bon, qu'ai-je fait encore ? grommela Caramon, la bouche pleine.

— Tu ne t'en rappelles pas.

C'était un constat.

Caramon fouilla les recoins brumeux de sa conscience. Il y avait quelque chose hier soir, il s'en souvenait vaguement. Il s'y était préparé toute la journée, restant sagement à la maison, comme il l'avait promis à Tika. Mais avec le temps, la soif était venue. Sa flasque étant vide, il avait fait un petit tour à l'*Abreuvoir* pour se désaltérer, puis... Où était-il donc allé...?

— J'avais à faire, dit-il, évitant le regard de Tika.

— J'ignore ce que tu « avais à faire », mais nous avons vu ce que *tu as fait*, répliqua-t-elle. Et sous les yeux de Tanis !

— Tanis ! Il... était là hier soir...

Il se cacha la tête entre les mains.

— Tu t'es donné en spectacle devant la ville entière, plus la moitié des elfes de Krynn. Sans parler de nos amis, dit-elle en pleurant. Nos meilleurs amis...

Caramon pleurait aussi.

— Comment est-ce possible... Tanis, le meilleur de mes amis...

Quelqu'un frappa à la porte.

— Quoi encore ? fit Tika, s'essuyant les yeux du coin de son tablier. C'est peut-être Tanis, après tout. Essaye au moins d'avoir l'air de ce que tu étais.

Elle ouvrit le loquet.

— Otik ? s'exclama-t-elle avec surprise. Mais qu'est-ce que c'est que ça ?

L'aubergiste se tenait sur le seuil, une assiette fumante à la main. Il regarda à l'intérieur de la pièce.

— Elle n'est pas là ? demanda-t-il, étonné.

— Qui n'est pas là ? Il n'y a personne ici.

— Oh, bon sang !

Gravement, Otik commença à manger ce qu'il avait dans l'assiette.

— Alors le garçon d'écurie a dit vrai, expliqua-t-il. Elle est partie. Dire que je lui avais préparé un si bon déjeuner...

— Mais qui est parti ? demanda Tika excédée, redoutant que ce fût Dezra.

— Dame Crysania. Elle n'est pas dans sa chambre. Le garçon d'écurie l'a vue ce matin. Il a sellé son cheval et elle a dû partir. Je croyais que peut-être...

— Dame Crysania ! s'exclama Tika. Partie toute seule ! Evidemment, elle voulait...

— Elle voulait quoi ? demanda Otik.

— Rien du tout, Otik. Retourne à l'auberge ; je serai en retard aujourd'hui.

— D'accord, répondit le brave homme, voyant Caramon attablé. Viens quand tu peux.

Tika ferma la porte et revint vers Caramon.

S'attendant à un nouveau sermon, il se leva.

— Je ne me sens pas très bien, dit-il, se dirigeant vers la chambre.

La porte claqua ; Tika entendit ses sanglots étouffés. Elle s'assit et réfléchit. Dame Crysania était partie seule pour la forêt de Wayreth. Ou, plus exactement pour chercher la forêt, car personne ne l'avait jamais trouvée. C'était elle qui vous trouvait ! Tika se souvint en frissonnant de l'histoire de Caramon. La terrible forêt n'était jamais située au même endroit sur les cartes. La Tour rassemblant les mages les plus puissants d'Ansalonie se trouvait au cœur de ces bois.

Sa décision prise, Tika entra dans la chambre. Etalé sur le lit, Caramon pleurnichait comme un enfant. Evitant ce triste spectacle, elle ouvrit l'armoire et en sortit quantité de vêtements jusqu'à ce qu'elle eut trouvé ce qu'elle cherchait.

L'armure de Caramon.

Elle prit une jambière et la jeta sur son mari, qui la reçut sur l'épaule.

— Ouille ! cria-t-il en se dressant. Au nom des Abysses, Tika, laisse-moi tranquille...

— Tu vas la rattraper, déclara-t-elle d'un ton sans réplique. Tu la rattraperas, dussé-je te porter dans une brouette !

*

* *

— Pardon, messire ! dit le kender à l'inconnu qui le précédait sur la route de Solace. (L'homme protégea instinctivement sa bourse.) Je suis à la recherche de mes amis. L'une est Tika Wylan, une jolie rousse...

Méprisant, l'individu indiqua la direction d'un pouce tendu.

— Par là, derrière...

— C'est là ? s'étonna le kender, impressionné. Cette magnifique maison dans les arbres ?

— Quoi ? Tu la trouves magnifique ? ricana l'homme. Elle n'est pas mal, c'est tout.

Il s'éloigna en recomptant ses pièces de monnaie.

Quel toupet ! songea Tass, glissant le couteau de poche du mufle dans sa besace. L'incident oublié, il marcha vers la maison de Tika, admirant chaque détail de la construction.

— Je suis content pour elle, dit-il à l'amas de nippes qui marchait à son côté. Pour Caramon aussi. Mais surtout pour Tika, qui n'a jamais eu de foyer. Comme elle doit être fière !

La demeure était une des plus belles de la ville.

Construite dans la tradition de Solace, sa charpente était imbriquée dans les branches des arbres. L'œuvre de l'homme et celle de la nature s'harmonisaient. Tass eut chaud au cœur à l'idée de ses amis prospérant dans cette belle demeure. Pourtant...

— C'est drôle, je me demande pourquoi il n'y a pas de toit.

De près, il s'aperçut qu'il manquait encore d'autres choses. Sur le plancher à moitié terminé, gisaient des outils qui commençaient à rouiller. Tass secoua sa queue-de-cheval, un signe de perplexité chez le kender. La construction promettait de devenir la plus belle de Solace... quand elle serait terminée !

Soudain son visage s'éclaira. Une aile était achevée : il y avait des vitres aux fenêtres et des tuiles sur la charpente. Tika avait quand même un toit sur la tête. Mais en regardant de plus près, le kender cessa de sourire. Au-dessus de la porte, une inscription gravée dans la pierre indiquait que c'était la maison d'un magicien.

— J'aurais dû m'en douter. Caramon et Tika n'habitent certainement pas là... Mais l'homme a pourtant dit... Oh !

Faisant le tour de l'arbre, il vit dans l'ombre du feuillage une petite maison entourée de chardons. Construite à la hâte, elle n'avait pas été faite pour durer. Comme elle avait l'air misérable, avec la peinture écaillée de ses murs... Mais il y avait des fleurs aux fenêtres. Ainsi, la maison de Tika s'élevait à l'ombre d'un rêve.

Sur le seuil de la porte, il écouta. Des choses terribles devaient se passer à l'intérieur. Il entendit des vociférations, des bruits de verre brisé.

— Il vaut mieux que tu attendes dehors, dit Tass à l'amas de nippes.

Celui-ci émit un grognement et s'assit dans la rigole boueuse. Tass tourna la poignée. La porte était fermée.

— C'est bizarre. A quoi pense-t-elle ? Fermer les portes à clé ! Quels barbares ! Je suis pourtant sûr d'être attendu...

Il regarda la serrure d'un air sombre. A l'intérieur, les cris continuaient.

— C'est intéressant ce qu'il se passe là-dedans ! Ah ! la fenêtre ! C'est évident...

Elle aussi était fermée. *Jamais je n'aurais pensé cela de Tika.* Examinant la serrure, il constata qu'elle était très simple. Il sortit son passe-partout, outils fétiches des kenders, et d'un geste, la débloqua. Une fois à l'intérieur, il referma la porte sans bruit. D'un coup d'œil par la fenêtre, il vit l'amas de nippes laper une flaque d'eau.

Rassuré quant au sort de la créature, il traversa la pièce jusqu'à une autre porte, tourna la poignée et entra.

— Hello ! Vous souvenez-vous de moi ? On s'amuse bien ici ! Je peux jouer aussi ? Tika, donne-moi quelque chose à lui lancer dessus. Eh bien, Caramon...

Une pièce d'armure dans sa main levée, Tika, stupéfaite, se figea et regarda le kender avancer.

— Qu'est-ce qui t'arrive ? Tu as une mine épouvantable ! Tu es tout simplement affreux ! Dis-moi, Tika, pourquoi jetons-nous des pièces d'armure à la tête de Caramon ? Vous jouez à ça régulièrement ? Une spécialité des gens mariés, sans aucun doute...

Une cotte de mailles à la main, il s'apprêtait à la jeter sur le colosse, retranché derrière le lit.

— Tass Racle-Pieds ! (Tika avait recouvré la parole.) Au nom des dieux, que viens-tu faire par ici ?

— Je suis certain que Tanis vous a annoncé ma visite, répondit-il, lançant la cotte de mailles sur Caramon. La porte d'entrée était fermée à clé. J'ai dû passer par la fenêtre, Tika, fit-il d'un ton de reproche, je pense que tu pourrais avoir un peu plus de considération pour moi. Quoi qu'il en soit, j'ai rendez-vous ici avec dame Crysania et...

A la stupéfaction du kender, Tika laissa tomber la pièce d'armure et éclata en sanglots. Caramon émergea de derrière le lit comme un spectre sort du tombeau et il fixa sa femme d'un air éperdu. Ecartant les pièces d'armures qui jonchaient le plancher, il se traîna à genoux à côté d'elle.

— Tika, chuchota-t-il, pardonne-moi. Je ne pense pas ce que j'ai dit, tu le sais bien. Je t'aime. Je t'ai toujours aimée. Mais je ne sais plus ce que je dois faire !

— Tu le sais parfaitement ! Je viens de te le dire ! Dame Crysania est en danger. Tu dois la rattraper !

— Qui est cette dame Crysania ? brailla Caramon. Que m'importe qu'elle soit en danger ?

— Une fois dans ta vie, écoute-moi, insista la jeune femme, les dents serrées, ivre de colère. Dame Crysania est la plus puissante prêtresse de Paladine après Elistan. Un rêve prémonitoire l'a avertie que Raistlin pouvait détruire le monde. Elle s'est mise en route pour la Tour des Sorciers, elle veut voir Par-Salian...

— Pour qu'il l'aide à écraser Raistlin, n'est-ce pas ? grogna Caramon.

— Et pourquoi pas ? Mérite-t-il de vivre ? Il t'aurait tué sans hésiter !

Une lueur sauvage flamba dans les yeux du colosse. Tass tressaillit en le voyant serrer des poings. Face à Caramon, Tika soutint son regard.

— Mais non, reprit-elle, elle n'a aucune intention de lui faire du mal. Elle est aussi folle que toi. Elle aime ton frère ! Que les dieux lui viennent en aide...! Elle veut le sauver, le détourner du Mal.

Etonné, Caramon regarda Tika avec douceur.

— C'est vrai ?

— Oui. C'est pour cela qu'elle est venue te voir. Elle croyait que tu pourrais l'aider. Puis elle t'a vu hier soir...

Caramon baissa la tête. Les larmes lui montèrent aux yeux. *Une femme, une étrangère, veut venir en aide à Raistlin, et cela au péril de sa vie.* Il recommença à pleurnicher.

Exaspérée, Tika s'écria :

— Pour l'amour de... Retrouve-la, Caramon ! Seule, jamais elle n'arrivera à la Tour. Tu le sais, tu as déjà traversé la forêt de Wayreth !

— Oui, j'y suis allé avec Raist pour qu'il puisse faire le voyage et passer l'Examen. Quelle terrible épreuve ! Je l'avais mis en garde. Il a eu bien besoin de moi ensuite...

— Maintenant c'est Crysania qui a besoin de toi ! Tu n'as pas de temps à perdre, si tu veux la rattraper. Te rappelles-tu le chemin ?

— Moi je m'en rappelle ! cria Tass, excité. J'ai une carte.

Tika et Caramon se tournèrent vers le kender qu'ils avaient oublié.

— Toi et tes cartes, je ne suis pas près de m'en remettre ! Elles nous ont conduits jusqu'à un port où il n'y avait pas de mer !

— Ce n'était pas ma faute ! protesta Tass, indigné. Même Tanis l'a dit. La carte en question datait d'avant le Cataclysme, qui a fait disparaître la mer. Il faudra bien que tu m'emmènes avec toi, Caramon, car j'ai rendez-vous avec dame Crysania ! Elle m'a confié une mission, et je m'en suis acquitté. J'ai trouvé... Oh ! la voilà.

Il fit un geste de la main ; Tika et Caramon se tournèrent vers la porte et virent un amas informe de nippes dans lequel brillaient deux yeux soupçonneux.

— J'ai faim, dit la chose sur un ton accusateur. Quand manger ?

— J'avais pour mission de rechercher Boupou, déclara Tass avec fierté.

— Mais que diable dame Crysania va-t-elle faire d'une naine des ravins ? s'étonna Tika.

Elle lui donna du pain et du fromage, puis la mit dehors ; le « fumet » de la naine des ravins n'avait rien de ragoûtant.

Boupou retourna joyeusement dans la rigole, arrosant son repas de l'eau d'une flaque boueuse.

— J'ai promis de ne rien dire, expliqua Tass.

Le kender aida Caramon à revêtir son armure. La tâche était d'importance, car le guerrier avait doublé de volume. En nage, Tika et Tass, tirant et poussant sur les lanières, eurent toutes les peines du monde à tasser les énormes bourrelets de graisse à l'intérieur du métal.

Quant à Caramon, il gémissait comme s'il avait subi le supplice de la roue. Il lançait des coups d'œil avides vers le coin de la pièce où Tika avait jeté la flasque.

— Allons, Tass, raconte, dit Tika d'une voix enjôleuse, sachant qu'il était incapable de garder un secret, fût-ce au péril de sa vie. Je suis sûre que dame Crysania n'y verrait aucun mal...

— Elle m'a fait jurer le secret sur Paladine ! répondit Tass, décomposé. Et tu sais que moi et Fizban, je veux dire Paladine, sommes de grands amis. Caramon ! Rentre ton ventre ! cracha-t-il avec irritation. Je me demande comment tu en es arrivé là !

— Je suis en grande forme, répliqua le colosse. C'est l'armure qui a rétréci.

— Je ne savais pas que ce métal rétrécissait, constata Tass avec intérêt. Je parie qu'il faut le chauffer ! Comment as-tu fait ? Est-ce la température ambiante qui a monté, monté ?

— La ferme !

— Je voulais seulement t'aider, dit Tass, blessé. Ah oui, dame Crysania. Eh bien, j'ai prêté serment. Je me bornerai à dire qu'elle voulait tout savoir de Raistlin. Dame Crysania est merveilleuse. Tu t'en es peut-être rendue compte, Tika, comme tous les kenders, je ne suis pas religieux pour deux sous. Mais il n'est pas utile de l'être pour sentir sa bonté. Intelligente aussi. Peut-être plus que Tanis.

Arborant un air mystérieux plein d'importance, il reprit à voix basse :

— Je peux te dire au moins cela : elle a un plan pour sauver Raistlin ! Boupou en fait partie. Elle l'emmène voir Par-Salian.

Caramon accueillit la nouvelle d'un air dubitatif. Tika commençait à se dire que Rivebise et Tanis avaient peut-être raison. Dame Crysania était folle.

Mais si cela pouvait aider Caramon, il fallait garder espoir...

Caramon s'était fait son opinion.

— Tout est la faute de ce Fistandantilus. Tu sais, le mage Fizban, euh, Paladine, nous en a parlé. Par-Salian lui aussi sait quelque chose ! Nous allons arranger cela. Je vais ramener Raistlin comme je le voulais, Tika ! Il peut habiter dans la pièce aménagée pour lui. Tout ira bien !

Tika détourna le regard ; ce Caramon aux yeux brillants lui rappelait trop celui qu'elle avait tant aimé.

— Je vais chercher tes affaires.

— Attends ! Euh, non, merci Tika, je me débrouillerai seul. Si tu nous emballais quelque chose à manger pour la route ?

— Je vais t'aider, proposa Tass, qui prit la direction de la cuisine.

— Parfait, dit Tika, attrapant le kender par sa queue-de-cheval. Mais avant, tu vas vider tes poches.

Sautant sur l'occasion, Caramon courut s'enfermer dans la chambre. Il bondit sur la flasque, encore à moitié pleine. Avec un sourire satisfait, il la fourra dans son paquetage.

— Je suis prêt ! annonça-t-il joyeusement à Tika. (Un long silence.) Je suis prêt, répéta-t-il pour lui-même, sur un ton désolé.

Il était ridicule à voir. L'armure d'officier draconien qu'il avait portée durant la dernière guerre avait fière allure. Hélas, son ventre débordait entre sa cotte de mailles et son pantalon. Tass n'était pas parvenu à sangler les autres pièces.

Caramon leva son bouclier d'un air suspicieux, comme si on l'avait lesté de plomb à son insu. Son ceinturon devenu trop petit, il balança en fulminant épée et fourreau sur son paquetage.

C'en était trop ! Le kender détourna les yeux pour ne pas éclater de rire.

— J'ai l'air idiot, murmura Caramon.

Boupou revenue aux nouvelles, le regarda avec des yeux grands comme des soucoupes.

— Lui exactement comme le Grand Bulp, Phudge Premier, soupira-t-elle.

L'image du roi des nains des ravins, grassouillet et malpropre, revint à l'esprit de Tass. Il fourra une tranche de pain dans la bouche de Boupou pour la faire taire. Mais le mal était fait. Caramon se souvint aussi.

— Ça, c'est le bouquet ! cria-t-il en jetant son bouclier contre la porte. Je n'irai pas ! De toute façon, l'idée est extravagante !

Il se dirigea vers la porte ; elle lui barra le passage.

— Non ! Tu reviendras dans cette maison quand tu te conduiras en adulte !

— Lui plutôt *deux* adultes, maugréa Boupou.

D'un morceau de pain Tass lui cloua le bec.

— Tu dis n'importe quoi ! cria Caramon, prenant Tika par les épaules. Sors de mon chemin !

— Ecoute-moi, Caramon, dit-elle d'une voix pénétrée. Autrefois, tu as proposé à Raistlin de le suivre dans les Ténèbres. T'en souviens-tu ?

Tout pâle, il avala sa salive et acquiesça.

— Il a refusé, continua-t-elle. Tu en serais mort, disait-il. Ne vois donc tu pas que *tu es* dans les Ténèbres ? Tu es en train de te tuer à petit feu ! Raistlin t'a pourtant dit de suivre ta voie, comme lui suivrait la sienne. Mais tu n'en as rien fait ! Tu as couru deux lièvres à la fois. Une partie de toi vit dans les Ténèbres, l'autre se noie dans l'alcool l'horreur et la souffrance.

— Tout est ma faute ! C'est par ma faute qu'il s'est tourné vers les Robes Noires. C'est moi qui l'y ai poussé ! Par-Salian a tenté de me le montrer...

Tika contint sa colère.

— Possible. Mais tu ne reprendras pas ta place près de moi avant d'avoir fait la paix avec toi-même.

— Je n'y arriverai peut-être jamais. Y as-tu pensé ?

— Oui. Au revoir, Caramon.

Elle rentra et claqua la porte. Il tressaillit. Le voyant serrer les poings, Tass crut qu'il allait jouer les béliers.

Sa dignité bafouée, Caramon s'éloigna rapidement.

— Je vais lui montrer, marmonna-t-il. Je reviendrai dans quelques jours avec cette dame Crysle-machin, et nous en reparlerons ! Elle ne peut pas me faire une chose pareille ! Dans trois jours, elle me suppliera de rentrer. Mais moi, je ne voudrai peut-être plus...

Tass resta figé sur place. Dans la maison, Tika pleurait à gros sanglots. Le cliquetis de son armure et ses plaintes empêchèrent Caramon de les entendre.

— Je m'occuperai de lui, Tika ! cria Tass.

Prenant Boupou par le bras, il rattrapa le colosse.

De toutes les aventures qu'il avait vécues, c'était celle qui s'annonçait le plus mal...

CHAPITRE V

Palanthas !

« La fabuleuse cité qui a tourné le dos au monde pour mieux se contempler dans son miroir... » *Qui l'a décrite ainsi ?* songea Kitiara, juchée sur son dragon au-dessus des remparts de la ville. Peut-être le défunt Seigneur des Dragons, Ariakas.

Que de grandiloquence..., mais il avait raison.

Les Palanthiens avaient eu si peur de voir leur belle cité détruite qu'ils avaient négocié une paix séparée avec les Seigneurs des Dragons. Ils avaient attendu la fin de la guerre, où ils ne risquaient plus grand-chose, pour s'allier non sans réticence aux ennemis de la Reine Noire.

Grâce à l'héroïsme des Chevaliers de Solamnie, contrairement à Solace et à Tarsis, Palanthas avait échappé à la destruction. Kitiara ricana intérieurement. Ne songeant qu'à sa splendeur, la ville continuait à prospérer.

Le remue-ménage qui agitait la cité la fit sourire. Il y avait deux ans qu'elle n'avait vu de dragons bleus. On entendait déjà le roulement des tambours et les sonneries de trompettes...

Nuage entendait aussi les rumeurs guerrières et implora sa maîtresse du regard.

— Non, mon bon Nuage, répondit-elle, lui caressant l'encolure, ce n'est pas le moment ! Mais il ne saurait tarder, si mon plan se réalise. Ce sera pour bientôt, je te le promets !

Nuage dut s'en contenter. Il lâcha une salve d'éclairs sur les remparts au moment où fusaient les flèches. Saisis par la terreur des dragons, les soldats se dispersèrent.

Kitiara survola la ville sans se presser. En vertu du traité de paix entre ses armées et les Palanthiens, personne n'oserait l'attaquer. Cependant, certains chevaliers tentaient encore de convaincre les peuples d'Ansalonie de s'unir pour prendre d'assaut Sanxion, où elle s'était retirée après la guerre. Mais les Palanthiens s'en moquaient : le risque était nul.

— Mon pouvoir et mon prestige grandissent de jour en jour, lança Kitiara à l'intention de la cité.

Palanthas ressemblait à une roue qui aurait eu pour axe les édifices publics et les palais seigneuriaux. Autour se regroupaient les boutiques des riches marchands et la Bibliothèque d'Astinus. Ensuite venaient les marchés et les échoppes, qui s'étendaient jusqu'aux remparts.

La ville nouvelle, bâtie en deçà des murs, était sans défense. Cela fit sourire Kitiara. Insensible à la beauté des lieux, elle songe combien il lui serait facile de prendre cette cité.

Deux édifices attirèrent son attention. L'un était un temple nouvellement construit, dédié à Paladine. Son regard s'attarda sur l'autre ; elle comptait s'y rendre.

Aussi insensible que fût Kitiara, elle ne put s'empêcher de trouver le contraste saisissant. Dominant la ville de ses hauts murs noirs, l'ancienne Tour des

Sorciers, qui avait été le joyau de Palanthas, se dressait comme un doigt maléfique tendu vers le ciel.

Entourée de chênes immenses, elle était perpétuellement dans l'ombre. Ce bois inspirait à tous une terreur telle que les plus audacieux ne s'étaient jamais approchés, pas même les kenders, pourtant immunisés contre la peur.

— Le Bois de Shoikan, murmura Kitiara à son invisible compagnon. Aucun être vivant n'a osé y pénétrer. Jusqu'à ce qu'arrive le maître du passé et du présent...

A l'approche de la Tour, son sourire disparut.

Le dragon bleu se posa dans une rue abandonnée des environs du Bois de Shoikan. Kitiara avait menacé Nuage des pires tortures s'il ne la conduisait pas à la Tour, mais le dragon ne put obéir. Personne ne parvenait à franchir le bois maudit qui la gardait.

Ses yeux rouges brûlant de haine, Nuage piaffa en griffant le sol. Il aurait voulu empêcher sa maîtresse d'aller plus loin, mais il la connaissait bien. Quand elle avait quelque chose en tête, rien ne l'arrêtait.

Nuage étendit les ailes pour laisser descendre Kitiara.

Solinari, la lune d'argent, éclairait le ciel de sa lumière blafarde. Lunitari, sa jumelle rouge, montait à l'horizon, palpitant comme la flamme d'une chandelle. La clarté des deux astres baignait l'armure de Kitiara d'une lumière sanglante.

Après avoir scruté le bois, elle avança d'un pas et s'arrêta aussitôt. Derrière elle, Nuage l'avertit d'un battement d'ailes : *Quittons cet endroit sinistre, ma dame ! Fuyons pendant qu'il est encore temps !*

La bouche sèche, elle sentit son estomac se nouer. Sa première bataille lui revint en mémoire ; ce jour-là, elle avait compris qu'il fallait tuer ou être tué. Elle avait vaincu l'ennemi par la force de son épée. Mais que faire dans ce cas-là ?

— J'ai traversé beaucoup d'endroits difficiles, dit Kitiara à son compagnon invisible, et je n'ai pas eu peur. Mais je n'arriverai pas à entrer dans ce bois.

— Serre fort le bijou que je t'ai donné, répondit une voix grave, et les gardiens du Bois seront désarmés.

Kitiara regarda l'alignement d'arbres qui étouffait l'éclat des lunes et des étoiles. Pas un souffle n'agitait leurs branches. On racontait que pendant le Cataclysme, seul le Bois avait été épargné par la colère des dieux.

Mais plus angoissantes encore que ces ténèbres opaques, il y avait les pulsations qui montaient de la terre...

— Mon esprit comprend, mais mon cœur le refuse, seigneur Sobert, répondit Kitiara.

— Si tu renonces, ils sauront que le plus puissant Seigneur des Dragons est un lâche.

A travers son heaume, elle darda sur lui des prunelles ardentes. Au fond des orbites creuses de Sobert, les lueurs orange pétillèrent, moqueuses. Si le regard du spectre reflétait l'amusement, que verrait-elle dans les yeux dorés du mage ? Le triomphe !

Serrant les dents, Kitiara prit l'amulette que lui avait fait parvenir Raistlin.

Froide comme un glaçon, la pierre noire pesa lourdement dans sa paume.

— Comment les gardiens du Bois peuvent-ils la voir ? Elle ne brille même pas sous le clair de lune. On dirait un morceau de charbon.

— La lune qui fait scintiller l'amulette reste invisible à tes yeux ; ceux qui l'adorent la voient, sans être sauvés pour autant, expliqua Sobert, tout comme les morts condamnés à vivre éternellement... Nous la voyons ! Pour nous, elle brille plus fort que le soleil. Brandis-la bien haut, Kitiara, et avance. Les gardiens ne t'arrêteront pas. Enlève ton heaume, ils verront la lumière du joyau se refléter dans tes yeux.

Kitiara hésita. Imaginer Raistlin éclatant de rire la décida. Alentour, pas un souffle n'agitait les feuilles. Son front se couvrit de sueur. D'un geste nerveux, elle rejeta en arrière ses boucles brunes. Derrière elle, Nuage gémissait comme jamais encore. Sa résolution faiblit. Sa main trembla.

— Ils se nourrissent de ta peur, Kitiara, dit Sobert. Lève l'amulette, elle illuminera ton regard !

Ne lui donne pas ta lâcheté en spectacle ! songea la guerrière. La pierre levée au-dessus d'elle, Kitiara entra dans le Bois de Shoikan.

Soudain, l'obscurité l'enveloppa. Paralysée, elle ne vit rien d'autre que la lueur orange des yeux de Sobert. C'en fut assez pour la rassurer. *Ce n'est qu'un mauvais moment à passer,* se dit-elle. D'ailleurs la pierre noire diffusait à présent une lueur donnant du relief à l'obscurité.

Kitiara distingua bientôt de grands troncs. Un sentier serpentait entre les arbres comme une rivière obscure sur laquelle elle flottait.

Fascinée, elle sentit ses pieds la porter sans qu'elle les commande. Le Bois l'avait rejetée ; maintenant, il l'attirait à lui.

Elle tenta de reprendre le contrôle d'elle-même. Au bout d'un moment, il lui sembla y être parvenue. Du moins, elle n'avançait plus. Mais elle restait impuissante. Des branches craquèrent avec un bruit sinistre. Le feuillage lui fouetta le visage. Affolée, elle le repoussa, mais le contact n'était pas déplaisant. C'était presque une caresse. On la *reconnaissait.*

Kitiara se reprit ; elle s'interdit de quitter le sentier des yeux.

Il ne bougeait pas. Son mouvement apparent était une illusion d'optique. C'était les arbres qui se mouvaient, se courbant pour la laisser passer. Kitiara reprit confiance et avança. Sobert la suivait de près.

Il doit être en communication avec les esprits, songea-t-elle avec un sourire.

Un cri chassa son amusement.

Quelque chose de froid l'avait saisie par une cheville. Son sang se glaça dans les veines. La douleur était à hurler. Baissant les yeux, elle vit une main blanche refermée sur sa cheville. Elle sentit la vie se retirer de son corps, peu à peu gagné par le froid. Horrifiée, elle vit son pied s'enfoncer sous terre.

La panique la saisit. Pour faire lâcher prise à la main squelettique, elle la frappa. Une autre main émergea du sol et lui prit l'autre cheville. Kitiara perdit l'équilibre et tomba en hurlant de terreur.

— Ne lâche pas l'amulette ! Ils tentent de te tirer à l'intérieur de la terre.

Serrant le bijou dans sa main, elle se débattit de plus belle.

— Aide-moi ! cria-t-elle à Sobert.

— J'en suis incapable. Ici, ma magie ne peut rien. Tu ne t'en sortiras que par la force de ta volonté. Pense à l'amulette...

Elle resta un instant sans bouger. Soudain, la rage subite monta en elle.

Comment ose-t-il me faire subir ça ? songea-t-elle. Elle imagina son demi-frère se délectant des tortures qu'il lui infligeait. La colère avait balayé sa panique ; à présent, son calme retrouvé, elle sut ce qu'elle allait faire. Lentement, elle se releva.

D'un geste précis, elle approcha l'amulette de la main du spectre.

Un juron monta des profondeurs de la terre. L'appendice monstrueux lâcha sa prise et disparut sous les feuilles mortes. Kitiara s'empressa de réitérer son geste avec l'autre main.

Titubante, la pierre noire brandie comme une torche, Kitaria regarda autour d'elle,

— Vous voyez, maudits morts-vivants ? cria-t-elle. Vous ne m'arrêterez pas ! Je franchirai le Bois, vous entendez ? Je le traverserai !

Seul le silence lui répondit. Le craquement des branches s'était arrêté, les feuilles ne tremblaient plus sous le vent. Maudissant Raistlin, elle continua, le chevalier Sobert sur les talons.

— Ce n'est plus très loin, dit-il. Une fois de plus, Kitiara, tu forces mon admiration.

Elle ne répondit pas. Sa colère, une fois tombée, avait laissé en elle un vide que la peur revenait combler. Elle n'osait pas parler. Regardant droit devant, elle continua à marcher. Autour d'elle, des doigts sortaient du sol, cherchant à atteindre la chair vivante qu'ils haïssaient et désiraient en même temps. Entre les arbres, des visages livides épiaient ses mouvements.

La main gantée qui serrait l'amulette tremblait mais ne flanchait pas. Les doigts macabres et les bouches avides de sang ne devaient pas l'atteindre. Les branches s'écartaient sur son passage.

Au bout du chemin se tenait Raistlin.

— Je devrais te tuer, espèce d'imbécile ! s'écria-t-elle, la main sur le pommeau de son épée.

— Moi aussi, je suis heureux de te revoir, chère sœur.

Ils se rencontraient pour la première fois depuis deux

ans. Raistlin portait une robe de velours noir brodée d'inscriptions en fils d'argent. Le capuchon qui ombrageait son visage, éclairé d'étranges yeux dorés, était orné de l'image d'un sablier. Le mage s'appuyait sur son bâton au cabochon de cristal enchâssé dans une griffe de dragon.

— J'aurais dû te tuer !

Kitiara jeta un coup d'œil au chevalier fantôme caché dans l'ombre. Moins qu'un ordre, c'était une invitation, un défi tacite qu'elle lui lançait.

Raistlin sourit, ce qui lui arrivait rarement.

— Je te salue, seigneur Sobert, dit-il, se tournant vers le spectre.

Kitiara se mordit les lèvres. Les pupilles en sabliers étudiaient les symboles gravés sur l'armure de Sobert : la Rose, le Martin-pêcheur et l'Epée.

— Le Chevalier de la Rose Noire, poursuivit-il, mort dans les flammes du Cataclysme, avant que la malédiction de l'elfe ravie à son époux ne le ramène à une vie bien amère.

— Tel est mon destin, répondit le spectre. Toi, tu es Raistlin, le maître du passé et du présent, comme il avait été prédit.

Les deux hommes se mesurèrent du regard, oubliant Kitiara, qui se tenait tranquille en attendant l'issue de l'affrontement.

— Ta magie est puissante, dit Raistlin.

Une brise légère agita les branches et fit frémir les plis de la robe noire.

— Oui, répondit le spectre, je peux tuer d'un mot et projeter une boule de feu sur l'ennemi. Je commande un escadron de guerriers dont le seul contact anéantit. Je suis capable d'élever un mur de glace pour protéger ceux que je sers. Mes yeux discernent l'invisible. Les sorts ne me résistent pas.

Raistlin acquiesça.

Le seigneur Sobert étudia le mage sans mot dire. Puis il s'approcha et s'arrêta à un doigt de son visage. Kitiara retint son souffle.

D'un geste courtois, le chevalier maudit posa la main sur ce qui avait été autrefois son cœur.

— Cependant, je m'incline devant un maître, dit-il.

Kitiara retint une exclamation. Raistlin lui lança un regard amusé.

— Déçue, ma chère sœur ?

Mais elle avait l'habitude que le vent tourne — pas toujours en sa faveur. Elle avait identifié l'ennemi et découvert ce qu'elle désirait savoir. Désormais elle pouvait passer à l'action et se battre.

— Pas du tout, petit frère, répondit-elle avec le sourire qui enjôlait tant d'hommes. C'est toi que je suis venue voir. Il y a longtemps que nous ne nous sommes pas rendus visite. Tu as bonne mine !

— Je suis en excellente forme, chère sœur, dit-il.

Il posa la main sur son bras. Elle tressaillit, comme si son contact lui brûlait la peau mais ne cilla pas sous le regard inquisiteur.

Raistlin sourit.

— C'est vrai, il y a longtemps que nous nous sommes vus. Deux ans, disais-tu ? C'était au temple de Neraka, le soir où la Reine des Ténèbres fut vaincue, et chassée du monde...

— Merci de ta trahison..., coupa Kitiara.

Elle voulut se soustraire à son emprise, mais il ne la lâcha pas. Plus grande et plus forte que son frère, Kitiara aurait pu le briser en deux comme un fétu de paille. Pourtant elle n'osa plus bouger.

Souriant, Raistlin l'entraîna vers les portes de la Tour des Sorciers.

— Tu parles de traîtrise, chère sœur ? Ne t'es-tu pas

réjouie de voir tomber le bouclier de protection d'Ariakas grâce à ma magie ? Sinon comment Tanis Demi-Elfe aurait-il pu plonger sa lame dans le cœur de ton maître ? N'ai-je pas fait de toi le plus puissant Seigneur des Dragons de Krynn ?

— Pour ce que ça m'a apporté ! répliqua amèrement Kitiara. Je suis retenue à Sanxion presque comme une prisonnière par les Chevaliers de Solamnie, qui font la loi partout ! Nuit et jour, les dragons dorés me surveillent. Mes armées dispersées errent dans le pays...

— Mais tu as réussi à venir jusqu'ici, répondit Raistlin. Les dragons dorés t'ont-ils arrêtée ? Les chevaliers ont-ils remarqué ton départ ?

Kitiara regarda son frère avec étonnement.

— C'est ton œuvre ?

— Evidemment. Mais nous parlerons de cela plus tard, ma sœur. Tu dois avoir faim et froid. Le Bois de Shoikan éprouve les nerfs des plus endurcis. Une seule personne l'a traversé avec succès, avec mon aide, bien sûr. Je savais que tu serais à la hauteur de l'épreuve, mais j'avoue avoir été surpris par le courage de dame Crysania...

— Dame Crysania ! La Révérée Prêtresse de Paladine ! Tu l'a fait venir ici ?

— Je l'ai plutôt invitée. Sans cela, et un charme protecteur, elle n'aurait jamais pu traverser le Bois.

— Elle est venue ?

— Avec un certain empressement, je t'assure.

Ils étaient arrivés devant l'entrée, éclairée par des torches. Un sourire se dessina sur les lèvres du mage.

— Avec un empressement certain, corrigea-t-il.

Kitiara eut un petit rire.

Tard dans la nuit, après le lever des deux lunes,

Kitiara était encore dans la bibliothèque de Raistlin. Un verre de vin à la main, elle réfléchissait.

La pièce était plus que confortable. Du fond de son fauteuil, la jeune femme contemplait les merveilleuses tapisseries représentant des animaux, des fleurs et des objets étranges, parfois très beaux, parfois horribles.

Les livres prédominaient. Il y en avait des centaines alignés sur les rayons. Presque tous étaient reliés de bleu nuit et décorés d'inscriptions d'argent. Malgré le feu de la cheminée, la température restait glaciale. Kitiara eut l'impression que ce froid provenait des ouvrages.

Le chevalier Sobert restait dans l'ombre, à l'écart de l'âtre. Ni Kitiara ni Raistlin ne le voyaient, mais ils sentaient sa présence.

Le mage était assis derrière une gigantesque table noire où étaient sculptées des créatures qui semblaient dévorer Kitiara des yeux.

Se tortillant dans son fauteuil, elle vida sa coupe de vin. Habituée aux boissons les plus fortes, elle commençait pourtant à avoir la tête lourde. Elle détestait perdre le contrôle d'elle-même et repoussa le verre avec irritation.

— Ton plan est idiot ! lança-t-elle en se levant et arpentant la pièce. Cela n'a aucun sens, tu perds ton temps ! Toi et moi nous pourrions régner sur l'Ansalonie ! Et avec les pouvoirs que tu possèdes, sur le monde entier ! Pourquoi s'embarrasser de dame Crysania ou de notre balourd de frère...

— Dominer le monde, dit Raistlin, les yeux brillants. Le monde ? Tu ne comprends toujours pas, chère sœur ? Laisse-moi t'expliquer les choses aussi simplement que possible.

A son tour, il se leva. Les mains sur la table, il tendit le cou vers elle, menaçant comme un serpent.

— Je me moque pas mal du monde, dit-il. Je pourrais le dominer sur-le-champ si je le voulais. Or, ça ne m'intéresse pas.

— Si ce n'est pas sur le monde que tu veux régner, dit-elle, sarcastique, il ne reste que...

Kitiara faillit se mordre la langue. Elle regarda Raistlin avec stupéfaction. Dans l'ombre, les yeux du spectre brillèrent plus ardemment que les flammes de la cheminée.

— Tu viens de comprendre.

Avec un sourire de satisfaction, Raistlin se rassit.

— Saisis-tu à présent quel rôle peut jouer la Révérée Prêtresse de Paladine ? Le destin me l'envoie juste avant que je parte !

Kitiara le regarda d'un air hébété.

— Comment peux-tu être sûr qu'elle te suivra ? Tu ne lui as sûrement rien dit.

— Assez pour que quelque chose germe dans son cœur, répondit-il, souriant à la pensée de l'entrevue avec Crysania. Je dois dire que cela fut une de mes meilleures performances. Je n'ai pas parlé immédiatement ; sa bonté et sa pureté m'ont tiré les mots de la bouche. Ils l'ont frappée au cœur ; elle est sous ma coupe. Sa pitié pour moi l'a perdue... Elle viendra ! décida-t-il. Elle, avec notre bouffon de frère. Bien entendu, il m'obéira sans comprendre, comme toujours.

Kitiara massa ses tempes battantes. Ce n'était pas l'effet du vin, mais de la fureur et de la déception.

Il pourrait me donner un coup de pouce ! songea-t-elle. *Il est vraiment aussi puissant qu'on le dit. Et plus encore. Mais il est fou. Il a perdu la tête...*

Une autre voix montant du plus profond d'elle lui souffla :

Et s'il n'était pas fou ? S'il parvenait à ses fins ?

Froidement, elle considéra tous les aspects de son plan. C'était horrible. Il ne fallait pas qu'il gagne !

Pire, il risquerait de l'entraîner avec lui dans sa chute !

Elle ne laissa rien paraître de ses pensées. Sur son visage s'afficha un sourire charmeur. Plus d'un homme avait trépassé après un sourire comme celui-là.

Raistlin aurait dû s'en souvenir.

— Pour changer, range-toi du côté des vainqueurs.

La remarque ébranla les certitudes de la guerrière. S'il réussissait, c'était la gloire ! Krynn serait à ses pieds.

Elle étudia son frère avec attention. Vingt-huit ans plus tôt, il avait été un nouveau-né malade, contrairement à son robuste jumeau.

« Laissons-le mourir, avait dit la sage-femme, mieux vaut une fin douloureuse qu'une douleur sans fin. »

Kitiara était adolescente. Stupéfaite, elle avait entendu sa mère acquiescer.

Elle avait refusé. Il y avait un défi à relever. Le bébé vivrait ! Qu'il le veuille ou non, elle le ferait vivre ! « Mon premier combat fut contre les dieux, avait-elle coutume de dire fièrement. Et je l'ai remporté ! »

Aujourd'hui, il était devenu un homme, mais elle le revoyait enfant, éperdu du désir d'être aimé.

Kitiara détourna les yeux.

— Je dois rentrer, dit-elle, enfilant ses gants. Fais-moi savoir quand tu reviendras.

— Si je réussis, je n'aurai pas besoin de te contacter, dit Raistlin. Tu sauras !

Kitiara retint un ricanement. Jetant un coup d'œil au seigneur Sobert, elle s'apprêta à quitter la pièce.

— Au revoir, mon frère, et bonne chance ! Je regrette que nous ne partagions pas le goût des plaisirs de ce monde ! Toi et moi aurions pu faire de grandes choses ensemble !

— Au revoir, Kitiara. Je te dois la vie, chère sœur. Du moins, c'est ce qu'on m'a raconté. Je voudrais que tu le saches : par la mort d'Ariakas, qui à coup sûr t'aurait tuée, j'ai payé ma dette. Je ne te dois plus rien !

Kitiara sonda les yeux dorés du mage. Menace ? Promesse ? Rien de tout cela. Il prononça une formule magique et disparut.

Il fut plus facile à la jeune femme de sortir du Bois de Shoikan que d'y entrer. Les esprits malins ne s'intéressaient pas à ceux qui s'éloignaient de la Tour. Kitiara et Sobert marchaient côte à côte sur le tapis de feuilles mortes. Il n'y avait pas de printemps pour cette forêt...

Kitiara resta silencieuse jusqu'à ce qu'ils eurent rejoint la chaussée. Le soleil se levait ; les Palanthiens s'éveillaient. Au loin, sur les remparts, elle entendit la relève de la garde. Elle était de nouveau parmi les vivants...

La guerrière respira.

— Il faut l'arrêter, dit-elle au seigneur Sobert. Je sais que ce ne sera pas facile.

Enfilant son heaume, elle se dirigea à grands pas vers Nuage, qui l'accueillit avec de triomphants mouvements de tête. Flattant l'encolure du dragon, elle se tourna vers le chevalier.

— Inutile de le prendre de front, cependant. Son plan repose sur dame Crysania. Il suffit qu'elle disparaisse, et le tour sera joué. Il ne saura jamais que j'y suis pour quelque chose. Nombreux sont ceux qui ont essayé de pénétrer dans la forêt de Wayreth et qui sont morts, n'est-ce pas ?

Le spectre acquiesça, les yeux brillants.

— Charge-toi de cela. Que ça ait l'air d'une fatalité ! Mon frère y croit. Quand il était petit, s'il ne m'obéissait pas, il était fouetté. Il est temps de lui faire de nouveau la leçon !

Nuage étendit ses ailes et s'éleva dans le ciel matinal.

Le seigneur Sobert demeurait figé au bord du Bois de Shoikan.

— Moi aussi, Kitiara, je crois à la fatalité ! murmura-t-il. Je crois que l'homme forge son destin !

Il leva les yeux vers les fenêtres. La lumière venait de s'éteindre. Puis une lueur prit le relais, en haut de la Tour.

C'était le laboratoire du magicien. La pièce secrète où Raistlin concoctait ses tours.

— Je me demande qui accepterait pareille leçon..., murmura Sobert en haussant les épaules.

Il se fondit dans les ombres.

CHAPITRE VI

— Arrêtons-nous ici, dit Caramon devant un bâtiment délabré, à la lisière de la forêt. Elle y est peut-être passée.

— J'en doute, répondit Tass, jetant un regard méfiant à l'enseigne qui oscillait au-dessus de la porte. Cette *Chope Fêlée* ne me semble pas l'endroit rêvé pour une prêtresse...

— Bêtises, grommela Caramon, il faut bien qu'elle mange. Les religieux les plus ascétiques doivent se nourrir. Quelqu'un aura peut-être entendu parler d'elle. Nous n'avons pas eu de chance jusqu'ici mais...

— Non, mais nous en aurions sans doute davantage, coupa Tass, si nous cherchions sur les routes et non dans les tavernes.

Il n'y avait pas trois jours qu'ils s'étaient mis en route et déjà les mauvais pressentiments de Tass se confirmaient.

D'ordinaire, les kenders sont d'enthousiastes voyageurs. Au plus tard dans leur vingtième année, la bougeotte les prends. Ils se jettent dans l'inconnu, à la recherche d'aventure et de nouveautés dont beaucoup rempliront leurs besaces. Immunisés contre la peur, affligés d'une insatiable curiosité, les kenders représentaient une faible partie de la population de Krynn, ce dont chacun se félicitait.

Tass Racle-Pieds était à bien des égards un kender typique. Il avait sillonné l'Ansalonie de long en large avant que ses parents se fixent au Kendermore. Au cours d'un voyage, il avait rencontré le nain Flint Forgefeu, forgeron de son état, et son ami Tanis Demi-Elfe. Par la suite, Sturm de Lumlane, Chevalier de Solamnie, et les jumeaux Caramon et Raistlin s'étaient joints à eux. Ensemble, ils avaient vécu une grande aventure : la guerre de la Lancedragon.

La perte de deux personnes qu'il aimait, Sturm et Flint, avait profondément touché le kender. Il avait commencé à avoir peur, non pour lui-même, mais pour ceux à qui il tenait. Caramon en faisait partie.

Au début, le voyage avait été amusant. Avec la régularité d'un métronome, après s'être plaint de la dureté de cœur de Tika et de l'incompréhension du monde, le guerrier prenait la gourde et buvait à grands traits. Alors, il se mettait à raconter ses exploits. Tass trouvait cela distrayant, bien qu'il dût surveiller sans cesse Boupou, il se réjouissait de chaque nouvelle journée.

Mais cet après-midi, la gourde était vide, et Caramon se sentant d'humeur à entendre les histoires que Tass ne se lassait jamais de répéter. Au moment où le récit devenait poignant, le guerrier aperçut une taverne.

— Je vais remplir ma gourde, dit-il en entrant.

Tass allait le suivre lorsqu'il surprit Boupou en admiration devant une forge, de l'autre côté de la rue. Sachant qu'elle risquait de se faire rôtir, et la ville avec elle, il décida de la surveiller. Du reste, les nains des ravins n'étaient pas bien accueillis dans les auberges. Caramon n'en aurait que pour quelques minutes...

Deux heures plus tard, le colosse ressortit en titubant.

— Par tous les dieux, qu'est-ce que tu as fichu ? s'exclama Tass, bondissant sur lui comme un chat.

— J'ai pris... un petit coup... pour la route.

— Moi, j'ai une mission ! cria Tass, excédé. C'est ma *première* mission pour une personne importante, qui, de plus, court un grand danger, et je suis obligé d'attendre ici depuis deux heures avec une naine des ravins ! glapit-il, montrant Boupou, qui dormait dans un fourré. Je ne me suis jamais autant ennuyé de ma vie, et toi, tu t'imbibes de cette abomination d'alcool des nains !

Caramon le fixa d'un œil haineux.

— Tu sais quoi, grommela-t-il, tu commences à ressembler de plus en plus à Tika...

A partir de là, les choses se gâtèrent.

Dans la soirée, ils arrivèrent à un carrefour.

— Prenons cette route, dit Tass. Dame Crysania se doute qu'on essaiera de l'arrêter ; elle aura choisi un chemin peu fréquenté. Nous devrions suivre le même sentier qu'il y a deux ans, quand nous avons quitté Solace...

— Imbécile ! s'énerva Caramon. C'est une femme, et une prêtresse, par-dessus le marché. Elle prendra la route la plus facile. Nous passerons par Haven.

Tass n'était pas convaincu que ce fût la bonne décision. Ses craintes s'avérèrent fondées ; une lieue plus tard, ils arrivèrent devant une auberge.

Caramon entra pour demander si on avait vu Crysania. Tass resta dehors avec Boupou. Une heure plus tard, le colosse réapparut, passablement éméché.

— Alors, quelqu'un l'a vue ? demanda Tass.

— Vu qui ? Ah ! Oui... Non !

Deux jours après leur départ, ils n'avaient pas couvert la moitié du chemin pour Haven. Mais le kender aurait pu rédiger un guide des tavernes de la région.

— Dans le temps, fulminait-il, nous aurions fait Tarsis aller et retour en deux jours !

— J'étais très jeune. A présent, j'ai atteint ma taille adulte, je dois me muscler petit à petit...

— Oui, petit à petit, tu t'imbibes...

Caramon n'arrivait pas à marcher plus d'une heure sans s'effondrer, trempé de sueur. Tass, et Boupou devaient le haranguer pour qu'il reparte. Il se plaignait constamment ; son armure le râpait, il avait faim, le soleil tapait, il avait soif... Le soir venu, il insistait pour passer la nuit dans des auberges miteuses.

Après trois jours et une vingtaine de tavernes, il n'y avait toujours pas trace de dame Crysania. Tass songeait sérieusement à rentrer au Kendermore, y acheter une gentille petite maison et se ranger de l'aventure. A midi, ils arrivèrent à l'auberge de *La Chope Fêlée*. Caramon disparut immédiatement à l'intérieur.

Résigné, Tass resta avec Boupou devant la façade décrépite.

— Moi plus d'accord, annonça Boupou, l'œil accusateur. Toi as dit aller trouver joli garçon en robe rouge. Mais voir seulement gros ivrogne. Moi retourne à la maison, voir le Grand Bulp, Phudge Premier.

— Non, ne t'en vas pas maintenant ! cria Tass, au bord du désespoir. Nous allons trouver euh... le joli garçon. Ou du moins la belle femme qui veut aider le joli garçon. Peut-être qu'ici, ils sauront quelque chose.

Boupou n'en croyait pas un mot. D'ailleurs, Tass non plus.

— Ecoute, attends-moi ici, je n'en ai pas pour longtemps. Je vais t'apporter quelque chose à manger. Tu promets de ne pas partir ?

Elle claqua la langue et le regarda d'un air méfiant.

— Moi attendre jusqu'au déjeuner. Après...

Menton pointé, Tass entra dans la taverne. *Nous allons avoir une petite discussion !* se promit-il.

— A votre santé, messieurs ! dit Caramon, levant sa chope devant l'assistance.

Tass s'assit à côté de lui.

— Nous cherchons une jeune femme, débita Caramon sur le même ton monocorde que d'habitude. Cheveux noirs, visage très pâle, robe blanche. C'est une prêtresse...

— Oui, nous l'avons vue, dit un homme.

— Tu l'as vue ? s'étrangla Caramon, avalant sa bière.

— Où ça ? pressa le kender.

— Dans le bois à l'est d'ici, répondit le client en indiquant la direction. Je crois que c'est une folle. Mes compagnons et moi lui avons dit que le coin grouillait de gobelins, et qu'elle ne devrait pas se promener seule. Elle a répondu qu'elle était entre les mains de Paladine, ou un nom comme ça, enfin quelqu'un qui s'occupe d'elle.

— Ce ne peut être qu'elle, soupira Caramon en levant sa chope.

Tass la lui arracha des mains.

— Non mais je...

— Ça suffit ! Il faut partir ! Merci du renseignement, fit le kender en le tirant vers la porte. Où as-tu dit l'avoir vue exactement ?

— A environ trois lieues à l'est. Prends le sentier derrière l'auberge qui coupe à travers la forêt. C'est un raccourci pour Hauteportes.

— Merci !

Tass poussa Caramon vers la sortie.

— Il n'y a pas le feu ! rugit celui-ci. Nous pourrions au moins manger quelque chose !

— Essaye de penser ! De te souvenir ! glapit Tass en sautant sur place d'énervement. Te rends-tu compte où elle est ? A trois lieues d'ici ! Regarde, dit-il en sortant ses cartes de sa besace.

Il en déroula une sous le nez de Caramon.

— Voilà où nous sommes, et voilà Haven, plus au sud. En face, il y a Hauteportes. Nous allons prendre le sentier dont le type a parlé et...

Caramon scruta la carte avec insistance.

— Le Bois des Ombres..., murmura-t-il. Je connais ce nom-là...

— Evidemment que tu le connais ! Nous avons failli y laisser notre peau ! s'exclama Tass. Pour que Raistlin nous sorte de là... (Voyant Caramon froncer les sourcils, Tass para au plus pressé.) Imagine qu'elle s'y retrouve toute seule ? plaida-t-il.

Le colosse regarda le sentier envahi par la végétation. Son visage s'assombrit.

— Je crois comprendre que c'est à moi de l'arrêter, grommela-t-il.

— Bien sûr qu'il faut l'arrêter ! En fait, pendant tout le voyage, tu ne l'as jamais vraiment cherchée... Tu entends trimballer ta carcasse d'une taverne à l'autre et engloutir de la bière, pour retourner ensuite geindre auprès de Tika et lui raconter que tu es un raté. Tu t'imagines qu'elle t'accueillera, comme d'habitude ?

— A quoi t'attendais-tu ? Comment veux-tu que j'aide cette femme à trouver la Tour des Sorciers ? Je n'ai pas plus envie de la chercher que de la trouver ! J'ai juré ne jamais y remettre les pieds ! C'est là qu'ils ont détruit Raistlin. Quand il en est sorti, sa peau avait pris son étrange couleur dorée, ses yeux ne voyaient plus que la mort. Ils ont brisé son corps. Il tousse comme il respire ! Et ils l'ont poussé à me tuer !

Il éclata en sanglots.

— Il ne t'a pas tué, Caramon, répondit Tass, décontenancé. Tanis me l'a dit. Il ne s'agissait que de ton image. Il était malade, il avait peur et souffrait intérieurement. Il ne savait pas ce qu'il faisait...

Caramon secoua la tête. Tass avait le cœur trop tendre pour le blâmer ; rien d'étonnant à ce qu'il ne veuille pas revenir dans ces lieux. Mais il y avait dame Crysania, qui errait, seule, dans le Bois des Ombres.

— Ecoute, Caramon, j'ai déjà parlé avec un de ces spectres, mais j'ignore s'il me reconnaîtrait. Et puis il y a les gobelins. Même si je n'ai pas peur d'eux, je ne pourrai pas me battre contre une troupe entière.

Tass ne savait plus que dire. Si seulement Tanis avait été là ! Il avait toujours une idée ; il aurait fait entendre raison à Caramon. *Mais Tanis n'est pas là,* lui souffla une voix qui lui semblait être celle de Flint. *C'est à toi de le faire, tête de linotte !*

Aucune envie de me coltiner ça ! songea Tass, s'attendant à ce que la voix lui réponde.

Non — il n'y avait pas de voix.

— Caramon, déclara-t-il, aussi sérieux que possible, viens avec nous jusqu'à la lisière de la forêt de Wayreth. Après, tu rentreras. Nous serons plus en sécurité...

Mais Caramon n'écoutait pas. Assommé par l'alcool, adossé à un arbre, il balbutiait des mots incohérents, implorant Tika de s'occuper de lui.

Boupou se campa devant le guerrier.

— Moi partir, dit-elle d'un air dégoûté. Si moi voulais gros ivrogne, moi en avoir plein chez moi.

Elle se dirigea vers le sentier. Tass courut derrière elle.

— Non, Boupou ! Nous sommes presque arrivés !

La patience de Tass était à bout. Il n'y avait personne pour l'aider. Comme quand il avait brisé l'orbe draconien, à Blanchepierre. Ce qu'il faisait n'était peut-être pas ce qu'il y avait de mieux, mais qu'essayer d'autre ?

Il retourna vers Caramon lui flanquer de grands coups dc pied dans les mollets.

— Aïe ! Mais qu'est-ce qu'il te prend ?

Pour toute réponse, Tass frappa de plus belle. Caramon se massa les jambes en gémissant.

— Ah ! ça devient amusant, dit Boupou.

Rayonnante, elle le frappa à son tour.

— Maintenant, moi rester, annonça-t-elle.

L'œil mauvais, Caramon se récria :

— A quoi joues-tu, Racle-Pieds de malheur ?

— Ce n'est pas un jeu, gros bêta ! J'essaie de trouver chez toi un point sensible, c'est tout ! J'en ai assez de tes jérémiades ! Ces dernières années, tu as passé ton temps à te plaindre ! Le noble Caramon, sacrifiant tout à son ingrat de frère ! Le bon Caramon, toujours dans l'ombre de Raistlin ! Du moins c'est ce qu'il me semblait. Mais je commence à croire que tu faisais passer Caramon en premier ! Raistlin savait peut-être, au fond de lui, ce que je commence à comprendre ! Tu agissais pour te sentir bien, c'est tout ! Ce n'est pas Raistlin qui avait besoin de toi, mais toi de lui ! Tu as vécu à sa place parce que tu as trop peur d'exister par toi-même !

De colère, Caramon se décomposa. Les poings serrés, il se leva.

— Cette fois, tu es allé trop loin, petit crétin...

— Vraiment ? glapit Tass, sautillant d'un pied sur l'autre. Eh bien, écoute ! Tu ne cesses de ronchonner que personne n'a besoin de toi. T'est-il arrivé de penser que Raistlin avait encore plus besoin de toi qu'avant ? Et dame Crysania ? *Elle* a besoin de toi ! Mais toi, te voilà devenu un tas de graisse ramollie au cerveau plein de bouillie !

Tass se dit qu'il était peut-être allé trop loin.

Le visage congestionné, un rictus haineux aux lèvres, Caramon fit un pas vers lui. Boupou poussa un cri et se cacha derrière le kender.

Tass ne fit pas un geste.

Le colosse se pencha vers lui, lui soufflant son haleine chargée d'alcool dans les narines. Il en eut la nausée. Devant l'expression enragée du colosse, Tass ferma les yeux.

Stoïque, il se raidit, attendant le coup de poing qui lui écraserait la figure.

Des craquements de branches cassées montèrent du bois.

Tass se décida à ouvrir les yeux. Au bout du sentier, il vit Caramon avancer à grands pas.

Le kender poussa un grand soupir.

— On s'amuse bien, moi reste, annonça Boupou. Le jeu bientôt continuer ?

— Je ne crois pas, Boupou. Viens, suivons-le, cela vaudra mieux.

— D'accord, dit-elle sagement. Bientôt, d'autres jeux, aussi amusants.

— Mais oui, fit Tass sans conviction.

Craignant que le remue-ménage ait attiré l'attention, il jeta un coup d'œil vers l'auberge. Ses yeux s'écarquillèrent de surprise.

L*a Chope Fêlée* avait disparu. Les bâtiments délabrés, l'enseigne grinçante, le comptoir, le patron, le client... tout avait disparu, comme un mauvais rêve qu'on oublie dès qu'on se réveille.

CHAPITRE VII

Dans la soirée, Caramon se soûla à mort.

Tass et Boupou l'aperçurent, debout au milieu du sentier, avalant les dernière gouttes de sa gourde.

— Vide ! fulmina-t-il en la secouant.

Tass en eut le cœur serré.

Voilà où nous en sommes, songea-t-il, plein de remords. *Je ne peux pas lui dire que l'auberge a disparu. Pas tant qu'il est dans cet état ! Ça envenimerait les choses.*

Il rejoignit Caramon et lui tapota gentiment l'épaule. Le guerrier se retourna et jeta des regards affolés autour de lui.

— Qu'y a-t-il ? Qui va là ?

— C'est moi, dit Tass d'une petite voix. Je voulais te dire que j'étais désolé...

— Hein ? Quoi ? s'écria Caramon en le regardant d'un air hagard. Oh ! hello petit ! Un kender ! fit-il en éclatant d'un rire idiot. Et une naine des ravins ! (Il s'inclina.) Comment vous appelez-vous ?

— Mais enfin, Caramon, tu me connais ! Je suis Tasslehoff.

— Moi, Boupou. Toi, qui ? fit la naine, ravie de ce nouveau jeu.

— Tu sais parfaitement qui nous sommes, intervint Tass, agacé.

Caramon l'interrompit.

— Moi, je suis Raistlin, déclara-t-il avec emphase, un grand magicien.

— Oh ! arrête maintenant, Caramon ! Je t'ai fait mes excuses, alors ne te...

— Caramon ? (Le géant ouvrit de grands yeux.) Caramon est mort. C'est moi qui l'ai tué, il y a bien longtemps, dans la Tour des Sorciers...

— Par la barbe de Reorx ! souffla Tass.

— Lui pas Raistlin ! grogna Boupou. Lui qui ? l'interrogea-t-elle, méfiante.

— Non, bien sûr que ce n'est pas Raistlin, coupa Tass.

— Jeu pas drôle ! déclara Boupou d'un ton décidé. Moi n'aime pas. Lui pas joli garçon si gentil avec moi. Lui gros ivrogne. Moi partir. Quel chemin ?

— Pas maintenant, Boupou !

Que se passait-il ? Le kender ne comprenait plus rien. Peut-être s'était-il endormi, et émergerait-il bientôt de ce mauvais rêve ?

Mais apparemment, *lui* était bien réveillé. En ce qui concernait Caramon, c'était une autre histoire.

— Regarde ! Je vais lancer un sort !

Il leva les mains, débitant un chapelet de mots incohérents. Puis il avisa un arbre et lui ordonna de s'enflammer.

— Brûle ! Brûle pour le pauvre Caramon !

Il continua sa marche titubante le long du sentier.

— Boire un petit coup, c'est agréable, boire un petit coup, c'est doux ! chantait-il à tue-tête. J'suis l'chouchou des filles de cabaret..., tra la la la lère...

Tass courut derrière lui, Boupou accrochée à ses basques.

— Arbre pas brûler, dit-elle gravement.

— Je sais ! Il se prend pour...

— Lui mauvais magicien. Moi te montrer !

Elle fouilla dans le sac qu'elle traînait partout avec elle. Triomphante, elle en sortit un rat mort.

— Pas maintenant, Boupou, dit Tass, sentant qu'il allait perdre la raison.

Caramon s'était arrêté de chanter et sommait la forêt de se couvrir de toiles d'araignée.

— Moi prononcer un mot magique, déclara Boupou. Toi n'as pas le droit d'entendre. Faut garder le secret.

— Je n'écouterai pas, répliqua Tass, essayant de rattraper Caramon.

— Toi écoutes ? demanda Boupou qui le suivait, haletante.

— Non ! soupira Tass.

— Pourquoi pas ?

— Mais parce que tu me l'as demandé ! cria Tass, excédé.

— Mais comment toi savoir quand pas écouter, si toi pas écouter ? s'énerva Boupou. Toi essayer de voler mot magique secret ! Moi partir !

La naine s'engagea dans le sous-bois, mais elle fut vite arrêtée par des broussailles touffues.

Tass s'arrêta. Cramponné à un arbre, Caramon invoquait ce qui devait être une armée de dragons, à en juger par les sonorités de l'incantation. Il en avait pour un moment — ce qui laissait à Tass le temps de rechercher la naine des ravins.

— Arrête-toi, Boupou, je te jure que je n'ai pas volé ton mot secret !

— Toi l'as volé ! hurla-t-elle en agitant le rat mort. Toi l'as dit !

— Dit quoi ?

— Mot magique secret ! Toi le dire ! Regarde ! Cria-t-elle en brandissant le rat sous son nez. Moi prononcer mot magique secret : « Mot magique secret ! » Voilà, toi voir vraie magie !

Tass se tâta le front. Il commençait à se sentir mal.

— Toi voir ! triompha Boupou, pointant un doigt. Regarde, moi mettre le feu. Mot magique secret marche toujours ! Oumpf ! Très mauvais magicien, lui.

Tass n'en crut pas ses yeux. Au bout du sentier s'élevaient des flammes.

— Cette fois, c'est définitif, je rentre au Kendermore, dit-il avec calme. Je trouverai une petite bicoque tranquille... Je vivrai en compagnie de gens simples, jusqu'à ce que j'aille mieux.

— Qui va là ?

La voix était cristalline. Tass se détendit.

— Il s'agit d'un feu de camp ! balbutia-t-il, fou de joie. C'est moi, Tass Racle-Pieds. Je...

Une main lui cloua le bec tandis qu'une autre le soulevait de terre.

— Tais-toi, lui souffla Caramon à l'oreille. Il y a quelqu'un dans les parages.

Asphyxié, le kender se débattit comme un diable.

— Je pensais bien que ce serait elle, continua Caramon, lui écrasant le visage.

Tass commença à voir des étoiles. Sa courte, mais néanmoins aventureuse existence aurait sans doute pris fin si Boupou n'était pas apparue aux pieds du géant.

— Mot magique secret ! glapit-elle, lançant le rat mort à la tête de Caramon.

— Ouille ! hurla celui-ci, lâchant sa proie qui tomba en rebondissant comme une balle.

— Que se passe-t-il ? dit une voix froide.

— Nous sommes venus... à ton secours, répondit Tass, abasourdi.

Enveloppée de fourrure, une silhouette blanche apparut. Boupou la regarda avec méfiance.

— Mot magique secret ! dit-elle, agitant le rat mort devant la Révérée Prêtresse.

*
* *

— Je pense que tu pardonneras... la modération... de ma gratitude, dit dame Crysania, assise devant le feu en compagnie de Tass.

— Je comprends. Je suis désolé, j'ai semé la pagaille. J'ai toujours été ainsi, tu peux demander à tout le monde... On m'a souvent dit que je rendais les gens fous, mais c'est la première fois que ça arrive réellement !

Le kender jeta un coup d'œil anxieux à Caramon assis près du feu, recroquevillé sous sa cape. Encore sous l'emprise du redoutable alcool des nains des ravins, il était tantôt Raistlin, tantôt Caramon. Dans ce dernier cas, il engloutissait des quantités de nourriture et régalait ses compagnons de chansons paillardes, à la grande joie de Boupou qui battait la mesure à contretemps et y joignait ses prouesses vocales. Tass était partagé entre le fou rire et l'envie de pleurer.

Mais il décida de faire front. La transformation de Caramon en Raistlin et vice versa se faisait sans signe précurseur : brusquement, le géant se recroquevillait, secoué par une quinte de toux, et ordonnait au chanteur de se taire.

— Tu n'es pour rien dans sa folie, dit dame Crysania au kender. C'est la boisson qui le met dans cet état.

Il est obèse, buté et indiscipliné, et il laisse ses instincts le gouverner. Singulier, n'est-ce pas, des jumeaux aussi différents ? Son frère est tellement intelligent, raffiné...

Elle alla vers son cheval et détacha son lit de camp de sa selle.

— Le pauvre garçon mérite notre pitié. Je ne l'oublierai pas dans mes prières à Paladine.

— Je ne doute pas que tes prières lui soient salutaires, mais je crois que pour l'instant, une bonne tisane vaudrait mieux.

Dame Crysania toisa le kender avec réprobation.

— Tu ne désirais sûrement pas blasphémer, donc je ne t'en veux pas. Néanmoins, efforce-toi de prendre les choses plus au sérieux.

— J'étais *très* sérieux, protesta le kender. Ce dont Caramon a le plus besoin, c'est d'une bonne tisane...

Dame Crysania fronça les sourcils et Tass se tut, bien qu'il n'eût pas la moindre idée de ce qui la contrariait. Le moral au plus bas, il déroula ses couvertures. Il ne comprenait plus rien à l'ordre du monde. Tout était sens dessus dessous.

Crysania admirait Raistlin et avait pitié de Caramon. C'était le monde à l'envers ! Ensuite, Caramon était lui-même, puis il ne l'était plus. Sans parler d'un mot magique secret qu'il était supposé avoir entendu parce qu'il ne savait pas quand se boucher les oreilles. Pour finir, sa proposition pleine de bon sens avait été taxée de blasphème !

— Après tout, marmonna-t-il en se glissant sous les couvertures, Paladine et moi sommes de proches amis. Il aurait tout de suite compris ce que je voulais dire.

A peu près convaincue que Caramon était Raistlin, Boupou s'était blottie aux pieds du géant, la tête posée sur sa jambe en signe d'adoration. Calmé, Caramon chantonnait, quand il ne toussait pas. Tass n'espérait plus qu'un chose : qu'il s'endorme !

Dame Crysania a bien choisi l'endroit, songea Tass, tombant de sommeil. *Près du sentier, à proximité de la rivière, nous sommes près de la lisière du bois hanté...*

Bois hanté... Cela me dit quelque chose... Qui dit bois hanté, dit fantômes... j'ai parlé à des spectres...

— Le Bois des Ombres ! s'écria-t-il, se dressant sur son séant.

— Quoi ? fit dame Crysania qui allait s'étendre.

— Le Bois des Ombres ! répéta Tass, complètement réveillé. Nous sommes tout près ! Nous voulions te prévenir ! C'est un endroit terrible ! Nous sommes peut-être déjà dedans...

— Dans le Bois des Ombres ? dit Caramon, écarquillant les yeux.

— Sornettes, affirma Crysania, se lovant sous sa couverture. Nous ne sommes pas dans le Bois des Ombres. Il est à plus d'une lieue. Demain, nous prendrons le sentier qui y mène.

— Tu veux y aller ? s'écria Tass.

— Bien entendu. J'ai besoin de l'aide de la Maîtresse de la Forêt. A cheval, je mettrais des mois pour arriver à Wayreth. Les dragons d'argent qui habitent le Bois des Ombres m'y emmèneront beaucoup plus vite.

— Mais les spectres, l'ancien roi et ses compagnons...

— Ils ont été délivrés de leur sort car ils ont répondu à l'appel lancé contre les seigneurs draconiens, répondit Crysania. Tu devrais étudier l'histoire de la guerre, Tass.

« Surtout toi, qui en fus partie prenante. Quand les humains et les elfes ont reconquis le Qualinesti, les spectres du Bois des Ombres se sont joints à eux, brisant ainsi le maléfice. Ils ont dû quitter ce monde. On ne les a plus revus depuis. »

— Quand je pense que je leur ai parlé ! dit Tass, songeur. Ils étaient fort polis ; un peu brusques dans leurs manières, mais courtois. Quelque part, il est triste de penser que...

— Je suis fatiguée, coupa Crysania. J'ai un long voyage devant moi. Demain, la naine des ravins et moi partirons pour le Bois des Ombres. Tu ramèneras chez lui ton ami le poivrot. Espérons qu'il y trouvera l'aide dont il a besoin. Maintenant, dormons.

— Un de nous ne devrait-il pas monter la garde ? Le client de l'auberge parlait de gobelins...

Il s'arrêta net. Il n'y avait pas eu plus de client que d'auberge.

— Bêtises. Paladine veille sur nous, dit Crysania.

Elle ferma les yeux et pria.

Je me demande si nous connaissons le même Paladine..., songea Tass.

Il se sentit bien seul et s'enroula dans les couvertures, mais le sommeil ne vint pas. S'adossant à un tronc d'arbre, il regarda le ciel, goûtant l'air frais de la nuit printanière. Le feuillage naissant bruissait sous la brise. Sous sa main, Tass sentit l'herbe qui poussait entre les feuilles mortes.

Quelle douce nuit ! Il soupira. Pourquoi était-il si agité ? Quel était ce bruit ? Une branche cassée ? Il retint son souffle pour écouter. Rien que le silence. Au-dessus de lui brillait la constellation de Paladine, le Dragon d'Argent, qui tournait autour de Gilean, les Plateaux de la Balance. Juste en face de Paladine, Tass remarqua la constellation de Takhisis, Reine des Ténèbres, le Dragon à Cinq Têtes.

— Tu es terriblement loin, dit-il au Dragon de

Platine. Et tu n'as pas que nous à surveiller, mais le monde entier. Je veillerai sur nous cette nuit. J'ai l'impression qu'un autre nous regarde de là-haut... Je me sens bizarre, peut-être est-ce la proximité du Bois des Ombres... et puis, j'ai des responsabilités !

Cette idée le mettait mal à l'aise. Tass était habitué à ne penser qu'à lui quand il voyageait avec Tanis et les autres. Il y avait toujours eu un responsable du groupe. C'étaient des gens forts, des guerriers...

Quel était ce bruit ? Cette fois, il *avait* entendu quelque chose. Il sonda l'obscurité. Au cœur du silence, il perçut un bruissement.

Un écureuil. Ouf !

Puisque je suis éveillé, alimentons le feu, songea-t-il.

Il regretta de ne pouvoir compter sur Caramon, qui ronflait. La tête sur les bottes de son idole, Boupou en faisait autant. Plus loin, dame Crysania dormait paisiblement, les mains repliées sous sa joue.

Tass jeta des bûches sur les flammes et s'assit. Dans le murmure des feuilles, il distingua de nouveau le bruissement.

— Un écureuil, dit-il résolument.

Qu'est-ce qui bougeait entre les arbres ? Et ce craquement, comme une branche cassée en deux ? Ce ne pouvait être un écureuil ! Tass fouilla sa besace pour trouver son couteau.

La forêt marchait ! Les arbres avançaient vers lui !

Il voulut donner l'alarme : une branche lui saisit le bras...

— Aïe ! cria-t-il, lardant le végétal de coups de couteau.

Il entendit un juron et un cri de douleur. On le lâcha. Normalement les arbres ne criaient pas. Il avait affaire à un être doué de parole...

— Nous sommes attaqués ! cria le kender. Caramon ! Au secours ! Caramon !

Deux ans plus tôt, le guerrier aurait bondi, la main sur le pommeau de l'épée. Le dos au feu de camp, couteau brandi, Tass le vit tourner la tête de l'autre côté.

— Dame Crysania ! appela-t-il, voyant des silhouettes se glisser dans le bois. Réveille-toi !

Les yeux rivés sur les ombres, il se baissa et saisit une bûche enflammée qu'il lança dans leur direction.

Une de créature plongea sur lui. Tass recula. Son projectile enflammé éclaira un instant le bois.

— Caramon ! hurla Tass. Des draconiens !

Dressée sur ses couvertures, dame Crysania regardait la scène, effarée.

— Rapproche-toi du feu ! cria Tass, décochant un coup de pied à Caramon. Les draconiens ! (Le colosse ouvrit un œil.) Caramon, pour l'amour des dieux !

Désorienté, l'ivrogne regarda autour de lui. Son instinct de guerrier lui fit vite prendre conscience de la situation. Il s'empara de son épée en éructant bruyamment.

— Des draconiens ? marmonna-t-il, dubitatif.

A travers les flammes vacillantes, il aperçut une face reptilienne. Ses yeux se dilatèrent.

— Des draconiens ! rugit-il. Tanis ! Sturm ! Venez ! Raistlin, tes tours de magie ! On les aura.

Dégainant son épée, il fonça tête baissée, poussant son cri de guerre, et s'étala de tout son long.

Boupou était toujours agrippée à sa jambe.

— Oh non ! Ce n'est pas possible ! gémit Tass.

Déconcerté, Caramon se demanda ce qui lui arrivait. Réveillée en sursaut, Boupou hurla de terreur, puis mordit Caramon à la cheville.

Tass venait aider le guerrier à se débarrasser de la naine, quand un hurlement éclata. Dame Crysania ! Ciel ! il l'avait oubliée.

Elle était aux prises avec un draconien.

Tass se jeta sur le soldat et le frappa. Le draconien lâcha prise et tomba à la renverse. Il resta inanimé aux pieds du kender, qui se souvint à temps de retirer la lame avant que le corps se pétrifie.

Il entraîna Crysania vers Caramon, qui secouait la jambe pour se débarrasser de Boupou.

Accompagnés de créatures indéfinissables, les draconiens approchaient. Mais pourquoi n'attaquaient-ils pas, puisqu'ils étaient si nombreux ? Qu'attendaient-ils ?

— Tout va bien ? s'enquit-il auprès de Crysania.

— Oui.

Elle était très pâle mais gardait son sang-froid. Seules ses lèvres remuaient ; sans doute priait-elle.

— Tiens, prends ça, dit le kender, lui tendant une branche d'arbre enflammée. Il te faudra combattre autant que prier.

— Elistan l'a fait. Je le ferai aussi.

Dans le bois, quelqu'un cria un ordre. Ce n'était pas la voix d'un draconien. Tass ne put l'identifier, mais elle lui fit froid dans le dos.

Gueules béantes, les créatures se ruèrent à l'assaut.

Crysania agita la branche enflammée. Ils marquèrent le pas. Pendant que Tass délivrait Caramon de Boupou, un draconien leur vint en aide à son corps défendant : poussant violemment le kender en arrière, il heurta Boupou.

Les nains des ravins sont connus pour leur extrême couardise. Mais une fois poussés dans leurs derniers retranchements, ils se battent comme des chiens enragés.

— Résidu gluant ! cria Boupou hors d'elle.

Délaissant Caramon, elle planta ses dents pointues dans la peau squameuse du draconien.

Celui-ci poussa un cri atroce. Levant son épée, il allait mettre fin à la carrière terrestre de la naine quand Caramon arriva en moulinant de l'épée. Par hasard, sa lame rencontra le bras du draconien, et le faucha.

— Hourra, Caramon ! applaudit Tass, dardant son couteau dans tout ce qui passait à sa portée.

Dame Crysania assomma un draconien avec sa branche enflammée en criant le nom de Paladine. La créature ne se releva pas du choc.

Il restait deux ou trois draconiens en lice. Le kender ne se sentit plus de joie. Restant à bonne distance du feu, les créatures gardaient l'œil sur Caramon. Il avait du mal à tenir sur ses jambes, mais son ombre énorme restait aussi menaçante que le Caramon des bons jours.

— Liquide-les ! glapit Tass. Cogne leurs têtes l'une contre l'autre...

Tass n'acheva pas. Le colosse s'était retourné et le regardait d'un drôle d'air.

— Je ne suis pas Caramon, mais son frère jumeau, Raistlin. Caramon est mort. C'est moi qui l'ai tué. (Il laissa tomber avec dégoût l'épée qu'il tenait.) Comment se fait-il que j'aie une arme en main ? Je ne lancerai pas de sorts avec une épée et un bouclier !

Tass eut un mouvement de recul. Il jeta un coup d'œil sur les draconiens ; ceux-ci échangeaient des regards effrayés. Les yeux fixés sur le colosse, redoutant probablement qu'il leur jette un sort, ils avancèrent lentement.

— Tu n'es pas Raistlin ! Tu es Caramon ! cria Tass.

Peine perdue. L'esprit dans le brouillard, Caramon ferma les yeux, leva les mains au ciel et entonna une incantation.

— Fourmilières cendres d'argent araignée...

Un draconien se pencha en ricanant sur le kender. Une lame miroita. Tass crut exploser de douleur...

Etendu sur le sol, un liquide chaud lui coula sur l'œil, le long du visage, dans la bouche. Il était fatigué, si fatigué...

Mais le plus horrible était la douleur. Il ne pourrait pas s'endormir. Il éclaterait en morceaux. Aussi valait-il mieux ne pas bouger d'un pouce, et observer le reste du monde du coin de l'œil.

Il entendit Boupou crier comme un animal qu'on égorge — puis plus rien. Ensuite, il y eut un interminable meuglement de souffrance, suivi du bruit sourd d'une masse qui tombe. Caramon gisait sur le sol, les yeux grands ouverts sur le vide, du sang dégoulinant de la bouche.

Eperdu de douleur, Tass n'eut aucune réaction. Un grand draconien se tenait debout devant lui, l'épée au poing, prêt à l'achever. Cela valait mieux que cette insoutenable douleur. Qu'il fasse vite.

Puis il y eut un froufroutement et une voix claire invoqua Paladine. Le draconien disparut dans les fourrés. Une robe blanche s'arrêta près de lui, une main se posa sur son front. La souffrance s'envola.

Tass vit la prêtresse toucher Caramon. Les paupières du colosse s'abaissèrent.

Tout va bien ! songea Tass, ragaillardi. *Ils sont partis ! Nous allons nous en sortir.*

Il sentit la main de Crysania trembler. Requinqué par les pouvoirs de guérison de la jeune femme, il se redressa.

Quelque chose approchait. C'est ce qui avait fait reculer les draconiens. *Cela* se profila à la lumière des flammes.

Tass voulut donner l'alarme, mais il avait la gorge nouée. Trop terrifié pour penser, il crut un instant qu'il mélangeait ses aventures.

Crysania se leva. Sa robe blanche effleura sa tête au

passage. A pas lents, elle recula devant la chose qui avançait vers elle. Tass l'entendit appeler Paladine, mais les mots moururent sur ses lèvres.

Partagé entre la curiosité et la peur, Tass voulut fermer les yeux. La curiosité l'emporta.

Un horrible personnage approchait de la prêtresse. Vêtu d'une armure noircie de chevalier de Solamnie, il tendit vers elle un bras sans main et prononça des mots sortis du plus profond des âges. Une lueur orange au fond des orbites, le spectre traversa les flammes. Le froid des contrées éternelles glaça le kender jusqu'à la mœlle.

Plein d'effroi, Tass leva la tête. Crysania reculait, mais le spectre gagnait du terrain.

Il leva la main droite et la pointa sur elle.

Tass fut pris d'une terreur incontrôlable.

— Non ! gémit-il sans comprendre ce qu'il se passait.

Le chevalier fantôme dit un mot :

— Meurs.

A ce moment, Tass vit la prêtresse lever d'une main le talisman qu'elle portait au cou. Une lumière blanche jaillit entre ses doigts ; elle tomba sur le sol.

— Non ! hurla Tass.

Les lueurs orange se tournèrent vers lui ; une obscurité humide et opaque emplit ses yeux, puis sa bouche...

CHAPITRE VIII

Nerveux, Dalamar se dirigea vers le laboratoire du mage. Jusqu'à la porte, il répéta ses formules cabalistiques. Il fallait être prudent quand on rendait visite à un magicien hors pair dans son antre. Cette fois, il avait de bonnes raisons de prendre des précautions ; il tenait à préserver *ses* secrets et ne redoutait rien au monde comme le regard perçant du maître.

A la porte, un frisson d'excitation parcourut Dalamar. Dans cette pièce, il avait vu des choses prodigieuses.

Et redoutables...

Il fit un signe de la main, murmurant des mots magiques. Rien ne se passa. La porte n'était pas protégée. Dalamar respira. Son maître ne se livrait pas à quelque invocation, sinon il aurait scellé l'entrée.

L'elfe noir leva l'autre main et attendit.

— Entre, Dalamar.

Raistlin était assis devant la table en pierre.

Dans la vaste pièce, Dalamar se sentit tout petit. Les murs étaient couverts de livres poussiéreux. Des bombonnes, des jarres et des alambics bouillonnants de liquides multicolores encombraient les tables.

Ce laboratoire avait vu naître nombre de sortilèges

extraordinaires. Les magiciens des trois Robes, Blanches pour le Bien, Rouges pour la Neutralité, Noires pour le Mal s'étaient alliés pour y créer les orbes draconiens, dont Raistlin possédait un exemplaire. Ils s'étaient unis pour défendre les Tours, derniers bastions de leur puissance, contre le Prêtre-Roi d'Istar et son peuple.

Ils avaient échoué dans cette dernière entreprise, persuadés qu'il valait mieux renoncer à se battre et accepter la défaite, car utiliser leurs pouvoirs eût conduit à la destruction du monde.

Contraints d'abandonner leur Tour, les magiciens avaient transféré leurs livres et leurs instruments dans la Tour des Sorciers, au cœur de la forêt de Wayreth.

Avant de quitter la Tour de Palanthas, un des magiciens lui jeta un sort ; elle fut cernée par le Bois de Shoikan pour empêcher quiconque d'y entrer — jusqu'à ce que se présente le maître du passé et du présent.

Le maître était venu. Il se trouvait aujourd'hui dans son laboratoire, protégé des influences extérieures qui auraient gêné ses recherches. Sur sa table polie comme un miroir, Dalamar remarqua des livres bleu nuit et des objets. Certains étaient splendides, d'autres étranges, voire hideux ; tous servaient à concocter les sorts.

Raistlin en préparait un. Compulsant un grimoire, il écrasa entre ses doigts une matière qu'il fit couler dans une fiole.

— Shalafi, dit Dalamar, utilisant le mot elfe pour « maître ».

Raistlin leva les yeux.

Le disciple se sentit percé à jour. Un frisson d'effroi le parcourut. *Il sait !* songea-t-il sans laisser paraître son trouble.

Le visage régulier de l'elfe noir resta impassible. Il soutint le regard inquisiteur sans ciller.

Sa mission était dangereuse. Quand *ils* avaient décidé d'introduire un espion dans la demeure du mage, ils comptaient trouver des volontaires ; personne n'aurait imposé à quelqu'un une mission aussi périlleuse. Dalamar avait sauté sur l'occasion.

La magie était toute sa vie. Originaire du Silvanesti, il ne se sentait pas lié à sa race, et les elfes le lui rendaient bien. N'étant pas de sang royal, il avait dû se contenter d'apprendre les rudiments de l'art de la magie. Mais il avait goûté au pouvoir, et celui-ci était devenu son obsession. Secrètement, il avait étudié les textes réservés aux mages de haut rang. La magie noire l'intéressait beaucoup.

Quand on découvrit qu'il portait la Robe Noire, sur laquelle aucun elfe n'aurait osé lever les yeux, Dalamar avait été exilé. De ce jour, on l'appela « l'elfe noir », celui qui était hors de la Lumière.

Cela lui convenait : le pouvoir *aimait* les Ténèbres.

Dalamar avait donc accepté la mission. Quand on lui avait demandé pourquoi il risquait ainsi sa vie, il avait répondu :

« — Je risquerais mon âme pour recevoir l'enseignement des plus grands maîtres de notre Ordre ! »

« — Tu ne crois pas si bien dire ! » lui avait-on répondu.

A des moments cruciaux, cette voix lui revenait à la mémoire. De nouveau, il l'entendit et se força à penser à autre chose.

— Oui, qu'y a-t-il ? demanda Raistlin.

Il parlait d'une voix douce et égale, presque réduite à un chuchotement. Dalamar avait vu se déchaîner des tempêtes dans cette pièce ; il avait assisté à l'invocation de créatures des Abîmes et des nuées. Leurs cris et leurs gémissements plaintifs le hantaient encore. Pourtant, il n'avait jamais entendu Raistlin élever la voix. De ce chuchotement doux et impérieux il commandait aux forces du chaos et les maîtrisait.

— Ce qui se passe dans le monde extérieur, Shalafi, doit requérir ton attention.

— Vraiment ? dit Raistlin, se replongeant dans son travail.

— Dame Crysania...

Le mage releva la tête. Comme menacé par un serpent, Dalamar recula d'un pas.

— Alors ? Parle !

— Il faudrait que tu viennes, Shalafi. Les Autres Vivants ont raconté que...

Dalamar parlait dans le vide ; Raistlin avait disparu. Avec un soupir, l'apprenti prononça les mots qui le mettraient instantanément en présence de son maître.

Sous la Tour des Sorciers, Raistlin avait creusé dans le rocher une petite pièce ronde qu'il appelait « Chambre de voyance ».

Surmonté d'un jet de flammes bleues, un bassin d'eau sombre en occupait le centre. Cette lumière brillait nuit et jour pour les Autres Vivants, végétant autour du bassin.

Bien qu'il fût le plus puissant magicien de Krynn, le pouvoir de Raistlin était faillible — il le savait mieux que quiconque. Ce qu'il voyait dans cette pièce ne le lui rappelait que trop. Les Autres Vivants symbolisaient son impuissance.

Ces malheureuses créatures étaient le résultat d'échecs inutiles. Larves ensanglantées traînant leur corps visqueux dans la boue, elles finissaient là leur atroce existence.

En dépit de leurs souffrances, les Autres Vivants ne se plaignaient jamais. On ne pouvait en dire autant de ceux qui rôdaient dans la Tour, qu'on appelait les Autres Morts...

Raistlin surgit des ténèbres de la Chambre de Voyance, les fils d'argent de sa robe scintillant à la lueur des flammes bleues. Dalamar apparut à son tour ; les deux hommes s'approchèrent du bassin d'eau noire.

— Où ? demanda Raistlin.

— Ici, maître, bredouilla l'Autre Vivant, pointant un moignon.

Raistlin se précipita et regarda la surface de l'eau, invitant Dalamar à en faire autant.

Un instant, l'elfe noir ne vit rien d'autre que le reflet des flammes bleues. Puis l'image de l'eau et celle des flammes se séparèrent ; il se retrouva dans une forêt. Un colosse revêtu d'une armure trop petite se tenait debout devant une jeune femme en robe blanche étendue sur le sol à qui un kender tenait la main. Dalamar entendit le colosse parler aussi clairement que s'il était à côté de lui.

— *Elle est morte...*

— *Je n'en suis pas sûr, Caramon. Je crois que...*

— *Des morts, j'en ai vus, tu peux me croire. Elle est vraiment morte. Et par ma faute. Tout est ma faute...*

— Caramon, quel crétin tu es ! grogna Raistlin. Que s'est-il donc passé ?

Dalamar vit le kender lever les yeux.

— *Que dis-tu ? demanda-t-il au colosse, qui creusait la terre.*

— *Rien, ce doit être le vent.*

— *Pourquoi creuses-tu ?*

— *Il lui faut une tombe, nous allons l'enterrer.*

— L'enterrer ? s'exclama Raistlin. Bien entendu,

c'est la seule chose à laquelle tu penses, pauvre idiot ! L'enterrer ! Il faut que je sache ce qui est arrivé ! Qu'as-tu vu exactement ? demanda-t-il à l'Autre Vivant.

— Un campement entre les arbres, maître, répondit l'esclave en bavant. Des draconiens ont tué...

— Des draconiens ? Près de Solace ? D'où sortaient-ils ?

— Sais pas, bredouilla l'Autre Vivant terrorisé. Je...

— Chut ! coupa Dalamar, attirant son maître vers la surface du bassin.

— *Caramon, tu ne vas pas l'enterrer ! Elle est...*

— *Nous n'avons pas le choix. Je sais que ce n'est pas la coutume, mais Paladine recueillera son âme. Eriger un bûcher funéraire avec les draconiens qui rôdent est trop risqué...*

— *Caramon, je t'en prie, viens jeter un coup d'œil. Il n'y a aucune marque sur son corps !*

— *Je ne veux pas la voir ! Elle est morte ! C'est ma faute ! Nous l'enterrerons ici, et je retournerai à Solace creuser ma propre tombe...*

— *Caramon !*

— *Va cueillir des fleurs et laisse-moi tranquille !*

Dalamar vit le géant en larmes déblayer la terre à pleines mains. Déchiré par le doute, le kender resta auprès de la femme évanouie.

— Ni marques ni blessures, des draconiens tombés du ciel...

Raistlin fronça les sourcils. Brusquement, il se pencha vers l'Autre Vivant, qui tressaillit de peur.

— Parle ! Je veux tout savoir. Pourquoi ne m'a-t-on rien dit ?

— Les draconiens ont tué, mais le grand bonhomme aussi. Ensuite, une ombre aux yeux de braise a surgi. J'ai eu peur. Peur de tomber dans l'eau...

— J'ai trouvé l'Autre Vivant gisant au bord du

bassin, expliqua Dalamar. Les autres m'ont appelé parce que quelque chose d'étrange avait eu lieu. J'ai regardé dans l'eau. Sachant que tu t'intéresses à cette humaine, j'ai pensé te...

— Tu as bien fait, coupa Raistlin avec impatience.

Devant la colère du mage, l'Autre Vivant s'éloigna. Dalamar retint son souffle. Mais Raistlin n'avait rien à leur reprocher.

— Une grande ombre aux yeux de braise — le seigneur Sobert, évidemment ! Ainsi, ma chère sœur, tu m'as trahi ! Tu as peur, Kitiara ! Espèce de lâche ! J'aurais pu faire de toi la reine du monde, te donner des richesses incommensurables, un pouvoir sans bornes. Mais tu n'es somme toute qu'un misérable vermisseau sans cervelle !

« Je ne te le pardonnerai jamais, chère sœur. Tu as de la chance que j'aie une affaire urgente à régler, sinon tu serais déjà auprès du seigneur fantôme qui est ton valet ! Comment sortir de cette situation ? Il faut faire quelque chose avant que mon imbécile de frère enterre la prêtresse !

— Shalafi, qu'est-il arrivé ? risqua Dalamar, bravant son courroux. Cette... femme, que signifie-t-elle pour toi ? Je ne comprends pas.

Raistlin le foudroya du regard. Sur le point de le réprimander, il hésita. Ses yeux en sabliers s'embrasèrent. Puis il redevint impassible.

— Bien sûr, je t'apprendrai ce que tu veux savoir. Mais d'abord...

Il s'arrêta. Dans le bassin, un autre personnage venait d'entrer en scène. Une naine des ravins, enveloppée d'innombrables couches d'étoffes bariolées, traînait un gros sac derrière elle.

— Boupou ! s'exclama le mage avec un sourire. Parfait ! Une fois de plus, ma petite, tu me seras utile.

Il tendit la main et toucha la surface de l'eau. L'Autre Vivant poussa un hurlement de terreur ; il avait vu nombre de ses congénères tomber dans le bassin pour en resurgir sous forme de fumée.

Le mage prononça quelques mots et retira ses doigts. Ils étaient blancs, son expression, douloureuse. Il glissa hâtivement sa main dans sa poche.

— Regarde ! dit-il, ravi.

Dalamar vit la naine des ravins avancer vers le corps inanimé de la femme.

— Moi aider !

— Non, Boupou !

— Toi pas aimer ma magie ! Moi partir ! Mais d'abord moi aider belle dame !

— Par les Abysses..., marmonna Dalamar.

— Regarde ! ordonna Raistlin.

L'apprenti sorcier vit la naine plonger la main dans son sac. Elle fourragea un long moment avant d'en extirper un lézard mort, qu'elle approcha de la femme inanimée. Le kender voulut lui barrer le chemin. Elle lui montra le poing et il recula. Caramon continuait à creuser comme un forcené. Délicatement, Boupou posa le lézard sur la poitrine de la jeune femme.

Dalamar retint une exclamation.

La poitrine se souleva ; l'étoffe blanche frémit. La femme respirait !

Le kender poussa un cri.

— *Caramon ! Boupou l'a guérie ! Elle est vivante ! Regarde !*

— *Comment se fait-il...? balbutia le colosse.*

— *Cure de lézard, déclara Boupou, triomphante, fonctionne toujours !*

— Oui, ma petite, dit Raistlin en souriant. Cela marche aussi pour la toux, autant que je me souvienne. Maintenant, mon frère, dors, plutôt que de te lancer dans une nouvelle bêtise. Dors, kender, dors, petite Boupou. Toi aussi, dame Crysania, repose-toi dans le royaume de Paladine, qui te protège.

Raistlin chanta d'une voix douce, et fit un geste de la main.

— Viens, forêt de Wayreth. Etends-toi sur eux pendant leur sommeil. Entonne ta chanson magique. Attire-les dans tes sentiers secrets.

Le sort était jeté.

Raistlin se leva et se tourna vers Dalamar.

— Quant à toi, apprenti, dit-il d'une voix douce qui fit trembler l'elfe noir, viens dans mon cabinet de travail. Nous avons des choses à nous dire.

CHAPITRE IX

Dalamar s'assit sur la chaise qu'avait occupée Kitiara lors de sa visite. L'elfe noir se sentait beaucoup moins sûr de lui que la guerrière. Cependant il savait ne pas montrer sa peur. Affichant un air dégagé, il était à l'écoute de son maître.

De temps à autre, lorsque le mage ne travaillait pas, il venait y lire les ouvrages que Raistlin lui autorisait. Mais il lui était interdit de toucher le volume bleu nuit au titre d'argent.

Pourtant, Dalamar avait osé. Le contact lui avait brûlé la peau. Au mépris de la douleur, il avait ouvert le grimoire. Après un coup d'œil sur la première page, il l'avait vite refermé. Le texte était incompréhensible.

Mais il avait réussi à déjouer le charme qui protégeait le texte. Quiconque le lisait sans utiliser la bonne clé pour l'interpréter devenait fou.

Voyant la main abîmée de Dalamar, Raistlin lui avait demandé ce qui lui était arrivé. Sans perdre son aplomb, l'elfe noir prétendit avoir renversé de l'acide en composant un sort. L'archimage avait souri sans faire de commentaires. C'eût été superflu ; tous deux s'étaient compris.

Aujourd'hui, il se trouvait dans le cabinet de travail de Raistlin sur son invitation. Cela le mettait en quelque sorte sur un plan d'égalité avec lui. La peur de Dalamar monta avec l'excitation.

Assis à sa table, une main posée sur le livre bleu, Raistlin le fixait de ses yeux dorés.

— Tu étais bien jeune quand tu as passé l'Epreuve, dit le mage.

L'elfe noir fut surpris. Il ne s'attendait pas à cela.

— Pas aussi jeune que toi, Shalafi. J'ai près de quatre-vingt-dix ans, soit à peu près vingt-cinq de vos années humaines. Je crois que tu avais vingt et un ans quand tu l'as passée.

— Oui, murmura Raistlin, rembruni. J'avais... vingt et un ans.

Dalamar vit les yeux dorés s'embraser. Le jeune apprenti ne s'étonna pas de cette réaction. L'Epreuve, qui se déroulait dans la Tour des Sorciers de Wayreth sous l'égide des chefs des trois Robes, exigeait de solides connaissances en magie.

Les magiciens de Krynn avaient compris ce qui avait toujours échappé aux prêtres : pour maintenir l'équilibre du monde, le pendule devait osciller librement entre le Bien, le Mal, et la Neutralité. Si l'un des trois prenait le dessus, le monde amorcerait son déclin.

L'Epreuve était redoutable ; l'échec signifiait la mort. Elle avait pour but d'éliminer les amateurs et les ignorants. Dalamar continuait à être hanté par des cauchemars liés à cet examen, aussi comprenait-il la réaction de Raistlin.

— J'ai réussi. Mais quand je suis sorti de ce terrible endroit, j'étais tel que tu me vois aujourd'hui. Ma peau avait pris un reflet métallique, mes cheveux avaient blanchi. Quant à mes yeux... Sais-tu ce que je vois à travers ces pupilles en forme de sabliers ?

— Non, Shalafi.

— Je vois ce que le temps fait des choses. Devant mes pupilles, la chair se flétrit, les fleurs se fanent et meurent, même les rochers se dissolvent. Pour moi, c'est toujours l'hiver. Même sur toi, Dalamar, sur ta chair d'elfe où les années passent comme une averse de printemps, sur ton visage de jeune homme... je vois l'empreinte de la mort !

Frissonnant, Dalamar se tassa au fond de son fauteuil. Un sort lui vint à l'esprit, non pour se défendre, mais pour frapper l'adversaire. *Imbécile !* songea-t-il aussitôt. *Quel sort pourrais-je lancer qui soit capable de le tuer ?*

— Exact, murmura Raistlin, répondant aux pensées de Dalamar, comme il le faisait souvent. Personne sur Krynn n'est en mesure de me nuire. En tout cas, pas toi. Mais tu es courageux. Bien souvent tu m'as assisté, et tu m'as vu extirper des choses la banalité de leur existence. Tu savais que si j'éternuais au mauvais moment, nous aurions été réduits en poussière.

— Pour moi c'était un privilège.

— Savais-tu que si pareille chose s'était produite, je n'aurais pensé qu'à sauver ma peau ?

— Bien sûr, Shalafi, je prenais ce risque, répondit l'elfe, les yeux flamboyants. Ou plutôt, je le *recherchais* ! Je sacrifierais tout par amour...

— De la magie, acheva Raistlin.

— Oui, par amour de la magie !

— Et du pouvoir qu'elle donne. Tu es ambitieux, mais je me demande jusqu'à quel point. Cherches-tu à régner sur tes semblables ? Ou sur un royaume, un monarque à ta merci pour profiter de ses richesses ? Ou à faire alliance avec un sombre seigneur, comme on l'a vu au cours de cette dernière guerre ?

« Ma sœur Kitiara t'a trouvé très à son goût. Elle

aimerait beaucoup t'avoir près d'elle, surtout si tu pratiques la magie jusque dans sa chambre à coucher... »

— Shalafi, jamais je ne commettrai un tel sacrilège...

— Je plaisante, apprenti. Mais tu as compris ce que je veux dire. Rêves-tu à de pareilles choses ?

— Eh bien, sans doute... Je...

Il chercha ses mots.

Fallait-il qu'il se dévoile ?

— Je crois que j'ai vu juste. J'ai pris la mesure de ton ambition. Sais-tu jusqu'où va la mienne ?

Dalamar ne se tint plus de joie. C'était pour découvrir cela qu'on lui avait demandé d'espionner.

— Je me le suis souvent demandé, Shalafi. Tu jouis d'un tel pouvoir ! Palanthas, la Solamnie, le continent d'Ansalonie pourraient être à toi.

— *Le monde* pourrait être à moi ! Nous avons observé des pays au-delà des mers, sous la surface de l'eau enflammée, et nous avons vu ce qui existe dans ce monde. Le contrôler serait d'une simplicité enfantine...

Raistlin se leva et alla à la fenêtre. Il contempla les lumières de la cité. Gagné par la fébrilité de son maitre, l'apprenti le rejoignit.

— Je pourrais te donner ce royaume et le pouvoir suprême sur tes malheureux congénères et sur tous les elfes de Krynn. Je pourrais te donner ma sœur. Tout cela ne m'intéresse pas. Mon ambition va plus loin.

— Mais, Shalafi, si tu exceptes le monde, que reste-t-il ? A moins que tu aies connaissance d'autres mondes, restés cachés à mes yeux ?

— D'autres mondes ? C'est une idée intéressante. Un jour je sonderai cette possibilité. Pour l'instant, ce n'est pas mon propos. As-tu vu la grande porte de fer au fond du laboratoire ? Celle qui est décorée d'or et d'argent, et dépourvue de serrure ?

— Oui, Shalafi.

— Sais-tu où elle mène ?

— Oui, Shalafi.

— Sais-tu pourquoi elle reste fermée ?

— Parce que tu ne peux pas l'ouvrir, Shalafi. Il faudrait pour cela le concours du plus puissant des magiciens et d'un saint homme.

— Tu as compris. Un véritable saint. Maintenant tu sais pourquoi j'ai besoin d'elle. Et tu sais jusqu'où peut aller mon ambition.

— C'est de la folie ! Pardonne-moi, Shalafi, je ne voulais pas te manquer de respect.

— Tu as raison, c'est de la folie, sachant les pouvoirs limités qui sont les miens. C'est pourquoi je me prépare à un voyage.

— Un voyage ? Où ?

— Demande plutôt *quand* ! corrigea Raistlin. T'ai-je déjà parlé de Fistandantilus ?

— Souvent, Shalafi. Il est le chef de notre Ordre, l'auteur du livre bleu nuit.

— Ces livres ne me servent à rien. Je les ai lus plusieurs fois depuis que j'ai la clé de leur code, que m'a donnée la Reine des Ténèbres. Quelle déception ! Il manque des volumes entiers. Ils ont peut-être été détruits au cours du Cataclysme. Ils contiennent le savoir dont j'ai besoin !

— Et ce voyage t'emmènera où ?

— *Avant* le Cataclysme, quand Fistandantilus était au sommet de sa puissance.

Des pensées contradictoires agitèrent Dalamar. Que diraient-*ils* ? *Ils* n'avaient sans doute pas prévu cette éventualité !

— Calme-toi, apprenti. Tu sembles énervé. Un peu de vin ?

Le mage remplit une coupe d'un breuvage incarnat et la tendit à l'elfe noir. Sa main tremblait. Il se servit à son tour.

— Je ne bois pas souvent de ce vin capiteux, mais aujourd'hui, trinquons au mortel détenteur des vrais pouvoirs de la sainteté. Buvons à la santé de dame Crysania !

Raistlin but à petites gorgées ; Dalamar vida sa coupe d'un trait. La liqueur lui brûla la gorge et le fit tousser.

— Shalafi, d'après ce qu'a vu l'Autre Vivant, le seigneur Sobert a jeté un sort mortel sur dame Crysania. Est-ce toi qui l'as sauvée ?

— Non, je lui ai simplement rendu l'apparence de la vie pour que mon frère ne l'enterre pas. J'ignore ce qui s'est passé, mais ce n'est pas difficile à deviner. Face au spectre, elle s'est défendue avec la seule arme qu'elle possède : l'amulette sacrée de Paladine. Le dieu qui la protège a emmené son âme dans des royaumes connus de lui seul, abandonnant son corps comme une coquille vide. Personne ne peut réunir son âme et son corps, pas même moi. Seul le prêtre suprême de Paladine en est capable.

— Elistan ?

— Bah ! Il est malade, sur le point de mourir...

— Alors elle est perdue pour toi ?

— Non, tu n'as compris, apprenti. Par inattention, j'ai lâché le contrôle de la situation. Mais je l'ai très vite repris et je vais la tourner à mon avantage. En ce moment, ils approchent de la Tour des Sorciers. Crysania voulait y aller pour prendre conseil des mages. Quand elle arrivera, elle trouvera ce qu'elle cherche, mon frère aussi.

— Tu veux qu'ils l'aident ? demanda Dalamar, étonné. Elle qui complotait ta mort !

Fixant intensément son apprenti, Raistlin prit une longue gorgée de vin.

— Réfléchis bien, Dalamar, et tu comprendras. Maintenant, je t'ai assez retenu...

Dalamar regarda par la fenêtre. Lunitari, la lune rouge, descendait derrière les montagnes. On était au milieu de la nuit.

— Tu devra avoir fait ton voyage et être de retour avant que je parte, demain matin, continua Raistlin. Je te donnerai des instructions de dernière minute. Tu t'occuperas de tout pendant mon absence.

— Tu as parlé de mon voyage, Shalafi ? Je ne vais nulle part...

L'elfe noir s'arrêta net. Il lui revint à l'esprit qu'il avait un rapport à faire.

Raistlin le regarda en silence. Dalamar réalisa avec horreur que le mage savait. Il avança vers l'elfe, cloué sur place. Les sorts qui auraient pu le protéger lui échappaient. Il ne dominait plus ses pensées et ne voyait que deux yeux dorés vides d'émotion.

Lentement Raistlin apposa les cinq doigts de sa main droite sur la poitrine de l'apprenti.

La douleur fut atroce. Les yeux exorbités, le souffle court, Dalamar devint livide. Il ne put s'arracher à la terrible emprise du mage. Subjugué par les yeux de Raistlin, il ne parvint même pas à crier.

— Rapporte-leur précisément ce que je t'ai raconté, plus ce que tu as deviné. Et salue Par-Salian de ma part, apprenti !

Il retira sa main.

Dalamar s'effondra. Sans un regard Raistlin passa devant lui et quitta la pièce.

Fou de douleur, l'elfe noir arracha sa robe. Des brûlures striaient sa peau, cinq filets de sang ruisselaient sur sa poitrine.

CHAPITRE X

— Debout, Caramon ! Réveille-toi !

— Non. Je suis dans ma tombe et j'y reste. Il fait bon sous terre, on y est en sécurité. Tu ne peux pas m'atteindre. Je suis enfoui dans la glaise, tu ne me trouveras pas.

— Il faut que je te montre quelque chose ! Réveille-toi !

Une main le secoua.

— Non, Tika, va-t'en ! Tu m'as déjà ramené dans un monde de souffrance. Tu aurais dû me laisser dans cet endroit paisible, sous la Mer d'Istar. Maintenant, j'ai trouvé la paix. J'ai creusé ma tombe et je me suis enterré.

— Hé ! Caramon, tu ferais bien de te réveiller et de jeter un coup d'œil là-dessus !

J'ai déjà entendu ça quelque part... Bien sûr, j'ai déjà prononcé ces mots-là ! C'est ce que j'ai dit à Raistlin lors de notre première excursion dans cette maudite forêt. Comment se fait-il que je les entende de nouveau ? A moins que je sois *Raistlin ? Ah ! ce doit être ça...*

On lui rouvrit les paupières. Au contact des doigts, Caramon fut pris d'une peur panique.

Il poussa un rugissement et voulut se cacher sous terre ; l'œil qu'on lui avait ouvert de force découvrit avec horreur une énorme figure penchée sur lui — une naine des ravins !

— Lui réveillé, commenta Boupou. Tiens sa paupière, moi ouvrir l'autre.

— Non ! cria Tass en tirant Boupou en arrière. Euh... va plutôt chercher de l'eau.

— Bonne idée, dit la naine, qui détala.

— Tout va bien, Caramon, c'était Boupou. Je suis désolé, j'étais occupé à regarder... enfin bref, j'ai oublié de la surveiller.

Il aida Caramon à s'asseoir.

— Je rêvais que j'étais mort quand j'ai vu une épouvantable figure ; j'ai compris que tout était fini. J'étais arrivé aux Abysses.

— Tu ne crois pas si bien dire..., répondit Tass d'un air sombre.

Caramon trouva le kender anormalement sérieux.

— Pourquoi ? Qu'y a-t-il ?

— Comment te sens-tu ? demanda Tass.

— Je suis dégrisé, si c'est ce que tu veux savoir. Et cela ne m'enchante pas.

Tass le regarda un moment sans rien dire, puis tira de sa besace une flasque qu'il lui tendit.

— Tiens, si tu en as vraiment besoin...

Les yeux du colosse brillèrent. Il saisit la flasque, la huma avec un sourire et la porta à ses lèvres.

— Cesse de me regarder ! ordonna-t-il à Tass.

— Excuse-moi. Bon, je vais voir comment va dame Crysania...

— Crysania..., fit Caramon en baissant la flasque. Je

l'avais oubliée. Bonne idée, occupe-t'en ! Emmène-la et fichez le camp, toi et cette abominable naine des ravins ! Partez et laissez-moi tranquille !

Il but une rasade et s'étrangla.

— Allez, répéta-t-il, fichez tous le camp ! Laissez-moi en paix !

— Désolé, Caramon, j'aimerais bien mais ce n'est pas possible.

— Et pourquoi donc ?

— Parce que, si je me souviens bien de ce qu'a raconté Raistlin, la forêt de Wayreth nous a trouvés.

Caramon le fixa, incrédule.

— Pas possible ! souffla-t-il. Nous en sommes à plusieurs lieues ! Raistlin et moi avons mis des mois à la localiser ! D'ailleurs, d'après ta carte, la Tour est plus au sud, bien après le Qualinesti. Serait-ce la même carte que celle de Tarsis, avec une mer introuvable ?

— Cela se pourrait. J'en ai tellement... Mais Raistlin ayant dit que la forêt était magique, elle a pu nous « rattraper ».

— Une forêt magique, tu parles ! Un endroit infernal... Tout ça n'est qu'un truc pour m'empêcher de boire ! Je le savais ! Je ne me laisserai pas prendre !

— Non, il n'y a pas de truc. Regarde plutôt. C'est exactement comme Raistlin l'a raconté.

Ils avaient établi le camp dans une clairière, à distance du chemin. Autour d'eux, érables, pins, noyers et peupliers bourgeonnaient. Dans le sous-bois, le printemps faisait éclore les premiers crocus et les violettes.

Au sud de la clairière, les arbres cédaient la place à des alignements de troncs morts. Par endroits, un survivant se dressait, tel un officier passant en revue des rangs silencieux. Une vapeur fétide empêchait le soleil de pénétrer entre les arbres torturés. Pas un souffle n'agitait leurs branches décharnées. Le plus effrayant était les ombres, entre les troncs, qui se mêlaient aux lianes du sous-bois...

— Maintenant, regarde bien, dit Tass.

Le kender s'élança. Les arbres s'écartèrent devant lui, ouvrant un chemin. Il s'arrêta à la lisière de la forêt.

— Et maintenant, je recule ! cria-t-il.

Les arbres se remirent en place, fermant leurs rangs pour former une solide barrière.

— Tu as raison, dit Caramon, c'est la forêt de Wayreth. C'est ainsi qu'elle nous est apparue. Je n'avais aucune envie d'y entrer, mais Raistlin le voulait. Les arbres se sont écartés devant lui, et il m'a dit : « Reste près de moi, mon frère, je te protégerai. » Combien de fois lui ai-je répété ces mots ? Il n'avait pas peur. Moi, si ! Filons !

— Pas question, répondit Tass, j'ai déjà essayé. Regarde !

Il marcha vers le nord. Les arbres ne bougèrent pas, mais il se retrouva face à la forêt. Il eut beau changer de cap, de sinistres végétaux enveloppés par la brume se dressaient encore et toujours sur son chemin.

Tass vit les yeux du colosse rougis de larmes ; il le prit par le bras.

— Caramon, tu es le seul à être sorti de cette forêt. Le seul qui connaisse le chemin. De plus, tu as parlé de dame Crysania. Elle est vivante et morte à la fois. Ses yeux fixent le vide et sa peau est glacée. Son cœur bat, elle respire, mais on dirait une momie !

« Nous devons chercher de l'aide. Les mages pourront la sauver ! Moi, je ne peux pas la porter. J'ai besoin de toi, supplia Tass, les mains jointes. Elle aussi ! Tu lui dois bien ça. »

— Parce que c'est ma faute si elle est blessée ?

— Non, ce n'est pas ce que j'ai voulu dire. Ce n'est la faute de personne.

— C'est la mienne ! dit Caramon d'une voix que Tass n'avait plus entendue depuis longtemps. Je dois regarder les choses en face. J'ai accusé tout le monde, Raistlin, Tika... Mais au fond je savais que c'était moi. J'en ai pris conscience dans mon rêve. J'étais couché dans une tombe, et j'ai réalisé que j'étais tout au fond ! Je ne pouvais pas tomber plus bas. Soit je restais où j'étais, et je serais couvert de terre, soit je m'en sortais. Tiens, prends la flasque. Je mettrai du temps à remonter la pente, et j'aurai besoin de soutien. Mais plus de celui-là.

— Oh ! Caramon ! s'écria Tass, passant les bras autour du ventre de son ami. Je n'ai pas peur de ce bois hanté, mais je me demandais comment y entrer ! Sans parler de dame Crysania. Je suis si heureux que tu sois revenu à toi ! Je...

— Allons, marmonna le guerrier, rouge de confusion, repoussant doucement le kender. Je ne sais pas si je serai d'une quelconque utilité ; j'avais une peur bleue la première fois. Mais tu as raison, les mages pourront peut-être soigner dame Crysania. Et répondre aux questions que j'ai à leur poser sur Raistlin. Allons bon ! Où est passée cette maudite naine des ravins ? Et où est mon poignard ?

— Quel poignard ?

La mine sévère, Caramon écarta le kender et inspecta son ceinturon. Tass en fit autant. Ses yeux s'agrandirent de surprise.

— Tu veux parler de ce poignard ? Par les dieux, comment est-il arrivé là ? J'aurais parié que tu l'avais perdu au combat.

— Mais oui...

Entendant du bruit derrière lui, il se retourna et reçut un seau d'eau glacée en pleine figure.

— Lui réveillé, annonça Boupou, affable, avant de reposer son seau.

Caramon contrôla ses armes et se leva. Tass bondit.

— En route ! dit-il, impatient.

— Pour la forêt ? demanda Caramon d'une voix désespérée.

— Bien sûr ! Où veux-tu qu'on aille ?

— Non, Tass, tu restes avec dame Crysania. Je fais un petit tour pour reconnaître les lieux.

— Tu penses qu'il se passe quelque chose dans le bois, n'est-ce pas ? répliqua le kender sur un ton accusateur. Tu cherches à me tenir à l'écart ! Il y aura du grabuge ; tu auras sûrement le dessus, et j'aurai tout raté !

— J'en doute.

— Tu pourrais au moins me dire ce que c'est. Et si tu es tué, que devrai-je faire ? Puis-je entrer dans le bois ? Combien de temps devrai-je attendre ? Cette chose peut-elle te tuer en... disons cinq minutes ? Dix ? Non que je croie ça, rassure-toi, mais il faudrait que je sache, puisque tu me laisses seul face à des responsabilités.

Boupou examina le colosse d'un œil critique.

— Moi dirais deux minutes. Tué en deux minutes. Toi faire pari ?

Caramon se renfrogna.

— J'ignore ce qui m'attend. La dernière fois, je me souviens avoir rencontré un... spectre... Raist... Je n'ai aucune idée de ce que tu devras faire, conclut-il, en se dirigeant vers le bois. Agis pour le mieux...

— Voilà, parier joli serpent ! Moi donne à lui deux minutes, dit Boupou au kender. Quoi toi parier ?

— Chut ! fit Tass, le regardant s'éloigner.

Il se tourna vers Crysania et rabattit sa capuche pour lui protéger les yeux du soleil. Il avait bien tenté de lui fermer les paupières, mais la jeune femme semblait s'être transformée en marbre.

Dans la forêt, Caramon eut l'impression que Raistlin marchait à son côté. Il entendait presque le froufrou de sa robe, rouge à l'époque... Et sa voix douce, mais toujours un peu sarcastique, qui irritait tant ses amis... Cela n'avait jamais dérangé Caramon. Il comprenait... ou il croyait comprendre.

Les arbres s'écartèrent, comme auparavant devant le kender. Comme devant eux il y a quelques années... *Combien ?* songea-t-il. *Sept ans déjà ! Une éternité !*

La brume glacée qui flottait dans le sous-bois lui mordit les chairs. Les arbres désolés lui rappelèrent le bois cauchemardesque du Silvanesti. Il sonda les profondeurs de la forêt. Des ombres le guettaient.

Avant la forêt de Wayreth, je n'avais peur de rien, songea-t-il. *Je n'y suis entré que parce que tu étais avec moi, frère. Ton courage me donnait la force d'avancer. Comment vais-je faire sans toi ? C'est un endroit magique. Moi je ne connais rien à la magie ! Comment me défendre ? Quel espoir d'en sortir ? Je ne peux pas entrer ; c'est trop demander.*

Il dégaina son épée et la brandit. Sa main tremblait si fort qu'il faillit lâcher l'arme. ! *Je ne suis même pas capable d'abattre une mouche. C'est sans espoir...*

« Il est facile d'espérer, guerrier, quand le printemps est là, que l'air est tiède et que la forêt verdoie. Il est facile d'espérer en été, quand les moissons dorent au soleil, en automne, quand la forêt se teinte de rouge. Mais en hiver, quand le froid est mordant, le ciel couleur de plomb, la forêt meurt-elle pour autant, guerrier ? »

— Qui parle ? cria Caramon.

« Que devient la forêt en hiver, guerrier, quand il fait sombre et que le sol est gelé ? Elle plonge ses racines au cœur de la terre. Elle trouve de quoi résister à l'obscurité et au froid, pour renaître au printemps. »

— Ah bon ? fit Caramon, reculant d'un pas.

« Tu affrontes l'hiver le plus sombre de ta vie, guerrier. Tu devras creuser profondément pour trouver la chaleur et l'énergie qui t'aideront à survivre. Car tu n'as plus l'élan du printemps ni la vigueur de l'été. Alors tu devras puiser ta force dans ton cœur et dans ton âme. Comme la forêt, tu renaîtras. »

— Voilà de jolies paroles...

Le souffle coupé, il ne put achever.

La forêt se métamorphosait sous ses yeux.

Les grands arbres de la vallée de Solace éclatèrent en bourgeons, qui se muèrent en feuilles vertes, puis dorées ! Les saisons changèrent aussi vite qu'il respirait.

La brume fit place à une brise chargée du parfum des fleurs. Une lumière rayonnante chassa l'obscurité. Les oiseaux gazouillèrent.

Les yeux de Caramon s'emplirent de larmes. L'espoir était de retour. A l'intérieur de la forêt, il trouverait les réponses et l'aide qu'il cherchait.

— Caramon ! C'est merveilleux ! Comment as-tu fait ? Entends-tu les oiseaux ? Tu vas nous aider...

Avant que Tass ait pu achever sa phrase, deux personnages en robe blanche apparurent. Le kender ne put voir leurs visages, dissimulés sous leurs capuchons. Ils s'inclinèrent devant lui, puis traversèrent la clairière jusqu'à l'endroit où Crysania gisait inanimée.

Ils la soulevèrent avec aisance et s'arrêtèrent devant Caramon.

— Je crois qu'ils veulent que tu passes le premier, dit Tass. Avance, je vais chercher Boupou.

La naine des ravins, au milieu de la clairière, contemplait la forêt avec une méfiance que commençait à partager Caramon.

— Qui êtes-vous ? demanda celui-ci aux nouveaux venus.

Ils ne répondirent pas.

— Peu importe ! s'impatienta Tass, tirant Boupou derrière lui.

— Passez devant, insista Caramon avec geste d'invite.

Ils ne firent pas un mouvement.

— Pourquoi m'attendez-vous pour pénétrer dans la forêt ? reprit-il, en reculant d'un pas. Emmenez-la à la Tour et soignez-la. Vous n'avez pas besoin de moi...

Un des personnages pointa un index sur le guerrier.

— Caramon, pressa Tass, écoute, c'est comme s'ils nous invitaient !

Ils ne nous feront rien, frère... Nous sommes invités !

C'est ce qu'avait Raistlin sept ans plus tôt.

— Je ne leur fais pas confiance, dit Caramon, comme alors.

Un rire léger, singulier, emplit l'espace. Terrifiée, Boupou s'agrippa aux mollets de Caramon. Même Tass parut déconcerté. La voix que Caramon avait entendue sept ans plus tôt s'éleva :

— *A moi non plus, cher frère ?*

CHAPITRE XI

La hideuse apparition approchait de Crysania.

La jeune femme éprouvait une peur qu'elle n'aurait jamais imaginée. Pour la première fois, elle voyait la mort en face. La sienne. Ce n'était pas le passage serein dans un royaume béni mais une plongée vers des ténèbres atroces, des nuits sans fin à envier les vivants.

Elle voulut crier à l'aide, mais à quoi bon ? L'ivrogne baignait dans son sang. Ses dons de guérisseuse l'avaient sauvé, mais il ne se réveillerait pas de sitôt. Le kender ne pouvait pas l'aider non plus. Personne ne pouvait rien pour elle.

La silhouette continuait d'avancer. *Fuis !* cria-t-elle intérieurement. Ses membres ne lui obéissaient plus. Elle ne parvint pas à tourner les yeux, hypnotisée par les lueurs orange qui luisaient au fond des orbites creuses.

Le personnage leva une main immatérielle. Dans son antique armure de chevalier solamnique, le spectre irradiait une clarté déliquescente. Sa main continua de s'élever ; Crysania comprit qu'elle allait toucher son cœur, et qu'elle mourrait.

Elle invoqua Paladine. Terrifiée, elle ne put détacher son regard des lueurs orange. Sa main se posa sur sa gorge. Elle saisit son talisman et l'éleva au-dessus d'elle. Le platine étincela sous la lumière de Solinari. L'apparition prononça un mot :

— Meurs !

Crysania se sentit défaillir. Elle tomba sur le sol mais n'y resta pas, car elle descendait toujours plus bas... Elle ferma les yeux. Dormir... Rêver...

Elle se trouvait dans un bosquet de chênes. Des mains livides tentaient de la saisir par les pieds, des gueules béantes réclamaient son sang. Dans l'obscurité, le craquement des branches ressemblait à d'atroces ricanements.

— Crysania, dit une voix douce.

Qui parlait dans l'ombre des chênes ? Elle vit un homme habillé de noir.

— Crysania !

— Raistlin !

Son cœur déborda de gratitude. Fuyant le bois de chênes, elle sentit des bras venir à sa rencontre. Le contact des doigts du mage la brûla.

— Repose-toi, Révérée Prêtresse. Tes épreuves sont terminées. Tu as franchi sans encombre le Bois de Shoikan. Mais tu n'avais rien à craindre, car tu étais sous la protection d'un charme.

Crysania repoussa le mage et le regarda avec froideur.

— Pourquoi t'entoures-tu d'horreurs comme le Bois de Shoikan ? As-tu besoin de tels gardiens ?

Raistlin la regarda avec gentillesse.

— De quelle sorte de gardiens t'entoures-tu, Révérée Prêtresse ? Quels tourments me ferai-t-on subir si j'osais poser le pied sur le sol sacré du temple ?

Crysania s'apprêtait à lancer une réponse cinglante,

mais les mots moururent sur ses lèvres. Le temple consacré à Paladine *était* interdit aux adeptes de la Reine des Ténèbres.

Raistlin sourit. Crysania rougit. Aucun homme ne l'avait humiliée ainsi ! Personne n'avait provoqué chez elle un tel émoi !

Depuis qu'elle avait rencontré le mage chez Astinus, elle n'avait cessé de penser à lui. La perspective de lui rendre visite à la Tour éveillait en elle des sentiments contradictoires. Elle avait raconté l'entrevue à Elistan, sans mentionner le « charme » du mage. Elle n'était pas arrivée à dire à son maître qu'il l'avait touchée. Quelque chose l'arrêtait.

Elistan était assez choqué comme ça. Il connaissait le jeune mage depuis qu'il avait été libéré des geôles de Verminaard par ses compagnons. Il ne lui avait jamais vraiment fait confiance. Apprendre qu'il avait rejoint les Robes Noires ne l'avait pas surpris.

La réaction de la prêtresse l'avait étonné. Cette invitation à la Tour, le haut lieu du Mal sur Krynn, l'avait alarmé. Il aurait voulu la lui interdire, mais les dieux prônaient le libre arbitre.

Crysania avait respectueusement écouté son avis. Mais elle s'était rendue à la Tour, attirée par un mirage dont elle n'était pas consciente, bien que ce fût, d'après elle, pour sauver le monde.

« Le monde va fort bien », avait objecté Elistan.

Elle n'en avait fait qu'à sa tête.

— Entre, dit Raistlin. Un peu de vin t'aidera à oublier les épreuves. Tu as été très courageuse, Révérée Prêtresse. Peu de gens résistent à la terreur qu'inspire le Bois de Shoikan.

Crysania rougit sous le compliment.

— Reste près de moi, lui dit-il en la précédant, mon bâton t'éclairera.

Ils franchirent les grilles. Elle les regarda avec curiosité, se souvenant des histoires qu'on racontait à Palanthas. Des choses indéfinissables remuaient autour d'elle. Elle sentit des doigts glacés frôler son cou, vit du coin de l'œil des formes remuer. Quand elle se retournait, il n'y avait plus rien. Elle tremblait de façon incontrôlable. Jetant un coup d'œil derrière elle, elle aperçut deux yeux flottant dans le vide. Elle hâta le pas et s'accrocha au bras de Raistlin.

Il la regarda d'un air amusé ; elle rougit de nouveau.

— Inutile d'avoir peur, dit-il. Je suis le maître des lieux. Je te protège.

— Je n'ai pas peur, mais je ne veux pas tomber, dit-elle.

— Je te prie de m'excuser, Révérée Prêtresse. Tu ne connais pas le chemin et je regrette de ne pas t'avoir offert mon bras. Est-ce plus facile à présent ?

— Oui, cela va mieux.

Lorsqu'ils approchèrent de la porte, celle-ci s'ouvrit d'elle-même. Un rai de lumière troua l'obscurité, éblouissant Crysania qui ne remarqua pas la silhouette debout près du seuil.

Quand elle la découvrit, elle eut un geste de recul.

Raistlin la retint.

— Ne crains rien, c'est mon apprenti, Dalamar, en chair et en os. Il est bien vivant ! Du moins pour le moment.

Crysania ne releva pas la remarque. Elle était bien trop étonnée de découvrir des êtres vivants dans cette demeure.

C'est stupide, pourquoi me suis-je représenté cet homme comme une sorte de monstre ? C'est un humain ! Cette pensée la rasséréna. Elle se détendit.

— Mon apprenti, Dalamar. Dame Crysania, Révérée Prêtresse de Paladine.

L'elfe s'inclina pour la saluer et baisa la main qu'elle lui tendit.

Quand il releva la tête, sa capuche glissa.

— Un elfe ! s'exclama Crysania. Mais ce n'est pas possible, les elfes ne peuvent être au service du Mal...

— Je suis un elfe noir, Révérée Prêtresse, dit Dalamar avec amertume. Du moins, c'est ainsi que mon pcuple me désigne.

— Je suis désolée, je ne savais pas...

Embarrassée, elle se tut. Une fois encore, Raistlin la prenait en défaut.

— La Révérée Prêtresse a eu une journée fatigante, Dalamar, dit Raistlin. Conduis-la dans ma bibliothèque et sers-lui du vin. Si tu permets, dame Crysania, j'ai des affaires urgentes à régler. Dalamar, tu es aux ordres de cette dame.

Le soulagement envahit Crysania quand Raistlin quitta la pièce.

La bibliothèque ne ressemblait en rien à ce qu'elle s'était représenté. Tout y était plaisant et confortable, le vin délicieux. La chaleur du feu de cheminée s'insinuait dans ses veines.

Dalamar posa devant elle une petite table garnie d'un pain odorant et d'une corbeille de fruits.

— De quels fruits s'agit-il ? demanda Crysania. Je n'en ai jamais vus de pareils.

— Sans doute, Révérée Prêtresse, car le Shalafi les a rapportés de l'île de Mithas.

— Mithas ? Mais c'est à l'autre bout du monde ! Un royaume impénétrable où règnent les minotaures !

— Goûte-les, tu les trouveras délicieux. La santé du Shalafi est délicate, il ne supporte que les fruits, le pain et le vin.

— Oui, il est émacié. Et cette toux...

— Cette toux ? Ah oui ! Sa... toux.

Crysania ne s'étonna pas de la singulière réaction de l'elfe et examina la pièce.

— Si tu ne désires plus rien, ma dame, je vais me retirer. J'ai à étudier.

— Bien sûr. Je serai très bien ici. Ainsi, le mage est ton maître. Est-il un bon maître ?

— Il est le plus doué de notre Ordre. Brillant, habile, sûr de lui. Un seul avant lui fut aussi puissant : le grand Fistandantilus. Mon Shalafi est jeune, il n'a que vingt-huit ans. S'il vit, il pourrait bien...

— S'il vit ?

— Notre art n'est pas sans risques, ma dame. Permets-moi de prendre congé, dit l'apprenti en s'inclinant.

Restée seule, Crysania contempla les flammes qui dansaient dans la cheminée en sirotant le vin.

La porte s'ouvrit sans bruit. Si toutefois elle s'était ouverte. Des doigts effleurèrent ses cheveux. Tressaillant, elle regarda autour d'elle.

Raistlin était déjà assis à sa table de travail.

— Puis-je te faire servir quelque chose ? Tout va comme tu veux ?

— Oui. Ton apprenti est charmant.

— N'est-ce pas, dit-il, posant le bout de ses doigts sur la table.

— Tu as des mains merveilleuses, lança Crysania sans réfléchir. Tes doigts sont si souples, si délicats... (Réalisant soudain ce qu'elle avait dit, elle s'empourpra.) C'est ce qu'il faut dans ton métier, n'est-ce pas ?

— Oui, répondit Raistlin avec un vrai sourire. Quand j'étais enfant, j'amusais mon frère avec des tours de passe-passe.

Il sortit une pièce de monnaie, la posa sur son poignet, puis la fit virevolter autour de sa main. Elle vola dans les airs, disparut, et réapparut dans son autre main. Crysania était émerveillée.

— C'était mon seul talent, ajouta-t-il avec une pointe d'amertume. Cela distrayait les autres enfants et les empêchait parfois de me tourmenter.

— De te tourmenter ? demanda Crysania, émue.

— J'imagine quelle enfance tu as eue. Tu viens d'une famille riche. Tu as dû être choyée, protégée, comblée. On t'aimait, on t'admirait. Mon enfance a été très différente. On me surnommait le « faux jeton ». J'étais maladif. Et trop malin. Quels idiots ils étaient ! Quelles mesquines ambitions ils avaient ! Mon frère n'a jamais pensé plus loin que le bord de son assiette. Ma sœur n'a trouvé que l'épée pour atteindre son but. Oui, j'étais faible. Oui, ils m'ont protégé. Mais un jour, j'ai fait le serment de me passer de leur protection. Je me suis juré d'atteindre seul les sommets, en me servant de mes pouvoirs magiques !

Sa peau dorée prit une teinte livide ; il se mit à tousser. Compatissante, Crysania se leva. Il lui fit signe de s'asseoir. Tirant un mouchoir de sa poche, il épongea ses lèvres tachées de sang.

— Ce fut le prix à payer pour accéder au savoir. Ils ont disloqué mon corps et ils m'ont doté de cette maudite vision qui me fait voir les choses en décomposition. Mais le jeu en valait la chandelle ! J'ai obtenu ce que je voulais : le pouvoir. Je n'ai plus besoin d'eux. De personne.

— Mais ta puissance est néfaste ! déclara Crysania.

— Vraiment ? L'ambition est-elle néfaste ? La recherche du pouvoir qui maîtrise le Mal est-elle condamnable ? S'il en est ainsi, dame Crysania, je crois que tu pourrais échanger ta robe blanche contre une noire.

— Comment oses-tu ? Je n'ai pas...

— Mais si ! Tu n'aurais pas travaillé si dur pour atteindre ce rang dans l'église de Paladine, si tu n'avais eu la moindre ambition, ni aucun désir du pouvoir. Ne t'es-tu jamais dit que tu étais appelée à un grand destin ? Que ta vie serait différente de celle des autres ? Que tu ne te contenterais pas d'attendre à ne rien faire, mais que tu changerais le monde, que tu le modèlerais selon ta volonté ?

Comment savait-il ce qu'elle pensait ? Comment pouvait-il connaître ses secrets les plus intimes ?

— Dame Crysania, est-ce mal ?

Elle secoua la tête. De la façon dont il le disait, non, ce n'était pas mal. Elle n'arrivait plus à penser. Une seule idée tournait dans sa tête : *comme nous nous ressemblons, lui et moi !*

Il attendait sa réponse. Pour se donner du temps, elle prit une gorgée de vin.

— J'ai peut-être ce désir, mais mon ambition n'est pas pour moi-même. Je me sers de mes dons pour aider les autres. Je me dévoue pour le culte...

— Le culte ! ricana Raistlin.

L'embarras de la jeune femme céda la place à la colère.

— Oui, c'est la puissance du Bien ; Paladine a bouté le Mal hors du monde. C'est cette puissance-là que je cherche. Celle qui a...

— Bouté le Mal ?

Emportée par son discours, Crysania fut interloquée. Raistlin poursuivit son idée :

— Le Mal et son cortège de souffrances règnent encore sur le monde, que je sache.

— A cause des gens de ton espèce ! cria-t-elle.

— Certainement pas, Révérée Prêtresse. Je n'y suis pour rien. Regarde !

Il sortit de sa poche un objet qu'il posa devant lui. C'était une petite boule de cristal aux teintes lumineuses.

— Regarde-le, dit-il.

— Non, se récria-t-elle en se détournant. Qu'est-ce que c'est ?

— Un orbe draconien. Le seul qui reste sur Krynn. Il m'obéit. Sois tranquille, il ne t'arrivera rien. Si tu ne crains pas la vérité, regarde à l'intérieur.

— Pourquoi y verrai-je la vérité ? Comment savoir s'il ne me montre pas ce que tu lui demandes ?

— Si tu savais comment ont été créés ces orbes, tu saurais aussi que les trois Ordres y ont participé : les Robes Blanches, Rouges et Noires. Les orbes ne sont ni l'instrument du Bien, ni celui du Mal. Ils sont tout *et* rien. Tu portes le talisman de Paladine et ta foi est profonde. Comment pourrais-je te forcer à contempler ce que tu ne veux pas voir ?

— Qu'apercevrai-je dans cet objet ? demanda Crysania, gagnée par la curiosité.

— Ce que tes yeux ont déjà vu, mais qu'ils refusent de regarder en face.

Raistlin plaça les doigts au-dessus du globe et psalmodia une incantation. Penchée sur la table, Crysania l'observait d'un air sceptique. D'abord elle vit une myriade de couleurs.

Puis elle eut un mouvement de recul. Des mains remuaient à l'intérieur du cristal !

— N'aie pas peur, murmura le mage, elles viennent à ma rencontre.

Crysania vit les mains rejoindre celles de Raistlin, puis elles disparurent, laissant la place à un tourbillon multicolore. Alors la jeune femme reconnut...

— Palanthas !

La ville était là, sous ses yeux, dans la lumière du matin. Le temple de Paladine s'élevait, majestueux, au milieu des palais. Crysania se vit elle-même, derrière l'édifice. Elle regardait par-dessus un mur très haut.

— Qu'est-ce que ça veut dire ? fit-elle, suffoquée.

— Tu n'as jamais vu cette avenue ? Si proche des lieux saints ?

— Non, répondit-elle, hésitante. Pourtant, je vis à Palanthas depuis toujours. Je connais tout...

— Non, tu ne connais pas tout.

Elle ne répliqua pas. Après tout, il avait raison, elle n'avait jamais vu cette partie de la ville. Jonchées d'ordures, les rues y étaient sombres et désolées. Le soleil n'y pénétrait pas. Elle reconnut soudain les maisons ; elle les avait aperçues de face, non de dos. C'était des entrepôts. Et qui étaient ces gens à l'aspect misérable ?

— Ils habitent là, répondit le mage à sa question muette.

— Où ? Là-dedans ? Pourquoi ?

— Ils vivent où ils peuvent. Terrés dans les entrailles de la ville comme des rats, ils se nourrissent de déchets. Pourquoi ? Ils ne savent pas où aller.

— Mais c'est affreux ! J'en parlerai à Elistan. Nous aiderons ces gens, nous leur donnerons de l'argent...

— Elistan le sait.

— Non, c'est impossible !

— *Tu* savais. Tu connaissais des endroits comme celui-ci dans cette belle ville.

— Non, je ne savais pas ! s'emporta-t-elle.

Des images lui revinrent à l'esprit. Sa mère détournant la tête quand le carrosse traversait la ville, son père ordonnant au cocher de prendre un autre chemin...

Le mage lui dévoilait ce qui se cachait derrière les belles façades blanches : les tavernes, les bordels, les salles de jeu, les quais et les docks... Elle ne pouvait plus l'ignorer ; la misère, la faim, l'oubli, le désespoir étaient là, sous ses yeux...

— Arrête, s'il te plaît, j'en ai assez vu.

Mais Raistlin était sans pitié. L'orbe draconien les emmena à travers le monde ; partout, Crysania découvrit de nouvelles horreurs ; des nains des ravins rejetés par leurs congénères, subsistant d'ordures ; des humains contraints de vivre dans des contrées où il ne tombait plus de pluie ; des elfes sauvages, réduits en esclavage par d'autres elfes.

Des prêtres se servant de leur pouvoir pour amasser des richesses aux dépens de ceux qu'ils auraient dû aider.

C'en était trop. Elle se prit la tête entre les mains. Autour d'elle, les murs tournaient. Elle vacilla ; Raistlin la rattrapa. Elle sentit un étrange rayonnement de chaleur traverser le velours de sa robe et huma un parfum d'épices et de pétales de rose, mêlé à des effluves plus singuliers.

Il la fit asseoir. La proximité du mage avait plongé Crysania dans la confusion. Elle le trouvait attirant et repoussant à la fois. Si seulement Elistan avait été là ! Il saurait, il lui expliquerait ! Toute cette misère n'était pas permise !

— Nous ne sommes pas si différents, dit Raistlin. Je vis dans ma Tour, je consacre mon temps à mes études. Tu vis dans la tienne, te consacrant à ta foi. Le monde continue de souffrir autour de nous.

— Voilà ce qu'est le Mal absolu, répondit-elle. Rester sans rien entreprendre.

— Tu commences à comprendre. Je ne me contente plus de regarder les choses arriver, car je n'ai pas étudié toutes ces années sans raison, ni but. *J'ai* un but. A présent, il est à ma portée. Je changerai le monde, Crysania. Tel est mon objectif.

Elle releva la tête. Sa foi avait été ébranlée, mais elle restait vivace.

— Tes projets ! Voilà ce dont Paladine m'a avertie en rêve. Ils conduiront le monde à sa perte ! Tu dois y renoncer ! Paladine...

Raistlin l'interrompit avec impatience. Ses yeux dorés étincelèrent. La jeune femme recula.

— Paladine ne m'arrêtera pas, car je cherche à anéantir son plus grand ennemi.

Crysania regarda le mage sans comprendre. Quel ennemi pouvait avoir le dieu ?

Soudain ce que voulait dire Raistlin lui parut évident. Elle blêmit. L'énormité du projet, la démesure de l'ambition étaient impensables.

— Ecoute-moi, dit-il, je vais t'expliquer...

Il lui résuma ses travaux, jusqu'à la découverte de pratiques magiques disparues depuis Fistandantilus.

Quand il se tut, Crysania errait en pensée dans les domaines les plus étranges qu'elle ait jamais connus. Dans la cheminée, le feu déclinait. Le jour allait bientôt se lever. Elle frissonna de froid.

Raistlin recommença à tousser. Elle le regarda, surprise. Il était pâle, le regard fiévreux. Ses mains tremblaient. Elle se leva.

— Je suis désolée, je t'ai tenu éveillé toute la nuit, alors que tu es malade. Je dois partir.

— Ne t'inquiète pas de ma santé. Le feu qui brûle en moi suffit à réchauffer ma carcasse. Dalamar t'accompagnera dans le Bois de Shoikan, si cela te convient.

— Volontiers. Merci de ton invitation, dit-elle. J'espère...

Raistlin prit sa main dans la sienne. Elle le regarda dans les yeux et y vit son propre reflet.

— Renonce à ce projet, murmura-t-elle. C'est une erreur qu'il ne faut pas commettre.

— Prouve-moi que c'est une erreur. Montre-moi où est le Mal. Convainc-moi que les voies du Bien sauveront le monde.

— M'écouterais-tu ? Tu es entouré de Ténèbres. Comment t'atteindre ?

— Les Ténèbres se sont écartées, non ? Elles se sont écartées pour toi et tu es venue.

— Oui...

Crysania prit conscience de sa main sur la sienne, si chaude qu'elle recula en rougissant.

— Adieu, Raistlin Majere, dit-elle sans lever les yeux.

— Adieu, Révérée Prêtresse de Paladine.

La porte s'ouvrit sur Dalamar. Crysania rabattit sa capuche sur ses cheveux de jais et s'engagea dans le corridor. Elle sentait les yeux dorés du mage braqués sur son dos. Puis, elle entendit sa voix :

— Paladine ne t'a peut-être pas envoyée pour me combattre, dame Crysania, mais pour m'aider ?

Elle se retourna. Le hall était vide. A côté d'elle, Dalamar attendait en silence.

Refermant sa cape blanche, Crysania descendit l'escalier. Les marches n'en finissaient plus...

CHAPITRE XII

Depuis des siècles, la Tour des Sorciers de Wayreth était le bastion le plus isolé d'Ansalonie. Les mages y faisaient leur apprentissage. A l'écart de toute civilisation, l'édifice était entouré d'un bois enchanté. Personne n'y entrait sans y être invité. Les mages gardaient jalousement le seul lieu de pouvoir qui leur restait.

Des apprentis du monde entier y venaient passer la redoutable Epreuve sanctionnée par la mort en cas d'échec. Débats, discussions et expérimentations y avaient lieu nuit et jour. Robes Noires, Rouges, et Blanches s'y rencontraient à leur gré.

Les seules altercations tolérées étaient de nature philosophique. Les combats et tout ce qui ne servait pas l'art de la magie étaient interdits et punis de mort.

La magie soudait les mages. Elle remplaçait parents, amours, famille. Elle était la terre, le feu, l'air, l'eau de leur vie. Et de leur mort.

De loin, Par-Salian vit arriver Caramon et sa suite. Il fit signe de les laisser entrer.

*

* *

Quand Tass revint à lui, il était étendu sur des dalles glacées. A côté, Boupou ronflait en toute quiétude. Secouant la tête pour chasser les toiles d'araignées, Caramon se mit sur son séant.

— Ouille ! fit Tass, se massant le cou. Drôle de façon de recevoir les gens. Des magiciens, ça devrait être capable de vous arranger un lit...!

Devant le soudain mutisme du kender, Caramon leva les yeux. Ils n'étaient pas seuls.

— Je connais cet endroit, murmura-t-il.

La salle creusée dans l'obsidienne ne comportait pas d'ouverture. Une lumière blanchâtre l'éclairait de façon lugubre. La dernière fois que Caramon était venu, le vieil homme était seul. Aujourd'hui, il avait trois mages en robe rouge à sa gauche et à sa droite. Puis venaient six robes blanches d'un côté et six robes noires de l'autre. Devant eux, dame Crysania gisait sur une civière couverte d'un voile blanc.

Seul le vieillard ne portait pas de capuchon.

— Bonsoir, dit Tass avec force courbettes. Qui sont ces gens ? chuchota-t-il à Caramon. Et que font-ils dans notre chambre à coucher ?

— Le vieil homme est Par-Salian, répondit Caramon à voix basse. Nous ne sommes pas dans notre chambre, mais dans le Hall des Mages. Tu ferais bien de réveiller la naine des ravins.

— Boupou ! souffla Tass, lui donnant un coup de pied.

— Espèce de gulp, grogna-t-elle. Va-t'en. Moi dors.

— Boupou ! répéta Tass, se sentant transpercé par l'œil du vieil homme. Hé ! réveille-toi, c'est l'heure du dîner !

— Dîner !

En un bond, elle fut debout et découvrit avec stupeur une vingtaine de personnages en robes.

Poussant un cri de lapin pris au piège, elle se jeta contre la jambe de Caramon, qu'elle serra comme un étau. Le colosse tenta de se dégager, en vain. Terrorisée, la naine collait à son mollet comme une sangsue. Caramon renonça.

Le vieil homme esquissa une sorte de sourire. Conscient de sa mise crasseuse et de ses cheveux hirsutes, le guerrier rougit de honte.

Il se redressa et prit un air digne.

— Par-Salian, dit-il d'une voix qui résonna dans le hall, te souviens-tu de moi ?

— Je me souviens, guerrier.

Suivit un silence de mort. Embarrassé, Caramon fit un geste vers dame Crysania.

— Je l'ai amenée ici dans l'espoir que vous pourriez l'aider. Crois-tu qu'elle se remettra ?

— La guérir n'est pas en notre pouvoir, répondit Par-Salian. Notre habileté ne va pas jusque-là. Pour la protéger du sort lancé par le chevalier fantôme, Paladine a exaucé sa dernière prière et envoyé son âme reposer au royaume de la sérénité.

— C'est ma faute, dit Caramon. Je ne l'ai pas assistée. J'aurais pu...

— La protéger ? Non, guerrier, pas contre le Chevalier de la Rose Noire. Si tu avais essayé, tu y aurais laissé la vie. N'est-ce pas, kender ?

— Oui, je... je l'ai vu, bégaya Tass, frissonnant.

— Et les kenders ne connaissent pas la peur, commenta Par-Salian. Alors, guerrier, ne te reproche rien, et ne perds pas espoir. Nous ne pouvons ramener son âme dans son corps, mais d'autres le pourront. Dis-moi pourquoi dame Crysania voulait nous rendre visite ? Nous savons qu'elle cherchait la forêt de Wayreth.

— Je ne sais pas exactement, marmonna Caramon.

— Elle est venue à cause de Raistlin, intervint le kender pour aider Caramon.

Sa voix résonna de façon discordante et aiguë. Dans cette salle, le nom de Raistlin sonnait étrangement.

Par-Salian fronça les sourcils. Caramon le regarda d'un œil farouche. Dans un froufrou de robes, les mages se tournèrent les uns vers les autres.

— Raistlin, susurra Par-Salian. Quel rapport une prêtresse du Bien a-t-elle avec ton frère ? Pourquoi a-t-elle entrepris ce périlleux voyage à cause de lui ?

Ne sachant ou ne voulant pas répondre, Caramon secoua la tête.

— Connais-tu l'étendue de sa dépravation ?

Le guerrier se refusant à ouvrir la bouche, Tass vint à son secours.

— Je sais..., commença-t-il.

Par-Salian lui fit signe de se taire.

— Nous pensons qu'il a l'intention de conquérir le monde. Comme ta sœur Kitiara, la Dame Noire ainsi que ses troupes l'appellent, Raistlin rassemble des armées. Il possède des dragons et des citadelles volantes. De plus, nous savons...

— Tu ne sais rien, Grand Maître ! Et tu ne comprends rien ! cria une voix.

Parmi les mages, ces paroles firent l'effet d'un courant d'air glacial Stupéfait, Tass chercha d'où provenait cette voix étrange. Puis il vit une silhouette sortir de l'ombre et passer devant eux pour se placer devant Par-Salian.

L'homme enleva sa capuche.

Caramon se raidit.

— Que vois-tu ? demanda Tass.

— C'est un elfe noir ! marmonna Caramon.

— Vraiment ? Depuis le temps que je suis sur Krynn, je n'en ai encore jamais rencontré !

Caramon l'ignora.

— Tu devrais t'expliquer, Dalamar, dit tranquillement Par-Salian.

— Conquérir le monde ! ricana Dalamar. Il n'en a nullement l'intention ! Le monde n'est rien pour lui. S'il le voulait, il l'aurait déjà !

— Alors que désire-t-il ? demanda un mage en robe rouge.

Par-dessus le bras de Caramon, Tass aperçut le visage fin et cruel de l'elfe, qui souriait à en donner froid dans le dos.

— Il veut devenir un dieu. Il veut défier la Reine des Ténèbres en personne. Voilà son projet.

Les mages restèrent silencieux, mais une sorte de courant sembla passer entre eux. Par-Salian soupira.

— Je crois que tu le surestimes.

Tass entendit le bruit d'une étoffe qu'on déchire. L'elfe noir avait ouvert le haut de sa robe.

— Et ça, est-ce surestimé ? cria-t-il.

Les mages tendirent le cou ; un murmure parcourut la salle. Tass mourait de curiosité. Quant à Caramon, il restait impassible.

— Vous voyez la marque de ses doigts sur ma peau. La douleur est à peine supportable. Par-Salian, il m'a chargé de te saluer !

Le Grand Mage inclina la tête. Il parut avoir soudain vieilli.

— Ainsi, nos craintes étaient justifiées. Il sait que nous t'avons envoyé...

— L'espionner ? Oui, il sait ! cracha l'elfe noir. Il

l'a toujours su. Il m'a utilisé, comme il utilise tout le monde, pour servir ses desseins.

— Tout cela est difficile à croire, dit le mage en robe rouge. Nous admettons que le jeune Raistlin est puissant, mais je trouve ce défi lancé à une déesse un peu ridicule... Très ridicule, même...

Un murmure d'approbation parcourut l'assemblée.

— Vraiment ? fit Dalamar. Alors laissez-moi vous dire que vous n'avez aucune idée de ce que le mot *pouvoir* veut dire ! Vous n'êtes pas en mesure de sonder la profondeur ni l'étendue de son pouvoir ! Moi, si ! J'ai vu des choses qu'aucun de vous ne saurait imaginer ! J'ai pénétré les yeux ouverts dans les royaumes du rêve. J'ai vu des merveilles à faire éclater le cœur et des cauchemars si affreux que j'aurais préféré tomber raide mort plutôt que les regarder ! Tout cela, il l'a créé grâce à ses talents !

Personne ne broncha. Dalamar continua dans un silence de plomb :

— Tu fais bien d'avoir peur, Grand Maître. Tu ne le craindras jamais assez. Oh ! il lui manque encore les pouvoirs qui lui permettront de franchir le pas. Mais il les aura. Au moment où nous parlons, il se prépare à faire un long voyage. Dès mon retour, il se mettra en route.

— Ton retour ? demanda Par-Salian. Mais il sait que tu es un espion envoyé par ses collègues. Non, jeune Dalamar, tu ne manques pas de courage, mais je ne peux te laisser repartir pour finir entre ses mains dans d'abominables souffrances.

— Tu ne peux pas me retenir. Je l'ai dit, je donnerais mon âme pour suivre l'enseignement d'un maître pareil. Cela me coûtera peut-être la vie, mais je resterai près de lui. Il m'attend ; il m'a confié la garde de la Tour en son absence.

— Il te confie la garde de la Tour alors que tu l'as trahi ? dit le mage en robe rouge, dubitatif.

— Il me connaît. Il sait qu'il m'a ensorcelé. Il a marqué mon corps et vidé mon âme, et pourtant je retournerai vers lui. Je ne serai pas le premier, dit-il en montrant Crysania. Qu'en dis-tu, toi qui es son frère ?

Caramon sortit de sa torpeur. Il avança, le kender et la naine accrochés à ses basques.

— Qui est cet homme ? De quoi parlez-vous ?

Avant que Par-Salian ait pu ouvrir la bouche, l'elfe répondit :

— Je m'appelle Dalamar. Je parle de ton frère jumeau Raistlin. C'est mon maître, je suis son apprenti. De plus, j'espionne pour le compte de cette auguste assemblée à qui je rapporte ses faits et gestes.

Le guerrier ne répondit pas. Avait-il seulement entendu ? Ses yeux étaient rivés sur la poitrine de l'elfe noir, où s'étendaient cinq plaies sanguinolentes.

— Oui, dit l'elfe noir, c'est ton frère qui m'a fait cela. Peu importe, je le méritais.

Livide, Caramon détourna la tête. Tass glissa une main dans la sienne pour le réconforter.

Dalamar regarda le guerrier avec défi.

— Où est le problème ? Tu ne l'en crois pas capable ? Non, tu es comme les autres. Vous êtes idiots ! Tous autant que vous êtes...!

Des murmures de colère fusèrent parmi les mages. D'un geste, Par-Salian demanda le silence.

— Dalamar ! Dis-nous quels sont ses projets ? A moins qu'il t'ait interdit d'en parler !

— Non, répondit l'elfe. Il m'a même demandé de vous les raconter. Il voyagera dans le temps, pour remonter jusqu'aux jours précédant le Cataclysme, quand le grand Fistandantilus était au faîte de son pouvoir. Il a l'intention de retrouver ses œuvres perdues. D'après ce qu'il a lu dans les grimoires de la Bibliothèque de Palanthas, mon Shalafi croit que Fistandantilus sait comment franchir l'obstacle qui sépare les hommes et les dieux. C'est ainsi qu'il a pu survivre jusque-là.

— Je n'y comprends rien ! Dites-moi de quoi il s'agit ! tonna Caramon. Sinon je casse tout ! Qui est ce Fistandantilus ? Qu'a-t-il à voir avec mon frère ?

— Chut ! fit Tass.

— Ne t'inquiète pas, kender, dit Par-Salian. Nous comprenons sa colère et ses craintes. Il a raison, nous lui devons une explication. Je n'aurais peut-être pas dû agir comme je l'ai fait. Mais je n'avais guère le choix. Où serions-nous aujourd'hui si je n'avais pris cette décision ?

Par-Salian parlait autant pour les mages que pour Caramon. Certains avaient ôté leur capuchon ; Tass sentit l'angoisse des Robes Blanches. Parmi les Rouges, un homme attira son attention. Jusque-là impénétrable, son visage était devenu impérieux et dur. C'était le mage qui avait douté de la puissance de Raistlin. Le kender eut l'impression que Par-Salian s'adressait surtout à lui.

— Il y a sept ans de cela, Paladine m'est apparu. Il m'a averti que nous allions connaître une période d'horreur. La Reine des Ténèbres avait réveillé les mauvais dragons et s'apprêtait à déclarer la guerre au monde. « Un de vous sera choisi pour combattre le Mal, me dit Paladine. Ce champion sera le glaive qui déchirera les Ténèbres. Ne lui dévoile rien de l'avenir, car de sa décision dépendra le sort du monde. »

Par-Salian fut interrompu par les protestations des Robes Noires ; il les foudroya du regard. Tass prit note du pouvoir et de l'autorité que conservait le frêle vieillard.

— Oui, j'aurais peut-être dû présenter l'affaire à

l'assemblée, continua-t-il d'une voix tranchante. Mais je pensais alors, et je le pense encore, que la décision m'appartenait. Je savais qu'il y aurait des tergiversations sans fin et que vous ne seriez pas d'accord avec mon choix. Quelqu'un me conteste-t-il le droit d'avoir agi seul ?

Les Robes Noires se tassèrent sur leur banc en maugréant. Par-Salian garda un moment le silence, puis posa un œil plein de bonté sur Caramon.

— J'ai choisi Raistlin, dit-il.

Caramon se renfrogna.

— Pourquoi ? demanda-t-il.

— J'avais mes raisons. Je dois en taire certaines. Mais je peux te dire ceci : il possède un don inné. Voilà ce qui importe. Ton frère est habité par la magie. Sais-tu que dès le premier jour d'école, son professeur le craignait ? Comment enseigner à un élève qui en sait plus long que son maître ? Son intelligence se combine avec ce don. L'esprit de Raistlin ne s'arrête jamais. Il cherche à savoir, à comprendre. Et il est courageux, peut-être plus que toi, guerrier.

« Chaque jour de sa vie il a lutté contre la souffrance. Il a défié la mort et l'a vaincue. Et il ne craint rien, ni les Ténèbres ni la Lumière. Son âme... Son cœur brûle d'ambition, du désir d'apprendre et conquérir le pouvoir. Je sais que rien, pas même la peur de mourir, ne l'arrêtera. Et je sais aussi que son action sera bénéfique pour le monde, même s'il lui tourne le dos. Mais avant tout, il fallait qu'il subisse l'Epreuve. »

— Tu aurais pu prévoir comment cela se terminerait, dit le mage en robe rouge. Nous savions tous qu'il attendait son heure, rongeant son frein...

— Je n'avais pas le choix ! Le temps pressait. Ce très jeune homme devait passer l'Epreuve pour se servir de ce qu'il avait appris. Je ne pouvais tarder davantage.

— Savais-tu que Raistlin courait un danger, quand tu l'as fait venir ici ? demanda Caramon.

— Il y a toujours un danger. L'Epreuve est destinée à exclure ceux qui pourraient devenir dangereux pour eux-mêmes, pour l'Ordre ou pour tous les innocents de la terre. N'oublie pas qu'elle est aussi unc initiation. Nous espérions apprendre à ton frère la compassion, la pitié et la clémence qui tempéreraient ses ambitions égoïstes. Dans mon ardeur à lui enseigner cela, j'ai fait l'erreur d'oublier Fistandantilus.

— Fistandantilus ? s'étonna Caramon. Qu'entends-tu par « oublier » ? D'après ce que j'ai compris, le vieux mage est mort depuis longtemps.

— Non. L'explosion qui tué des milliers de gens et dévasté le pays pendant les guerres des Nains n'a pas tué Fistandantilus. Ses pouvoirs magiques étaient tels qu'il a résisté à la mort. Il est parti pour un autre niveau d'existence, loin d'ici — mais pas *assez* loin ccpendant. Il attendait son heure, cherchant constamment un corps d'emprunt qui accepte son âme. Il a trouvé celui de ton frère.

Caramon pâlit. Du coin de l'œil, Tass vit Boupou essayer de se défiler. Il l'attrapa par la main et la retint.

— Qui sait quel marché ils ont conclu pendant l'Epreuve ? Mais je suis sûr d'une chose : Raistlin a été brillant, bien que sa faible constitution l'ait trahi. Il aurait peut-être survécu au test final, la confrontation avec l'elfe noir, sans l'aide de Fistandantilus. Qui sait ?

— Il l'a aidé ? Lui aurait-il sauvé la vie ?

— Nous ne savons que cela, guerrier. Ton frère ne

doit à aucun de nous sa peau au reflet doré. L'elfe noir a jeté sur lui une boule de feu, et Raistlin a survécu. Ce qui est impossible, bien sûr...

— Pas pour Fistandantilus, coupa le mage en robe rouge.

— C'est vrai, pas pour lui, concéda Par-Salian. En ce temps-là, je me suis posé la question ; à l'époque, le monde était en guerre. Ton frère est sorti indemne de l'Epreuve. Affaibli, certes, mais il fallait s'y attendre. Et j'avais raison, dit-il à l'assemblée, il avait une réelle puissance magique ! Qui d'autre aurait pu maîtriser un orbe draconien sans avoir étudié des années ?

— Il est évident qu'il a été aidé par quelqu'un qui, *lui*, avait étudié des années, dit le mage en robe rouge.

Par-Salian fronça les sourcils et ne répondit pas.

— Disons les choses tout net, fit Caramon. Ce Fistandantilus... a pris possession de l'âme de Raistlin ? C'est ce vieux mage qui lui a fait endosser la Robe Noire !

— Ton frère a choisi, répliqua sèchement Par-Salian. Comme nous tous.

— Je ne le crois pas ! cria Caramon. Raistlin n'a pas pris cette décision. Vous mentez tous ! Vous l'avez torturé, et un de vos vieux sorciers a récupéré ce qui restait de son pauvre corps !

Tass vit Par-Salian se rembrunir et toiser le guerrier d'un air maussade.

— Je vais tenter de le ramener, déclara le guerrier, les yeux brillants de larmes. S'il peut remonter dans le temps pour rencontrer ce vieux sorcier, je le peux aussi. *Vous* me ramènerez. Si je trouve Fistandantilus, je le tuerai. Après, Raist sera... de nouveau lui-même. Et il oubliera ce stupide défi à la Reine des Ténèbres et... son désir de devenir un dieu.

L'assemblée ne se contint plus. Des vociférations s'élevèrent.

— Impossible ! Il veut changer le cours de l'Histoire ! Tu vas trop loin, Par-Salian...

Le mage en robe blanche se leva et regarda ses confrères.

Tass sentit un courant passer entre eux à la vitesse de l'éclair.

Caramon se frotta les yeux comme pour chasser des visions. Peu à peu, les mages se calmèrent. L'homme en robe rouge fixa Par-Salian avec perplexité, puis se rassit.

Le calme revenu, Par-Salian se tourna vers Caramon.

— Nous allons réfléchir à ton offre, dit-il. Il est possible que cela fonctionne. A l'évidence, il ne s'attend sûrement pas à ce genre de chose...

Dalamar éclata de rire.

CHAPITRE XIII

— Il ne s'y attend pas ? pouffa Dalamar, riant à perdre haleine. Mais c'est lui qui a tout projeté ! Croyez-vous que ce gros imbécile aurait trouvé le chemin tout seul ? Les créatures maléfiques qui poursuivaient Tanis Demi-Elfe et dame Crysania, qui croyez-vous qui les ait envoyées ? Même la rencontre avec le chevalier fantôme, ourdie par sa sœur, mon Shalafi l'a tournée à son avantage ! Car vous allez envoyer dame Crysania dans le temps, auprès des seules personnes qui puissent lui venir en aide : le Prêtre-Roi et ses disciples. Vous lui ferez remonter le temps pour qu'elle rencontre Raistlin ! Mieux encore ! Vous lui donnez cet homme, son frère, comme garde du corps. C'est exactement ce que veut mon Shalafi.

Les yeux bleus de Par-Salian étincelèrent de colère.

— Nous avons assez supporté tes insultes, Dalamar, dit-il. Je commence à trouver ta loyauté envahissante. Ce qui rend inutile ta présence parmi nous.

— Mon Shalafi, répéta-t-il en soupirant. (Il couvrit sa poitrine des pans de sa robe.) Je suis pris entre deux feux, comme il le voulait, murmura l'elfe noir d'une voix qui fit peine à Tass. Mais je vous préviens :

si l'un de vous tente de pénétrer dans la Tour en son absence, je le tuerai. Cette loyauté, je la lui dois. Oui, j'ai aussi peur de lui que vous. Si je peux vous aider, je le ferai.

— Je n'ai pas compris pourquoi Raistlin t'a parlé de ses projets, dit Par-Salian, radouci. Il se doute bien que nous ferons tout pour l'empêcher d'aller au bout de ses ambitions.

— Parce qu'il veut vous manipuler, répondit Dalamar.

L'elfe noir titubait de fatigue et de douleur. Par-Salian fit un geste ; une chaise sortie de l'ombre se posa près de lui. Dalamar s'y laissa tomber et poursuivit :

— Tu dois te conformer à ses projets et envoyer cet homme et cette femme dans le passé. C'est le seul moyen d'arriver à...

— C'est le seul moyen de l'arrêter, coupa Par-Salian. Mais pourquoi dame Crysania ? En quoi une personne si bonne, si pure...

— Si puissante, acheva Dalamar avec un sourire désolé. D'après les écrits de Fistandantilus, il aura besoin d'un prêtre pour affronter la Reine des Ténèbres. Seul un adepte du Bien est assez puissant pour la défier et ouvrir la Porte Noire. Oh ! le choix du Shalafi ne s'est pas porté sur dame Crysania. Il avait fait le projet de se servir d'Elistan, mais il est mourant. Cela étant impossible, dame Crysania lui est littéralement tombée dans les bras. Elle est forte, pleine de bonté, sa foi est profonde...

— Et attirée par le Mal comme une phalène par la flamme, murmura Par-Salian, regardant Crysania avec pitié.

Tass observa Caramon ; comprenait-il ce qui se passait ?

— Raistlin a d'autres raisons de vouloir ramener ces deux personnes avec lui, tu peux en être certain ! dit le mage en robe rouge. Il n'a pas dévoilé son jeu. Il nous en fait savoir juste assez pour semer la confusion. Déjouons ses plans !

Par-Salian ne répondit pas et regarda Caramon d'un air si triste que le cœur de Tass se serra. Puis il secoua la tête en fixant le plancher.

Boupou poussa un gémissement plaintif. Pour la rassurer, le kender lui tapota l'épaule. *Pourquoi Par-Salian regarde-t-il Caramon de cet air-là ?* se demanda-t-il, inquiet. Ces parlottes commençaient à devenir ennuyeuses. Il bâilla à se décrocher la mâchoire. De plus, il avait faim. Pourquoi ces gens tergiversaient-ils ? S'il fallait envoyer Caramon dans le temps, qu'on le fasse, et qu'on n'en parle plus !

— Dame Crysania a passé la nuit à discuter avec lui dans la bibliothèque, dit Dalamar. Je ne sais pas de quoi ils ont parlé, mais quand elle est partie, elle m'a paru troublée. Les derniers mots que lui a adressés le Shalafi furent: « Ne t'est-il pas venu à l'esprit que Paladine ne t'a pas envoyée pour m'arrêter mais pour m'aider ? »

— Et qu'a-t-elle répondu ?

— Rien. Elle est sortie de la Tour comme si elle ne voyait ni n'entendait rien.

— Je ne comprends pas pourquoi dame Crysania est venue nous demander de l'envoyer dans le passé. Elle aurait dû savoir que nous refuserions ! déclara le mage en robe rouge.

— Je peux répondre à ça ! s'écria Tass sans réfléchir.

Tous les regards convergèrent sur le kender. Tass avait parlé aux esprits du Bois des Ombres, au Conseil de Blanchepierre. Mais devant cette solennelle assistance, il se trouva pris au dépourvu. Surtout pour ce qu'il avait à dire.

— Je t'en prie, Tass Racle-Pieds, fit Par-Salian en souriant, dis-nous ce que tu sais. Nous pourrons peut-être enfin mettre un terme à cette réunion et tu iras dîner.

Tass rougit. Par-Salian lisait-il dans ses pensées comme dans un livre ?

— Oh oui, j'aimerais bien ! Mais pour l'instant, revenons à dame Crysania. En fait, je ne suis sûr de rien, vous imaginez. J'ai glané quelques bribes par-ci, par-là. Pour commencer, j'ai rencontré dame Crysania lors d'une visite à mon ami Tanis Demi-Elfe à Palanthas. Vous le connaissez ? Et Laurana, le général doré ? J'ai combattu avec eux pendant la guerre de la Lancedragon. J'ai aidé à libérer Laurana de la Reine des Ténèbres. Connaissez-vous l'histoire ? J'étais dans le temple de Neraka... (Par-Salian haussa imperceptiblement les sourcils. Tass tressaillit.) Euh... je vous la raconterai plus tard. Donc, j'ai rencontré dame Crysania chez Tanis et j'ai appris qu'ils partaient pour Solace rencontrer Caramon. Il se trouve que j'ai... euh, je suis tombé sur une lettre que dame Crysania avait écrite à Elistan. Elle avait dû glisser de sa poche.

Le kender reprit son souffle. Par-Salian réprima un sourire.

— Je l'ai lue pour voir si c'était important. Après tout, elle pouvait l'avoir jetée. Dans cette lettre, elle disait être convaincue, euh, comment était-ce déjà...? Oui, après avoir parlé avec Tanis, elle était convaincue qu'il y avait du bon en Raistlin et qu'on pouvait le ramener dans le droit chemin. Et qu'elle devait en persuader les mages... Bref, j'ai compris que c'était important et je lui ai rapporté la lettre. Elle a été très contente de la récupérer. Elle n'avait pas remarqué sa disparition. (Par-Salian eut du mal à réprimer son envie de rire.) Je lui ai dit que je pouvais lui parler de Raistlin si elle voulait. Comme elle en avait très envie, je lui ai raconté tout ce que je savais. Boupou l'a particulièrement intéressée... « Si seulement je retrouvais cette naine des ravins ! me dit-elle. Je convaincrais Par-Salian qu'il y a un espoir de sauver Raistlin du mal ! »

Un mage des Robes Noires ricana. Par-Salian le foudroya du regard. Mais ses confrères noirs ne décoléraient pas. Leur attitude intimida le kender.

— Je ne voulais offenser personne, balbutia-t-il. J'ai toujours pensé que le noir allait très bien à Raistlin, avec sa peau dorée et tout et tout... Moi je ne crois pas que chacun est obligé d'être bon. Fizban, qui est en réalité Paladine — nous sommes de grands amis, lui et moi —, Fizban a dit qu'il devait y avoir un équilibre dans le monde, et que nous combattions pour le rétablir. Ça signifie qu'il faut des Robes Noires pour qu'il y ait des Blanches, non ?

— Nous comprenons ce que tu veux dire, kender, le rassura Par-Salian. Nos frères ne s'offensent pas de tes paroles. Leur colère a une autre cause. Tout le monde n'a pas la sagesse du grand Fizban le Fabuleux.

— Il me manque, parfois, soupira Tass. Mais où en étais-je ? Ah oui ! Boupou ! C'est là que j'ai eu une idée. Peut-être que si elle racontait en personne son histoire, les mages la croiraient, dis-je à dame Crysania. Elle accepta et je proposai d'aller chercher Boupou. Je n'étais pas retourné à Xak Tsaroth depuis le temps où Lunedor a tué le dragon noir, et Tanis semblait assez content de me voir partir.

« Après de longues transactions, le Grand Bulp m'a laissé emmener Boupou et nous sommes partis pour Solace. A notre arrivée, Tanis était parti et dame

Crysania aussi. Caramon était... (Tass s'arrêta. Le guerrier toussotait de façon significative.) Il ne se sentait pas très bien, mais Tika — une grand amie à moi — nous a envoyés à la recherche de dame Crysania, parce que la forêt de Wayreth est redoutable. Sans vouloir vous offenser, ne vous est-il jamais arrivé de penser que votre forêt est vraiment épouvantable ? Je ne la trouve pas accueillante du tout. Pourquoi la laissez-vous se promener partout ? C'est irresponsable ! »

Par-Salian serra les dents pour ne pas rire.

— Voilà tout ce que je sais, conclut Tass. Et Boupou pourra... Mais où est-elle ?

— Ici, dit Caramon, tirant la naine cachée derrière lui.

Tétanisée par tous les regards posés sur elle, elle poussa un cri strident et s'évanouit.

— Il vaut mieux que tu continues, dit Par-Salian.

— Oui, répondit Tass, soudain calmé. Je sais ce que voulait vous dire dame Crysania. Durant la guerre, lorsque nous étions à Xak Tsaroth, les nains étaient les seuls à connaître la ville. Mais ils ne voulaient pas nous aider. Une naine tomba sous le charme de Raistlin : Boupou. Elle est tombée amoureuse de lui. Nous avons trouvé cela plutôt drôle ; il était gentil avec elle. Il lui a même sauvé la vie quand les draconiens ont attaqué. Quand nous avons quitté Xak Tsaroth, Boupou est venue avec nous. Elle ne voulait pas quitter Raistlin.

« Une nuit, je me suis réveillé et j'ai entendu Boupou pleurer. Raistlin l'avait entendue aussi et était déjà près d'elle. Elle avait le mal du pays, mais elle ne parvenait pas à le quitter. Je ne sais ce qu'il lui a dit, en tout cas il a posé une main sur sa tête. Boupou fut comme irradiée de lumière. Puis il l'a renvoyée. Elle devait traverser un pays truffé d'horribles créatures mais elle serait en sécurité, dit-il. Et c'était vrai... »

Après un silence, les mages parlèrent tous à la fois. Les Robes Noires secouaient la tête. Dalamar ricana.

— Le kender raconte n'importe quoi ! dit-il avec mépris.

— Qui croirait un kender ?

Les Robes Rouges et les Blanches paraissaient perplexes.

— Si c'est la vérité, dit l'un d'eux, nous ferions une erreur. Il faut peut-être y croire.

Par-Salian demanda le silence.

— J'admets que c'est difficile à croire, dit-il. Ce n'est pas une critique, rassure-toi, Tass Racle-Pieds. Mais chacun connaît la déplorable tendance de ton peuple à l'exagération. Il est clair que Raistlin a tout simplement fait du charme à cette... cette créature pour se servir d'elle et...

— Moi pas créature !

Les cheveux hérissés comme un chat en colère, Boupou leva un visage barbouillé de terre et de larmes. Fixant Par-Salian d'un œil furibond, elle se releva, trébucha sur le sac qu'elle traînait et s'étala sur le plancher. Imperturbable, elle se remit debout et se campa devant le Grand Maître des Robes Blanches.

— Moi, connais rien à grands sorciers puissants, rien aux sorts ni charmes. Moi sais où est magie : là ! dit-elle en sortant son rat mort. Et moi sais que l'homme dont toi parler, très gentil. Gentil avec moi. Les autres, le gros et le kender, rient de Boupou. Eux me regarder comme sorte de cloporte.

Boupou s'essuya les yeux. Tass avait la gorge nouée et il se sentit misérable. Boupou continua son récit.

— Moi sais de quoi j'ai l'air, dit-elle, lissant ses cheveux de ses mains sales. Moi pas jolie, pas comme la dame. Mais moi, pas créature ! cria-t-elle avec défi. Lui m'appeler « ma petite » ! Ma petite !

« Vouloir rester avec lui, mais lui dire non. Lui voyager sur routes dangereuses, pas sûres pour moi. Lui mit la main sur ma tête, moi sentir bien. Adieu Boupou, lui appeler « ma petite », dit-elle en se tournant vers l'assemblée. Lui pas rire de moi ! Jamais ! » fit-elle en pleurant.

On n'entendit plus que les sanglots de Boupou. Caramon se cacha la tête dans les mains. Tass chercha fébrilement son mouchoir. Par-Salian quitta son siège et marcha vers la naine des ravins qui le regardait d'un air soupçonneux, hoquetant de plus belle.

Le grand mage tendit la main.

— Pardonne-moi, Boupou, si je t'ai offensée. Je dois avouer que j'ai prononcé ces mots avec l'intention de provoquer ta colère, pour que tu nous racontes ton histoire. C'était le seul moyen de connaître la vérité.

Il posa la main sur sa tête. Il avait les traits tirés par la fatigue, mais il semblait heureux.

— Peut-être ne nous sommes-nous pas trompés, après tout, murmura-t-il. Il a peut-être appris la compassion. Non, Raistlin ne rira jamais de toi, ma petite. Il sait, il se souvient. Trop de gens ont ri de lui.

Aveuglé par les larmes, Tass entendit Caramon sangloter. Il se moucha bruyamment et vint retrouver Boupou.

— Ainsi voilà pourquoi dame Crysania a entrepris ce voyage ? lui demanda le mage. Elle croit pouvoir ranimer l'étincelle de bonté que nous n'avons pas réussi à exploiter ?

— Oui, répondit Tass, intimidé par l'œil bleu et pénétrant du mage.

— Et pour quelle raison veut-elle le faire ?

— Euh, eh bien, Tika dit que...

Ecarlate, le kender n'osa poursuivre.

— Que dit Tika ?

— Elle dit que... que c'est parce qu'elle aime Raistlin.

Par-Salian hocha la tête et se tourna vers Caramon.

— Et toi, le jumeau, qu'en dis-tu ? L'aimes-tu encore ? Tu dis vouloir remonter le temps pour tuer Fistandantilus. Le péril est grand. Aimes-tu assez ton frère pour entreprendre ce voyage ? Risquer ta vie pour lui, comme l'a fait cette dame ? Avant de répondre, songe que tu ne pars pas pour sauver le monde, mais une âme, ni plus, ni moins. Rien de moins !

Transfiguré par la joie, Caramon remua les lèvres. Il hocha la tête.

Par-Salian se tourna vers l'assemblée.

— J'ai pris ma décision.

Un membre des Robes Noires s'était levé. Ses yeux étincelaient de colère. Tass reconnut la femme qui leur avait ouvert les portes de la Tour.

— Nous contestons cette décision, dit-elle. Tu ne pourras pas réussir.

— Le maître de la Tour peut lancer ce sort sans vous, Ladonna, répondit tristement Par-Salian. Tous les maîtres en ont le pouvoir. Raistlin a découvert ce secret quand il est devenu maître de la Tour de Palanthas. Je n'ai besoin ni des Robes Rouges ni des Noires.

Les deux groupes se regardèrent en murmurant. Ladonna sourit.

— En effet, Grand Maître. Tu as cependant besoin de nous. Il te faut notre coopération silencieuse sans quoi nous ferons surgir l'ombre qui éclipsera la lumière de la lune d'argent. Et tu échoueras.

Par-Salian blêmit.

— Et la vie de cette femme ? demanda-t-il en montant Crysania.

— Que signifie pour nous la vie d'une prêtresse de Paladine ? ricana Ladonna. Nos soucis sont ailleurs et ne regardent pas les étrangers. Fais-les sortir, et nous en parlerons entre nous.

— Je crois que ce serait plus sage, dit le mage en robe rouge. Nos hôtes sont fatigués, ils risquent de trouver nos querelles ennuyeuses.

— Très bien. On vous appellera, dit Par-Salian aux compagnons.

— Attendez ! cria Caramon. Je demande à assister à votre conversation.

Le guerrier s'arrêta. Le hall avait disparu, les mages, les bancs de pierre aussi. Il braillait devant un portemanteau.

Hébété, Tass regarda autour de lui.

Ils étaient dans un endroit douillet où brillait un feu de cheminée. Des lits confortables les attendaient à l'autre bout de la pièce. Le fumet d'un rôti et d'une miche de pain posés sur la table leur mit l'eau à la bouche. Tass soupira d'aise.

— C'est l'endroit le plus merveilleux du monde...

CHAPITRE XIV

Le vieux mage des Robes Blanches se trouvait dans sa bibliothèque, qui ressemblait à celle de Raistlin, mis à part les livres, reliés de blanc. La chaleur y était étouffante ; Par-Salian craignait pour ses vieux os.

On frappa un coup léger à la porte.

— Entrez ! dit le mage, qui attendait la visite d'une Robe Noire.

Ladonna franchit le seuil et jeta un coup d'œil circulaire dans la pièce avant d'aller plus loin. L'âtre prodiguant une faible lumière, elle s'assura qu'aucune mauvaise surprise ne lui était réservée. Rassurée, elle s'assit près du maître, qui la regardait en souriant.

— Je te promets que rien de malfaisant ne se cache ici, dit-il. Si j'avais voulu te bannir, il y a longtemps que ce serait fait.

— Quand nous étions encore jeunes ? Quel conflit cela aurait occasionné, Grand Maître !

Elle fit glisser sa capuche, découvrant un visage dont l'âge avait rehaussé la beauté, tant il rayonnait d'intelligence et de sagesse.

— Pas de cérémonie avec moi, Ladonna, nous nous connaissons depuis trop longtemps.

— Nous nous *connaissions* très bien, en effet, autrefois.

— Aimerais-tu redevenir jeune, Ladonna ?

— Courir après le pouvoir, la sagesse et l'habileté, pour quoi faire ? Très peu pour moi, mon cher. Et toi ?

— J'aurais répondu la même chose il y a vingt ans. A présent, je me demande...

— Je ne suis pas venue parler du bon vieux temps, aussi agréable soit-il. Dis-moi, Par-Salian, j'espère que tu ne parlais pas sérieusement ? Tu ne peux avoir perdu la tête, ou le cœur, au point d'envoyer cet humain abruti stopper Fistandantilus ? Songe au danger que cela présente. Il pourrait changer le cours de l'Histoire ! Nous pourrions tous cesser d'exister !

— Bah ! Crois-tu vraiment ? Le temps coule comme un fleuve, plus grand et plus large que tous ceux que nous connaissons. Quand tu jettes un caillou dans l'eau, s'arrête-t-il de couler ? Cela inverse-t-il son cours ? Non. Le caillou déchire la surface de l'eau puis coule. Le fleuve poursuit son cours.

— Que veux-tu dire ? demanda Ladonna avec brusquerie.

— Caramon et Crysania sont des cailloux, ma chère. Ils n'affecteront pas plus le cours du temps que deux pierres qui tombent dans le Thon-Tsalarian. De simples petits cailloux...

— Dalamar prétend que nous sous-estimons Raistlin. Il doit être sûr de réussir, sinon il ne prendrait pas ce risque. Il n'est pas fou, Par-Salian.

— Il est décidé à conquérir ces pouvoirs magiques, nous ne pouvons pas l'arrêter. Mais ils ne lui serviront à rien sans la prêtresse. Il a besoin de Crysania. Et c'est bien pour ça que nous devons la renvoyer dans le temps.

— Quelque chose m'échappe...

— Elle doit mourir, Ladonna ! Dois-je invoquer une vision pour que tu comprennes ? Elle doit être renvoyée à l'époque où les prêtres avaient quitté ce monde ; Raistlin l'a dit. Nous n'avons pas le choix. C'est le seul moyen de contrarier ses plans ! C'est son plus grand espoir, mais aussi sa plus grande crainte ! Il faut qu'il l'emmène jusqu'à la Porte Noire, *et* qu'elle y aille de son plein gré ! Ce qu'il a échafaudé pour ébranler sa foi l'a assez dépitée pour qu'elle veuille bien agir avec lui. Mais nous perdons du temps, dit-il avec irritation. Il partira demain. Nous devons agir de suite.

— Alors garde-la ici ! dit Ladonna, méprisante. C'est pourtant simple !

— Il reviendrait la chercher. Entre-temps, il aura trouvé les pouvoirs qui lui manquent et agira à sa guise.

— Tue-la.

— On a essayé — et échoué. D'ailleurs, pourrais-tu la tuer, toi, alors qu'elle est sous la protection de Paladine ?

— Le dieu empêchera peut-être son départ ?

— Non. Les augures que j'ai interrogés étaient neutres. Paladine laisse l'affaire entre nos mains. Crysania n'existe plus qu'à l'état végétatif ; personne ne peut la faire revivre. Paladine voulait peut-être qu'elle meure au lieu et à l'heure où sa fin aurait un sens, pour boucler le cycle de son destin.

— Ainsi tu veux l'envoyer à la mort, murmura Ladonna, stupéfaite. Ta robe blanche sera souillée de sang, mon vieil ami.

Visiblement mal à l'aise, Par-Salian croisa les mains sur la table.

— Cela ne m'amuse pas ! Mais que puis-je faire

d'autre ? Tu vois dans quelle situation je suis ! Qui est à la tête des Robes Noires ?

— Moi, répondit Ladonna.

— Qui y sera, s'il revient victorieux ?

Ladonna fronça les sourcils et ne répondit pas.

— Mes jours sont comptés, Ladonna, j'en ai conscience. Oh ! j'ai encore de grands pouvoirs. Je n'ai sans doute jamais été aussi puissant. Mais le matin quand je me réveille, je sens la peur. Commettrai-je une erreur aujourd'hui ? Chaque fois que je lance un sort, je tremble de ne plus me rappeler le texte. Un jour, je ne saurai plus les formules. Je suis fatigué, Ladonna, très fatigué. Je n'ai qu'une envie : rester ici, au coin du feu, et inscrire dans les livres tout le savoir que j'ai accumulé. Je n'ose pas encore me retirer, car je sais qui prendrait ma place. (Le vieux mage soupira.) C'est moi qui choisirai mon successeur, Ladonna. Je ne veux pas qu'on m'arrache de mon siège. Pour moi, l'enjeu est plus important que pour vous tous...

— Pas forcément, répondit-elle. Si Raistlin revient victorieux, il n'y aura plus d'assemblée. Nous serons tous ses serviteurs. Je m'y oppose, Par-Salian ! Le risque est trop grand ! Que la prêtresse reste ici ; laissons Raistlin apprendre de Fistandantilus ce qu'il lui manque. Nous négocierons avec lui quand il reviendra. Il est puissant, soit, mais il lui faudra des années pour maîtriser ce que Fistandantilus a mis une vie à élaborer. Pendant ce temps, nous nous armerons contre lui. Nous pourrons...

On entendit un bruissement dans l'ombre. Sursautant, la magicienne porta vivement la main à sa poche.

— Arrête, Ladonna, dit une voix douce. Ne perds pas ton énergie à lancer un sort de protection. Je ne suis pas une créature de l'au-delà.

Un personnage en robe rouge se profila dans la lumière des flammes.

Ladonna se laissa aller sur sa chaise avec un soupir soulagé, mais son œil courroucé en disait long.

— Non, Justarius, en effet, mais comment se fait-il que je ne t'aie pas vu ? Comme tu es devenu habile, Robe Rouge !

Elle se tourna vers Par-Salian, méprisante :

— Tu vieillis, mon ami... As tu besoin d'aide pour négocier avec moi, maintenant ?

— Oh, je suis sûr que Par-Salian est aussi étonné de me voir que toi, Ladonna, déclara Justarius, allant s'asseoir devant la table du mage.

Il boitait, traînant un pied estropié sur le plancher. Raistlin n'était pas le seul à avoir pâti de l'Epreuve.

Justarius sourit.

— Quoiqu'il cache bien ses sentiments, ajouta-t-il.

— Je savais que tu étais là, dit Par-Salian. Tu devrais mieux me connaître, mon ami.

— Ça n'a aucune importance. Je voulais entendre ce que tu avais à dire à Ladonna.

— Je te l'aurais dit.

— Probablement avec moins de détails, car je n'aurais pas argumenté comme elle. Je suis d'accord avec toi depuis le début. Mais c'est parce que nous connaissons la vérité, toi et moi.

— La vérité ? Laquelle ? demanda Ladonna.

— Il faut la lui montrer, dit Justarius, pour la convaincre. Prouve-lui que le danger est immense.

— Vous n'allez rien me montrer du tout ! Je ne crois pas à ce que vous avez pu inventer tous les deux...

— Alors laissons-la faire, suggéra Justarius, haussant les épaules.

Par-Salian fronça les sourcils et poussa vers elle le prisme de cristal. Il pointa un doigt sur le mur.

— Le bâton qui se trouve là est à Fistandantilus, le plus grand mage de tous les temps. Lance un sort de voyance, Ladonna, et regarde-le.

Hésitante, elle effleura le prisme, puis recula.

— Vas-y ! protesta Par-Salian. Je n'ai rien trafiqué ! Tu sais bien que je ne te mens pas !

— Mais tu peux mentir à d'autres, dit Justarius.

Résolument, Ladonna saisit le prisme et fit une incantation.

Un arc-en-ciel jaillit du cristal, illuminant le bâton de bois accroché au mur. Les couleurs s'irisèrent. L'image de son propriétaire se dessina.

Ladonna la contempla un moment, puis posa le prisme sur la table. Dès qu'elle le quitta des yeux, l'image disparut et l'arc-en-ciel s'évanouit.

— Eh bien, Ladonna, demanda Par-Salian, on continue ?

— Laissez-moi voir le retour dans le temps, dit-elle d'une voix tendue.

Par-Salian eut un geste d'impatience.

— Tu sais que c'est impossible ! Seuls les maîtres de la Tour ont ce pouvoir...

— J'ai le droit d'en voir au moins la représentation, répliqua froidement Ladonna. Tu peux garder secrète la manière dont tu pratiques. Mais je demande à voir le résultat. Pardonne-moi de ne plus me fier à toi comme par le passé. Mais ta robe semble être devenue aussi grise que tes cheveux.

Amusé, Justarius sourit. Par-Salian ne savait que faire.

— Demain matin, mon ami, murmura Justarius.

Furieux, l'Archimage se leva et détacha la clé de la

chaîne qu'il portait autour du cou. Seul le maître d'une Tour des Sorciers pouvait s'en servir. Les trois mages se demandaient, sans se l'avouer, si, au même moment, Raistlin ouvrait aussi un coffret similaire pour compulser un grimoire analogue.

Par-Salian ouvrit le livre et prononça les paroles prescrites, connues de lui seul. Sinon, l'ouvrage aurait disparu. Arrivé à la page idoine, il tint le prisme au-dessus d'elle et fit la même incantation que Ladonna.

L'arc-en-ciel inonda la page, puis se refléta sur le mur en face.

— Regarde, dit Par-Salian, tu n'as qu'à lire ce qui est décrit.

Ladonna et Justarius se tournèrent vers le mur. Ce qu'ils virent était clair.

Voyager dans le temps est possible pour les elfes, les humains et les ogres, car ce sont des races créées par les dieux depuis la nuit des temps. Ce sort ne peut être lancé pour les nains, les gnomes et les kenders, toutes espèces créées par accident et non prévues par les dieux. L'introduction de ces races dans une période de temps antérieure pourrait avoir de graves répercussions sur le présent, même si elles n'apparaissent pas de façon évidente.

Le voyageur temporel doit être averti des dangers qu'il encourt. S'il meurt, cela ne modifiera pas l'avenir, car tout se passera comme s'il mourait au présent. Sa mort n'affectera donc ni le présent, ni le passé ni l'avenir, du moins pas plus qu'elle ne le ferait normalement. Néanmoins, ne gâchons pas nos pouvoirs en lançant des sorts de protection.

Le voyageur du temps ne peut changer le passé. C'est une précaution nécessaire. Ce sort n'est utile que pour apprendre, c'est pour cela qu'il a été créé.

Une note écrite dans la marge disait : *Il n'est pas possible d'empêcher le Cataclysme. Nous l'avons appris pour notre malheur.*

— Alors voilà ce qu'il lui est arrivé ! dit Justarius avec surprise. Le secret était bien gardé.

— Ce qu'ils ont tenté était pure folie, dit Par-Salian, mais ils étaient désespérés.

— Comme nous, ajouta Ladonna. Il y a autre chose encore...

— Oui, sur la page suivante.

Si celui qui a lancé le sort envoie quelqu'un d'autre que lui dans le temps, cette personne devra être pourvue d'un système qui lui permette de retourner à son époque.

— Les explications suivent, commenta Par-Salian. (L'arc-en-ciel s'évanouit.) Le reste concerne les détails pratiques du dispositif. J'ai un artefact. Je le donnerai à Caramon.

Le mage semblait soucieux.

— Ainsi sera-t-il le seul à s'en servir, dit Justarius. Je comprends pourquoi nous envoyons Crysania dans le temps, Par-Salian. Elle doit y retourner pour ne plus revenir. Mais Caramon ?

— Caramon est ma rédemption, répondit le mage, détournant les yeux. Il entreprend ce voyage pour sauver une âme, comme je le lui ai dit. Mais ce ne sera pas celle de son frère...

Il chercha le regard de ses compagnons. Ils avaient compris.

— La vérité pourrait l'anéantir, dit Justarius.

— Il n'y a plus grand-chose à anéantir, fit remarquer Ladonna. Pourvu que tu te débarrasses de la femme, je me soucie peu de ce que tu feras du jeune homme, Par-Salian. Si tu crois que cela effacera tes erreurs, aide-le par tous les moyens. En un sens, je trouve ça assez drôle. En vieillissant, nos différences s'atténuent, ne trouves-tu pas, mon cher ?

— Les différences subsistent, Ladonna, répondit Par-Salian. Les contours s'estompent et deviennent moins visibles à nos yeux. Cela signifierait-il que les Robes Noires se conforment à ma décision ?

— Il me semble que nous n'avons pas le choix. Si tu échoues...

— Réjouis-toi de ma chute !

— Je n'y manquerai pas, dit-elle avec douceur. Ce sera sans doute la dernière chose dont je me réjouirai en ce monde. Adieu, Par-Salian.

— Adieu, Ladonna.

— Une femme avisée, remarqua Justarius quand la porte se fut refermée sur elle.

— Une rivale digne de toi, mon ami. J'aimerais vous voir vous affronter pour prendre ma place.

— J'espère sincèrement que tu en auras l'occasion, dit Justarius en sortant. Quand lanceras-tu le sort ?

— Demain matin. J'ai passé des jours dessus.

— Veux-tu que je t'aide ?

— Je n'ai besoin de personne, pas même d'un apprenti. Je serai sans doute épuisé. Va voir où en est l'assemblée, s'il te plaît.

— Bien sûr. Et le kender ? La naine des ravins ?

— Renvoie-la chez elle avec une récompense. Quant au kender, laisse-le partir où il veut, avec ce qu'il n'a sûrement pas manqué d'empocher. Inspecte ses besaces. Si elles ne contiennent rien d'important, laisse-lui ses trésors.

— Et Dalamar ?

Par-Salian fit grise mine.

— L'elfe noir est sans doute parti. Il n'aurait pas fait

attendre son Shalafi. Raistlin possède un charme étrange ! Tu ne l'as jamais rencontré, n'est-ce pas ? Je sens ce charisme, moi aussi, et je ne le comprends pas...

— Un jour ou l'autre de notre existence, quelqu'un s'est moqué de nous. Comme lui, nous avons tous connu la souffrance. Et nous avons tous eu envie, au moins une fois, d'écraser nos ennemis. Nous avons pitié de Raistlin, nous le haïssons et nous le craignons, parce qu'il y a un peu de lui en chacun de nous, bien que nous ayons du mal à l'admettre.

— Si toutefois nous l'admettons. Cette malheureuse prêtresse ! Pourquoi s'est-elle laissée entraîner dans cette histoire ?

— Adieu, mon ami. J'attendrai devant le laboratoire au cas où tu aies besoin de moi quand tout sera fini.

— Merci, Justarius, murmura Par-Salian du bout des lèvres.

Le mage des Robes Rouges retint la porte pour l'empêcher de claquer. Il eut juste le temps d'entendre des sanglots étouffés.

CHAPITRE XV

Tasslehoff Racle-Pieds s'ennuyait à mourir.

Et comme chacun sait, il n'y a rien de plus dangereux qu'un kender qui s'ennuie.

Caramon, Boupou et Tass venaient de terminer leur morne dîner. Muré dans son silence, le guerrier avait dévoré tout ce qui était sur la table. Boupou avait vidé les écuelles et allait s'attaquer à la salière. Tass réagit juste à temps pour la sauver.

— Ah ! je me sens mieux, déclara-t-il, jovial. Et toi, Caramon ? Si on allait explorer le coin ?

— Explorer ! Non mais tu es fou ! s'écria le guerrier, l'air si horrifié que Tass recula. Pour tout l'or de Krynn, je ne mettrai pas un pied dehors !

— Et pourquoi ? Qu'y a-t-il dehors ?

— Je n'en sais rien, mais c'est sûrement épouvantable.

— Ce n'est même pas gardé...

— Non, et pour cause : ce serait inutile. Tass ! Je vois dans tes yeux que tu oublies où nous sommes ! Même si tu pouvais sortir, ce qui m'étonnerait, tu te trouverais sans doute nez à nez avec un spectre, ou pire !

Tass retint une exclamation enthousiaste.

— Tu as raison, j'avais oublié.

— Je m'en doutais, dit sévèrement Caramon. Je suis mort de fatigue. Nous devons dormir. D'accord ?

— D'accord.

Une écuelle sous la tête en guise d'oreiller, Boupou s'était déjà enroulée dans ses nippes.

Caramon regarda Tass d'un œil soupçonneux. Le kender prit un air innocent.

— Promets-moi que tu ne quitteras pas cette pièce ! Promets-le comme si Tanis était là !

— C'est entendu.

— Parfait, dit Caramon, se laissant tomber sur le lit. Je pense qu'ils nous réveilleront quand ils seront décidés.

— Tu veux vraiment remonter dans le temps, Caramon ?

— Mais oui, ça n'est pas une affaire... Maintenant, dormons... Merci, Tass, tu m'as beaucoup aidé...

Il ronflait déjà.

Tass attendit que sa respiration devienne régulière. Le voyant ravagé de fatigue, il eut des remords. Mais les kenders savent se débarrasser des tourments de conscience, qu'ils chassent comme une mouche.

Il ne se rendra même pas compte que je suis parti. D'ailleurs, puisque Tanis n'est pas là, ma promesse ne vaut rien. De plus, je suis certain qu'il aurait aimé explorer s'il n'avait pas été aussi las. Après tout, nous sommes invités, non prisonniers !

Le kender ouvrit la porte sans qu'elle grince. Personne dans le couloir. Pas de spectre en vue, constata-t-il, désappointé. Ni de lumière. Les mages devaient se déplacer en produisant leur propre éclairage... Seule une fenêtre laissait entrer les rayons de Solinari, la lune d'argent.

Il suffit de se glisser dans une pièce pour trouver une chandelle, se dit Tass. *D'ailleurs, ce sera la meilleure manière de rencontrer des gens...*

Le cœur battant d'excitation, il ouvrit une porte et entra dans une salle éclairée par les flammes mourantes d'un feu de cheminée. Personne. Pour plus de sûreté, Tass inspecta le lit ; il était vide. Avisant une chandelle, il l'alluma avec une braise et s'adonna avec délices au recensement des objet disséminés un peu partout. Visiblement les occupants n'étaient pas des gens ordonnés.

Au bout de deux heures, Tass prit le chemin du retour, les poches gonflées des accessoires les plus fascinants, bien décidé à les restituer à leurs propriétaires dès le matin.

En arrivant devant leur chambre, ce fut le choc. Un rai de lumière passait sous la porte !

Caramon doit être réveillé ! songea-t-il.

Une bonne dizaine d'excuses lui vinrent à l'esprit.

Il colla l'oreille à la porte et entendit la voix de Boupou plus une autre, qui lui semblait familière. Où l'avait-il entendue ?

— Oui, je t'envoie chez le Grand Blup, si c'est ce que tu désires. Mais dis-moi où il habite ?

Il y avait une pointe d'exaspération dans le discours de l'inconnu. Tass regarda par la serrure. La mine soupçonneuse, Boupou fixait un personnage en robe rouge. C'était le mage qui questionnait Par-Salian pendant la réunion.

— Grand Bulp ! répéta Boupou, furieuse. Pas Grand Blup !

— Et où est ce Grand Bulp ? demanda le personnage sur un ton désespéré.

— Dans le Puits, avec un s ! Original, non ? Trouvaille du Grand Bulp ! Lui manger des livres, un jour. Appris beaucoup.

Tass se mit une main sur la bouche pour ne pas pouffer. Le mage en rouge semblait avoir le même problème.

— Comment les humains appellent-ils le Puits ?

— Drôle de nom. Sonne comme crachat : Skroth.

— Skroth..., répéta le mage, perplexe. Ah ! je me rappelle. Le kender en a parlé. Xak Tsaroth ?

— Moi déjà dit. Toi sourd ? Une cure de lézard marche toujours...

Avec un soupir de soulagement, le mage posa la main sur la tête de Boupou, qui éternua violemment. Tass entendit une incantation.

Une sorte de halo enveloppa la naine, s'éclaircit, tourna au jaune, puis au vert vif, au bleu et soudain...

— Boupou ! souffla Tass.

La naine des ravins avait disparu !

— Je suis le prochain ! réalisa-t-il avec horreur.

Effectivement, le mage traversa la pièce et s'arrêta devant le lit du kender.

— Tass Racle-Pieds !

Le kender attendit dans les affres la découverte de son absence. Non qu'il eût peur qu'on l'attrape, mais il était hors de question qu'on le renvoie ! Ils n'imaginaient quand même pas que Caramon irait quelque part sans lui ?

— Il a besoin de moi, chuchota-t-il. Ils ne se rendent pas compte dans quel misérable état il est ! Qu'arrivera-t-il si je ne suis pas là pour le traîner hors des tavernes ?

— Tass ? répéta le mage.

Le kender plongea la main dans sa besace et en sortit une poignée d'objets. A la lueur de la chandelle il les examina, espérant trouver quelque chose d'utile. Il y avait un anneau, une boule de bois et un morceau de cire. Les deux derniers étaient à éliminer.

— Caramon ! entendit Tass derrière la porte.

Contrarié, le guerrier grogna. Le mage devait le secouer.

— Caramon, réveille-toi ! Où est passé le kender ?

Tass se concentra sur l'anneau. Il était sans doute magique, il le fallait ! Normalement, les anneaux magiques fonctionnaient si on se les passait au doigt ! Mais peut-être y avait-il un mécanisme ?

Tass le tourna et le retourna en tous sens. Heureusement que Caramon avait le sommeil lourd !

L'anneau d'ivoire était orné de deux pierres roses. Une inscription était gravée à l'intérieur.

— Quoi ? ... Qu'y a-t-il ? bredouillait Caramon. Le kender ? Je lui ai dit... de ne pas sortir... à cause des spectres...

— Sapristi ! fit le mage, marchant vers la porte.

— Je t'en conjure, Fizban ! murmura le kender. Si tu te souviens de moi, ce que je ne crois pas... Mais tu pourrais, quand même ! C'est toujours moi qui retrouvais ton chapeau ! S'il te plaît, Fizban, ne laisse pas partir Caramon sans moi. Fais en sorte que l'anneau me rende invisible. Ou au moins qu'ils ne puissent pas m'attraper !

Fermant les yeux pour ne pas voir ce qu'il allait déclencher, Tass passa l'anneau à son index.

Rien n'arriva. Le mage approchait de la porte.

Ce qui se produisit ensuite n'était pas ce qu'aurait souhaité le kender. Le couloir prit de l'extension. Les murs et le plafond s'élevèrent, toujours plus haut. Les yeux exorbités, il vit la porte s'élargir jusqu'à atteindre des dimensions inquiétantes.

Qu'ai-je encore fait ? se morigéna-t-il. *On dirait que j'ai agrandi la Tour. Vont-ils le remarquer ? Si oui, seront-ils fâchés ?*

Un géant ! Je n'ai pas seulement fait pousser la Tour, mais les mages ! Quelle histoire ! Ça, ils le remarqueront ! Ils seront sûrement furieux.

Le mage en robe rouge ne semblait pas affecté d'avoir subitement grandi. Il arpenta le couloir en criant :

— Tasslehoff Racle-Pieds !

Il était à quelques pas de Tass et ne le voyait pas !

— Oh ! merci, Fizban ! exulta le kender.

Il toussota ; sa voix ne sonnait pas. Il répéta « Fizban ». Le même glapissement.

Le mage baissa alors les yeux.

— Ah ah ! De quelle pièce sors-tu donc, petit camarade ? dit le mage.

Tass vit avec effroi le géant tendre la main. Tétanisé par les énormes doigts qui fondaient sur lui, il fut incapable de bouger. Tout était fini ! Ils le renverraient séance tenante, à moins qu'ils lui infligent d'abord une effroyable punition pour avoir agrandi la Tour !

La main l'attrapa par la queue.

— Une queue ! Je n'ai pas de queue ! fit Tass hors de lui. Mais cette main me tient bien par quelque chose ?

Alors le kender constata qu'il en avait une et que son pantalon bleu était remplacé par quatre pattes roses garnies de fourrure blanche.

— Maintenant, réponds-moi, petit rongeur ! gronda une grosse voix dans son oreille. A qui appartiens-tu ?

CHAPITRE XVI

A qui j'appartiens ! Moi, un animal apprivoisé ? songea Tass.

Une conversation avec Raistlin lui revint à l'esprit. *« Certains magiciens possèdent des animaux qui leur obéissent. Leurs familiers, comme ils les appellent, se substituent à leur maître. Ils accèdent à des endroits où celui-ci ne peut aller, voient des choses que lui ne pourrait pas voir. »*

A l'époque, contrairement à Raistlin, qui considérait comme une faiblesse de se fier à d'autres êtres, Tass avait trouvé l'idée géniale.

— Eh bien ! réponds-moi ! dit le mage, le secouant.

Le sang afflua à la tête du kender. Cette position était aussi indigne qu'inconfortable. Heureusement que Flint ne pouvait pas le voir !

— Je... j'appartiens à... Faikus ! glapit Tass, se souvenant avoir entendu Raistlin prononcer ce nom.

— Ah ! j'aurais pu y penser. Tu étais à la recherche de ton maître, ou bien errais-tu à l'aventure ?

Le mage posa le kender dans sa paume.

— C'est mon jour de sortie, répondit Tass, ne sachant que dire.

— Hum ! Tu es avec Faikus depuis trop longtemps, c'est sûr. Je parlerai avec ce jeune homme dès demain. Tu viens avec moi. Quand j'en aurai fini avec cette histoire, je te ramènerai chez ton maître.

« Cette histoire » ! Il s'agissait évidemment de Caramon ! Il allait arriver juste à temps pour se mettre en route !

Tass prit l'air contrit qui sied à un souriceau. Le mage sourit et fouilla ses poches avec application.

— Que se passe-t-il, Justarius ? As-tu trouvé Tass ?

— Le kender ? Non. Il sera difficile de mettre la main dessus. Ces bougres sont experts en matière de cachettes.

— Vous n'allez pas lui faire de mal ? demanda Caramon, anxieux.

— Nous, non, répondit Justarius, mais il y a là des objets avec lesquels il vaudrait mieux qu'il ne joue pas. Bon, tu es prêt ?

— Je n'irai pas tant que Tass ne sera pas revenu. Je veux être sûr qu'il va bien.

— Je crains que tu n'aies pas le choix ; ton frère part demain matin. Tu dois être prêt toi aussi. Par-Salian va mettre des heures à jeter son sort. Il a déjà commencé, et j'ai perdu trop de temps à chercher le kender. Viens !

— Attends... Mes affaires... Mon épée..., protesta Caramon sur un ton pathétique.

— Ne t'inquiète pas de cela, répondit Justarius. Tu ne peux voyager dans le temps avec des accessoires de notre époque. Le sortilège se charge de tout.

— Tu veux dire que je vais changer de vêtements ? Je n'aurai pas d'épée ?

Justarius avait fini par trouver ce qu'il cherchait : un petit sac de toile dans lequel il plongea Tass, la tête la première.

Il y faisait noir comme dans un four. Le kender voulut ressortir, mais culbuta cul par-dessus tête sans progresser d'un pouce. Il s'agrippa à l'étoffe. La panique — une sensation inconnue — s'était emparée de lui.

Tentant de contrôler les battements de son cœur, il réfléchit. Il entendit le pas pesant de Caramon sur les dalles. Le frottement de l'étoffe lié au balancement du sac lui indiquèrent qu'il était accroché à la ceinture de Justarius.

— Que vais-je faire ? Comment vais-je revenir ?

C'était la voix de Caramon.

— On t'expliquera. Aurais-tu des doutes, des arrière-pensées ? Tu devrais nous le dire...

— Non, dit Caramon, plus déterminé que jamais. J'irai. Je ramènerai dame Crysania. C'est à cause de moi qu'elle a été blessée, quoi qu'en dise le vieux mage. Je veillerai à ce qu'on s'occupe d'elle et je réglerai son compte à ce Fistandantilus.

Ballotté au fond du sac, le kender réfléchit au moyen de se sortir de ses ennuis. Il suffisait peut-être de retirer l'anneau pour inverser le sort ?

L'une après l'autre, il tâta fébrilement ses pattes. L'anneau était mobile, il pouvait le retirer. Une pensée le retint in extremis : un kender surgissant d'un sac, grandeur nature, aux pieds du mage, ça n'était pas discret. D'ailleurs, il fallait qu'il sache où on emmenait Caramon. Si aucune autre solution ne se présentait, il retournerait dans le temps sous forme de souris. Il y avait pire...

Mais comment sortir ? Bien sûr, le plus simple serait de réintégrer sa forme véritable, mais dans ce cas, on le renverrait tout de suite chez lui. S'il restait souriceau, il finirait chez Faikus. Il se trouvait devant un des dilemmes les plus épineux de sa vie. Pour couronner le tout, le balancement du sac, conjugué à l'odeur étrange qui en émanait, lui donnait la nausée.

Mon erreur a été de prier Fizban d'intervenir, songea le kender. *Il a beau être Paladine, j'ai le sentiment qu'il doit rigoler à l'heure qu'il est.*

Il se concentra sur ce qu'il avait sous les yeux : la toile du sac.

Mais quel idiot je suis ! Une vraie tête de linotte, dirait Flint. Enfin, sur un corps de souris... C'est vrai, je suis un rongeur !

Il tenta sa chance : ses incisives ripèrent sur la toile glissante. Le désespoir le gagna.

Essaye la couture, idiot, se dit-il en mordant le fil. En quelques coups de dents, il fit un trou dans la toile et y colla un œil. Il reconnut le rouge de la robe du mage. L'air frais le requinqua.

Caramon soufflait bruyamment. Le mage aussi semblait peiner. Les deux hommes devaient monter un escalier.

— Ne pouvait-on aller au laboratoire par magie ? grommela Caramon, hors d'haleine.

— Non, répondit Justarius. Je sens jusqu'ici les vibrations du sort de Par-Salian. Je ne peux intervenir avec un sort mineur qui le troublerait !

Tass trembla sous son pelage blanc.

— Nous sommes presque arrivés ! dit le mage. Au bout de ces marches, je t'ouvre la porte et te fais entrer. Ne prononce pas un mot ! Rien ne doit déranger Par-Salian. Ce sort lui a pris des journées de concentration...

— Alors il savait depuis longtemps qu'il allait le lancer ? interrompit Caramon.

— Chut ! Il savait qu'il aurait une chance et qu'il fallait s'y préparer. Heureusement, car nous ignorions que ton frère partirait si vite ! Maintenant, je le répète, plus un mot jusqu'à cette porte ! C'est compris ?

— Oui, répondit Caramon, subjugué.

— Tu n'as qu'à faire exactement ce que Par-Salian demande. Il suffit d'obéir. En es-tu capable ?

— Oui, fit le guerrier humblement.

Il a peur, songea le kender. *Pauvre Caramon. Pourquoi lui font-ils faire ça à lui ? Je ne comprends pas. L'enjeu est sans doute plus important que j'imagine. Mais la fin justifie les moyens ! Je me moque de déranger Par-Salian. Je dois prendre le risque. D'une façon ou d'une autre, j'irai avec Caramon ! Il a besoin de moi. D'autre part, voyager dans le temps, quelle aubaine !*

— Eh bien, le moment des adieux est venu, dit Justarius d'une voix tendue. Que les dieux t'accompagnent ! Ce que tu fais comporte de multiples dangers pour nous tous, tu t'en rendras compte bien assez tôt... J'espère que ton frère en est digne.

— Il l'est ! affirma Caramon. Tu verras !

— Je prierai Gilean de te donner raison. Tu es prêt ?

— Oui.

Le kender les entendit repartir. L'œil rivé au trou, il réalisa qu'il n'avait plus que quelques secondes pour agir.

Ils étaient au bout de l'escalier.

Tass sursauta ; la porte avait grincé. Il se jeta sur la couture du sac et mordilla les fils qui restaient. Il entendit le pas lourd de Caramon. Il entrait dans le laboratoire. La porte allait se refermer...

La couture du sac avait lâché. Tass tomba de sa prison, étonné d'atterrir sur ses pattes comme un chat, et courut à toutes jambes. La porte s'était refermée. Justarius s'éloignait.

Aplati comme une crêpe, il se glissa dans l'interstice entre le plancher et la porte. Dans le laboratoire, il trouva refuge derrière une armoire.

Et si Justarius découvrait son absence ? Reviendrait-il ? *C'est idiot, il ne saurait pas où me chercher.* Il tendit l'oreille, épiant les bruits. Un murmure et la respiration bruyante de Caramon lui parvinrent. C'était peu.

Il faut que je voie quelque chose, sinon je ne saurai pas ce qui se passe !

Tass se risqua hors de sa cachette et affronta le monde du « bas » de sa petite taille. Cet univers-là était rempli de boules de poussières, de fils, d'épingles, de cendres, de pétales de rose et de feuilles de thé desséchées. Les débris composaient un véritable paysage que les meubles dominaient comme les arbres d'une forêt. La flamme de la chandelle était le soleil, Caramon un monstrueux géant.

Prudent, Tass contourna les pieds du guerrier. Du coin de l'œil, il vit un soulier dépasser d'une robe blanche. Par-Salian ! Le kender fila à l'autre bout de la pièce.

Il s'arrêta à temps. Il avait failli pénétrer dans un cercle tracé avec de la poudre d'argent. A l'intérieur, dame Crysania gisait, les yeux vides, blanche comme le drap qui la couvrait.

C'était là qu'avait lieu le sortilège !

Les poils du dos hérissés, Tass se réfugia derrière une potiche. Au bord du cercle, Par-Salian brandit un objet incrusté de pierreries qui lançaient des éclairs. Cela rappela au kender le sceptre qu'il avait vu chez le roi Nordmaar. Certaines de ses facettes bougeaient sans changer de place ! Par-Salian manipula l'objet en tous sens jusqu'à ce qu'il prenne la dimension d'un œuf.

Murmurant des mots bizarres, le mage le glissa dans sa poche.

Par-Salian n'avait pas bougé, Tass pouvait le jurer, mais il était à présent à l'intérieur du cercle et psalmodiait une incantation. Une étrange expression sur le visage, Caramon se tenait à l'extérieur de la zone magique. Tass le reconnaissait, même si ce n'était pas vraiment lui.

Evidemment, songea le kender, *il évolue avec le sortilège. Peut-être vient-il d'avoir la sensation de retrouver son frère.*

Le mage releva la tête. Tass eut un choc en découvrant combien il avait vieilli. Il fit signe à Caramon, qui avança comme dans un rêve. Il franchit le cercle argenté et se plaça à côté de Crysania.

Par-Salian sortit de sa poche l'objet magique et le présenta à Caramon, qui y posa la main. Tass vit remuer ses lèvres sans qu'il en sorte un son. On aurait dit qu'il récitait ce qu'on lui dictait par magie.

Puis Par-Salian leva les mains et se propulsa hors du cercle.

Tass ne le voyait plus. Il l'entendit chanter de plus en plus fort. Soudain un mur de lumière argentée jaillit du cercle tracé sur le sol. Par-Salian criait si fort que la pièce semblait résonner de milliers de voix.

Derrière le rideau scintillant, Tass vit Crysania et Caramon. Il laissa échapper un cri sans doute imperceptible pour des humains ; le rideau de lumière se mouvait, révélant des forêts, des lacs, des villes, des gens, remplacés par d'autres à une cadence vertigineuse.

Le corps de Caramon vibra au même rythme que ces apparitions fugitives. Crysania, toujours étendue, n'était plus la même.

Tass sentit les larmes goutter sur ses moustaches. *Caramon est en train de vivre la plus grande aventure de tous les temps ! Et il ne m'emmène pas avec lui !*

Un bon moment, Tass lutta contre lui-même. Une voix lui ordonnait d'être logique. Comme Tanis aurait dit, « Ne fais pas l'idiot, c'est un tour de magie très important. Tu vas tout gâcher ! » La voix intérieure était de plus en plus couverte par l'incantation...

Par-Salian n'avait pas entendu le petit cri qu'avait poussé Tass. Absorbé par sa tâche, il aperçut du coin de l'œil un infime mouvement. Trop tard ! Sorti de sa cachette, le souriceau fonçait sur le mur de lumière argentée ! Horrifié, Par-Salian cessa de chanter. Le silence tomba comme une pierre. Il entendit une petite voix :

— Ne me laisse pas, Caramon ! Tu sais bien dans quel pétrin tu vas te mettre si je ne suis pas là !

La souris arriva comme une bombe à l'intérieur du cercle. Par-Salian entendit un tintement et vit un anneau rouler sur le sol. Une troisième silhouette prit forme à l'intérieur du cercle, lui arrachant un cri d'horreur.

Puis les trois personnages disparurent. Le cercle de lumière s'éteignit, plongeant le laboratoire dans l'obscurité.

Epuisé, Par-Salian se laissa tomber sur le plancher. Avant de sombrer dans l'inconscience, une terrible pensée l'envahit.

Il avait envoyé un kender dans le passé.

LIVRE II

CHAPITRE PREMIER

Perdu dans ses pensées, Denubis se promenait dans le vaste vestibule du temple d'Istar, indifférent aux lieux qui, comme le répétait le Prêtre-Roi, « étaient au cœur de l'Univers ».

« Nous sommes le cœur de l'Univers » disait souvent son seigneur, d'une voix si mélodieuse que Denubis en oubliait le texte. « Istar, cité aimée des dieux, est le centre du monde, et nous en sommes le cœur. Comme le sang irrigue notre corps, notre foi et notre enseignement illuminent ce temple. Souvenez-vous-en quand vous vaquez à vos travaux quotidiens, car ceux qui travaillent ici jouissent de la faveur des dieux. Comme le moindre heurt ébranle une toile d'araignée, la plus insignifiante de vos actions résonnera dans tout Krynn. »

Denubis frissonna. Il aurait aimé que le Prêtre-Roi choisisse une autre métaphore. Il détestait les araignées ; il détestait les insectes. Il avait du mal à l'admettre et se sentait coupable. Ne fallait-il pas aimer toutes les créatures, sauf celles que la Reine des Ténèbres avaient créées ? Cela englobait les ogres, les gobelins, les trolls et autres mauvaises races, quant aux araignées, Denubis n'était pas sûr. Il aurait pu demander — ce qui aurait déclenché d'interminables arguties. Il continuait donc à les détester secrètement.

Denubis se frappa le crâne — qui commençait à se dégarnir. *Comment en suis-je venu aux araignées ?* songea-t-il. *Je vieillis. Je serai bientôt comme ce pauvre Arabacus, qui ne fait plus que somnoler dans le jardin jusqu'à ce qu'on le réveille pour le dîner.*

— Denubis...

Il s'arrêta et regarda autour de lui. Il n'y avait personne. Il avait dû rêver.

— Denubis...

Cette fois le prêtre sonda l'obscurité, sous la colonnade, et discerna une forme noire. Il savait qu'elle ne quitterait pas l'ombre où elle se retranchait.

— Tu m'as appelé, Mage Noir ? s'enquit Denubis, contenant son irritation.

Maudit soit-il ! Pourquoi le Prêtre-Roi le garde-t-il ici ? Pourquoi ne l'avoir pas renvoyé, comme tous les autres ?

Il connaissait la réponse. Ce personnage était trop puissant, et trop dangereux. Le Prêtre-Roi le gardait près de lui comme un chien féroce, pour protéger sa maison. A son ordre, le molosse attaquerait, mais il fallait le tenir en laisse. Si on le lâchait, il vous sautait à la gorge.

— Je suis désolé de déranger le cours de pensées aussi élevées, Denubis, mais un événement d'importance est survenu. Emmène la garde du temple et part en direction de la place du marché, où tu trouveras une Révérée Prêtresse de Paladine. Elle est près de mourir. Il y a également l'homme qui l'a assaillie.

La stupeur de Denubis fit place à la méfiance.

— Comment le sais-tu ?

— Ecoute, tu me connais depuis des années. Demandes-tu au vent comment il souffle ? Aux étoiles comment elles brillent ? Je le sais. Cela devrait te suffire. Dépêche-toi, elle n'a plus longtemps à vivre...

Une Révérée Prêtresse de Paladine, attaquée ! Mourante ! Et sur la place du marché, sans doute entourée d'une foule ébahie. Quel scandale ! Le Prêtre-Roi ne serait pas content...

Denubis voulut dire quelque chose, puis se ravisa. Il traversa le vestibule en sens inverse et se rendit dans les quartiers du capitaine de la garde, à qui il adressa sa requête d'une voix haletante. Puis il s'effondra sur une chaise.

J'ignore qui a créé les araignées, songea-t-il amèrement, *mais je sais sans doute possible d'où vient la créature ténébreuse qui doit encore rire de moi à l'heure qu'il est.*

— Tass !

Le kender ouvrit les yeux. Il n'avait aucune idée de l'endroit où il se trouvait, ni d'où il pouvait être venu. Mais il avait entendu un nom qui lui semblait familier.

Hébété, il constata qu'il était étendu sur le ventre d'un gros bonhomme étalé au milieu d'une rue. L'individu le regarda, stupéfait.

— Tass ? répéta-t-il. Tu devais être ici, toi aussi ?

— Je ne saurais dire, balbutia le kender, se demandant qui était ce Tass.

Peu à peu, la mémoire lui revint ; il se souvint du chant de Par-Salian, de l'anneau qu'il avait enlevé, du cri horrifié du mage...

— Et comment, que je suis ici ! ajouta-t-il avec

irritation. Tu ne crois pas sérieusement qu'ils t'auraient envoyé tout seul ?

— Je ne suis sûr de rien, mais je ne pense pas que les kenders...

— Oui, mais je suis là. Même si j'ignore où nous sommes. Laisse-moi t'aider à te relever, dit-il, tendant la main à Caramon.

Le guerrier s'agitait comme une tortue sur le dos, songea Tass, que cela amusait beaucoup. Il remarqua alors l'étrange accoutrement qu'il portait. Plus d'armure, mais une tunique grossière, un gilet de cuir et un pantalon trop large. Des bottes trouées complétaient ce triste tableau.

— Pouah ! Qu'est-ce qui pue comme ça ? s'étonna Caramon.

— Toi, l'informa Tass, s'éventant de la main pour dissiper l'odeur.

Le guerrier empestait l'abominable alcool fabriqué par les nains des ravins. Le kender l'observa de plus près. Il n'avait rien bu avant son départ ; il avait l'air à jeun et tenait sur ses jambes. Il regarda les nippes dont il était affublé.

— Non, ce n'est pas possible ! s'exclama-t-il. Comment...

— Oui, les mages auraient pu faire un effort ! Je sais que ce doit être difficile de lancer un sort à des vêtements, mais...

Une pensée subite l'arrêta. Il regarda les siens, rassuré. Rien n'avait changé.

— Eh bien, allons faire un petit tour, lança gaiement le kender, joignant le geste à la parole.

Il se heurta vite à des monceaux de détritus entassés devant les maisons. Et lui qui trouvait que Caramon sentait mauvais ! Au bout de la ruelle, il vit une avenue où une foule de gens allaient et venaient.

— Ce doit être le marché, commenta le kender. Où as-tu dit qu'ils nous avaient envoyés ?

— Istar. Tass !

Le kender retourna sur ses pas. Caramon était penché sur quelque chose.

— Dame Crysania, dit-il, écartant la cape sombre qui la couvrait.

— Que lui ont-ils fait ? Leur magie n'a pas marché ?

— Je n'en sais rien, mais il faut chercher du secours.

— J'y vais ! Toi, reste près d'elle. Nous ne sommes pas tombés dans le meilleur quartier, à ce qu'il semble.

Tass rejoignit l'avenue. Il s'apprêtait à héler un passant quand on l'agrippa par le bras.

— Où vas-tu si vite ?

Tass se tourna et vit un homme casqué jusqu'aux yeux, qui le regardait sans aménité.

Un officier, se dit le kender qui avait une grande expérience des personnages officiels.

— Eh bien justement, je te cherchais, dit Tass d'un air innocent.

— Voilà bien une histoire de kender ! ricana le capitaine. En tout cas, c'est un événement qui fera date dans l'histoire de Krynn.

— Mais c'est la vérité ! Une de nos amies blessée est là-bas, dans la ruelle.

Le garde se tourna vers un homme que le kender n'avait pas vu. Le visage de Tass s'éclaira en reconnaissant une robe blanche.

— Un prêtre ? Comme ça tombe bien...

Le garde le bâillonna de la main.

— Qu'en penses-tu, Denubis ? Probablement une bagarre au couteau entre voleurs, rien de plus.

Entre deux âges, le crâne dégarni, le prêtre avait un visage grave et mélancolique. Il secoua la tête.

— Le Mage Noir a parlé d'une prêtresse. Allons voir.

Le soldat fit signe à ses hommes de passer devant et leur emboîta le pas, traînant le kender à moitié étouffé.

— Laisse-le respirer, capitaine, dit le prêtre.

— Mais il va falloir supporter son bavardage.

— Il se tiendra tranquille ? Il se rend bien compte que c'est sérieux, non ?

Ne sachant s'il s'adressait au capitaine, à lui ou au deux à la fois, Tass opina du chef. Il vit Caramon se lever et gesticuler, puis un garde s'agenouiller près de Crysania.

— Capitaine ! cria-t-il.

Aussitôt l'autre garde s'empara de Caramon. Le guerrier résista.

— Sacrebleu ! jura le capitaine. Tiens-moi ce petit crétin, Denubis.

— Je dois m'en aller ! protesta Denubis, saisissant le kender.

— Non, cria l'officier, brandissant son épée. Cette grande brute est dangereuse...

— Caramon n'est pas violent, protesta Tass. J'espère qu'ils ne lui feront pas de mal... Qu'est-ce qui ne va pas ?

— Nous le saurons bien assez tôt, répondit Denubis. Ils ne lui feront rien, s'il reste calme. S'il est coupable, il pourrait avoir des ennuis.

— Coupable de quoi ? fit Tass, voyant Caramon protester et gesticuler.

Avec la hampe de son javelot, un garde le frappa derrière les genoux. Caramon s'affaissa. L'autre s'empressa de lui donner un coup dans la poitrine. A peine avait-il touché le sol qu'il eut la pointe d'une lance sur la gorge. En quelques secondes, le guerrier fut ligoté comme un saucisson.

— Dis-leur d'arrêter ! cria Tass, tentant d'échapper au prêtre. Ils n'ont pas le droit de faire ça...

— Non, il vaut mieux que tu restes avec moi. Je t'en prie, tu ne peux rien pour lui, ce ne ferait qu'aggraver les choses.

Les gardes fouillèrent Caramon et trouvèrent un poignard à son ceinturon, et un flacon dans son gilet. L'un d'eux l'ouvrit, reniflant son contenu d'un air dégoûté.

Le capitaine et ses hommes soulevèrent Crysania et l'emmenèrent avec Caramon.

Tass comprit ce qui arrivait.

— Non, pas ça ! Ils ne peuvent pas commettre une erreur pareille ! Caramon ne ferait pas de mal à une mouche ! Il n'a pas touché dame Crysania ! Il a essayé de lui venir en aide. C'est pour cela que nous sommes ici. Crois-moi, je dis la vérité. Caramon est un soldat. Il tue, bien sûr, mais seulement des draconiens et des gobelins. S'il te plaît, crois-moi !

Denubis le regarda d'un air grave.

— Non, mais comment pouvez-vous penser une chose pareille ? Je hais cet endroit ! Je veux rentrer à la maison ! cria Tass, désespéré.

Il éclata en sanglots.

Une main se posa sur lui, hésitante.

— Allons. Tu as une chance de t'expliquer, et ton compagnon aussi. Si vous êtes innocents, on ne vous fera rien. Ton ami avait bu, n'est-ce pas ?

— Non, pas une goutte !

Entre les deux gardes Caramon faisait peine à voir. Du sang coulait de ses lèvres, ses yeux étaient hagards. Autour d'eux, une foule de curieux s'était amassée.

Tass baissa la tête. Par-Salian s'était-il fourvoyé ? Etaient-ils vraiment arrivés à Istar ? Peut-être n'était-ce qu'un cauchemar ?

— Alors, qui est-ce ? demanda Denubis au capitaine. Le Mage Noir avait-il raison ?

— Bien sûr ! S'est-il jamais trompé ? répondit le soldat. J'ignore qui est la femme, mais elle est membre de ton Ordre. Elle porte le talisman de Paladine... Elle est sérieusement blessée. J'ai même cru qu'elle était morte, mais son cœur bat encore.

— Crois-tu qu'elle ait été...

— Je n'en sais rien, répondit le capitaine, l'air ennuyé. En tout cas, elle a été frappée. Je crois qu'elle tiendra le coup. Ses yeux sont grands ouverts, mais elle semble ne rien voir ni entendre.

— Emmenons-la immédiatement au temple, dit Denubis, la voix tremblante.

Les gardes dispersèrent la foule des curieux.

— Tout est résolu, allez-vous-en ! Le marché va bientôt fermer. Retournez-y tant qu'il est temps.

— Ce n'est pas moi qui l'ai blessée ! se défendait Caramon, apeuré. Je ne lui ai rien fait ! répétait-il, le visage ruisselant de larmes.

— Mais oui ! fit le capitaine. Mettez ces deux-là en prison !

Tass attrapa Denubis par le bras.

— Je t'en prie, il dit la vérité !

Denubis s'adoucit.

— Tu es fidèle en amitié, dit-il. C'est inhabituel pour un kender. J'espère que ta confiance en lui est fondée. Mais tu dois savoir qu'un homme qui a bu fait parfois des choses...

— Toi, viens par ici, grogna un garde en agrippant le kender. Arrête cette comédie, ça ne prend pas.

— Ne te laisse pas avoir, Révéré Prêtre, dit le capitaine, tu connais les kenders !

— Oui, répondit Denubis, suivant des yeux les prisonniers qui s'éloignaient entre les gardes. Je connais les kenders. Celui-là est remarquable. Capitaine, si tu veux porter la jeune femme, je demanderai à Paladine de nous emmener au plus vite au temple.

Ils disparurent dans un tourbillon de lumière.

— Marche, et n'essaie pas de nous jouer des tours ! dit le garde au kender qui s'était retourné.

Tass regarda Caramon. Son cœur se serra. Submergé de honte et de peur, le guerrier avançait comme un aveugle, trébuchant à chaque pas.

— Je ne lui ai rien fait, murmurait-il. Il doit y avoir une erreur quelque part...

CHAPITRE II

Les voix cristallines atteignirent un crescendo qui amena les pèlerins au bord de l'extase. Filtrant à travers les vitraux, les derniers rayons du soleil illuminaient le fin visage des elfes du chœur. Les prêtresses de Paladine étaient vêtues de blanc, celles de Mishakal de bleu.

Des voix d'hommes entonnèrent des hymnes.

Ils chantent comme des oiseaux en cage, songea Denubis.

Il en était saturé. Jeune homme, il se purifiait l'âme en écoutant l'hymne du soir. Des années plus tard, ce n'était plus pour lui qu'une routine irritante et ennuyeuse. Il en était arrivé à redouter ce moment de la journée, auquel il tentait d'échapper par tous les moyens.

Pourquoi ? Il en blâmait les elfes. *Préjugés !* se disait-il. Mais il ne pouvait s'en empêcher. Chaque année, un groupe de prêtresses et de novices arrivaient de leur glorieux Silvanesti pour une année de dévotions à Istar. Ils passaient leurs journées à seriner que les elfes étaient les favoris des dieux — qui les avaient créés en premier et leur avaient donné une longévité de plusieurs siècles. Personne, à part Denubis, ne trouvait à y redire.

Ce soir, il était particulièrement énervé à cause de la jeune femme conduite au temple le matin même et dont il n'avait pas de nouvelles. Un contact sur l'épaule le tira de ses réflexions.

Jetant un coup d'œil derrière lui, il vit la main se retirer prestement derrière le rideau qui masquait l'antichambre. Surpris, il se glissa derrière la tenture.

Un jeune novice s'inclina devant lui.

— Mes excuses pour t'avoir interrompu dans tes prières, Révéré Prêtre, mais le Prêtre-Roi te prie de lui accorder quelques instants.

Denubis pâlit. Le novice tourna les talons, s'attendant à ce que le prêtre le suive.

Courant derrière lui, Denubis songea qu'il devait s'agir de la Révérée Prêtresse. Il n'avait pas été en présence du Prêtre-Roi depuis plus de deux ans : cette convocation ne pouvait avoir d'autre motif

Il souhaita qu'elle ne soit pas morte. Non seulement pour elle, mais aussi pour le jeune homme et le kender. Denubis avait beaucoup pensé à eux — surtout au kender. Comme tous les peuples de Krynn, il n'appréciait guère ces créatures, qui ne respectaient pas la propriété d'autrui. Mais celui-ci semblait différent. Contrairement à ses congénères, il avait assisté son ami avec une loyauté touchante et n'avait cessé de le défendre.

Si la jeune femme mourait, ils seraient condamnés à... Non, il préférait ne pas y penser. Murmurant une prière à Paladine, il admira la splendeur de la résidence du Prêtre-Roi. Sur les fresques qui la décoraient figuraient Paladine, Dragon de Platine et dieu du Bien, Gilean, dieu de la Neutralité, et même la Reine des

Ténèbres, sous sa forme de dragon à cinq têtes ; le Prêtre-Roi ne voulait offenser aucun dieu.

Les portes de platine s'ouvrirent. L'audience allait commencer.

Impressionné par la majesté du lieu, Denubis entra les mains jointes et la tête basse en signe d'humilité. Bien que la salle fût éclairée aux chandelles, il eut l'impression de pénétrer dans une pièce irradiée de lumière.

— Relève la tête, Révéré Fils de Paladine, dit une voix dont la musicalité lui fit monter les larmes aux yeux.

Comme le Prêtre-Roi était différent de près ! songea-t-il, habitué à le voir de loin pendant le culte. C'était autre chose de se tenir devant lui, de sentir son âme embrasée par la clarté et la pureté de son rayonnement !

Cette fois, je me souviendrai, pensa Denubis. Comme s'il avait été sacrilège de garder une image de lui, personne ne se rappelait son visage après l'avoir vu. Une banalisation que chacun évitait, ne conservant qu'un sentiment d'indicible beauté.

En comparaison, Denubis se considérait comme la plus méprisable des créatures de Krynn. Tombant à genoux, il demanda pardon sans savoir pourquoi, mais sûr que c'était ce qu'il fallait faire.

Le pardon fut accordé, la voix mélodieuse s'éleva ; Denubis fut pénétré de sérénité. Il demanda humblement au Prêtre-Roi ce qu'il pouvait faire pour le servir.

— Ce matin, tu as amené une Révérée Prêtresse. Nous comprenons que tu te soucies de son sort, c'est bien naturel. Nous voulons te rassurer. Elle se remet de sa terrible épreuve. Elle n'a pas été blessée.

— Elle n'a pas été blessée ?

— Non, mon fils, répondit la voix chantante. Paladine, dans son infinie sagesse a fait venir son âme à lui. Après de longues prières, j'ai pu le convaincre de nous retourner ce trésor, indûment séparé de son enveloppe charnelle. La jeune femme goûte à présent un sommeil réparateur.

— Mais les marques sur son visage ? Le sang...

— Il n'avait pas de marques, dit doucement le Prêtre-Roi, je te l'ai dit, elle n'a pas été blessée.

Sous le reproche, Denubis se sentit plus misérable que jamais.

— Je suis très heureux de m'être trompé, balbutia-t-il. D'autant plus que le jeune homme arrêté pourra être libéré.

— Je suis aussi reconnaissant que toi, Révéré Fils, que l'homme n'ait pas commis le crime dont il est accusé. Cependant, qui de nous est totalement innocent ?

La voix musicale semblait attendre une réponse. Elle ne tarda pas. Le prêtre entendit autour de lui des voix murmurer. Il prit conscience d'une présence, près du trône. Le rayonnement du Prêtre-Roi était tel que Denubis s'était cru seul avec lui.

La lumière qui l'enveloppait se détourna de lui. Sentant que la fin de l'audience était venue, il marmonna quelque chose en même temps que les autres. A moitié aveuglé, il descendit les marches et retrouva la terre ferme.

Baigné de lumière, le Prêtre-Roi trônait, entouré de Révérés Fils et Filles. Appelés les Pieds et les Mains du Soleil, ils s'occupaient des affaires terrestres du culte. De fait, ils régnaient sur Krynn. Mais un coin sombre attira le regard de Denubis.

Il discerna une silhouette noire. Aux aguets, elle attendait son heure.

Si le soleil brille, il se couche aussi, songea le prêtre.

La présence du Mage Noir dans la salle d'audience fut un choc pour lui. Le Prêtre-Roi s'employait à consulter le Mal, et Fistandantilus se trouvait à sa cour ! Il se réconforta à la pensée que le monde serait un jour délivré du Mal, et du même coup, de Fistandantilus.

Souriant à cette idée, Denubis sentit le regard du mage se poser sur lui. Il détourna les yeux. Quel contraste entre le Prêtre-Roi et cet homme ! L'un irradiait une bienfaisante lumière, l'autre vous ternissait l'âme.

Mais comme l'avait dit le Prêtre-Roi, « Qui de nous est vraiment innocent ? »

Mal à l'aise, Denubis se dirigea vers une salle où était dressée une immense table couverte de mets. Leur arôme lui ouvrit l'appétit. Il se servit à manger et à boire, puis s'assit pour déguster son repas.

A peine avait-il attaqué son faisan rôti qu'une ombre s'étendit sur son assiette. Il leva les yeux et faillit renverser son verre.

— Révéré Prêtre, balbutia-t-il, embarrassé de ne pouvoir se lever pour saluer son supérieur, le chef suprême de leur Ordre.

Quarath eut l'air amusé.

— Ne te dérange pas, Révéré Prêtre, je n'ai pas l'intention d'interrompre ton dîner. J'ai quelques mots à te dire. Peut-être pourrions-nous, quand tu auras terminé...

— Mais j'ai terminé, se hâta de répondre Denubis.

La rencontre lui avait coupé l'appétit.

Le fin visage d'elfe de Quarath s'éclaira d'un sourire distingué.

— Viens avec moi. Il y a bien longtemps que nous

ne nous sommes vus, dit-il, prenant le bras de son interlocuteur, surpris de cette familiarité.

D'abord, le Prêtre-Roi, ensuite, le chef de l'Ordre. Denubis en eut un poids sur l'estomac. En traversant la salle d'audience, il jeta un coup d'œil vers l'ombre. Fistandantilus sourit et hocha la tête. Denubis frissonna d'appréhension.

Ils arrivèrent dans les somptueux appartements de Quarath.

— Je t'en prie, Denubis, assieds-toi. Puisque nous sommes seuls, je peux t'appeler par ton prénom.

Le mage poursuivit son bavardage, posant des questions sur le travail de son hôte et autres sujets qui ne l'intéressaient nullement. Après une pause, il reprit sur un ton nonchalant :

— Je crois que tu as parlé au Prêtre-Roi ?

— Je... je me faisais du souci pour ce jeune homme... Qui a été arrêté par erreur.

— C'est tout à ton honneur. Très juste ! Il est écrit que nous devons nous soucier des autres. Tu as bien fait, et je ne manquerai pas d'en faire état dans mon rapport.

— Merci, Révéré Prêtre.

— Y avait-il autre chose ?

— Mon seigneur, c'est au sujet de ce jeune homme. Sera-t-il relâché ? Et le kender ? J'ai pensé que je pourrais les aider à trouver le bon chemin. Puisque l'individu est innocent...

— Qui de nous est vraiment innocent ? répéta Quarath, les yeux au le ciel.

— C'est une excellente question, sans aucun doute, mais l'homme est en tout cas innocent de ce qu'on lui reproche.

— Ah ! nous y voilà. Des dents de loup se cachent

parfois sous la fourrure du lapin, comme le dit le proverbe.

L'elfe regarda un moment le plafond avant de laisser tomber gravement :

— Tous deux seront vendus demain au marché aux esclaves.

Denubis sursauta.

— Mais... il est innocent ! répéta le prêtre abasourdi.

Quarath eut un sourire indulgent.

— Tu as une bonne âme, Denubis. Oui, tu es simple, mais bon. Nous n'avons pas pris cette décision à la légère. Nous avons interrogé l'individu. Ce qu'il raconte est confus ; il est difficile de savoir d'où il vient et ce qu'il fait à Istar. S'il est innocent dans le cas de la jeune femme, il a d'autres crimes sur la conscience, c'est évident. Cela se voit sur son visage. Il n'a pas les moyens de vivre ; on n'a pas trouvé d'argent sur lui. C'est un vagabond qui deviendra un voleur si on ne l'en empêche pas. Nous lui rendrons service en lui donnant un maître qui s'occupera de lui. Il pourra gagner sa liberté ; son âme, espérons-le, sera lavée de ses fautes. Quant au kender...

Quarath fit un geste dédaigneux.

— Le Prêtre-Roi est-il au courant ? demanda Denubis, s'armant de courage.

Les sourcils froncés, l'elfe poussa un soupir.

— Le Prêtre-Roi a des choses infiniment plus importantes en tête. Il n'a pas parlé de libérer le jeune homme, et nous l'avons déchargé de ce souci. Vois-tu, Denubis, on a trouvé cette jeune femme dans des circonstances étranges, auxquelles le Mage Noir est mêlé.

— Je le crois... Il m'a interpellé...

— Je sais ! Il me l'a dit. La jeune femme restera

avec nous. C'est une Prêtresse, elle porte le talisman de Paladine. Ce qu'elle raconte est aussi très confus, mais ça se comprends ! Nous garderons l'œil sur elle. Admets qu'il est impossible d'abandonner le jeune homme à lui-même. En d'autres temps, on l'aurait jeté au fond d'un cachot et on n'en aurait plus parlé. Nous sommes plus éclairés. Nous lui trouverons une maison convenable où nous continuerons à veiller sur lui.

Sous couvert de charité, Quarath envoyait un homme en esclavage. Denubis fut plongé dans un abîme de confusion.

Il est possible que je me trompe. C'est peut-être mieux ainsi. Comme il le dit, je suis un homme simple.

L'esprit troublé, l'estomac barbouillé, il se dirigea vers la porte en balbutiant des excuses. Quarath l'accompagna, déclarant d'un ton conciliant :

— Reviens me voir, Denubis, et ne crains pas de me poser des questions. C'est le seul moyen d'apprendre.

— Je... j'en ai justement encore une. Tu as parlé du Mage Noir. Que sais-tu de lui ? Je veux dire... Pourquoi est-il à la cour du Prêtre-Roi ? Il me fait peur.

L'expression de Quarath resta grave, mais il parut soulagé que Denubis ait changé de sujet.

— Qui connaît les voies des magiciens ? Ce ne sont pas les nôtres, et moins encore celles des dieux. Pour cette raison, le Prêtre-Roi a voulu en débarrasser l'Ansalonie. Le peu qu'il en reste se terre dans la Tour des Sorciers au fin fond de la forêt de Wayreth. Leur nombre diminue tant que, bientôt, ils disparaîtront. As-tu entendu parler de la malédiction qui a frappé la Tour de Palanthas ?

Denubis opina du chef.

— Un terrible événement ! Les dieux ont poussé ces sorciers à de telles extrémités qu'ils en sont arrivés à s'empaler sur les grilles pour sceller la Tour. Mais de quoi parlions-nous ?

— De Fistandantilus.

— Il était déjà là, à mon arrivée, il y a une centaine d'années. Il est très âgé, plus encore que mes congénères, car les plus vieux elfes se rappellent du temps où on commençait à peine à entendre parler de lui. C'est un humain, il se sert de magie pour rester en vie. Je n'ose imaginer comment. Tu comprends, bien sûr, pourquoi le Prêtre-Roi le garde à la cour ?

— Il le craint ?

Quarath sourit comme s'il eût parlé à un enfant un peu demeuré.

— Non, Révéré Prêtre. Fistandantilus nous est très utile. Qui connaît mieux le monde que lui ? Il l'a sillonné de long en large. Il connaît les langues, les coutumes et la nature de toutes les races de Krynn. Son savoir est incommensurable. Nous préférons le garder ici plutôt que de l'envoyer à Wayreth, où ses semblables ont été bannis.

— Je comprends. Permets-moi de prendre congé. Merci de ton hospitalité, et d'avoir levé mes doutes. Je me sens mieux.

— Je suis heureux de t'avoir été utile. Que les dieux t'accordent un sommeil réparateur.

Soulagé, Denubis entendit la porte claquer derrière lui.

Traversant les couloirs éclairés par la douce lumière des chandelles, il se sentit mieux. Arrivé devant sa porte, il allait entrer quand il perçut du coin de l'œil un mouvement dans l'ombre. Il scruta l'obscurité ; il n'y avait personne. Le corridor était vide.

Je vieillis. Mes yeux me jouent des tours, songea-t-il en entrant.

CHAPITRE III

Au bruit d'une clé grinçant dans la serrure, Tass se dressa sur son séant. A travers les barreaux de la fenêtre, la froide lumière de l'aube filtrait dans la cellule.

Le geôlier devait avoir des difficultés, car la clé grinça de nouveau. Tass jeta un coup d'œil à Caramon étendu sur le sol en face de lui. Le guerrier n'avait pas bougé.

Un mauvais signe, songea Tass. Jadis, le pas d'un chat l'aurait réveillé. Depuis qu'il était en prison, Caramon avait refusé toute nourriture et il n'avait pas proféré un mot.

Aux grincements s'ajoutèrent les jurons du geôlier. N'y tenant plus, Tass se précipita vers le judas.

— Bonjour ! s'écria-t-il avec entrain. Tu as des problèmes ?

Surpris, l'autre fit un bond en arrière. Petit et malingre, l'homme se fondait dans la grisaille des murs. Foudroyant le kender du regard, il remit la clé dans la serrure et s'affaira. Derrière lui, un individu de haute taille, portant une peau d'ours par-dessus son élégante tunique, attendait, une ardoise dans une main, un morceau de craie dans l'autre.

— Dépêche-toi, grommela-t-il, le marché ouvre à midi et d'ici là, il y a à faire pour les rendre présentables !

— Elle doit être cassée, marmonna le geôlier pour toute réponse.

— Non, dit Tass. En fait, ta clé fonctionnerait très bien si mon passe-partout n'était pas en travers de son chemin. (Le geôlier regarda le kender d'un air mauvais.) C'est arrivé par hasard ! Cette nuit, je m'ennuyais ferme, Caramon s'est endormi très tôt, et comme tu le sais, vous nous avez pris toutes nos affaires. Je tombe par hasard sur le passe-partout caché dans ma chaussette, que vous avez oubliée d'inspecter ! J'ai donc décidé, pour ne pas perdre la main, d'essayer la serrure. Pendant que j'y suis, je me présente : Tasslehoff Racle-Pieds.

Il tendit la main entre les barreaux, au cas où les deux hommes auraient émis le désir de la lui serrer.

Ils n'en avaient pas envie.

— Je suis de Solace, continua Tass. Mon ami aussi. Nous sommes en mission, pourrait-on dire... Ah oui, la serrure. Inutile de me regarder ainsi, ce n'est pas ma faute. En réalité, c'est votre stupide serrure qui a cassé mon passe-partout ! L'un de mes meilleurs, en plus. Celui de mon père. Il me l'a donné pour un anniversaire... Je pense que vous pourriez vous excuser.

Le geôlier, au bord de l'apoplexie, jeta le trousseau de clés et partit en vociférant. L'homme à la peau d'ours le retint.

— Pas si vite. Je suis venu pour ce gaillard.

— Je sais, mais il faudra attendre le forgeron.

— Impossible, je dois lui faire mettre des fers tout de suite.

— Alors trouve un moyen de les sortir de là ! Donne au kender un autre passe-partout. Tu les prends tous les deux ? Tu sais qui donne les ordres...

— Les miens viennent du même endroit. Si ça ne leur plaît pas, qu'ils viennent prier pour ouvrir cette porte. Sinon, ils feront comme tout le monde, ils attendront le forgeron.

— Vous allez nous laisser sortir ? demanda Tass, excité. Alors je peux vous aider ! Vous n'allez pas nous exécuter, par hasard ? Parce que dans ce cas, inutile de vous pressez, nous ferions aussi bien d'attendre le forgeron.

— Qui parle d'exécution ! grommela l'homme à la peau d'ours. Il n'y a plus de condamnations à mort à Istar depuis dix ans. Les prêtres l'ont interdit.

— Au moins, c'était une mort bien propre ! ricana le geôlier. Bon, qu'est-ce que tu proposes, petit bâtard ?

— Eh bien, si vous ne nous exécutez pas, qu'allez-vous faire de nous ? Je suppose que nous ne serons pas libérés ? Mais nous sommes innocents ! Je veux dire que nous...

— De toi, je n'ai que faire, c'est ton copain qui m'intéresse. Lui, ils ne le laisseront pas filer. Il ira aux fers, et tout de suite !

— Je ne vois pas ce que vous voulez dire, mais si vous voulez nous faire sortir, Caramon peut vous aider.

Le kender quitta le judas.

— Caramon ! Réveille-toi ! Ils veulent nous faire sortir, mais ils n'arrivent pas à ouvrir la porte. Je crois que c'est un peu ma faute...

Derrière la porte, les deux hommes attendirent.

— Tu as bien compris : tu dois les prendre tous les deux ! insista le geôlier.

— Quoi ? Mais il n'était pas question de...

— Ils seront vendus ensemble. C'est l'ordre que j'ai reçu... D'ailleurs, c'est écrit sur le parchemin.

— Je vais perdre de l'argent ! Qui achèterait un kender ?

Le geôlier haussa les épaules. Ce n'était pas son problème. Son compagnon se tourna vers le judas. Un nouveau venu était apparu : un jeune homme allant sur la trentaine, dont la belle figure s'était empâtée.

— Comment va dame Crysania ? demanda Caramon.

L'homme à la peau d'ours prit un air ahuri.

— Dame Crysania, répéta Caramon. Il l'ont emmenée au temple.

— Tu sais bien, la femme qu'il a battue, dit le geôlier.

— Je ne l'ai pas touchée. Alors, où est-elle ?

— C'est le cadet de mes soucis, répondit l'autre. Es-tu forgeron ? Le kender a dit que tu pourrais ouvrir.

— Non, je ne le suis pas, mais je peux l'ouvrir. Cela t'ennuierait-il si je la cassais ?

— Si tu y arrives, je me chargerai de la remplacer.

Caramon ferma les yeux et gonfla les poumons. Impressionnés, l'homme à la peau d'ours et le geôlier s'éloignèrent. Ils entendirent un rugissement puis un choc formidable ébranla le bois, les gonds et les murs de la geôle. Mais la porte tint bon.

Un second rugissement s'éleva, suivi d'une explosion de débris. Les gonds et le chambranle étaient distordus, la serrure toujours en place, mais il n'y avait plus de porte. Caramon avait été projeté jusqu'au milieu du couloir.

— Un peu trop porté sur la nourriture et la boisson, hein ? fit l'homme à la peau d'ours en aidant Caramon à se relever. C'est sans doute cela qui t'a valu la prison. Peu importe, tu t'amenderas. Ton nom est Caramon ?

Le guerrier acquiesça d'un air morne.

— Moi c'est Tasslehoff Racle-Pieds. Je vais partout où il va, car j'ai promis à Tika que...

— Bon, je vois..., dit l'homme, notant quelque chose sur son ardoise.

— Et puis ce serait plus simple pour nous si tu enlevais ces chaînes de nos pieds.

— Sûrement, compte là-dessus, murmura l'homme en souriant. Va chercher les autres, dit-il au geôlier. Vous deux, attendez ici que nous soyons prêts.

Caramon s'assit par terre et se massa l'épaule. Tass rayonnait. Hors de la geôle, le monde semblait déjà plus beau. Comme l'avait dit le guerrier, une fois sortis, ils auraient une chance !

— A l'occasion, dit-il au geôlier, arrange-toi pour que je récupère mon passe-partout. J'y tiens, c'est un souvenir...

*
* *

— Tu appelles ça une chance ? dit Caramon au kender.

Le forgeron s'apprêtait à fermer le collier de fer qu'il avait réussi à trouver pour lui. Il y eut une odeur de chair brûlée quand le fer rouge se posa sur le métal ; le guerrier tressaillit de douleur.

Tass tripotait le sien en consolant son compagnon.

— Je suis désolé, je ne savais pas qu'on échangerait la prison contre les fers. Drôle de promenade, et quel retour dans le temps...

— Ne t'inquiète pas, tu n'y es pour rien.

— Mais quelqu'un d'autre, si !

— Que veux-tu dire ? marmonna le guerrier.

— Eh bien, réfléchissons un peu. Rappelle-toi comment tu étais habillé à notre arrivée à Istar. Tu avais l'air d'un malfrat. Ensuite, ce prêtre et les gardes ont rappliqué à point nommé, comme s'ils nous attendaient. Et dame Crysania, dans quel état était-elle...!

— Tu as raison, dit Caramon. Raistlin, murmura-t-il. Il sait ce que j'ai l'intention de faire et veut m'en empêcher. C'est lui qui est derrière tout ça !

— Je n'en suis pas si sûr. Te réduire en cendres ou te laisser suspendu dans les airs serait plus son genre, tu ne crois pas ?

— Pas du tout ! Tu ne comprends pas ? Il a voulu que je vienne ici... pour que j'exécute quelque chose. Il ne nous tuera pas. Ce... cet elfe noir qui travaille avec lui, tu t'en souviens ?

L'air dubitatif, Tass allait répondre quand l'homme à la peau d'ours leur fit signe de rejoindre les autres esclaves. Deux hommes les enchaînèrent dans la file.

La colonne d'humains, de demi-elfes et de gobelins, liés les uns aux autres par les pieds, se mit en marche.

Au bout de trois pas, Tass, toujours à contre-courant, culbuta sur ses petites jambes. Après quelques coups de baguette et force jurons, l'homme à la peau d'ours remit de l'ordre dans le rang. Tass s'efforça de tenir la cadence, mais il tomba deux fois sur les genoux. Finalement, Caramon le prit à bras-le-corps et le porta.

— Tu as vu ce cirque, commenta le kender, hors d'haleine. Surtout quand je suis tombé ! Il fallait voir leurs têtes !

— Que voulais-tu dire tout à l'heure ? coupa Caramon. Qu'est-ce qui te fait croire que Raistlin n'est pas mêlé à tout ça ?

— Caramon, lui souffla Tass à l'oreille, Raistlin a dû être terriblement occupé avec ce voyage. Par-Salian a mis des jours à lancer le sort, et il est vraiment très fort sur la question. Raistlin a donc dû dépenser énormément d'énergie. Comment veux-tu qu'il ait pu faire les deux choses à la fois ?

— Oui, mais si ce n'est lui, qui est-ce ?

— Et si c'était Fistandantilus ?

Caramon se rembrunit.

— Tu sais, il est extrêmement puissant, reprit Tass. Et tu n'as pas été très discret quant à tes intentions de revenir ici pour le... euh, pour lui parler. Tu l'as dit à la Tour des Sorciers. Nous savons que Fistandantilus peut s'y rendre à sa guise. C'est là qu'il a rencontré Raistlin, non ? Et s'il s'y trouvait quand tu as parlé de lui — s'il t'a entendu ? Je ne crois pas que cela lui ait fait plaisir.

— Bah ! S'il était si puissant, il m'aurait tué sur-le-champ !

— Non, il ne peut pas, affirma Tass. Ecoute, j'ai bien réfléchi. Il ne peut assassiner le frère de son élève. Surtout si Raistlin t'a fait venir pour une bonne raison. Fistandantilus sait que Raistlin t'aime.

— Ah bon ?

— Oui. Ici on n'exécute pas les gens, mais on a trouvé d'autres moyens d'éliminer les gêneurs. Le prêtre et le geôlier ont eu l'air de trouver la condamnation à mort miséricordieuse, comparée à ce qui nous attend.

Le claquement d'un fouet contraignit Tass et Caramon au silence. Ce que disait le kender semblait cohérent : Raistlin était puissant, mais trop faible pour réussir les deux tours de magie à la fois.

Tass a raison, cela saute aux yeux ! On nous a manœuvrés. Fistandantilus veut m'écarter, et faire passer ma mort pour accidentelle.

Caramon entendit une voix grommeler dans sa tête : *« Je ne sais lequel est le plus bête des deux, le kender ou toi ! Si un de vous s'en sort vivant, je veux bien avaler ma barbe !* » Le guerrier sourit en pensant à son vieil ami Flint. Mais le nain n'était pas là, Tanis non plus. Personne ne pouvait les conseiller. Tass et lui devaient se débrouiller seuls. Si le kender n'avait pas impudemment sauté dans le cercle, il aurait été seul ! L'idée lui donna des frissons.

Il faut donc que je mette la main sur ce Fistandantilus avant qu'il parvienne à la mettre sur moi, se dit-il.

*
* *

Les hautes tours du temple dominaient les avenues bondées. Les femmes flânaient devant les boutiques, admirant les gardes aux casques emplumés qui fendaient la foule. Il existait un endroit auquel elles n'avaient pas accès : le marché aux esclaves.

Il attirait beaucoup de monde. Une vente aux enchères y avait lieu une fois par semaine. Même si le produit des ventes tombait dans l'escarcelle du gouvernement, le vendeur empochait une somme rondelette en paiement de ses services.

L'abolition de la peine de mort avait créé un nouveau problème à Istar. Les prisonniers pullulaient et ils coûtaient cher au pays. Le gouvernement clérical avait donc fait une enquête sur la question. On découvrit que la plupart des prisonniers étaient des indigents, sans toit et sans argent. Leurs crimes — vols, effractions et prostitution — étaient la conséquence de leur dénuement.

« — L'esclavage est une solution logique, déclara un jour le Prêtre-Roi à ses ministres, puisqu'il résout le problème de l'encombrement de nos prisons, en même temps qu'il sauve ces pauvres gens, dont le seul crime est être tombés dans une pauvreté dont ils n'arrivent pas à sortir.

« Notre devoir est de les aider. Comme esclaves, ils seront nourris, vêtus et logés. Ils ne seront plus obligés de mal agir. Nous veillerons à ce qu'ils soient bien traités, et à ce qu'ils puissent racheter leur liberté s'il se sont bien conduits pendant une certaine période de servitude. Ils redeviendront alors des membres productifs de notre société. »

L'idée avait aussitôt été mise en pratique, non sans problèmes. Mais ceux-ci n'étaient pas assez cruciaux pour attirer l'attention du Prêtre-Roi. Les ministres s'en étaient donc chargés, et le système fonctionnait assez bien. La vente des esclaves procurait des revenus réguliers au culte, et l'esclavage semblait avoir éradiqué le crime.

Mais deux catégories de criminels posaient problème : les kenders et les coupables d'actes odieux. Il se révéla impossible de vendre un kender, un assassin, un violeur ou un fou à qui que ce soit. La solution était pourtant simple. Au petit matin, on conduisait les kenders aux portes de la ville. Quant aux meurtriers, on les plaçait dans des institutions spéciales.

C'était avec le chef d'une de ces institutions, un nain, que l'homme à la peau d'ours discutait ce matin. Il mimait Caramon en train d'enfoncer une énorme porte.

Son interlocuteur ne sembla nullement impressionné. Il savait depuis longtemps qu'on vantait la marchandise pour en tirer un bon prix. Il jeta un coup d'œil sur Caramon, cracha par terre et se croisa les bras sur la poitrine, défiant du regard l'homme à la peau d'ours.

— Il n'a plus la forme, il est trop gras. De plus, c'est un ivrogne. Regarde son nez ! Qu'est-ce qu'il a fait ? Violenté une prêtresse ? Hum ! La seule chose dont il soit capable, c'est de violenter une cruche de vin !

L'homme à la peau d'ours connaissait cette tactique.

— Tu rates la chance de ta vie, Briseroc. Tu aurais dû le voir enfoncer cette porte. Je n'aurais jamais cru possible qu'un homme ait une force pareille. Il est trop gros, mais cela n'est pas irrémédiable. Si tu le mets au régime, il pourrait être un séducteur. Les femmes l'adoreraient. Regarde ces beaux yeux bruns et ces cheveux bouclés ! Il serait vraiment dommage de l'envoyer à la mine... Je n'ai pas parlé de ce qu'il avait fait, mais je crains qu'Haarold l'ait appris.

Tous deux tournèrent leur regard vers un homme qui devisait non loin de là avec les gardes.

Impénétrable, le nain se caressa la barbe.

— Haarold s'est juré de l'obtenir par tous les moyens, continua l'homme à la peau d'ours. Il prétend qu'il abattra du travail pour deux. Mais tu es mon partenaire privilégié, je te laisse le choix...

— Vends-le à Haarold, grommela le nain. Il est trop gros.

Mais le marchand observait Caramon avec attention. Sachant parler et se taire quand il le fallait, l'homme à la peau d'ours prit congé s'éloigna.

Sentant le nain l'évaluer comme une bête de foire, Caramon fut pris d'une envie irrépressible de briser ses chaînes et de lui régler son compte. Ses muscles se gonflèrent, il prit un aspect terrifiant. Le nain, les yeux exorbités, fit signe aux gardes, qui dégainèrent leurs épées. Brusquement, Tass envoya un grand coup de coude dans l'estomac de Caramon.

— Regarde ! s'exclama-t-il, très excité. Là-bas, le type tout seul !

Caramon fit un effort pour se calmer et suivit des yeux le doigt pointé du kender. Son sang se glaça dans ses veines.

Au-delà du groupe d'esclaves se tenait un homme en noir. Il était seul ; personne ne semblait vouloir l'approcher. Les gens faisaient des détours pour l'éviter.

L'homme portait une robe noire sans aucune des inscriptions dorées habituelles. Il n'avait pas de bâton de mage ; il n'en avait pas besoin. La puissance à l'état pur se dégageait de lui.

De son grand corps musculeux, on ne voyait que les mains blanches et déliées. Bien qu'il fût si vieux que personne sur Krynn ne connût son âge, il avait l'allure d'un jeune homme. On murmurait qu'il usait de magie pour déjouer les outrages du temps.

Sous son capuchon, son regard restait invisible.

— Qui est cet homme ? demanda Tass à un détenu.

— Tu ne le connais pas ? s'étonna le prisonnier.

— Je ne suis pas d'ici, s'excusa le kender.

— C'est le Mage Noir, Fistandantilus. Tu as entendu parler de lui, je suppose ?

— Oui, dit Tass, jetant à Caramon un coup d'œil qui signifiait « Je te l'avais bien dit ! ». Nous en avons entendu parler.

CHAPITRE IV

Crysania s'éveilla dans un état de confusion tel que les prêtres s'inquiétèrent pour sa santé mentale.

Elle avait cité le nom de Palanthas, ce qui les fit supposer qu'elle en venait. Mais elle réclamait sans cesse le chef suprême de son Ordre, un certain Elistan. Les prêtres, qui connaissaient tous les chefs des Ordres de Krynn, n'avaient jamais entendu parler d'un Elistan. Son insistance leur fit redouter qu'un événement grave ait frappé l'Ordre de Palanthas. On envoya aussitôt des messagers chargé de se renseigner.

Crysania mentionnait aussi un temple, mais il n'y avait pas de temple à Palanthas ! Quand elle parla des dragons et du retour des dieux, Quarath et Elsa, les deux chefs de l'Ordre, se regardèrent, horrifiés. Ils administrèrent une potion calmante à la jeune femme, qui s'endormit. Tous deux restèrent longtemps près d'elle, discutant à voix basse de l'étrangeté de son cas. Le Prêtre-Roi était venu calmer leurs craintes.

— J'ai interrogé les augures, dit-il de sa voix musicale. Ils m'ont appris que Paladine avait lancé un sort à la prêtresse pour la protéger d'une malédiction. Je pense que personne n'en doutera.

Echangeant un coup d'œil de connivence, Quarath et Elsa hochèrent la tête. Tout le monde savait que le Prêtre-Roi détestait les magiciens.

— Par conséquent, elle a vécu près de Paladine, dans le merveilleux royaume que nous cherchons à recréer sur terre. Il est clair qu'elle y a vu l'avenir : elle a parlé d'un temple magnifique à Palanthas. Nous n'avons jamais eu l'intention d'en construire un là-bas, n'est-ce pas ? Cet Elistan doit être un prêtre choisi pour le diriger.

— Mais... les dragons ? Le retour des dieux ?

— Probablement des contes d'enfance qui sont revenus hanter son sommeil ; le sort qu'on lui a lancé y est peut-être pour quelque chose. Comme vous le savez, on raconte que les magiciens ont le pouvoir de faire apparaître des choses qui n'existent pas. Quant au prétendu « retour des dieux »...

Le Prêtre-Roi garda le silence. Puis il reprit en hâte :

— Mes fidèles conseillers, vous connaissez le rêve qui m'habite. Vous savez qu'un jour, je me présenterai devant les dieux pour demander leur aide contre le Mal qui règne encore sur Krynn. Ce jour-là, Paladine entendra mes prières. Il viendra à mon côté et nous nous battrons ensemble contre les Ténèbres jusqu'à ce qu'elles soient vaincues ! Voilà ce qu'elle a vu dans l'avenir ! C'est ce qu'elle entend par « retour des dieux » !

La pièce fut inondée de lumière. Quarath baissa les yeux ; Elsa murmura une prière.

— Laissons-la dormir, dit le Prêtre-Roi. Elle ira mieux demain matin. Je prierai Paladine pour elle.

Il quitta la pièce, qui s'assombrit aussitôt.

Elsa et Quarath restèrent silencieux.

Puis la prêtresse se tourna vers son homologue.

— Crois-tu qu'il ait ce pouvoir ? Songe-t-il réellement à faire ce qu'il dit ?

— Bien sûr qu'il l'a, répondit Quarath. Tu as vu comment il a guéri cette jeune femme. Les dieux s'adressent à lui par l'intermédiaire des augures. A quand remonte ta dernière guérison réussie, Révérée Prêtresse ?

— Crois-tu vraiment que Paladine ait sauvé l'âme de la jeune femme et lui ait montré l'avenir ? Tu penses qu'il l'a guérie ?

— Je crois qu'un mystère flotte autour de cette inconnue et de ses compagnons. Je m'occupe de ces deux-là. Garde un œil sur elle. Quant au Prêtre-Roi, laissons-le en appeler à la puissance divine. Si les dieux descendent sur terre pour l'aider à se battre, tant mieux. Sinon, peut nous chaut. Nous savons qui fait le travail des dieux sur Krynn.

— Je me pose des questions, dit Elsa. Je me souviens de la jeune fille de notre Ordre qui possédait le pouvoir de guérison. Tu sais, celle qui a été séduite par un chevalier de Solamnie ? Comment s'appelait-il ?

— Sobert. Le seigneur Sobert, du Donjon de Dargaard. Oh ! mais je ne doute pas des pouvoirs du Prêtre-Roi ! On trouve toujours des guérisseurs, surtout parmi les jeunes gens et les vieillards. Du moins pensent-ils l'être. Franchement, je dirais qu'ils ont tellement envie d'y croire qu'ils finissent par s'en persuader. Ce qui ne fait de mal à personne. Examine cette jeune femme de plus près, Elsa. Si elle tient le même discours demain matin, il nous faudra prendre des mesures drastiques. Pour le moment...

Il se tut. Sachant que la jeune femme, sous l'effet de la potion, continuerait à dormir, ils quittèrent la pièce.

*

* *

Le lendemain matin, Crysania s'éveilla avec la sensation d'avoir la tête bourrée de coton. Elle mourait de soif. Assise sur son lit, elle tenta de mettre de l'ordre dans ses idées. Une horrible créature de l'au-delà approchant d'elle lui revint à la mémoire. Elle se revit avec Raistlin dans la Tour des Sorciers, puis entourée de mages en robes blanches, rouges et noires. Elle eut la sensation d'avoir fait un long voyage.

Elle s'était réveillée près d'un homme à la présence si radieuse qu'elle s'était sentie sereine et apaisée. Il avait déclaré être le Prêtre-Roi d'Istar. Tout cela n'avait aucun sens. Elle se souvint avoir appelé Elistan, mais personne n'avait entendu parler de lui. Alors elle leur avait dit qui il était et comment Lunedor, prêtresse de Mishakal, l'avait guéri.

Elistan s'était battu contre les dragons et prêchait le retour des dieux.

Elle s'était attirée des regards pleins de pitié. On lui avait fait boire une potion amère après quoi elle s'était endormie.

Décidée à découvrir où elle était et pourquoi, elle sauta du lit et procéda à sa toilette. La pièce était aménagée avec un tel luxe qu'elle ne put s'empêcher de l'admirer. En même temps, ce faste lui parut déplacé dans un lieu saint — si c'en était un. La belle maison de ses parents à Palanthas n'atteignait pas cette magnificence.

Les quartiers pauvres que Raistlin lui avait montrés près du temple lui revinrent à l'esprit, et elle eut honte.

— C'est peut-être une chambre de réception, dit-elle tout haut, rassurée d'entendre sa propre voix. Après tout, celles de notre nouveau temple accueilleront nos hôtes dans le confort.

Son regard se posa sur une statue d'or massif portant une chandelle.

— C'est exagéré ! Avec ça, on pourrait nourrir une famille pendant des mois !

Comme elle était contente que Raistlin ne voie pas cela ! Elle parlerait au chef de l'Ordre. Elle avait dû se tromper en le prenant pour le Prêtre-Roi !

La tête plus claire, elle revêtit la robe blanche préparée pour elle.

Un peu démodée, songea-t-elle en l'enfilant. *Rien à voir avec nos austères tuniques blanches de l'Ordre de Palanthas.*

La robe était brodée d'or et ornée de rubans pourpres. Une large ceinture dorée marquait sa taille. *Encore plus extravagant que le mobilier !* songea-t-elle, jetant un coup d'œil au miroir. *Néanmoins très seyant.*

Quand elle lissa les plis, sa main rencontra une poche. Elle contenait un feuillet plié en quatre. Quelqu'un l'aurait-il oublié là ? Elle le déplia et lut :

Dame Crysania,

Je savais que tu cherchais mon aide pour retourner dans le passé, afin d'empêcher le jeune magicien Raistlin de réaliser ses dangereux projets. Sur la route qui te menait à nous, tu fus attaquée par le spectre d'un chevalier. Pour te sauver, Paladine enleva ton âme dans son divin royaume. Personne parmi nous, même Elistan, n'est capable de te ramener. Seuls les religieux de l'époque du Prêtre-Roi possèdent ce pouvoir. Nous t'avons donc envoyée à l'époque précédant le Cataclysme, en compagnie du frère de Raistlin, Caramon. Notre action a un double objectif. D'une part, te guérir de tes terribles blessures, d'autre part, te permettre de sauver le jeune mage de lui-même.

Si tu crois aller dans le sens des dieux, ils te soutiendront peut-être. Cependant rappelle-toi ceci : les dieux agissent d'une façon qui paraît étrange, car les mortels voient seulement ce qui leur crève les yeux. Je voulais en discuter avec toi avant que tu partes, mais cela s'est révélé impossible. Je te donne un seul avertissement : prends garde à Raistlin.

Tu es vertueuse, ta foi est solide. Tu te sens sûre et fière. C'est une combinaison mortelle, ma chère Crysania. Il en profitera.

N'oublie pas : Caramon et toi êtes retournés dans une époque dangereuse. Les jours du Prêtre-Roi sont comptés. La mission de Caramon peut mettre sa vie en péril. Mais toi, Crysania, tu risques ta vie ET *ton âme. Tu seras forcée de choisir l'une pour sauver l'autre. Tu auras maintes façons de revenir à ton époque ; l'une est liée à Caramon. Que Paladine t'assiste !*

Par-Salian, Ordre des Robes Blanches,
Tour des Sorciers, Wayreth.

Les genoux tremblants, Crysania se laissa tomber sur le lit. Incrédule, elle relut dix fois la lettre sans comprendre. Peu à peu, elle reprit son calme et isola chaque phrase et chaque mot.

Au bout d'une heure, elle crut avoir enfin saisi.

Du moins, en partie. Les souvenirs de son périple dans la forêt de Wayreth remontèrent à sa mémoire. Ainsi, Par-Salian était au courant ! Il l'attendait ? Encore mieux. Et il avait raison : l'attaque du chevalier fantôme était évidemment une preuve de l'intervention de Paladine pour assurer son envoi dans le passé ! Quant à sa remarque sur sa vertu et sur sa foi...!

Pâle mais déterminée, Crysania se leva. Ses joues

rosirent de colère, ses yeux étincelèrent. Elle ne regrettait qu'une chose : que Par-Salian ne lui ait pas dit tout cela en face ! Comment osait-il se permettre...?

Les lèvres pincées, elle replia le feuillet après avoir renoncé à le déchirer. Un coffret doré brillait sur la coiffeuse. Elle l'ouvrit, jeta la lettre à l'intérieur et ferma la boîte. Plongeant la clé dans sa poche, elle jeta un coup d'œil au miroir.

Repoussant ses longues mèches noires en arrière, elle ajusta sa capuche. Il fallait que sa colère s'apaise. Après tout, le vieux mage croyait bien faire. Comment pouvait-il comprendre la signification du mot « foi » ? Il fallait être au-dessus de ces ridicules accès de colère. Elle était sur le point d'atteindre la grandeur. Paladine cheminait avec elle, elle sentait sa présence. L'homme qu'elle avait rencontré était réellement le Prêtre-Roi !

A la pensée de la sérénité qu'il lui avait inspirée, elle sourit. Comment pouvait-il être responsable du Cataclysme ? Non, elle refusait d'y croire. L'Histoire avait dû lui jouer un tour. Evidemment, elle n'avait été que quelques minutes en sa présence, mais comment un homme si beau, si bon et si pieux pouvait-il être à l'origine de la destruction et de la mort ? C'était impossible ! Peut-être pourrait-elle l'innocenter ? Peut-être Paladine l'avait-il renvoyée dans le temps pour cela : faire éclater la vérité !

Le cœur de Crysania bondit de joie. Répondant à son allégresse, les cloches sonnèrent l'appel à la prière matinale. Ces tintements lui firent monter les larmes aux yeux. Le cœur battant, elle quitta sa chambre et dévala le corridor, où elle tomba sur Elsa.

— Par les dieux ! s'écria-t-elle. Comment te sens-tu ?

— Beaucoup mieux, Révérée Prêtresse. Comme si je m'éveillais d'une hallucination.

— Paladine soit loué, murmura Elsa, la dévisageant d'un œil inquisiteur.

— Je n'ai pas manqué de chanter ses louanges, sois certaine. Puis-je t'accompagner pour la prière du matin ? Je ne connais pas le chemin.

— Bien sûr, répondit Elsa.

— J'aurais voulu savoir comment se porte le jeune homme qui... que vous avez trouvé en même temps que moi.

Le visage d'Elsa se durcit.

— On s'occupe très bien de lui, chère sœur. Est-il de tes amis ?

— Non, pas du tout, dit vivement Crysania, songeant à sa rencontre avec un Caramon ivre mort. Je l'ai recruté comme garde du corps.

— Il est à l'Ecole des Jeux. Fais-lui parvenir un message, si tu te fais du souci pour lui.

Crysania n'avait aucune idée de ce pouvait être cette école, mais elle avait peur de poser trop de questions. Elle se tut. Au moins savait-elle que Caramon était sain et sauf, et où elle pourrait le trouver.

Rassurée, sachant qu'elle avait un moyen de retourner au présent, elle se détendit.

— Ah ! regarde, chère sœur, dit Elsa, on vient s'enquérir de ta santé.

— Révéré Prêtre, salua Crysania, inclinant la tête devant Quarath.

— Je suis heureux de te voir rétablie, dit-il avec chaleur. Le Prêtre-Roi a passé la nuit en prières pour ta guérison. Le pouvoir de sa foi le comblera d'aise. Nous te présenterons à lui ce soir même. Pour l'instant... Je ne vous retiens pas plus longtemps, vous vous rendiez à la prière...

S'inclinant avec courtoisie, Quarath s'éloigna.

— Il ne va pas à la prière ? demanda Crysania.

— Non, chère sœur, dit Elsa, souriant de sa naïveté, il prie avec le Prêtre-Roi tôt le matin, en privé. Quarath s'occupe quotidiennement d'un grand nombre d'affaires importantes. On pourrait dire que le Prêtre-Roi est l'âme et le cœur du culte, tandis que Quarath en est le cerveau.

— Etrange, murmura Crysania, qui pensait à Elistan.

— Etrange, chère sœur ? Les pensées du Prêtre-Roi vont aux dieux. Pourquoi s'occuperait-il de la marche matérielle du culte ?

— Evidemment, rougit Crysania, confuse.

Comme elle devait leur sembler provinciale et simplette !

Dans les couloirs embrasés de lumière, la merveilleuse musique du culte l'emplit de bonheur. Crysania pensa au simple service religieux que donnait Elistan le matin. De surcroît, il se chargeait de tout le travail séculier !

Cette simplicité était proche du dénuement, et le poste d'Elistan presque dégradant. Cela lui avait sûrement coûté sa santé. Sa vie aurait peut-être été moins brève s'il avait été aidé, conclut-elle avec un pincement de cœur.

Tout cela allait bientôt changer. Elle n'était pas venue pour une seule raison. On l'avait aussi choisie pour restaurer la gloire du culte !

Tremblante d'excitation, Crysania échafauda des plans. Elle demanda à Elsa de lui décrire le fonctionnement de la hiérarchie du temple.

Tout à sa conversation, elle ne pensait plus à Quarath, qui, à ce moment précis, pénétrait dans la chambre où elle avait dormi.

CHAPITRE V

En quelques secondes, Quarath trouva la lettre de Par-Salian. Au premier coup d'œil, il avait remarqué que le coffret avait été ouvert.

Quelques secondes lui suffirent pour mémoriser le texte. Son contenu resterait gravé dans sa mémoire, réputée phénoménale. Mais il avait réalisé qu'il mettrait des heures à le comprendre.

Il replaça le feuillet et referma le coffret.

Le contenu de la lettre lui parut si énigmatique qu'il décida d'y consacrer la matinée. De retour dans ses appartements, il reprit le texte mot à mot.

Trois points lui semblaient clairs. D'abord, la jeune femme était effectivement une prêtresse, mais elle avait affaire aux magiciens, ce qui était suspect. Ensuite, le Prêtre-Roi était en danger. Cela n'avait rien de surprenant : les magiciens avaient de bonnes raisons de le détester et de le craindre. Enfin, le jeune homme venu avec la prêtresse était indubitablement un assassin ; elle pouvait être complice.

Quarath se félicita d'avoir déjà pris les mesures nécessaires pour faire face à la situation. Là où il avait envoyé le dénommé Caramon se produisaient parfois des accidents...

Quant à Crysania, elle était sous bonne garde au temple, où on pouvait l'interroger et la contrôler à loisir.

Quarath était un homme remarquable ; malgré ses ambitions, il savait parfaitement où s'arrêtaient ses talents. Il avait besoin du Prêtre-Roi, dont il ne convoitait pas la place. Il lui suffisait de baigner dans son aura lumineuse tout en étendant ses pouvoirs au nom du culte.

Plus il gagnait en autorité, plus il affirmait la prépondérance de sa race. Persuadés de leur supériorité innée, les elfes formaient un Etat dans l'Etat.

Il était malheureux, selon eux, que les dieux aient cru bon de créer d'autres races, plus faibles de surcroît. Comme les humains, par exemple, dont la vie défilait à une vitesse si affolante qu'ils étaient une proie rêvée pour le Mal.

Mais si les elfes n'arrivaient pas à l'éradiquer, ils œuvraient au moins à le garder sous contrôle. La liberté était à l'origine du Mal — le libre arbitre. Les humains en usaient et en abusaient. Il fallait leur imposer des règles strictes, clarifier ce qui était bien et ce qui ne l'était pas, restreindre la liberté effrénée dont ils faisaient si mauvais usage.

Quant aux autres races de Krynn, gnomes, nains et kenders, Quarath songeait à les exiler dans des territoires isolés où ils ne causeraient pas de troubles ; avec le temps, ils s'éteindraient. Ce plan fonctionnait bien avec les gnomes et les nains, qui ne portaient aucun intérêt au reste de Krynn. Il en allait autrement avec les kenders, qui sillonnaient allègrement le monde en créant toutes sortes de désagréments.

Mais il ne prendrait pas de décision hâtive quant à dame Crysania. C'eût été contraire aux manières des elfes. De la patience en toute chose. D'abord observer. Il avait besoin d'informations.

Le valet qu'il avait sonné apparut.

— Que puis-je pour toi, Révéré Prêtre ?

— Porter ce mot à Fistandantilus. Il y a longtemps qu'il n'est pas venu dîner, et j'ai à lui parler.

— Fistandantilus n'est pas au temple, mon seigneur. Je venais t'en avertir.

— Il n'est pas là ?

— Non, nous supposons qu'il est parti la nuit dernière. Du moins, on ne l'a pas revu depuis. Sa chambre est vide, il a emmené ses affaires. Certains croient qu'il s'est rendu à la tour de Wayreth. On dit que les sorciers vont y tenir conseil, mais personne n'a vérifié.

— Ils se réunissent...

Quarath se tut. Wayreth était loin... Pas si loin que ça, après tout... Cataclysme... Ce mot bizarre dans la lettre. Les sorciers complotaient-ils de dévaster le monde ? Il frissonna.

— L'a-t-on fait suivre ces derniers temps ?

— Bien entendu, Révéré prêtre. Autant que possible ! Il n'a apparemment pas quitté le temple, sauf hier. On l'a vu au marché aux esclaves.

— Qu'y faisait-il ?

— Par l'intermédiaire d'un agent, il a acheté deux esclaves.

— Lesquels ?

— Ceux qui ont été accusés de violence sur la prêtresse.

— J'avais donné l'ordre de les vendre au nain ou de les envoyer aux mines.

— Barak a fait de son mieux. Le nain voulait les acquérir, mais le Mage Noir en a offert davantage. Barak n'a rien pu faire. De toute façon, le sbire du mage les a envoyés à l'Ecole...

— Bon, bon..., marmonna Quarath.

Les choses commençaient à prendre tournure. Fistandantilus avait eu l'outrecuidance d'acquérir un assassin ! Puis il avait tout simplement disparu. Il était sans aucun doute allé rapporter la chose aux sorciers. Mais en quoi un tueur pouvait-il les intéresser ? Fistandantilus aurait pu assassiner cent fois le Prêtre-Roi, s'il l'avait voulu.

Quarath eut la désagréable impression de s'embarquer sur un chemin miné.

Au bout d'un moment, le valet toussota.

— Les nouvelles que tu m'apportes rendent ta tâche plus urgente encore. Commence tout de suite. Je parlerai moi-même au nain.

Le serviteur s'inclina avant de partir. Inutile de demander qui était le nain. Il n'y en avait qu'un à Istar.

*
* *

Personne ne savait d'où venait Arac Briseroc. Jamais il ne parlait de son passé. Quand on y faisait allusion, il prenait une mine si farouche qu'on laissait promptement tomber le sujet. Plusieurs hypothèses avaient été émises. Selon la plus plausible, il aurait été exilé pour avoir commis un crime dans l'ancien royaume de Thobardin. Mais c'était oublier que l'exil était inconnu chez les nains, la peine de mort étant jugée plus humaine.

D'autres rumeurs prétendaient qu'il était un Dewar, une race de nains méchants que leurs cousins avaient pratiquement exterminés et qui vivaient leur misérable existence dans les entrailles de la terre. Qu'Arac ait un ogre pour seul ami avait fait naître cette rumeur.

Briseroc offrait l'apparence classique de sa race. Les balafres qui striaient son visage lui faisaient un rictus perpétuel. Mince et musclé, il se déplaçait avec la souplesse d'un chat.

Arac était à Istar depuis d'innombrables années. Il y était arrivé en compagnie de l'ogre Raag, pour les Jeux — du temps où ils étaient vraiment des jeux. Tous deux étaient vite devenus la coqueluche de la foule. A Istar, on racontait encore comment ils avaient vaincus Darmoork le minotaure. Tout avait commencé à cause de ce dernier, qui avait jeté le nain hors de l'arène. Furieux, Raag avait soulevé le minotaure et l'avait empalé sur le Poteau de la Liberté, au centre de la piste de sable.

Bien que le nain et l'ogre aient perdu la liberté, ils avaient conquis la gloire. Arac venait de raconter cette histoire en détail à ses deux nouveaux esclaves.

— Voilà comment je me suis forgé cette gueule, et c'est ainsi que Raag et moi nous sommes fait un nom pendant les Jeux.

— Quels jeux ? demanda Tass, qui s'empêtra dans ses chaînes et s'étala à la joie des badauds amassés sur la place du marché.

Arac eut l'air furieux.

— Enlève-lui cette ferraille, ordonna-t-il à l'ogre à peau jaune qui servait de garde. Je ne crois pas qu'il s'échappe. Tu n'abandonnerais pas ton ami, n'est-ce pas ? Ils ont dit que tu avais eu une chance de t'enfuir ; tu ne l'as pas saisie. N'oublie pas qu'avec moi, c'est impossible ! C'est la première fois que j'achète un kender, mais je n'avais pas le choix. Il fallait prendre les deux ou rien du tout. En ce qui me concerne, tu ne vaux pas un clou. Bon, quelle question stupide as-tu posée ?

— Comment vas-tu m'enlever les chaînes ? Tu as besoin d'une clé, non ? Oh !

L'ogre les prit à pleines mains et les brisa d'un coup sec.

— Caramon, tu as vu ça ? Qu'est-ce qu'il est fort ! C'est la première fois que je vois un ogre. Qu'est-ce que je disais ? Ah oui, les jeux. Quels jeux ?

— Eh bien, les Jeux ! s'écria Arac, excédé.

Tass jeta un coup d'œil à Caramon, qui secoua la tête. Apparemment, tout le monde connaissait ces jeux, sauf eux. Mieux valait ne pas éveiller la méfiance en posant trop de questions. Le kender sonda sa mémoire. Il passa en revue tous les événements précédant le Cataclysme.

— Les Jeux ! s'exclama-t-il. Caramon, les célèbres Jeux d'Istar ! Tu te rappelles ? Tu crois que c'est ce qui nous attend ? On va jouer les gladiateurs ? Se battre dans une arène avec des milliers de spectateurs, et tout et tout ! Tu imagines ! Les célèbres Jeux d'Istar ! Parce que j'ai entendu des histoires...

— Moi aussi, dit Caramon. Ecoute, le nain, tu peux oublier ton projet. J'ai déjà tué dans ma vie, mais quand il s'agissait de me défendre ou de protéger les autres. Je n'ai jamais aimé ça. Parfois, des visages me poursuivent jusque dans mon sommeil. Je ne tuerai pas pour du sport !

Tass le regarda avec un respect accru.

— Je n'y avais jamais pensé. Je crois que tu as raison, Caramon. Désolé, Arac ; nous ne pouvons nous battre pour ton compte.

Arac ricana.

— Vous vous battrez, croyez-moi. Savez-vous pourquoi ? Parce que ce sera le seul moyen de vous débarrasser du collier de fer.

Caramon secoua obstinément la tête.

— Je ne tuerai pas...

— Mais d'où sortez-vous ? Du fin fond de Sirrion ? Ils sont si arriérés que ça à Solace ? Personne ne se bat plus dans l'arène pour tuer ! soupira Arac. Hélas, c'était le bon temps ! Maintenant, tout est truqué !

— Truqué ? s'étonna Tass.

Caramon toisa le nain sans rien dire. Il ne croyait pas un mot de ce qu'il disait.

— Il n'y a plus de vrai combat dans l'arène depuis dix ans. Tout a commencé avec les elfes, gronda Arac en crachant par terre. Il y a dix ans de cela, les prêtres elfes, maudits soient-ils jusqu'à la dernière génération, ont convaincu le Prêtre-Roi de mettre fin aux Jeux. Ils les trouvaient barbares ! *Barbares !* Tous les grands gladiateurs sont partis. Danark le hobgobelin, le plus féroce combattant que j'aie jamais vu. Et Josep le Borgne. Tu te rappelles, Raag ? Il prétendait être un Chevalier de Solamnie. Il se battait toujours en armure complète. Tous partis. Il ne reste plus que Raag et moi. Nous ne saurions pas où aller — d'autre part, j'ai toujours eu l'impression que les Jeux continueraient.

Arac et Raag étaient restés à Istar. Installés dans l'arène, ils en étaient tout naturellement devenus les maîtres.

Le nain n'avait pas eu tort de parier sur une reprise des jeux. Quelques mois après l'arrêt des Jeux, les prêtres avaient remarqué que leur paisible cité n'était plus si paisible que ça. Dans les tavernes, les rixes se multipliaient, les bagarres de rues tournaient à l'émeute. Ils apprirent que les Jeux continuaient dans des lieux obscurs, à l'extérieur de la ville, où des corps mutilés furent découverts. Désespérés, les notables humains et elfes demandèrent au Prêtre-Roi de reprendre les Jeux.

« — C'est exactement un volcan dont l'éruption libère la terre des vapeurs qui l'empoisonnent, avait dit un seigneur elfe. Les Jeux sont un exutoire pour les instincts les plus bas, surtout chez les humains. »

L'argument n'était pas pour plaire aux humains, mais ils durent admettre qu'il correspondait à une réalité. Au début, le Prêtre-Roi n'avait pas voulu en entendre parler. Il détestait les conflits et la brutalité. La vie était un cadeau des dieux. Personne n'avait le droit de la profaner pour faire plaisir à une foule assoiffée de sang.

— Et c'est moi qui leur ai fourni la solution, dit Arac. Ils ne m'auraient pas accepté dans leur superbe temple. Et personne ne peut empêcher Raag de faire ce qu'il veut, quand il a une idée en tête. Ils n'avaient donc guère le choix.

« Reprenez les Jeux, leur ai-je dit. Mais sans mort d'homme. Ecoutez bien : vous avez vu les comédiens de rue qui jouent la geste de Huma, n'est-ce pas ? Vous voyez le chevalier s'effondrer sur le pavé dans une mare de sang. Quelques minutes plus tard, il vide une bière au comptoir de la taverne. J'ai fait un peu de théâtre de rue en mon temps, et... Bon, écoutez plutôt.

« J'ai fait signe à Raag de me rejoindre et je lui ai dit :

« — Donne-moi ton épée, Raag, c'est un ordre. »

« Avant qu'ils aient pu dire ouf, je la lui ai passée au travers du corps. Vous auriez dû le voir, baignant dans le sang... Il y en avait partout. Il a poussé un grand beuglement et s'est effondré en se tenant les côtes de douleur. »

« Si vous les aviez entendu brailler ! J'ai cru qu'ils allaient tous s'évanouir. Donc, juste avant qu'ils appellent les gardes pour m'arrêter, je donne un coup de pied à Raag.

« — Tu peux te relever, lui ai-je dit. »

« Ce qu'il a fait, en riant de toutes ses dents. Les elfes parlaient tous en même temps : « Extraordinaire ! Comment est-ce possible ? Cela pourrait être une solution... »

— Comment avais-tu fait, Arac ? demanda Tass, qui mourait de curiosité.

Le nain haussa les épaules.

— Cela s'apprend. Une bonne quantité de sang de poulet, une épée dont la lame rentre dans la poignée, c'est tout simple. Je le leur ai expliqué. De plus il est facile d'apprendre aux gladiateurs à feindre la douleur, même à ce vieux crétin de Raag. De toute façon, la plupart en remettent pendant les combats pour qu'ils soient plus spectaculaires aux yeux du public. Le Prêtre-Roi a souscrit à mon projet, et il m'a choisi comme chef. J'ai acquis le titre de Maître des Jeux.

— Je n'y comprends rien, dit Caramon. Tu veux dire que les gens paient pour voir des combats truqués ? Ils doivent bien se douter... Ils ont constaté...

— Bien sûr, ricana Arac. Nous n'avons jamais rien caché. Mais c'est devenu le sport le plus populaire sur Krynn. Les gens font des milliers de lieues pour assister aux Jeux. Les notables elfes y viennent parfois, et même le Prêtre-Roi. Bon, nous voilà arrivés, dit-il en s'arrêtant devant une immense arène surmontée de bannières.

Des fresques à la gloire des héros du stade constituaient le seul ornement de l'énorme masse de pierre grise.

— Tu as dit qu'on ne tuait personne, insista Caramon.

Le nain lui lança un coup d'œil qui alarma Tass. Caramon se tourna, mais l'expression d'Arac avait brusquement changé.

— Non, personne, dit le nain en souriant. Absolument personne...

CHAPITRE VI

L'ogre conduisit Tass et Caramon dans une vaste salle.

— Voilà le nouveau ! grommela Raag, pointant un doigt sur le guerrier.

Les présentations étaient faites. Honteux du collier de fer qui lui enserrait le cou, Caramon garda les yeux rivés sur le plancher. En guise de salut, un murmure s'éleva parmi les hôtes du réfectoire de l'Ecole. Une trentaine d'hommes originaires des quatre coins de Krynn étaient attablés pour dîner.

Quelques-uns levèrent la tête, d'autres continuèrent à manger. Raag sortit Caramon d'embarras en le poussant si violemment vers une table qu'il trébucha et faillit la renverser.

Foudroyant l'ogre du regard, il se releva. Raag souriait de toutes ses dents.

Je me suis laissé provoquer, songea Caramon, furieux.

Ce genre de situation s'était présentée dans les nombreuses tavernes qu'il avait fréquentées. Mais là, il ne sortirait pas victorieux du combat ; il était grand, soit, mais sa tête ne dépassait pas l'épaule de l'ogre, dont les mains faisaient deux fois les siennes.

Caramon contint sa colère et prit place sur le banc de bois. Les dîneurs, qui s'étaient avancés, friands de spectacle, retournèrent à leurs assiettes, désappointés.

Rouge de confusion, Caramon fit comme s'il n'était pas là. Il se refusa à affronter le regard de l'inconnu qui mangeait en face de lui. Tass n'avait pas ce genre d'inhibitions. Il s'assit à côté de son ami et engagea la conversation.

— Je suis Tasslehoff Racle-Pieds, dit-il en tendant la main à un grand humain à la peau noire. Moi aussi, je suis un nouveau, ajouta-t-il, vexé de ne pas avoir été présenté.

— Partenaires ?

— Oui, répondit Caramon, humant l'odeur de nourriture.

L'assiette bien garnie de son interlocuteur lui donna l'eau à la bouche.

— En tout cas, ici on ne meurt pas de faim !

L'homme avisa l'énorme ventre de Caramon et échangea un regard amusé avec sa voisine, une grande femme d'une extraordinaire beauté. Caramon se leva et esquissa une révérence.

— Serviteur, ma dame...

— Assieds-toi, grand benêt ! cria l'inconnue, dont la peau foncée se rembrunit encore. Tu vas déclencher un fou rire général !

Des gloussements se firent entendre. L'ogre dégaina son poignard et tourna un œil féroce vers la salle. Les ricanements cessèrent.

La femme piqua du nez dans son assiette, dévorant des tranches de viande avec avidité.

— Je m'excuse, je ne savais pas...

— Oublie ça, dit-elle de sa voix rauque.

Son étrange accent allait bien avec sa longue natte de cheveux vert bronze.

— Vous êtes des débutants, ça se voit, reprit-elle. Vous comprendrez vite qu'il vaut mieux me traiter comme les autres. Dans l'arène, et à l'extérieur ! Pigé ?

— Dans l'arène ? s'étonna Caramon. Es-tu gladiateur ?

— Un des meilleurs, sourit l'homme à la peau noire. Je suis Pheragas et je viens d'Ergoth du nord. Voici Kiiri la Sirène...

— Une sirène ! Qui vient du fond de la mer ? demanda Tass. Une femme qui peut changer d'apparence et...

Elle lui lança un tel regard qu'il se tut. Puis elle se tourna vers Caramon.

— Tu trouves ça drôle, esclave ? dit-elle, les yeux posés sur son collier de fer.

Caramon rougit ; Kiiri eut un petit rire moqueur. Pheragas le regarda avec pitié.

— Avec le temps, tu t'habitueras, dit-il, haussant les épaules.

— Jamais ! jura Caramon, serrant les poings.

— Tu le feras, sinon on te brisera et tu en mourras, dit froidement la femme.

Elle est si belle et si fière, que sur elle, le collier de fer est une parure, songea Caramon.

Un homme en tablier graisseux posa une assiette pleine devant le kender.

— Merci, fit poliment celui-ci.

— Ne crois pas que je vais te servir tous les jours, grogna le cuisinier. Tu rapporteras ton assiette après, comme tout le monde. Tiens, voilà la tienne, dit-il à Caramon.

— Où est mon repas ? demanda le guerrier devant l'assiette vide.

Le cuisinier déposa une écuelle devant lui.

— Qu'est-ce ? grommela Caramon en regardant le bol fumant.

— Du bouillon de poulet ! dit Tass.

— Je vois bien ce que c'est, mais je voudrais savoir ce que signifie cette plaisanterie. Parce qu'elle n'est pas drôle, ajouta-t-il en voyant sourire Kiiri et Pheragas.

Il se tourna et agrippa le cuisinier par le tablier.

— Enlève-moi cette eau de vaisselle et apporte-moi à manger !

Avec une habileté surprenante, l'homme tordit le bras de Caramon, puis le coiffa de l'écuelle de bouillon.

— Mange ! grogna-t-il. Tu as intérêt à aimer ça, parce que tu ne verras pas passer grand-chose d'autre pendant un mois !

Le visage de Tass s'illumina. Tout le monde s'était arrêté et attendait la bagarre.

Dégoulinant de soupe, Caramon blêmit. Ses yeux lancèrent des éclairs.

Le cuisinier le regardait d'un air hargneux, les poings serrés. Tass attendit le choc.

Caramon leva la main, enleva le bol qu'il avait sur la tête et s'essuya.

Avec un grognement de mépris, le cuisinier s'éloigna.

Tass poussa un soupir. Ce n'était plus le vrai Caramon, celui qui tuait les draconiens en cognant leurs têtes les unes contre les autres. Du coin de l'œil, il observa son ami. Le cœur lourd, il ravala la plaisanterie qu'il avait sur le bout de la langue.

Il vit Kiiri et l'homme à la peau noire échanger un

regard. La femme allait dire quelque chose mais se ravisa, piquant du nez dans son assiette. Accompagné de deux gaillards solidement bâtis, Raag inspecta les rangs.

Quand il fut la hauteur de Caramon, Raag lui flanqua une bourrade dans le dos.

Lentement, le guerrier se tourna. Son expression le rendait méconnaissable.

— Que veux-tu ? demanda-t-il d'une voix sourde, que Tass connaissait bien.

— Suis-moi, répondit Raag.

— Je mange.

Les deux costauds l'empoignèrent et le tirèrent. Tass remarqua dans l'œil du guerrier une lueur qu'il n'avait plus vue depuis longtemps. Cramoisi, il décocha un coup de poing à l'un des hommes, qui esquiva facilement. L'autre ricana et le frappa dans le ventre. Caramon tomba à quatre pattes. Les deux gaillards le remirent debout et le traînèrent hors de la salle.

— Attendez ! Où l'emmenez-vous... ? s'écria Tass.

Une poigne ferme l'arrêta.

Kiiri secoua la tête d'un air sévère.

— Mais que vont-ils faire de lui ?

— Finis ton repas !

— Je n'ai pas faim, dit Tass, songeant au coup d'œil matois que le nain avait lancé à Caramon.

L'homme à la peau noire sourit au kender.

— Ne te tracasse pas, dit-il, lui tendant la main, je vais te montrer ta chambre. Nous sommes tous passés par là. Ton ami s'en sortira très bien... quand ce sera fini !

— Quand ce sera fini ! ricana Kiiri.

*
* *

Etendu sur son lit, Tass contemplait la pièce qu'il partageait avec Caramon. Elle ressemblait davantage à une cellule de prison qu'à une chambre. Kiiri lui avait dit que tous les gladiateurs avaient la même.

« — Elles sont propres et bien chauffées. Tout le monde ne peut pas en dire autant. De toute façon, si nous vivions dans le luxe, nous nous ramollirions. »

De ce côté-là, il n'y avait pas de danger, songea Tass devant les murs de pierre nue, le sol jonché de paille, la table et deux coffres qui composaient tout le mobilier. Une lucarne laissait filtrer les rayons du soleil. Le kender aurait aimé partir en reconnaissance, mais pas sans Caramon.

Une porte s'ouvrit. Tass sauta du lit avec entrain. Un esclave déposa un sac et claqua la porte. A cette vue, le kender eut un coup au cœur. C'était les affaires de Caramon ! Tout ce qu'il portait sur lui, y compris ses vêtements ! Il les examina fébrilement. Pas la moindre tache de sang. Tout semblait en ordre... Dans la poche intérieure de la veste, il sentit quelque chose de dur sous ses doigts.

Le dispositif magique de Par-Salian ! Comment se faisait-il qu'ils ne l'avaient pas trouvé ? *Quel merveilleux bijou,* songea-t-il, le tournant dans tous les sens. Il avait l'air inoffensif, mais c'était un objet magique qu'il avait vu se transformer sous ses yeux ! Sans doute avait-il le pouvoir de disparaître quand il ne voulait pas être découvert.

A force de le palper et de le contempler, brillant au soleil, Tass eut une envie folle de le garder. Sans réfléchir, il se leva pour aller chercher sa besace, puis se ravisa.

Tasslehoff Racle-Pieds, souffla une voix qui ressemblait étrangement à celle de Flint, *il s'agit de choses sérieuses. C'est le moyen de retourner à la maison. Le grand Par-Salian en personne l'a donné à Caramon au cours d'une cérémonie. Il est au guerrier. Tu n'as aucun droit sur ce bijou !*

Tass frissonna. Pareilles pensées ne lui avaient jamais traversé l'esprit. Il considéra l'objet avec méfiance. C'était peut-être lui qui lui mettait ces idées-là dans la tête ! Il fallait qu'il s'en débarrasse !

En hâte, il courut vers un des coffres et y déposa la pierre. Après l'avoir verrouillé, il fourra la clé dans la poche de sa veste.

Encore plus abattu, il retourna sur son lit.

Le soleil allait disparaître et l'anxiété du kender atteignait son comble quand il entendit du bruit. La porte s'ouvrit à la volée.

— Caramon ! s'exclama Tass, horrifié.

Deux hommes jetèrent le guerrier sur son lit, puis partirent sans un mot. Leur victime gémissait à fendre l'âme.

Tass prit la cruche d'eau et lui versa à boire.

— Qu'est-ce qu'ils t'ont fait ? demanda-t-il, lui humectant les lèvres.

Il n'y avait ni plaie, ni bosses, pas plus de taches de sang que de traces de fouet sur le corps du guerrier, mais il avait subi des tortures, c'était évident. Le malheureux souffrait le martyre. Les yeux révulsés, il transpirait à grosses gouttes, secoué par des spasmes qui lui arrachaient des cris de douleur.

— Ils t'ont... écartelé ? Passé à la roue ?

Caramon marmonna quelque chose.

— Quoi ? Qu'est-ce que tu as dit ? Jimna quoi ? Je n'ai pas saisi. Je ne connais pas de torture de ce nom-là... Je me demande ce que tu veux dire.

Caramon répéta le mot.

— Jimna... Jimna... Gymnastique ! s'écria triomphalement le kender. La gymnastique ? Mais ce n'est pas une torture !

Caramon poussa un grognement.

— De simples exercices physiques, gros bébé ! Sais-tu que je me faisais un souci du diable, imaginant le pire, pendant que toi, tu faisais de la gymnastique !

Caramon se hissa péniblement à hauteur du kender et le prit au collet. Les yeux dans les yeux, il lui déclara d'un air farouche :

— Ecoute, Tass, j'ai été capturé par des gobelins qui m'ont lié à un arbre et ont passé la nuit à me tourmenter. J'ai été blessé par les draconiens à Xak Tsaroth. Des bébés dragons se sont fait les dents sur mes bottes à Neraka. Mais je peux te jurer que je n'ai jamais autant souffert de ma vie ! Laisse-moi tranquille, je veux mourir en paix.

Il se laissa retomber et ferma les yeux. Contenant son hilarité, Tass regagna le sien.

— Il croit avoir mal, mais il verra demain !

*

* *

A Istar, c'était la fin de l'été. L'automne s'annonçait magnifique. L'entraînement qu'avait subi Caramon ne l'avait pas tué, bien qu'il eût pensé souvent que la mort eût été préférable. Tass avait plusieurs fois eu l'occasion de distraire de ses tourments ce gros enfant gâté. Une nuit, il fut réveillé par des sanglots.

— Caramon ? dit le kender, à moitié endormi. (Pas de réponse.) Que se passe-t-il ? Tu as fait un cauchemar ? demanda le kender, inquiet.

Il sauta du lit. Debout sur les dalles froides, il distingua le visage de Caramon dans la pénombre.

— A propos de Tika ? Non. De Raistlin, alors ? Non. Tu as rêvé...

— D'un beignet ! hoqueta Caramon.

— Quoi ? s'écria Tass, ébahi.

— Un beignet ! Oh ! Tass, j'ai tellement faim ! J'ai rêvé d'un beignet comme ceux que Tika prépare, couverts de miel et de noisettes croustillantes...

Ecœuré, Tass lui jeta un soulier à la figure et retourna s'allonger.

Après deux mois d'entraînement, Caramon avait perdu ses bourrelets de graisse et durci ses muscles. Redevenu vif et alerte, son corps était purgé des poisons de l'alcool — et bronzé. Le nain ayant décidé de lui laisser les cheveux longs, à la mode d'Istar, ses boucles brunes cascadaient le long de son dos.

Il était devenu un guerrier hors pair, entraîné aux méthodes de lutte les plus diverses. Les combats quotidiens avec les gladiateurs lui avaient beaucoup servi.

Un jour, tout fier de sa nouvelle habileté, il avait combattu contre Kiiri. En deux temps et trois mouvements, il s'était retrouvé sur le dos, mortifié de sa cuisante défaite. Par bonheur, Pheragas lui avait jeté une épée et l'avait protégé de son bouclier.

Mais Caramon apprenait vite. Bientôt ce fut lui qui mit Kiiri hors de combat et Pheragas se retrouva pris dans son propre filet, cloué au sol par son trident.

Malgré le collier de fer dont il souffrait à tous égards, Caramon était plus heureux qu'il ne l'avait été depuis longtemps. Il avait toujours aimé la vie militaire, car il préférait qu'on lui dise ce qu'il avait à faire. Son seul problème était de jouer la comédie quand il se battait.

Loyal et toujours prêt à reconnaître ses défauts, il n'arrivait pas à mimer la défaite. Cette phase de l'entraînement le rendait malade. Il fallait apprendre à se laisser tomber sur le dos en poussant des gémissements à fendre l'âme, blessé à mort par une lame escamotable qu'un gladiateur vous avait plongé dans le ventre.

— Non, non, et non ! Quel imbécile ! hurlait Arac en permanence.

Un jour, le nain bondit sur lui et lui flanqua un grand coup de poing dans la figure.

Caramon brailla sous l'effet de la douleur.

Arac rayonna.

— Voilà ! triompha-t-il. Rappelle-toi que c'est comme ça qu'il faut crier. Le public aime ça.

Mais au pied du mur, Caramon continuait à se désoler. « On dirait une fille à qui on pince les fesses », commenta Arac, désespéré. Finalement, il eut une idée.

Elle lui vint un après-midi qu'il assistait à l'entraînement des gladiateurs en présence de quelques personnes. Il admettait parfois un public restreint, car c'était bon pour les affaires. Ce jour-là, il accueillait un notable ayant fait exprès le voyage de Solamnie, en compagnie de ses deux filles, qui n'avaient d'yeux que pour Caramon.

— C'est un nouveau, commenta Arac, il vient de finir son entraînement.

Le nain remarqua l'admiration que les jeunesses portaient à Caramon, qui croisait le fer avec Pheragas. Il réalisa soudain que le bougre était fort beau garçon.

— Je veux qu'il gagne, dit une jeune fille. Je ne pourrai pas supporter qu'il perde !

— Il gagnera, dit l'autre. Il est de la race des vainqueurs !

— Mais bien sûr ! Voilà la solution de mes problèmes ! s'exclama le nain devant la famille ébahie. Le Victorieux ! C'est comme ça que je le vendrai. Voué à la victoire, il s'ôtera la vie s'il est vaincu !

— Ah non ! Ne dis pas ça ! s'écrièrent les jeunes filles en choeur.

— Mais c'est vrai, dit le nain, se frottant les mains.

Le soir, il confia sa trouvaille à Raag.

— Ils viendront des quatres coins de Krynn, espérant être présents le jour où il sera vaincu. Bien entendu, il ne le sera pas avant un bon bout de temps. Il deviendra une idole, un bourreau des cœurs... Je vois ça d'ici. Et j'ai justement le costume...

Entre-temps, Tass avait pris goût à la vie dans l'arène. Profondément blessé de ne pas avoir été admis comme gladiateur (il se voyait déjà marcher sur les traces de Kronin Brisenœud, le héros du Kendermore) il avait sombré dans l'ennui. Il en fut sorti par un minotaure, furieux de l'avoir découvert dans sa chambre.

Les minotaures s'étaient énervés. Combattant dans l'arène par amour du sport, ils s'estimaient supérieurs, et vivaient en marge. Leurs quartiers constituaient un territoire inviolable.

Traînant le kender devant Arac, l'offensé réclama qu'on l'écorche vif et qu'on lui donne son sang à boire. Arac n'y voyait pas d'inconvénient, mais il se souvint de la conversation qu'il avait eue avec Quarath après l'acquisition des deux esclaves.

Pour une raison quelconque, les autorités tenaient à la sécurité de ces deux hommes. Il ne pouvait donc pas accéder à la demande du minotaure, qu'il dédommagea avec un sanglier.

Arac prit le kender à part, lui flanqua quelques gifles retentissantes et lui donna la permission de quitter l'arène pour explorer la ville s'il promettait de rentrer avant la nuit.

Tass, qui n'avait pas attendu ça pour le faire, rapporta à Arac de menus objets pour le remercier. Touché, le nain substitua la baguette au fouet quand il fallait punir le kender.

Ainsi Tass allait et venait à sa guise dans Istar. Un jour, il entra dans le temple.

Pris entre son entraînement et son régime, Caramon n'avait pas perdu de vue son but initial. Il avait reçu un message froid et concis de dame Crysania. Elle allait bien, mais il n'en savait pas plus long. Raistlin ne s'était pas manifesté non plus.

Passant sa vie dans l'arène, il désespérait de retrouver son frère et Fistandantilus. Mais Tass était là ; il pouvait se glisser partout. Les gens traitaient les kenders comme des enfants dont on ignore la présence. Tass savait se fondre dans le décor ou disparaître au bon moment derrière une tenture.

Le temple était un lieu si fréquenté que le kender y passait facilement inaperçu. De plus, des esclaves et des prêtres kenders y travaillaient.

Comme Caramon lui avait interdit d'adresser la parole à quiconque, de crainte qu'il ne se trahisse, Tass se contentait de fourrer son nez partout et de glaner des informations.

— J'ai vu Crysania, raconta-t-il à Caramon un soir après le dîner.

— Comment est-elle ?

— Je n'en sais rien. Elle semble aller bien, je dirai. Du moins, elle ne paraît pas malade. Mais elle n'a pas l'air heureuse non plus. Elle est pâlichonne. Quand je lui ai parlé, elle m'a tout simplement ignoré. Je crois qu'elle ne m'a pas reconnu.

— Essaye de savoir s'il y a quelque chose qui cloche. Elle voulait voir Raistlin, souviens-toi. Il y a peut-être un rapport...

— D'accord, répondit le kender.

— A propos de Raistlin, tu n'as rien appris aujourd'hui non plus ?

Tass secoua la tête.

— J'ai demandé partout. Fistandantilus a des apprentis qui vont et viennent. Mais on n'en a vu aucun correspondant à la description de Raistlin. Pourtant, une personne à la peau dorée et aux yeux en forme de sabliers, ça se remarque. Je découvrirai bientôt quelque chose. Fistandantilus est de retour, à ce qu'on dit.

— Il est revenu ? cria Caramon.

— Oui. Je ne l'ai pas vu mais certains prêtres ont parlé de lui. Je crois qu'il est réapparu dans la salle d'audience du Prêtre-Roi, la nuit dernière. Une arrivée très théâtrale.

— Ouais..., grogna Caramon.

Il se tut. Tass bâilla. Soudain Caramon lança :

— C'est notre chance.

— Notre chance de quoi ? balbutia le kender.

— Notre chance de tuer Fistandantilus.

CHAPITRE VII

La déclaration péremptoire de Caramon fit au kender l'effet d'une piqûre.

— Un assassinat ! Je crois que tu ferais bien d'y réfléchir, Caramon, balbutia Tass. Je veux dire... voyons les choses sous un autre angle. Ce Fistandantilus est un sacré bonhomme, un magicien de talent ! Meilleur que Raistlin et Par-Salian réunis, à ce qu'ils disent. Tu ne peux te débarrasser purement et simplement d'un type comme ça. Surtout que tu n'as jamais assassiné personne avant ! Je veux dire que tu manques de pratique et que...

— Il doit parfois dormir, non ? coupa Caramon.

— Je suppose. Tout le monde a besoin de sommeil, même les magiciens...

— Surtout les magiciens. Te rappelles-tu comme Raistlin était fatigué après un sort ? Ce doit être la même chose pour les autres, même les grands. C'est pour cette raison qu'ils ont perdu la Dernière Bataille. Il fallait qu'ils se reposent. Et puis cesse de dire « nous ». Tu ne viens pas avec moi. Localise sa chambre, et renseigne-toi sur ses habitudes.

— Caramon, es-tu sûr que ce soit juste ? Je sais que

les mages t'ont envoyé dans le passé pour ça. Du moins je le crois. Tout était tellement embrouillé à la fin... Je sais que ce Fistandantilus est une personne malfaisante, qu'il porte la robe noire et tout, mais est-ce une raison de le tuer ? Cela nous rendra aussi malfaisants que lui, non ?

— Ça m'est égal. Il y va de la vie de Raistlin. C'est Fistandantilus ou lui. Si je tue le sorcier, il ne pourra plus se projeter dans notre présent pour atteindre Raistlin. Je pourrai le libérer de la maladie, Tass, et il redeviendra ce qu'il était ! Dès que j'aurai brisé l'emprise de ce sorcier, il sera comme avant ! Mon petit frère que j'aimais. Il pourrait revenir vivre avec nous.

— Et Tika ? Qu'en dira-t-elle ?

La colère fit briller les yeux de Caramon.

— Je te l'ai déjà dit, ne me parle plus d'elle !

— Mais Caramon...

— Tass, je t'ai prévenu !

Le kender sentit qu'il était allé trop loin.

— Ecoute, Tass, je te l'explique une fois pour toutes. Elle a eu raison de me jeter dehors, je m'en rends compte maintenant, même si j'ai cru que je ne lui pardonnerais jamais. Je l'avais prévenue que Raistlin passerait toujours en premier, et qu'elle pouvait chercher un homme qui lui soit entièrement dévoué. Au début, quand Raistlin est parti, j'ai cru pouvoir être cet homme. Je me suis trompé. Maintenant, il ne me reste rien d'autre à faire, tu comprends ? Je ne veux pas penser à Tika ! Elle est en travers de mon chemin...

— Mais elle t'aime tant ! s'écria Tass.

Caramon s'emporta :

— Très bien, Tass, dit-il d'une voix d'outre-tombe,

disons-nous adieu. Demande au nain une autre chambre, je ne voudrais pas que tu aies des ennuis...

— Caramon ! Je n'ai jamais dit que je ne voulais pas t'aider ! Tu as besoin de moi ! protesta le kender.

— Oui, c'est vrai. Pardonne-moi. Mais ne me parle plus de Tika, d'accord ?

— D'accord.

Il répondit au sourire de Caramon, mais le cœur n'y était pas. Jamais depuis la mort de Flint, il n'avait eu le moral aussi bas.

Flint ne serait pas d'accord, lui, c'est certain, songea-t-il. *Je l'entends d'ici : Ce crétin de kender, dirait-il. Assassiner des magiciens ! Cesse d'emberlificoter le monde et fiche la paix aux gens qui ne t'ont rien demandé !*

Encore plus déprimé, il songea à Tanis.

J'imagine ce qu'il dirait, lui ! Mais si seulement il y avait quelqu'un pour nous aider ! Caramon se trompe, je le sais, mais qu'y puis-je ? Il faut bien que je l'aide. C'est mon ami. Et sans moi, il s'attirera tous les ennuis possibles !

*

* *

Le lendemain, Caramon prit part aux Jeux pour la première fois. Tôt le matin, Tass avait été faire une visite au temple, pour être de retour avant l'après-midi, quand auraient lieu les combats. Assis sur son lit, les jambes pendantes, il raconta son excursion à Caramon qui faisait les cent pas dans la chambre.

— Tu avais raison, Fistandantilus a besoin d'une grande quantité de sommeil ! Il se couche tôt et dort comme une souche jusqu'au matin.

« Les gardes ? Pas un seul. Il ne ferme même pas sa chambre. Le temple est un lieu sacré ; chacun doit faire confiance aux autres, car personne ne verrouille sa porte. Tu sais, j'ai toujours détesté les serrures, mais la vie sans elles serait très ennuyeuse. Bref, Fistandantilus n'a pas d'attirail de magie dans sa chambre. Je crois qu'il ne fait qu'y dormir. De toute façon, comme il est le seul malfaisant de la cour, il ne craint personne ! »

Il songea soudain que Caramon et lui allaient s'attaquer à un personnage de cette envergure. L'idée le mit mal à l'aise.

— Ecoute, Caramon, je ne crois pas t'être utile. Les kenders ne sont pas formidables, surtout en ce qui concerne les objets des autres, mais ils n'ont jamais assassiné personne. Et j'ai pensé à Flint et... à Sturm. Tu sais qu'il ne t'approuverait pas ! C'était un homme d'honneur. Ce n'est pas bien, Caramon, nous allons faire autant de mal que Fistandantilus ! Ou peut-être pire.

Le guerrier n'eut pas le temps de répondre. Arac entra sans prévenir.

— Comment ça va, mon gaillard ? Tu as changé depuis que tu es ici, n'est-ce pas ? dit-il, lui tâtant les biceps d'un air admiratif.

Sans crier gare, le nain lui envoya son poing dans l'estomac.

— Dur comme de l'acier ! dit-il en riant.

Caramon le toisa d'un air écœuré et soupira.

— Où est mon costume ? C'est bientôt l'heure !

Arac lui tendit un sac.

— Là-dedans ! Ne t'inquiète pas, il ne te faudra guère de temps pour le mettre.

Caramon ouvrit le sac.

— Où est le reste ? demanda-t-il à Pheragas, qui venait d'entrer.

— C'est tout ce qu'il y a ! Je t'avais dit que tu ne serais pas long à t'habiller !

Caramon vira au pourpre.

— Je ne vais pas m'exhiber avec ça ! Tu as dit qu'il y aurait des femmes dans l'arène...

— Elles adorent les muscles bronzés ! lança Arac. Enfile-le, grand imbécile ! Pourquoi crois-tu qu'ils payent ? Pour contempler des danseuses ? Non, pour voir ruisseler le sang sur des corps brillant de sueur. Plus il y a de chair musclée, de sueur, de sang, de vrai sang, mieux c'est !

— De vrai sang ? répliqua Caramon. Qu'est-ce que tu veux dire ? Je croyais que...

— Bah ! Veille à ce qu'il soit prêt, Pheragas, et pendant que tu y es, explique les réalités de la vie à cet enfant gâté. Il est temps de grandir, Caramon, ma petite poupée !

Sur un rire gras, le nain quitta la pièce. Pheragas, habituellement d'humeur joviale, arborait aujourd'hui un masque morose. Il évita le regard de Caramon.

— Que voulait-il dire par « du vrai sang » ? demanda Caramon.

— Tiens, enfile ça, je vais t'aider pour les agrafes, répondit Pheragas. Tu prendras vite l'habitude. C'est un ornement, destiné à casser facilement.

— C'est en or, fit remarquer Caramon. Un couteau entre plus aisément là-dedans que dans du beurre ! Et ces fioritures sauteront au premier coup d'épée !

— Ouais, fit Pheragas avec un rire forcé, autant y aller tout nu.

Caramon tira du sac un casque baroque et un pagne de cuir à peu près décent. Les deux hommes revêtirent leur costume. Tass, qui les regardait de dos, rougit en voyant son compagnon aussi peu vêtu.

Pharagas se dirigea vers la porte. Caramon l'arrêta.

— Tu ferais bien de m'expliquer, mon ami. Si tu l'es encore.

— J'ai pensé que tu avais compris. Nous combattrons avec des armes réelles. Les lames sont escamotables, mais si tu es blessé, le sang coulera pour de bon.

— Tu veux dire que les plaies seront vraies ? Que je vais faire du mal aux autres ? A Kiiri, à Rolf ou au Barbare ? Que caches-tu encore ?

— D'où crois-tu que viennent ces cicatrices ? D'avoir joué aux billes ? Ecoute, un jour tu comprendras. Ce n'est pas le moment des explications. Fais confiance à Kiiri... et à moi. Et garde l'œil sur les minotaures. Ils se battent pour eux-mêmes, non pour des maîtres ou des patrons. Ils ne doivent rien à personne. Ils respectent les règles, sinon le Prêtre-Roi les renverrait à Mithas. Mais ce sont les favoris du public, qui aime les voir faire couler le sang. Et ils rendent coup pour coup.

— Fiche le camp ! grogna Caramon.

— Ecoute, l'ami, dit Pheragas d'un ton grave, ces cicatrices sont des médailles comme les éperons que gagne un chevalier dans un tournoi ! C'est le seul honneur qu'on puisse tirer d'un spectacle aussi frelaté ! L'arène a son code, ses propres lois, Caramon, et ils n'ont rien à voir avec ceux des notables et des chevaliers qui viennent voir souffrir leurs esclaves parce que ça les amuse ! Ils ont leurs règles, nous avons les nôtres ! C'est ce qui nous maintient en vie.

Les yeux sur le plancher, Caramon refusa obstinément d'entendre.

— Tu as cinq minutes pour te préparer, dit Pheragas en claquant la porte.

Tass ne fit aucun commentaire. Il valait mieux se taire.

Kiiri, Pheragas et Caramon bavardaient dans le couloir avant de faire leur entrée dans l'arène. Rolf, le Barbare et le Minotaure Rouge faisaient partie du groupe. Chacun ressentait la tension qui précède le combat.

— Arac nous a appelés, dit Kiiri.

Le nain avait décidé qu'ils lutteraient l'un contre l'autre, puisqu'ils s'entendaient bien.

En entrant dans l'arène, le premier choc fut le bruit. Du regard, Caramon fit le tour des gradins pleins à craquer. Des milliers de personnes criaient et tapaient du pied, agitant des bannières multicolores. Le guerrier fut ébloui ; la tête lui tournait.

La main fraîche de Kiiri se posa sur son bras. Il se tourna vers elle et sourit. Tous ses camarades étaient là. Il se sentit mieux.

S'il manquait un enchaînement, il serait un objet de risée, mais surtout, il blesserait un homme. Il comprit pourquoi Kiiri avait tant tenu à régler ses combats à l'épée.

Sur quatre plates-formes édifiées dans l'arène, les flammes crépitaient, l'huile bouillonnait et les charbons rougeoyaient. Ces estrades étaient reliées par des passerelles. Les gens adoraient voir les gladiateurs tirés du bas de l'arène et projetés sur les passerelles.

La foule trépigna quand le Barbare qui tenait Rolf par les chevilles le balança au-dessus de l'huile bouillante. Ayant vu répéter l'exercice, Caramon s'amusait avec Kiiri de l'expression terrifiée de Rolf. Le gladiateur se libéra comme convenu, flanquant un grand coup de poing dans la figure du Barbare.

Au centre de l'arène se dressait le Poteau de la

Liberté, une œuvre d'art qui semblait incongrue en ces lieux. A son sommet se trouvait une clé qui ouvrait les colliers de fer. Il suffit à Caramon d'y jeter un coup d'œil pour sentir tout le poids de sa servitude. La liberté... Comme elle lui manquait !

A la fin de chaque année, tout esclave qui s'était illustré pendant les Jeux pouvait se battre pour gagner le droit de grimper au Poteau de la Liberté et prendre la clé. Caramon n'y avait jamais pensé, mais il réalisait à présent qu'il avait un nouveau but. Avec un hurlement sauvage, il brandit son épée vers le ciel pour saluer la foule.

Il se détendit vite. Il appréciait les applaudissements et sentait à peine les égratignures. Pheragas avait eu raison de ne pas lui en parler, songea-t-il. Il avait fait toute une histoire pour rien.

— Ils t'apprécient ! dit Kiiri entre deux joutes. Ils ont raison. Je me réjouis de notre prochain corps à corps !

A la vue de Caramon écarlate, elle éclata de rire. Mais son admiration pour lui était réelle. Il n'avait jamais remarqué sa féminité. Aujourd'hui, peut-être à cause du costume aguichant qu'elle portait, il la trouvait particulièrement séduisante. Son sang bouillonna dans ses veines.

Il détourna les yeux. Ses yeux se posèrent sur les spectatrices qui tentaient d'attirer son attention.

— C'est à toi, dit Kiiri.

Caramon sourit au Barbare, qui avança dans l'arène. Tous deux allaient faire un numéro qu'ils maîtrisaient à la perfection.

Ils commencèrent à s'affronter en grondant. Caramon frappa avec son épée escamotable ; la barbare esquiva et l'envoya rouler par terre. Un murmure houleux parcourut le public. Les femmes poussèrent des soupirs anxieux, puis des acclamations s'élevèrent. Le Barbare, un vétéran, était le favori du combat.

Il darda un javelot sur son adversaire. Les femmes hurlèrent de terreur. A la dernière seconde, Caramon roula de côté et, attrapant le Barbare par le pied, le jeta dans la poussière.

Il y eut un tonnerre d'applaudissements.

Le Barbare se fendit devant Caramon, qui sortit son poignard à lame escamotable. C'était le final de la joute. Esquivant le javelot, Caramon lui enfonça sa lame dans le ventre, où se trouvait le sachet de sang de poulet.

Le sang gicla abondamment sur les deux combattants. Caramon chercha le regard de son comparse pour savourer leur victoire.

Quelque chose clochait.

Le Barbare avait les yeux exorbités de surprise et de douleur. L'homme tituba et tomba, ce qui n'était pas prévu. Le cri non plus. Caramon se pencha pour le retenir. Le sang qu'il avait sous les doigts était chaud !

Il retira l'arme du corps. La lame n'était pas rétractable !

— Caramon..., hoqueta le blessé.

Le sang jaillit de sa bouche.

Le public tapait des pieds. On n'avait plus vu de tels trucages depuis bien longtemps !

— Barbare ! Je ne savais pas ! Je te le jure !

Pheragas et Kiiri se précipitèrent vers le mourant.

— Continue de jouer ! ordonna-t-elle.

Caramon faillit se jeter sur la jeune femme, mais Pheragas le retint.

— Fais-le, car ta vie en dépend, celle de ton ami aussi.

Mais qu'est-ce qu'ils racontaient ? Il venait de *tuer* un ami !

Caramon repoussa Pheragas et s'agenouilla devant le Barbare. Il entendit crier la foule et sentit qu'elle adorait la scène. Le Victorieux payait son tribut au vaincu.

— Pardonne-moi, dit-il au Barbare.

— Tu n'y peux rien, murmura l'autre. Ne te fais pas de reproche.

— Sors-le de l'arène, siffla Pheragas, et en beauté, comme à l'exercice. Compris ?

Caramon acquiesça. « Ta vie et celle de ton ami... »

Je suis un guerrier. J'ai déjà tué. Ce n'est pas nouveau. Obéir aux ordres, j'y suis habitué. Obéir. Après je trouverai une solution...

Avec Kiiri et Pheragas, il souleva le Barbare. Tous quatre saluèrent ; la foule les acclama. Puis les trois camarades l'emmenèrent hors de l'arène.

Caramon resta penché sur le corps étendu sur le sol. Quand il se releva, il brandit le poignard sous les yeux de Pheragas.

— C'est un accident ! protesta l'homme à la peau noire.

— Une vraie lame ! cria Caramon. Maintenant tu vas me dire ce que ça signifie !

— C'est un accident, abruti ! dit la voix du nain, derrière lui. C'est moi qui te dis que c'est un accident ! Laisse Pheragas retourner dans l'arène avec Kiiri. Vous êtes les vainqueurs !

Caramon lâcha le poignard. Kiiri le regarda avec sympathie ; Pheragas lança un coup d'œil venimeux au nain.

— Tu avais dit que personne ne serait tué ! s'étrangla Caramon, hors de lui.

— C'est un accident, et il en arrive beaucoup. Surtout quand les gens ne font pas attention. Cela pourrait t'arriver, à toi aussi. Ou à ton ami. Le Barbare a manqué de prudence. Ou plutôt, son maître n'a pas été assez vigilant.

Les yeux de Caramon s'arrondirent d'horreur.

— Ah ! je vois que tu commences à comprendre...

— Cet homme est mort parce que son maître s'est mis en travers du chemin de quelqu'un...

— Exactement. Raffiné, non ? Ce n'est plus comme dans le temps. Personne ne saura rien, sauf l'intéressé, bien sûr. Je l'ai vu cet après-midi. Il a compris dès que tu as frappé le Barbare. C'est comme si tu avais passé la lame au travers de son corps. Il a capté le message.

— C'était donc un avertissement ? Qui est son maître ?

Arac hésita. Il calcula ce que lui rapporterait de parler, puis de se taire. Finalement, il attira Caramon vers lui et lui chuchota un nom à l'oreille.

Caramon resta pantois.

— Un Révéré Prêtre, de haut rang ! ajouta Arac. Numéro deux après le Prêtre-Roi. Mais il s'est fait un redoutable ennemi... Bon, rentre en scène, et prends un arc. C'est ce qu'ils attendent. Tu es un gagneur !

— Et lui ? fit Caramon en regardant le Barbare. Il ne s'en remettra pas. Personne ne s'étonnera ?

— Cela arrive tout le temps. Nous dirons qu'il a repris sa liberté et s'est retiré de l'arène.

— C'est pourquoi tu m'as désigné pour le tuer ! Maintenant, tu me tiens ! Tu sais que je ne parlerai pas...

— Je le savais avant. Disons que cela me donne un petit quelque chose en plus. Le public adore ça. Vois-tu, c'est ton maître qui a envoyé l'avertissement ! J'espère qu'il aura apprécié de voir son esclave faire le travail. Bien sûr, te voilà en danger. Il faudra venger la mort du Barbare. Mais cela fera marcher les affaires, dès que la nouvelle se répandra.

— Mon maître ! s'écria Caramon. Mais c'est toi qui m'as acheté !

— J'étais un intermédiaire, ricana Arac. Je me doutais bien que tu l'ignorais !

— Mais où est mon...

Caramon n'entendit plus sa propre voix ni la réponse du nain. Submergé par une vague rouge, il suffoqua. Ses jambes ne lui obéirent plus.

Un moment plus tard, il revint à lui. Il était couché sur le sol, la tête sur les genoux de l'ogre. Il se redressa ; le malaise était passé.

— On ne peut plus le laisser combattre dans ces conditions, dit Arac. On dirait un poisson échoué sur le sable. Emmène-le.

— Non, dit une petite voix dans l'ombre, je m'occupe de lui.

Arac hésita, puis sortit en grognant quelque chose.

Tass se pencha sur Caramon et lui prit la main. Il suivit le regard du guerrier, posé sur le corps inanimé. Sa gorge se serra. Incapable de proférer une parole, il tapota le bras de son ami.

— As-tu découvert quelque chose ? demanda Caramon.

— Oui, murmura Tass. Fistandantilus !

— Il a tout manigancé de longue date, soupira Caramon. Voilà comment il se débarrassera de nous. De cette façon, il n'aura pas à se salir les mains. Il suffit de laisser ce prêtre...

— Quarath.

— Oui, de laisser ce Quarath nous tuer. Raistlin ne le soupçonnera jamais. Et à chaque nouveau combat, je me demanderai : et-ce un vrai poignard ? Tass, tu es en danger, d'après ce que dit le nain. Je ne peux m'échapper, mais toi, oui ! Il faut que tu fiches le camp d'ici !

— Et où irai-je ? Où que je fuie, il me trouvera, Caramon. C'est le plus puissant des magiciens qui aient jamais existé.

Tass vit quelque chose briller dans la pénombre. Reconnaissant l'objet, il alla le chercher.

— Je sais comment pénétrer dans le temple, dit-il d'une voix qui se voulait ferme.

Il tendit à Caramon le poignard souillé de sang.

CHAPITRE VIII

Solinari baignait le temple du Prêtre-Roi de sa lumière d'argent. Sa sœur jumelle, Lunitari la rouge, la rattraperait plus tard dans le ciel. Quant à la lune noire, la seule personne capable de la voir venait d'enlever sa robe pour se mettre au lit et s'abandonner à un sommeil nécessaire.

C'était à peu près le tableau que s'imaginait Caramon, en déambulant dans les rues d'Istar en compagnie de Tass. La ville était remplie de joyeux fêtards venus pour les Jeux. Des groupes de femmes, reconnaissant le nouveau gladiateur, lui jetaient à la dérobée des coups d'œil admiratifs.

— Pourquoi crois-tu que je t'aie fait garder ce costume ? dit Tass.

Il avait exigé qu'il porte la cape de soie dorée et le casque de gladiateur. A première vue, ce n'était pas une tenue adéquate pour escalader des murs ni pour passer inaperçu, mais Tass était resté ferme. Soit Caramon faisait ce qu'il lui demandait, soit il se passerait de lui.

Le guerrier avait donc mis la cape dorée par-dessus sa tunique et son pantalon de cuir, dans lequel il avait glissé le poignard. Il était mal à l'aise dans la foule, mais Tass, imperturbable, poursuivait son chemin. Ils arrivèrent devant le temple.

— Attends une minute ! dit Caramon, le tirant dans l'ombre. Quel est ton plan pour entrer ?

— Par la porte, répondit Tass.

— L'entrée principale ? Tu as perdu la tête ! Et les gardes ? Ils nous arrêteront à coup sûr...

— C'est un temple, Caramon, dit Tass en soupirant. Un lieu sacré. Le Mal n'y pénètre pas.

— Fistandantilus y entre, lui !

— Parce que le Prêtre-Roi le permet. Sinon, il ne pourrait pas. Les dieux l'en empêcheraient. C'est ce que m'a dit un prêtre.

Caramon se rembrunit. Il lui sembla que le poignard lui brûlait la peau. Il le tâta pour se rassurer et se décida à avancer. Après un instant d'hésitation, Tass le retint par le bras.

— Caramon, j'imagine ce que tu penses. J'ai pensé la même chose. Que ferons-nous si les dieux ne nous laissent pas entrer ?

— Nous allons nous battre contre le Mal, ils ne vont pas nous arrêter. Ils nous aideront, tu verras.

— Mais Caramon...

Ils atteignirent le superbe escalier qui menait au temple. Sept tours pointaient orgueilleusement vers le ciel, dominant l'édifice de marbre rose nimbé du clair dc lunc. Les jardins qui l'entouraient sentaient bon, les pièces d'eau reflétaient les étoiles. La splendeur des lieux agit sur Caramon comme un philtre magique. Il en eut le souffle coupé.

De plus en plus aiguë, une sensation de déjà vu le saisit. Il connaissait ce qu'il avait devant les yeux ! Il avait aperçu tout cela dans un cauchemar... Les tours... s'étaient tordues, déformées... Où était-ce donc ?

Les images lui revinrent à l'esprit. Le temple de Neraka, où il avait été emprisonné ! Le temple de la Reine des Ténèbres ! C'était le même édifice, transformé par les forces du Mal en un objet hideux.

Caramon tremblait de tous ses membres. Bouleversé par le terrible souvenir, il fut tenté de fuir.

— Ne t'arrête pas ! Tu vas attirer les soupçons, ordonna Tass.

Ils approchaient des gardes.

— Tass ! C'est un test ! Si les dieux nous laissent entrer, cela signifiera que notre action est juste ! Nous aurons leur bénédiction.

— En es-tu bien sûr ?

— Evidemment ! Tu verras. Allez, viens !

La cape dorée flottant sur ses larges épaules, le guerrier monta les premières marches. Les gardes interrompirent leur ronde pour le regarder. Admiratifs, ils échangèrent une plaisanterie sur la présence d'un si beau mâle en ces lieux, et éclatèrent de rire.

Comprenant tout de suite ce qu'ils s'étaient dit, Caramon, bouillant de rage, songea à rebrousser chemin. Mais il s'était trop avancé.

Tass le regarda avec inquiétude.

— Il vaut mieux que je leur parle.

Caramon hocha la tête.

— Bonsoir, gladiateur, dit un garde. Tu es le nouveau, n'est-ce pas ? Je viens de dire à mon camarade qu'il a raté un bon combat cet après-midi. Quel est ton nom ?

— Le Victorieux, répondit Tass. Et ce n'est qu'un début. Jamais il n'a perdu un combat, et jamais il n'en perdra un.

— Et toi, qui es-tu, petit coupe-bourse ? Son agent ?

Ils éclatèrent d'un rire gras. Caramon rit jaune. Tass était devenu livide. Un coupe-bourse ! La pire des insultes pour un kender ! Caramon s'empressa de lui coller la main sur la bouche.

— Oui, et un très bon agent ! Nous ferions bien d'y aller, dit-il, tentant de maîtriser le kender, hors de lui. Nous sommes en retard.

— J'ai vu comment les femmes te regardaient. Je me doutais bien que tu étais invité à ... dîner !

Mais qu'est-ce qu'ils racontent ? songea Caramon, surpris de leur hilarité.

— Par les dieux, regarde-le ! Il est vraiment nouveau !

— Vas-y, gladiateur ! Et bon appétit !

Encore ces rires gras ! Cramoisi, décontenancé, Caramon traîna Tass à l'intérieur du temple.

Lorsqu'ils furent hors de vue des gardes, il lâcha le kender, au bord de l'asphyxie.

— Ces idiots vont me le payer...!

— Tass ! Calme-toi ! Rappelle-toi où nous sommes !

— Coupe-bourse ! Comme si j'étais un vulgaire voleur ! vociféra le kender, écumant de rage.

D'un regard, Caramon le fit taire. Tass reprit son souffle et respira longuement.

— C'est fini, je suis calmé.

— Bon, eh bien, nous ne sommes pas entrés comme je pensais, mais nous sommes là. Tu as entendu ? Des dames qui inviteraient des hommes à... dîner...?

— Ecoute, Caramon, dit Tass, excédé, nous avons le signe des dieux que tu attendais. Ils nous ont laissés entrer. Les gardes te taquinaient. Tu sais à quel point tu es naïf. Tout ce qu'on te raconte, tu le gobes ! Tika te l'a assez dit.

Le souvenir des paroles de Tika lui fit l'effet d'un coup de couteau dans le cœur.

— Tu as probablement raison, ils se sont payés ma

tête, et je m'y suis laissé prendre. Mais tu dis vrai, c'est un signe des dieux !

*
* *

Toutes les pièces qui donnaient sur le corridor étaient vides et verrouillées. Sauf une.

C'était celle du bout du couloir. Quiconque s'en approchait se sentait repoussé ; il devenait difficile de respirer dans ses parages.

Depuis que le Prêtre-Roi avait pris le pouvoir et chassé les magiciens de la Tour de Palanthas, c'était la chambre de Fistandantilus. Quel marché avait donc été conclu entre les deux puissances, celle du Bien et celle du Mal, pour que le Mage Noir soit accueilli dans l'endroit le plus sacré de Krynn ?

Tout le monde se livrait au jeu des suppositions, mais personne n'en savait rien. La plupart croyaient à un geste noble du Prêtre-Roi envers un ennemi vaincu.

Mais le Prêtre-Roi lui-même ne pénétrait jamais dans ce corridor. Le grand magicien régnait seul sur les lieux.

Au bout du couloir, les rideaux de la fenêtre toujours tirés laissaient passer un rayon de lune qui traversait l'obscurité comme la lame d'une épée.

Comme le doigt d'un spectre braqué sur moi, songea Caramon.

— Voilà la porte, souffla Tass à voix basse. A gauche.

Caramon l'entendit à peine, tant son cœur battait. Pour se rassurer, il porta la main à son poignard. Il était froid.

C'est pourtant simple, il suffit d'avancer, songea le

jumeau de Raistlin. Mais la chose lui semblait énorme : ravir la vie d'un homme dans son sommeil, quand il est sans défense. N'était-ce pas un crime d'une odieuse lâcheté ?

Les dieux m'ont fait signe.

Puis il se rappela le Barbare agonisant, et son frère supplicié à la Tour des Sorciers. Le Mage Noir était si puissant quand il ne dormait pas ! Caramon serra le manche du poignard sans le dégainer et se dirigea vers le rayon de lune qui semblait l'inviter.

Sentant une présence dans son dos, il se tourna et se cogna à Tass.

— Reste où tu es, ordonna-t-il. Il faut bien que quelqu'un monte la garde. Pour m'avertir, tu n'as qu'à faire du bruit ou tousser.

Tass voulut protester ; Caramon le toisa froidement. Le kender se réfugia derrière un arbuste en pot et se tint coi.

Il vit Caramon atteindre le bout du couloir, tourner la poignée, ouvrir doucement, et disparaître à l'intérieur.

Il tremblait comme une feuille. Un effroyable malaise l'envahit, lui arrachant un gémissement. Une main sur la bouche pour s'empêcher de crier, il se pressa contre le mur, certain de mourir seul dans le noir.

Caramon se glissa dans la chambre sans faire grincer la porte. Le silence était total. On aurait dit que les ténèbres avalaicnt tous les bruits de l'extérieur.

Le guerrier sentit ses poumons le brûler comme au moment où il avait été englouti par la Mer de Sang d'Istar et il fit un effort pour ne pas hoqueter.

Solinari filtrait entre les rideaux tirés, dessinant un trait d'argent au pied du lit. Caramon repéra la robe noire posée sur une chaise. Guidé par la lumière, il avança, le poignard dégainé.

Les dieux m'ont donné leur approbation, se répétait-il, le cœur battant à tout rompre.

Une peur comme il n'en avait jamais éprouvée lui tenaillait le ventre. La bouche sèche, il craignait de suffoquer — ou de réveiller le dormeur.

Il faut faire vite ! se dit-il. *Sinon je n'y arriverai jamais.*

Il traversa la pièce et arriva devant le lit. La forme endormie se dessinait sous les couvertures.

Il écouta la respiration du dormeur. Elle était calme et régulière — celle d'un homme serein. Caramon frémit. Il avait tellement entendu d'histoires sur les façons dont Fistandantilus « renouvelait » sa jeunesse... Le rayon de lune continuait à lui lancer un appel muet.

Caramon leva son poignard. Un coup bref, un seul, et tout serait fini. Il hésita. Avant de frapper, il voulut voir le visage de l'homme qui avait torturé son frère.

Non ! Tu es fou ! cria une voix en lui. *N'attends pas, frappe !*

Il brandit le poignard, mais sa main tremblait. Il fallait qu'il le voie !

Il se pencha et écarta doucement le drap. Le rayon de lune se posa sur sa main, éclairant le dormeur. Caramon se raidit. Il ne put détacher les yeux du visage de sa future victime.

Ce n'était pas celui d'un vieux sorcier marqué par le péché, ni celui d'un homme qui s'était approprié la vie des autres pour survivre.

Il venait de découvrir le visage d'un jeune homme fatigué par des nuits d'étude. Des plis autour de la bouche témoignaient d'une longue habitude de la douleur. Ce visage était aussi familier à Caramon que le sien, il l'avait vu des centaines de fois dans son sommeil...

Caramon frappa. La lame pénétra dans les couvertures. Il y eut un hurlement étranglé. Secoué de sanglots, l'assassin tomba à genoux au pied du lit,

Raistlin ouvrit les yeux et s'assit sur son lit. Clignant des paupières dans la lumière diffuse, il poussa un soupir d'impatience et retira le poignard des mains de son frère.

CHAPITRE IX

— C'était vraiment stupide, mon frère, dit Raistlin en retournant l'arme entre ses mains fines. Même de ta part, j'ai du mal à y croire.

Agenouillé à son chevet, Caramon leva la tête vers lui. L'air hagard, les traits pâles et tirés, il ouvrit la bouche pour prendre la parole.

— « *Je ne comprends pas, Raist* », le devança Raistlin sur un ton geignard, se raillant de lui.

Renfrogné et amer, Caramon referma la bouche. Ses yeux volèrent vers la dague que son jumeau tenait.

— Peut-être aurait-il mieux valu que je ne rabatte pas ce capuchon, grommela-t-il.

Raistlin eut un petit sourire.

— Tu n'avais pas le choix, soupira-t-il. Imaginais-tu honnêtement pouvoir t'introduire dans ma chambre et m'occire dans mon lit ? Tu sais combien j'ai le sommeil léger.

— Non, pas toi ! s'écria Caramon d'une voix mal assurée. Je pensais...

Sa voix mourut.

D'abord perplexe, Raistlin éclata d'un rire grinçant.

Au bout du hall, Tass se boucha les oreilles, puis remonta le corridor pour venir voir ce qui se passait.

— Tu allais assassiner Fistandantilus ! Cher frère, ricana-t-il, j'avais oublié combien tu peux être divertissant.

Empourpré, Caramon se remit sur pied tant bien que mal.

— J'allais le faire... pour toi, avoua-t-il.

Allant à la fenêtre, il écarta les rideaux et scruta, boudeur, la cour du temple. Sous les feux de Solinari, elle scintillait de nacre et d'argent.

— Naturellement ! s'emporta Raistlin, l'amertume perçant de nouveau dans sa voix. As-tu agi de ton propre chef une fois dans ta vie ?

D'un mot de pouvoir, il fit jaillir une lumière éclatante du Bâton de Magius, resté dans un coin de la pièce. Repoussant les couvertures, le jeune homme se leva ; d'un ordre bref, il fit apparaître un petit foyer à même le sol nu.

— Eh bien, frère, tu arrives trop tard, ajouta-t-il, faisant craquer ses doigts à la chaleur des flammes. Fistandantilus est mort. Je l'ai tué de mes mains.

Surpris par le ton étrange de sa voix, Caramon pivota.

— Tu pensais t'introduire dans sa chambre et le poignarder dans son sommeil, murmura Raistlin, un pli amer aux lèvres. Le plus grand mage qui ait jamais vécu — jusqu'à aujourd'hui. (Comme pris de faiblesse, il prit appui sur le manteau de cheminée.) Il a été étonné de me voir, dit-il doucement. Dans la Tour, il s'est joué de moi. Mais il avait peur ; je l'ai lu dans ses yeux. « Le grand Par-Salian t'envoie-t-il, petit mage ? » s'est-il enquis, fielleux.

« Je suis venu en personne, ai-je répondu. Me voici le maître de la Tour. »

« Il ne s'était pas attendu à cela.

« C'est impossible ! a-t-il ricané. Je suis le maître du passé et du présent. Dès que je serai prêt, je prendrai possession de mes biens. »

« Mais ses frayeurs avaient empiré : il lisait dans mes pensées.

« Oui, ai-je répondu à sa question muette, la prophétie n'a pas fonctionné comme tu l'escomptais. Grâce à la force vitale que tu m'avais volée pour survivre, tu pensais pouvoir voyager du passé au présent. Mais tu as oublié, ou négligé un fait : lors du processus, j'ai pu plonger dans tes forces *spirituelles !* Tu devais me garder en vie afin de continuer à aspirer mes fluides vitaux. Dans ce but, tu m'as appris les formules magiques et l'usage de l'orbe draconien. Alors que j'agonisais aux pieds d'Astinus, tu as rendu la vie à mon corps que tu avais tant torturé. Après m'avoir mené devant la Reine des Ténèbres, tu l'as incitée à me remettre la Clé des antiques incantations. Une fois prêt, tu te serais approprié ma misérable carcasse. »

Revenant au présent, il se tourna vers son frère ; effrayé par la fureur qui rendait son regard plus flamboyant que l'âtre, Caramon recula.

— Il voulait me garder faible et vulnérable. Il en a été pour ses frais ! répéta Raistlin plus calmement, les yeux dans le vague. Je l'ai utilisé ! J'ai vécu avec la douleur et je l'ai maîtrisée. « *Tu* es le maître du passé, lui ai-je dit, mais tu n'as pas la force de t'impliquer dans le présent. *J'en* suis le maître — sur le point de régner également sur le passé. »

Il soupira ; hanté par les ombres du souvenir, son regard fiévreux se ternit.

— Je l'ai tué, murmura-t-il. Ce fut un rude duel.

— Tu l'as tué ? Mais... tu étais revenu pour suivre son enseignement, disait-on ! bafouilla Caramon, interloqué.

— En effet. De longs mois durant, j'ai étudié en sa compagnie, sous une autre apparence. Je lui ai révélé mon identité au dernier moment. Cette fois, c'est *moi* qui l'ai desséché pour laisser une coquille vide !

— C'est impossible ! Tu es parti avec nous, cette nuit-là... Du moins, c'est ce que prétend l'elfe noir...

Irrité, Raistlin secoua la tête.

— A tes yeux, le temps se mesure du lever au coucher du soleil. Pour ceux qui ont maîtrisé les secrets de sa nature, c'est *en réalité* un périple de soleil en soleil. Les secondes deviennent des années ; les heures, des millénaires. Depuis des mois, j'arpente ces halls sous la forme de Fistandantilus. Ces dernières semaines, j'ai voyagé dans les Tours des Sorciers — celles qui sont encore debout, s'entend —, afin d'étudier et d'apprendre. Dans le royaume elfique, j'ai appris à Lorac, que je côtoyais, l'usage de l'orbe draconien — un don empoisonné pour un être aussi vain et pusillanime que lui. Tôt ou tard, il s'enferrera lui-même. Dans la Grande Bibliothèque, j'ai passé de longues heures avec Astinus. Avant cela, j'ai étudié avec l'illustre Fistandantilus. J'ai visité d'autres lieux, vu des merveilles et des atrocités au-delà de tout ce que tu peux imaginer...

Cela dépassait l'entendement de Caramon. Désespéré, il tenta de se raccrocher à la réalité.

— Alors... tout va bien maintenant ? A notre époque ? Ta peau n'est plus dorée, ni ton regard vitreux. Tu as l'air... aussi jeune que lors de notre excursion à la Tour, il y a sept ans. Resteras-tu ainsi quand nous rentrerons ?

— Non, mon frère, répondit-il avec la patience qu'on réservait aux enfants. Par-Salian te l'a sûrement expliqué ? Non ? Le temps est un fleuve. Je n'en ai pas changé le cours. Simplement, j'ai remonté le courant et sauté en amont avant de me laisser porter. Je...

Il s'interrompit et jeta un regard ulcéré vers la porte. D'un geste vif, il la fit s'ouvrir à la volée : déséquilibré, Tasslehoff Racle-Pieds tomba face contre terre.

— Oh, bonjour ! lança-t-il, jovial, bondissant sur ses pieds. J'allais justement frapper. (Secouant la poussière de ses vêtements, il s'adressa à Caramon :) J'ai tout compris ! Fistandantilus devenait Raistlin, qui devenait à son tour Fistandantilus. A présent, il est redevenu Raistlin. Tu vois ?

Caramon ne voyait rien du tout. Tass se tourna vers le mage :

— N'est-ce pas, Raist... ?

Ce dernier ne dit mot. Il dardait sur le kender un regard chargé d'une telle animosité que l'intrus se rapprocha du guerrier — au cas où Caramon aurait besoin de son aide, naturellement.

Le mage fit un signe. Tass vit les contours de la pièce se brouiller.

L'instant suivant, Raistlin l'agrippait par le col.

— Pourquoi Par-Salian t'envoie-t-il ? s'enquit-il sur un ton doucereux qui donna la chair de poule au kender.

— Eh bien, il a pensé que Caramon avait besoin d'aide et... (Menaçant, le jeune homme resserra sa prise.) Euh, il ne comptait pas vraiment m'envoyer... En ce qui le concerne, c'était plutôt un accident. J'articulerais mieux si tu me laissais respirer de temps à autre...

Il voulut tourner la tête pour implorer le guerrier du regard. D'une torsion du poignet, Raistlin manqua l'étrangler.

— Continue ! ordonna-t-il, secouant sa victime.

— Raist, arrête..., dit Caramon, avançant d'un pas.

— La ferme ! s'exclama son frère, furieux, sans quitter le kender des yeux. Ensuite ?

— Quelqu'un... avait fait tomber un anneau... enfin, je crois, bafouilla Tass, s'efforçant de dire la vérité pour une fois. J'imagine que... je fouillais une chambre et il est... tombé dans mon escarcelle. J'ignore comment il est arrivé là. Quand l'homme en robe rouge a renvoyé Boupou, j'ai su que mon tour était venu. Or, je ne pouvais pas quitter Caramon ! Alors, j'ai prié... Fizban... je veux dire, Paladine... J'ai mis l'anneau et — pouf ! je me suis retrouvé transformé en souris grise !

A cet instant dramatique, le kender fit une pause, espérant une réaction de son public. Exaspéré, Raistlin resserra sa prise. Tass se hâta d'en finir.

— Ainsi, j'ai pu me cacher, souffla-t-il, et me faufiler dans le labra... lavora... laboratoire... Il accomplissait des prodiges ! Les pierres chantaient. Crysania était toute pâle, Caramon terrifié. Comment aurais-je pu les laisser ainsi ? Alors... me voilà.

Comme s'il voulait l'écorcher pour fouiller son âme, Raistlin le dévora des yeux. Puis, apparemment satisfait, il lâcha le kender et retourna près de l'âtre, tout à ses pensées.

— Que signifie ? chuchota-t-il. Un kender ! Le cours du temps *peut-il* être altéré ? Dit-il la vérité ? Ou est-ce un de leurs complots contre moi ?

— Que dis-tu ? s'enquit Tass avec intérêt, quand il eut repris son souffle. Altérer le cours du temps ? *Moi ?* Est-ce à dire que je...

Raistlin darda sur lui un tel regard que Tass se rapprocha subrepticement du guerrier.

— J'étais surpris de tomber sur ton frère, Caramon, pas toi ? Raistlin aussi fut étonné. C'est étrange : je l'avais aperçu au marché aux esclaves ; il aurait dû nous voir...

— Le marché aux esclaves ! s'écria Caramon. (Assez parlé de fleuves et de temps : voilà un sujet qu'il pouvait comprendre !) Raist, à t'en croire, tu es resté des mois ici ! Autrement dit, *tu* leur as fait croire que j'avais agressé Crysania ! *Tu* m'as acheté et *tu* m'as envoyé dans l'arène ! (Raistlin montra de l'irritation ; son frère insista :) Pourquoi ?

— Par tous les dieux, Caramon ! Dans l'état où tu étais à ton arrivée, à quoi m'aurais-tu servi ? Là où nous allons, j'ai besoin d'un guerrier fort — pas d'un ivrogne empâté !

— Et... tu as ordonné la mise à mort du Barbare ? Tu as averti — comment s'appelle-t-il déjà ? Quarath ?

— Ne joue pas les balourds, frère ! Qu'ai-je à faire de ces misérables intrigues d'arrière-cour ? De ces jeux dérisoires ? Si je voulais me débarrasser d'un ennemi, je l'enverrais *ad patres* d'un claquement de doigts ! Quarath se flatte s'il croit un instant m'intéresser !

— Mais le nain a dit...

— Le nain entend une chose : le tintement des pièces d'argent. Pense ce qu'il te plaira. Que m'importe ?

Songeur, Caramon se tut. Quant à Tass, une centaine de questions lui brûlaient les lèvres. D'un regard noir, le guerrier lui intima le silence. Passant en revue ce que Raistlin venait de dire, il releva la tête.

— Que veux-tu dire par : « Là où nous allons » ?

— Cela me regarde. L'heure venue, tu sauras. Mon travail progresse sans être terminé. A part toi, une autre personne doit être façonnée à ma convenance.

— Crysania, murmura Caramon. Cela concerne le défi lancé à la Reine des Ténèbres, n'est-ce pas ? Tu as besoin d'un prêtre...

— Je suis très las, mon frère.

D'un geste, Raistlin moucha les flammes de l'âtre et

l'éclat du Bâton de Magius. L'obscurité, le froid et la mélancolie descendirent sur le trio. Même la lumière de Solinari disparut. Le sorcier traversa la pièce en direction du lit.

— Laissez-moi, j'ai besoin de repos. Vous ne devriez pas rester de toute façon. A l'heure qu'il est, les espions auront signalé votre présence ; malgré tout, Quarath est un redoutable adversaire. Tâchez de demeurer en vie. Il me déplairait souverainement de devoir former un nouveau garde du corps. Au revoir, mon frère. Tiens-toi prêt. Je t'appellerai bientôt. Souviens-toi de la date.

Caramon ouvrit la bouche pour répondre et se retrouva face à une porte fermée.

En un battement de cils, Tass et lui avaient été propulsés dans le couloir sombre.

— C'est incroyable ! s'écria le kender, soupirant de ravissement. Je n'ai pas eu l'impression de bouger ! D'une chiquenaude, il nous envoie où bon lui semble ! Etre sorcier doit être prodigieux... Traverser en trombe le temps et l'espace — sans parler des portes fermées...

Irrité, Caramon partit à grandes enjambées.

Son petit compagnon se hâta pour ne pas se laisser distancer.

— Dis, Caramon, que voulait-il dire par « Souviens-toi de la date » ? Son Jour de Vie est-il proche ? Es-tu censé lui acheter un cadeau ?

— Non, grommela le guerrier. Ne sois pas stupide.

— Je ne le suis pas ! protesta Tass, offensé. Après tout, la fête de Yule est dans quelques jours ; il s'attend sûrement à des présents. Du moins, j'imagine qu'on célèbre Yule à Istar comme à notre époque. Crois-tu...

Caramon s'immobilisa.

— Qu'y a-t-il ? s'enquit Tass, alarmé par la mine

horrifiée de son compagnon. (La main sur sa dague, il lança des regards nerveux alentour.) Que vois-tu ? Je ne...

— La date : la fête de Yule, à Istar ! (Il agrippa le kender :) En quelle année sommes-nous ?

— Que... ? En 962, je crois...

Gémissant, Caramon le lâcha et se prit la tête entre les mains.

— Que se passe-t-il ?

— Réfléchis une seconde ! (Tête basse, le colosse reprit son chemin.) Que veulent-ils que je fasse ? Que *puis*-je faire ?

Tass suivit à pas plus mesurés.

— Voyons : Yule, en l'an 962. Quel chiffre ridicule. La date me rappelle quelque chose... Oh ! j'y suis ! Ce fut la dernière fête de Yule avant... avant...

La révélation lui coupa le souffle.

— Juste avant le Cataclysme ! s'étrangla-t-il.

CHAPITRE X

Denubis reposa sa plume et se massa les tempes. Dans la quiétude de la salle de travail, il espéra qu'un instant de repos l'aiderait.

En pure perte.

Il reprit la plume ; inintelligible, le texte qu'il s'efforçait de traduire dansait sous ses yeux.

Se morigénant en silence, il se concentra. Enfin, les mots prirent un sens. L'affaire n'était pas simple. Son mal de crâne semblait durer depuis des jours. Même dans ses rêves, la douleur ne le quittait plus.

— C'est ce temps bizarre, se répétait-il. Il fait trop chaud pour la saison.

La fournaise n'avait rien de naturel. Lourd et oppressant, l'air était saturé d'humidité. La chaleur paraissait avoir absorbé les brises rafraîchissantes. A une centaine de lieues de Kathay, à ce qu'on disait, l'océan était d'un calme plat sous un soleil de plomb. Par un temps pareil, aucun navire ne pouvait appareiller. Dans les ports, les capitaines maudissaient leur sort ; les cargaisons pourrissaient sur place.

S'épongeant le front, Denubis essayait de traduire les Disques de Mishakal en solamnien. Une anecdote tournait sans cesse dans son esprit.

Un chevalier du nom de Sobert avait séduit et épousé une prêtresse elfique, l'emmenant dans son fief de Dargaard. Mais ce Sobert avait déjà une femme. Tout portait à croire que la malheureuse avait connu une fin des plus suspectes.

Les chevaliers avaient chargé une délégation de leur Ordre de s'emparer du félon et de le juger. Les fidèles vassaux du seigneur accusé prenant fait et cause pour lui, Dargaard s'était préparé à un siège en règle. Comble d'horreur, par amour autant que par droiture, la jeune elfe était restée près de son séducteur, même après la révélation de sa scélératesse.

Denubis aurait voulu oublier la malheureuse histoire. Il levait sa plume pour rectifier une erreur quand la porte s'ouvrit. En hâte, il se remit à écrire.

— Denubis, dit une voix douce et hésitante.

— Crysania, ma chère, sourit-il en relevant la tête.

— Est-ce que je vous dérange ? Je peux revenir...

— Non. Je suis très heureux de vous voir.

C'était vrai. Sa présence l'apaisait. Même son mal de tête parut s'atténuer. Quittant son siège à haut dossier, il avança une chaise pour sa visiteuse et prit place à côté d'elle.

Crysania étudia les lieux.

— J'aime cet endroit. C'est si calme et... privé. Parfois, j'ai besoin de solitude.

— Oui, c'est tranquille. Pour l'heure, en tout cas. Les autres années, c'était différent. A mon arrivée, la salle était bondée de scribes occupés à traduire les écrits sacrés dans des langues accessibles à tous. Mais le Prêtre-Roi a estimé que ce n'était pas indispensable. Les uns après les autres, ils sont partis entreprendre de plus nobles tâches. Moi excepté. Je dois être trop vieux. Je cherche en vain des travaux importants à accomplir. Alors je reste. Personne ne semble... beaucoup s'en soucier.

Au souvenir de ses longues discussions avec le Révéré Prêtre Quarath, il fronça les sourcils. Pour finir, le saint homme avait baissé les bras, concluant que Denubis était un cas désespéré. Retourné à ses modestes occupations, ce dernier coulait des jours paisibles. Il envoyait ses traductions en Solamnie, où elles prendraient la poussière sur quelque étagère de la Grande Bibliothèque.

— Mais assez parlé de moi, reprit-il, préoccupé par la pâleur de sa visiteuse. Que se passe-t-il, ma chère ? Vous n'êtes pas bien ? Ces dernières semaines, j'ai remarqué combien vous sembliez malheureuse.

Crysania contempla ses mains croisées avant de relever la tête.

— Denubis... Pensez-vous que l'Eglise soit ce qu'elle devrait être ?

Il ne s'était pas attendu à ça. Crysania avait des airs d'enfant abusée par un amant volage.

— Mais bien sûr ! s'écria-t-il, dérouté.

— Vraiment ? (Elle posa sur lui un regard d'une profondeur déconcertante.) Avant l'arrivée du Prêtre-Roi, vous faisiez déjà partie des Ordres. Vous parlez de l'ancien temps. Vous avez été témoin des changements. Y a-t-il eu des progrès ?

Denubis allait protester que tel était le cas. Comment aurait-il pu en être autrement avec un saint comme le Prêtre-Roi à la tête du culte ? Mais les prunelles grises de Crysania fouillèrent son âme, éclairant de ténébreux secrets.

Mal à l'aise, il se souvint de Fistandantilus.

— Eh bien... C'est que... (Rougissant, il se tut. La jeune femme hocha la tête.) Non, reprit-il avec assurance, *c'est* mieux. (Il ne voulait pas ébranler sa foi, comme la sienne l'avait été. Il lui prit la main :) Je ne suis plus très jeune. Les hommes d'âge mûr ne goûtent pas les changements. A nos yeux, tout était mieux par le passé. Même l'eau avait meilleur goût ! s'esclaffa-t-il. Je ne suis pas rompu au monde moderne. Comprendre m'est ardu. L'Eglise répand le Bien, ma chère. Elle ramène l'ordre sur nos terres et structure la société...

— Que celle-ci le veuille ou non, marmonna la jeune femme.

— Elle anéantit le Mal...

Repenser à l'histoire de Sobert lui fit perdre le fil de son sermon.

— Vraiment ? Chasse-t-elle le Mal ? Ou sommes-nous des enfants seuls, la nuit à la maison, qui allument des chandelles dans toutes les pièces pour repousser le noir ? Nous ne voyons pas que l'obscurité a un sens — que nous le saisissions ou non —, et dans notre terreur, nous incendions le toit qui nous abritait !

Denubis cilla. De plus en plus agitée, Crysania poursuivit son prêche. D'évidence, de telles pensées la préoccupaient depuis des semaines.

— Ceux qui ont perdu leur chemin, nous ne les aidons pas à le retrouver ! Nous leur tournons le dos de façon indigne, avant de nous en débarrasser ! Savez-vous que Quarath a proposé l'extermination des ogres ?

— Ma chère, ne s'agit-il pas d'une race perfide et assoiffée de sang... ?

— Créée par les dieux, tout comme nous. Attendu notre entendement limité des grands desseins de l'Univers, avons-nous le droit de détruire l'œuvre divine ?

— Même les araignées ? glissa-t-il machinalement. (Son irritation le fit sourire.) Ne faites pas attention aux élucubrations d'un vieil homme.

— Dans ma certitude que l'Eglise était le Bien et la Vérité, je suis venue ici...

D'une main tremblante, Denubis caressa la belle chevelure d'un noir de jais, réconfortant la jeune femme comme il l'aurait fait avec la fille qu'il n'avait jamais eue.

— N'ayez pas honte de vos doutes, mon enfant, dit-il, s'efforçant d'oublier les siens. Allez consulter le Prêtre-Roi ; il trouvera les réponses que vous cherchez. Il est plus sage que moi.

— Pensez-vous... ?

— Ce soir, ma chère, il tiendra audience. N'ayez crainte. De telles interrogations sont naturelles. Il n'en prendra pas ombrage.

— Très bien, fit-elle, résolue. Vous avez raison. J'ai été stupide de me tourmenter sans chercher aide et réconfort. A coup sûr, le Prêtre-Roi éclairera les ténèbres.

Denubis se leva et l'aida à se relever. Spontanément, elle posa un baiser sur sa joue.

— Merci, mon ami. Je vous laisse à vos travaux.

La regardant sortir de la pièce, Denubis fut submergé de tristesse et d'appréhension. Il lui sembla la voir avalée par une terrible obscurité.

La lumière qui l'entourait s'intensifia ; autour d'elle, les ténèbres s'épaissirent de façon horrible.

Sidéré, il porta la main à ses yeux. La lumière était réelle ! Se déversant dans la pièce, elle le nimbait d'un éclat si aveuglant qu'il ne vit plus rien. La douleur menaça de lui faire éclater le crâne.

Je dois prévenir Crysania et l'arrêter ! songea-t-il, désespéré.

Les flots le submergèrent. Puis tout cessa.

La pièce redevint normale.

Mais Denubis n'était plus seul.

Un elfe l'observait. Agé, il avait une longue barbe blanche soigneusement entretenue et portait une tunique immaculée ; le médaillon de Paladine pendait à son cou. Il irradiait une telle tristesse que, sans savoir pourquoi, le vieil homme en eut les larmes aux yeux.

— Je suis navré, dit-il d'une voix rauque. Je ne vous ai pas vu entrer. Puis-je vous aider ?

— Si vous êtes Denubis, j'ai trouvé ce que je cherchais.

— C'est bien moi, répondit le prêtre. Pardonnez-moi, je ne vous situe pas...

— Mon nom est Loralon.

Denubis tressaillit. Il s'agissait du plus fameux des prêtres elfes ! Des années plus tôt, il avait tenté d'enrayer l'ascension de Quarath.

En vain car ce dernier disposait de puissants alliés. Les efforts de réconciliation et de paix de Loralon n'avaient pas été goûtés en haut lieu.

Chagriné, le vieux prêtre était retourné parmi les siens, dans le royaume fabuleux du Silvanesti, qu'il chérissait. Il avait juré ne jamais revoir Istar.

Que faisait-il là ?

— Vous devez chercher le Prêtre-Roi..., bégaya Denubis, pris de court. Je...

— Le seul que je cherche en ce temple, c'est vous. Venez. Un long chemin nous attend.

— Un voyage ! (Perdait-il la raison ?) C'est impossible. Depuis trente ans, je n'ai plus quitté Istar...

— Venez, Denubis, répéta doucement Loralon.

— Où cela ? Comment ? Je ne comprends pas...

Au centre de la pièce baignée de soleil, Loralon toucha son médaillon.

Denubis comprit. Saisi d'horreur devant cette vision du futur, il secoua la tête.

— Non, chuchota-t-il. C'est trop affreux !

— Tout n'est pas encore joué. La balance penche d'un côté. Le voyage peut être temporaire ou définitif. Allons, Denubis, votre tâche ici est accomplie.

Le grand prêtre tendit la main : Denubis se sentit enveloppé d'une paix et d'une sérénité dont il n'avait jamais fait l'expérience, même en présence du Prêtre-Roi. Tête basse, il prit la main tendue.

Mais il ne put réprimer ses larmes.

*
* *

Assise à l'écart, dans la somptueuse salle d'audience, Crysania restait maîtresse d'elle-même. A la voir si calme, qui aurait deviné les tourments qui l'agitaient ? Seul celui qui venait d'entrer sans être annoncé en était capable.

A l'ombre d'une alcôve, il observait la jeune femme.

Ecoutant la voix mélodieuse du roi, Crysania l'entendait discuter d'affaires d'Etat avec ses ministres, ou de grands mystères universels avec d'autres potentats. La jeune femme rougit de sa présomption : imaginer qu'elle voulait l'importuner avec ses questions dérisoires !

Les paroles d'Elistan lui revinrent en mémoire.

Ne cherche pas de réponses auprès des autres. Sonde ton propre cœur, interroge ta foi. Tu trouveras la solution, ou tu comprendras que seuls les dieux peuvent répondre, non les hommes.

Plongée dans ses réflexions, Crysania se livrait à l'introspection sans y trouver l'apaisement. Peut-être n'existait-il aucune solution ?

Une main posée sur son bras la fit tressaillir.

— Les réponses *existent*, Prêtresse Révérée, dit une voix familière. Tu refuses de les entendre.

Elle connaissait cette voix ! Le visage de son interlocuteur était caché sous un capuchon. Même la main posée sur elle ne lui était pas inconnue. Avec un pincement au cœur, elle avisa la tunique noire. Pourtant, aucune rune ne la décorait. Dans l'ombre, Crysania aperçut l'éclat d'un regard voilé, la pâleur d'une peau...

La main de l'inconnu quitta son bras pour abaisser la capuche.

D'abord, Crysania fut amèrement déçue. Le jeune homme n'avait pas la peau dorée ni les prunelles en forme de sabliers. Il avait le teint blafard de ceux qui passent trop de temps le nez dans les livres. Seule son expression cynique déparait sa mâle beauté. Ses yeux marron imitaient le poli du verre, renvoyant ce qu'ils voyaient sans rien révéler.

Le jeune homme était d'une minceur athlétique. Sa tunique simple mettait en valeur sa carrure.

Il sourit.

— C'est *toi !* s'exclama Crysania.

D'une douce pression sur l'épaule, il l'obligea à rester assise ; puis il fit léviter une chaise vers lui. Crysania hoqueta. Si quelqu'un dans le hall le remarqua, personne n'en dit rien.

La jeune femme sentit peser sur elle un regard amusé ; elle rosit.

— Raistlin, je suis heureuse de te voir.

— Le plaisir est partagé, Prêtresse Révérée, dit-il du ton railleur qui portait sur les nerfs de la jeune fille. Cependant, mon nom n'est pas Raistlin.

Gênée, elle s'empourpra.

— Pardonnez-moi, mais vous me rappeliez tant quelqu'un que j'ai bien connu... autrefois.

— Peut-être ceci résoudra-t-il le mystère : ici, mon nom est Fistandantilus.

Crysania eut l'impression que le jour baissait.

— Non... Ce ne peut être ! Tu es revenu... étudier avec lui !

— Je suis revenu le *posséder*.

— Mais... à ce qu'on dit, c'est un être malveillant...

— Le Mal a été éradiqué, l'assura son interlocuteur. Il est mort.

— Toi ? chuchota-t-elle.

— Il m'aurait tué, Crysania, comme d'innombrables innocents. C'était lui ou moi.

— Un mal a remplacé un autre, répondit-elle avec tristesse.

Je suis en train de la perdre ! comprit-il.

Sans mot dire, il l'étudia. Se détournant, elle offrit à ses regards son profil, aussi pur et distant que Solinari. Détaché, il l'examina comme les petits animaux qu'il disséquait pour ses recherches sur la vie et la mort. De même qu'il les écorchait vifs afin de voir battre leur cœur, il écarta mentalement les défenses naturelles de la jeune femme pour dénuder son âme.

L'air en paix avec le monde entier, elle tendait l'oreille aux propos envoûtants du Prêtre-Roi. Se souvenant de ce qu'il avait vu en entrant, Raistlin ne fut pas dupe.

Habitué de longue date à lire sur les visages les émotions qu'on s'efforçait de dissimuler, il avait remarqué le pli soucieux qui barrait le front de Crysania et le voile pesant sur son regard gris. Il n'ignorait rien de sa conversation avec Denubis et des doutes qui la minaient. Elle était au bord du précipice. Une chiquenaude suffirait à la faire basculer. Avec un peu de patience, il l'amènerait même à sauter de son propre chef.

Il lui saisit le poignet. Surprise, elle voulut se dégager. Il ne la lâcha pas. Son regard plongé dans le sien, elle resta pétrifiée.

— Crois-tu vraiment cela de moi ?

Il prit le ton de celui qui, après avoir beaucoup

souffert, s'aperçoit que toutes ses peines étaient vaines. Sa fausse douleur lui transperça le cœur. Retournant le couteau dans la plaie, il ne la laissa pas prendre la parole :

— Fistandantilus voulait revenir à notre époque, s'emparer de mon corps et reprendre les machinations de la Reine des Ténèbres là où elles étaient restées. Il comptait dominer les dragons maléfiques. Les seigneurs draconiens, dont ma sœur Kitiara, se seraient ralliés à son étendard comme un seul. Une fois de plus, le monde entier aurait été transformé en gigantesque champ de bataille... La menace n'existe plus.

Son regard la tenait aussi sûrement que sa main. La jeune femme y vit son reflet — non celui d'une prêtresse studieuse et grave, mais d'une personne belle et chérie. Confiant, il était venu à elle. Et elle l'avait déçu. Sa mélancolie était plus qu'elle n'en pouvait supporter. Elle voulut parler. Une fois encore, il la devança :

— Tu connais mes ambitions. Je t'ai ouvert mon cœur. Est-il dans mes intentions de mettre le monde à feu et à sang ? De le conquérir ? Kitiara nourrit de tels desseins. J'ai refusé de l'aider. J'ai peur que tu en aies payé les conséquences. (Baissant le regard, il soupira.) Je lui ai parlé de toi, Crysania, de ta bonté innée et de tes dons. Enragée, ma sœur a lancé à tes trousses le chevalier mort, afin de mettre un terme à l'influence « néfaste » que tu exerçais sur moi.

— Ai-je vraiment de l'influence sur toi ? demanda-t-elle, ne cherchant plus à se dégager. Oserais-je espérer que tu as compris les voies de l'Eglise... ? continua-t-elle, tremblant de joie.

— Les voies de *cette* Eglise ? coupa-t-il d'un ton railleur.

La lâchant, il posa sur elle un regard cynique.

L'embarras, le courroux et la culpabilité firent monter le rouge au front de la jeune femme. Ses prunelles grises virèrent au bleu royal. Machinalement, Raistlin remarqua à quel point elle était belle. La pensée menaçant sa concentration, il la chassa de son esprit.

— Je connais tes doutes, Crysania, reprit-il, et je sais ce que tu as vu. Tu as découvert une institution plus préoccupée par les affaires de ce monde que par sa mission de conversion. Tu es témoin de la prévarication des prêtres, de leurs compromissions politiques et de leur train de vie luxueux aux dépens des pauvres. Tu voulais faire valoir les droits de l'Eglise et voilà que des infidèles ont attiré les foudres divines sur leurs têtes. Tu comptais rendre responsables... les sorciers sans doute.

Le regard fuyant, elle rougit. Son chagrin et son humiliation étaient manifestes.

Impitoyable, il poursuivit :

— Le Cataclysme approche. Les vrais prêtres ont déjà fui. L'ignorais-tu ? Ton ami Denubis est parti. Crysania, tu restes la seule véritable prêtresse ici.

— C'est... impossible, souffla-t-elle, choquée.

Pour la première fois, elle prit conscience des conversations qui bourdonnaient autour du roi ; il était question des Jeux, de la répartition des fonds publics, de la déroute des armées, du meilleur moyen de juguler la révolte d'une région...

Tout cela au nom du culte.

Comme pour noyer ces péroraisons, la voix envoûtante du Prêtre-Roi s'éleva de nouveau. Apaisant son âme, elle calma l'esprit troublé de la jeune femme.

Crysania se tourna vers la Lumière. Pure et forte, sa foi vola à son secours.

Alors, la prêtresse revint à son interlocuteur.

— Tout le Bien n'a pas fui le monde. Tant que ce saint homme gouverne, je ne puis croire que les divinités aient déchaîné leurs foudres sur le culte. Je crois plutôt que c'était pour punir le monde de s'être détourné de la Lumière. (Il se leva sans qu'elle semble s'en rendre compte.) Ou ce fut pour le châtier d'avoir mal jugé le Prêtre-Roi ! Il a dû tout prévoir et tente encore d'empêcher la catastrophe ! Il supplie certainement les dieux de nous prendre en pitié !

— Regarde cet homme, chuchota-t-il, prétendument « béni » des dieux.

D'une main ferme, il l'obligea à se tourner vers le monarque. Bourrelée de remords et furieuse d'avoir trahi ses états d'âme, Crysania se débattit. Le sorcier lui enfonça les ongles dans la chair.

Il la força à *regarder* l'aura qui entourait le roi. Satisfait, il sentit trembler le corps qu'il tenait si près du sien. Il lui chuchota à l'oreille :

— Que vois-tu, Révérée Prêtresse ?

Un faible gémissement lui répondit.

— Dis-moi ! insista-t-il.

— Un homme... Rien qu'un homme. Il semble las et effrayé. Il n'a plus dormi depuis des jours. Il a le regard fuyant.

Les nerfs mis à vif par la chaleur et la proximité de Raistlin, elle se dégagea, irritée :

— Quel sort m'as-tu lancé ?

— Aucun. J'ai simplement brisé l'illusion qu'il projette à la ronde. La peur le mènera à sa perte et provoquera la destruction du monde.

Epouvantée, elle le dévisagea. Qu'il mente ou non, comprit-elle, ça n'avait plus d'importance.

Elle ne pouvait plus se mentir à elle-même.

Médusée, à demi aveuglée par les larmes, elle sortit de la salle d'audience.

Sans joie, il la regarda disparaître. Il s'y était attendu. Se rasseyant près du feu, il choisit une orange dans une coupe de fruits et la pela.

Quelqu'un d'autre vit Crysania fuir.

La colère et l'appréhension jouèrent sur un visage pâle ; Quarath sortit à son tour.

Jusqu'à l'aube, il fit les cent pas dans ses appartements privés.

CHAPITRE XI

Par la suite, l'Histoire parlerait de la Nuit du Destin, où se produisit la disparition des vrais prêtres. Où ils se rendirent et quel fut leur sort, même Astinus n'en sut jamais rien. D'aucuns prétendirent les avoir vus durant la sinistre Guerre de la Lance, trois siècles plus tard. Les elfes jurent sur tout ce qu'ils ont de cher que Loralon, le plus fameux de leurs prêtres, arpenta les terres suppliciées du Silvanesti, pleurant sur leur désolation et bénissant ceux qui tentaient d'en relever les ruines.

Pour la majorité des gens, l'éclipse des vrais prêtres passa inaperçue.

Cette nuit-là s'avéra désastreuse à plus d'un titre.

Confuse, Crysania avait fui la salle d'audience. Elle avait vu le meilleur des hommes — le Prêtre-Roi, encore révéré à l'époque d'où elle venait —, effrayé par son ombre, s'abritant derrière la magie et laissant les autres gouverner à sa place.

Tous ses doutes sur le culte établi revinrent en force.

Son angoisse augmenta.

Courant au hasard, elle se réfugia dans une alcôve,

sécha ses larmes et se reprit. Honteuse, elle sut ce qu'il lui restait à faire : retrouver Denubis.

Elle prouverait à Raistlin qu'il se trompait.

Parcourant les couloirs déserts nimbés du faible éclat de Solinari, elle se dirigea vers la chambre du vieil homme.

Comment les prêtres pouvaient-ils disparaître ? C'était insensé ! Crysania n'avait jamais cru les vieilles légendes de la Nuit du Destin — autant de contes pour enfants. Elle se refusait toujours à y ajouter foi.

Raistlin... se trompait.

Elle se hâta. Plusieurs fois, elle avait rendu visite à Denubis pour discuter théologie ou histoire et l'écouter parler de sa patrie.

Elle frappa à sa porte.

Il n'y eut pas de réponse.

— Il dort, murmura-t-elle, irritée par le frisson glacé qui parcourut son échine. Naturellement, il est tard. Je reviendrai demain matin. Denubis ? (Elle frappa de nouveau.) Après tout, je l'ai vu il y a peu de temps.

Le cœur battant, elle tourna la poignée. Les torches du couloir éclairèrent la pièce plongée dans le noir. Sa détermination vacilla.

— C'est ridicule ! se morigéna-t-elle, imaginant combien elle rougirait si l'homme la surprenait dans sa chambre en pleine nuit.

Elle était telle qu'il l'avait laissée : propre et rangée.

Et vide.

Tout était en place : ses livres, ses plumes et ses habits, comme si Denubis s'était absenté quelques instants en comptant revenir de suite.

Pourtant, aussi froide que le lit qu'on n'avait pas défait, la pièce n'avait plus d'âme.

La vue de l'intruse se brouilla. Les jambes chancelantes, elle s'appuya au chambranle de la porte.

De nouveau, elle se força au calme, et à la rationalité. Refermant la porte, elle repartit dans ses appartements.

La Nuit du Destin était donc là. Les vrais prêtres avaient disparu. On était presque aux fêtes de Yule. Treize jours plus tard, la catastrophe s'abattrait.

La pensée la fit tituber. Prise de nausée, elle s'adossa à une fenêtre et fixa d'un regard vide le jardin baigné de lune.

Ainsi s'écroulaient tous ses plans, ses rêves, ses objectifs...

Elle devrait réintégrer son époque et reconnaître son échec.

Le jardin d'argent dansa sous ses yeux. Le culte était corrompu, son Prêtre-Roi étant en grande partie responsable de la destruction du monde. Arracher Raistlin au Mal s'était même avéré au-dessus des forces de la jeune femme. Il refusait de l'écouter. En ce moment même, il devait rire d'elle tout son soûl...

— Prêtresse Révérée ?

Essuyant ses larmes en hâte, Crysania pivota.

— Qui va là ?

La jeune femme sonda l'obscurité. Une grande silhouette s'en désolidarisa. La gorge nouée, la prêtresse ne put articuler un son.

— J'allais me retirer quand je t'ai aperçue.

Détaché, le ton n'était pas railleur pour autant. Une certaine chaleur s'en dégageait ; elle trembla.

— J'espère que tu n'es pas malade, fit-il, la rejoignant.

Sous son capuchon, son visage était voilé. L'éclat de son regard restait visible.

— Non..., bafouilla-t-elle, priant pour qu'il ne remarque rien.

En pure perte.

La lassitude, la tension nerveuse et ses échecs la submergèrent. Elle eut beau lutter, irrépressibles, les larmes roulèrent sur ses joues. Fermant les yeux, elle tenta encore de les ravaler.

— Va-t'en, je t'en prie.

Une douce chaleur l'enveloppa. Le velours caressa ses bras nus. Des senteurs d'épices et de pétales de roses chatouillèrent ses narines — ainsi qu'un relent de décomposition, d'ailes de chauves-souris ou de crâne animal... Les ingrédients de sorts, sans doute.

Une main effleura sa joue : des doigts effilés, sensibles, de l'étrange fièvre qui caractérisait le jeune homme.

Ces contacts chassèrent-ils ses larmes ou les firent-ils s'évaporer ? Elle n'aurait su le dire.

Raistlin lui prit le menton et la força à se tourner vers lui. Le sang cognant à ses tempes, elle garda les yeux fermés. Sous sa tunique, elle sentit le corps mince et noueux pressé contre le sien.

Et cette terrible chaleur.

Soudain, elle voulut que sa noirceur l'enveloppe tout entière et la réconforte. Qu'elle chasse le froid de son âme. Les mains tendues, elle leva les bras vers lui...

... Et étreignit le vide.

Un froissement de robe disparut à l'autre bout du couloir.

Crysania rouvrit les yeux. La joue pressée contre la vitre froide, elle pleura de joie.

— Paladine, chuchota-t-elle, grâces te soient rendues. Tout est clair, cette fois. Je n'échouerai pas !

Une grande silhouette arpentait les halls du temple. Ceux que d'aventure elle croisait se recroquevillaient, effrayés par la colère presque tangible qui émanait de l'apparition.

Raistlin gagna ses appartements et claqua la porte. D'un regard, il embrasa la cheminée. Se maudissant, il tourna en rond jusqu'à ne plus tenir sur ses jambes. Affalé dans un fauteuil, enfiévré, il fixa les flammes de la cheminée.

— Imbécile ! répéta-t-il, serrant les poings. J'aurais dû le prévoir. Malgré ses ressources, ce corps est affligé des faiblesses inhérentes au genre humain. Aussi intelligent, maître de soi et discipliné soit-on, *cela* guette dans l'ombre, prêt à bondir comme une bête sauvage ! (Il s'enfonça les ongles dans les paumes.) Je la vois encore ! Son teint d'ivoire, ses douces lèvres... Je sens sa chevelure et les courbes de son corps contre le mien !

« Non ! cria-t-il. Cela ne doit pas arriver ! Ou peut-être... Si j'essayais de la séduire ? Ne serait-elle pas davantage en mon pouvoir ? »

La tentation était si alléchante qu'il trembla. Mais le côté calculateur de sa personnalité reprit le dessus.

— Que sais-tu de l'amour ou de la séduction ? s'interrogea-t-il, cynique. En cela, tu es un enfant plus écervelé que ton balourd de frère !

Ses souvenirs de jeunesse l'assaillirent. Frêle et maladif, connu pour sa langue acérée et ses manières fourbes, Raistlin n'avait jamais attiré les femmes — au contraire de son jumeau. Absorbé par ses études, il ne s'en était jamais préoccupé.

Une fois, il avait fait l'expérience du beau sexe. Lasse des conquêtes faciles, une amie de Caramon s'était intéressée à son frère. Encouragé par les moqueries, Raistlin avait cédé à ses grossières avances. L'aventure avait été aussi décevante pour l'un que pour l'autre. La donzelle était retournée dans les bras de Caramon sans demander son reste. La déconvenue avait prouvé à Raistlin ce qu'il soupçonnait de longtemps : seule la magie lui procurait l'extase.

Mais, jeune et vigoureux, il brûlait d'une passion encore jamais éprouvée. Y succomber était hors de question.

— Je courrais à ma perte ! Je détruirais mon propre objectif. Elle est vierge, pure de corps et d'esprit. Sa vertu est sa force. J'ai besoin de ternir son image, autant que de la garder intacte !

Rompu au contrôle des émotions, le jeune mage se détendit, goûtant un repos réparateur.

Avant de sombrer, il revit une larme scintiller sous les rayons de la lune.

La Nuit du Destin continuait. Tiré d'un profond sommeil, un acolyte fut convoqué par Quarath.

— M'avez-vous appelé, mon seigneur ?

Le serviteur étouffa un bâillement ; en hâte, il avait revêtu ses habits froissés.

— Que signifie ce rapport ? s'enquit l'elfe, tapotant son bureau du bout d'un rouleau de parchemin.

Se frottant les yeux, l'acolyte l'étudia.

— Oh, rien de plus que ce qui est écrit, mon seigneur.

— Que Fistandantilus n'était *pas* responsable du décès de mon esclave ? Je trouve cela difficile à croire.

— Néanmoins, mon seigneur, vous pouvez interroger le nain en personne. Après beaucoup de persuasion — sous forme sonnante et trébuchante —, il a avoué avoir été engagé par le seigneur cité, indigné que le culte ait annexé ses terres.

— Je sais ce qui le rend furieux ! Tuer mon esclave est bien d'Onygion — sournois et fourbe. Il n'ose pas m'affronter en face ! Alors pourquoi l'esclave a-t-il agi ainsi ?

— D'après le nain, ç'avait été convenu au préalable entre Fistandantilus et lui. Apparemment, Caramon devait être le premier à s'en occuper.

— Ce n'est pas stipulé dans le rapport, grogna Quarath.

— Non, avoua l'homme. A vrai dire..., je répugne à parler du... magicien par écrit. Cela laisse toujours des traces et...

— Bien sûr. Je ne puis vous le reprocher. Très bien. Vous pouvez vous retirer.

Avec une révérence, l'homme se hâta de retourner au lit.

Assis à son pupitre, Quarath étudia le dossier de longues heures encore. Puis il soupira.

La paranoïa du Prêtre-Roi déteint sur moi ! Si Fistandantilus voulait se débarrasser de moi, quelques secondes suffiraient. J'aurais dû m'en douter : ce n'est pas son style. Pourtant, il était avec elle cette nuit-là. Quelles conclusions en tirer ? Aucune, sans doute. L'homme est peut-être plus humain qu'il n'y paraît. Son corps d'emprunt est meilleur que les précédents, il faut l'admettre.

Avec un sombre sourire, l'elfe remit de l'ordre dans ses papiers et rangea le rapport avec soin.

Yule approche. D'autres affaires réclament mon attention jusqu'à la fin de la saison. Après tout, bientôt le Prêtre-Roi conjurera les dieux d'effacer le Mal de la surface de Krynn. Cela renverra ce Fistandantilus et ses émules aux Ténèbres qui les ont engendrés. (Bâillant, il s'étira.) *Occupons-nous d'abord du seigneur Onygion.*

*
* *

La Nuit du Destin touchait à sa fin. Sous un ciel matinal, Caramon gisait dans sa cellule, le regard perdu dans la grisaille. Demain verrait d'autres Jeux — ses premiers depuis « l'accident ».

Ces derniers temps, la vie n'avait pas été clémente pour lui. En apparence, rien n'avait changé. Les autres gladiateurs étaient de vieux compagnons d'armes, rompus aux voies des Jeux.

Quand, de retour du temple, Caramon l'avait pris à partie, Pheragas avait répondu d'un haussement d'épaules :

« — Ce n'est pas un mauvais système — il est préférable aux hécatombes des champs de bataille. Ici, si un noble s'estime offensé par un autre, leur différend se règle en privé, à la satisfaction générale. »

« — Si ce n'est qu'un innocent meurt pour une cause incompréhensible ou dont il n'a cure ! »

« — Ne fais pas l'enfant ! s'était écrié Kiiri, fourbissant ses armes. Tu as toi-même avoué avoir joué les mercenaires. Que t'importaient alors les causes pour lesquelles tu luttais ? Ne tuais-tu pas pour de l'argent ? L'aurais-tu fait si personne ne t'avait payé ? Où est la différence ? »

« — La différence, c'est qu'alors, j'étais libre de choisir ! Et je savais pourquoi je me battais ! M'eût-on payé une fortune, jamais je n'aurais mis mon épée au service de coquins ! Mon frère était du même avis ! Lui et moi... »

Il n'avait pas achevé sa diatribe.

Kiiri lui avait adressé un étrange regard.

« — De plus, avait-elle ajouté d'un ton léger, cela épice les choses. Désormais, tu mettras plus de cœur à te battre. Tu verras... »

Y repensant le soir, Caramon réfléchit, à sa façon, lente et méthodique. Kiiri et Pheragas avaient peut-être raison. Etait-il un enfant, éclatant en larmes parce que son beau jouet venait de le blesser ? Pourtant, de quelque angle qu'on la considère, la situation restait injuste. Un homme avait le privilège de choisir sa voie, dans la vie comme dans la mort.

Personne n'avait le droit de le faire à sa place.

Peu avant l'aube, un poids parut écraser Caramon. Accoudé sur sa couche, il sonda l'obscurité. Si tout homme devait avoir son libre arbitre, que dire de son frère ? Raistlin avait opté pour les Ténèbres. Caramon avait-il le droit de tout faire pour le ramener à la Lumière ?

Il replongea dans le passé — avant l'Epreuve, durant les plus beaux jours de leur vie. Alors, ils avaient été des mercenaires.

Tous deux se battaient bien. Où qu'ils aillent, les nobles les accueillaient. Si les guerriers étaient aussi communs que des feuilles d'arbres, les magiciens tâtant de l'épée l'étaient bien moins. Devant l'air frêle et maladif de Raistlin, beaucoup avaient l'air sceptique. Son courage et son talent avaient tôt fait de les amener à réviser leur jugement.

Bien rémunérés, les frères avaient vite été très demandés.

Ils choisissaient toujours avec soin les causes pour lesquelles ils combattaient.

— Ainsi était Raist, chuchota Caramon. Peu m'importait pour qui ou pour quoi je me battais. Mais il insistait. Plus d'une fois, il a repoussé les offres de tyrans avides de puissance... Par-Salian est la cause de tout ceci, il l'a admis ! Raistlin a débarrassé le monde de l'infâme Fistandantilus. De l'avis général, c'est une excellente chose. Raist m'a affirmé n'être pour rien dans la mort du Barbare. Donc il n'a pas fait de mal. Peut-être l'avons-nous mal jugé... Sans doute n'avions-nous *aucun droit* de le forcer à changer... Que faire ?

Epuisé, il s'endormit.

Le soleil levant incendia le ciel.

La Nuit du Destin s'achevait. Tasslehoff se leva, salua le nouveau jour et décida une chose : *lui* allait arrêter le Cataclysme.

CHAPITRE XII

— Altérer le cours du temps ! s'exclama Tass, enthousiaste.

Après avoir franchi le muret du jardin pour accéder à l'aire sacrée du temple, il atterrit dans un parterre de fleurs. Discutant des prochaines festivités, des prêtres déambulaient dans les allées. Plutôt que d'interrompre leur conversation, Tass s'accroupit et attendit que les promeneurs s'éloignent.

Bien sûr, il salissait son haut-de-chausses bleu, mais c'était une affaire de courtoisie.

Rester allongé au milieu des roses rouges n'était pas désagréable. De l'avis général, il faisait trop chaud pour la saison. Si le temps fraîchissait, les humains se plaindraient autant, songea-t-il amusé. Pour ça, on pouvait toujours leur faire confiance...

Tass savourait la chaleur. L'air était oppressant — mais on ne pouvait pas tout avoir.

Il espionna les conversations. Yule devait être une splendeur ; il fut tenté de s'attarder. Ce soir verrait l'ouverture du bal : la Bienvenue. Dès l'aube suivante, la fête battrait son plein, et ce, jusqu'en hiver.

Peut-être irait-il. Il avait cru que la Bienvenue au

temple serait une procession solennelle, donc ennuyeuse à périr — du point de vue d'un kender. Mais à entendre les gens bavarder, les choses se présentaient sous un aspect fort différent.

Demain, Caramon lutterait. Les Jeux faisaient partie des événements de la saison. Les combats sélectionneraient les équipes admises en finale. Les vainqueurs gagneraient leur liberté. Demain, l'équipe de Caramon l'emporterait. C'était prévu. La nouvelle avait plongé le grand guerrier dans une terrible dépression.

Tass secoua la tête. Jamais il ne comprendrait cet homme ! Que de bouderies pour des histoires d'honneur ! Après tout, ce n'était qu'un jeu. En tout cas, cela lui facilitait les choses. Se faufiler et savourer le spectacle serait un jeu d'enfant pour le kender.

Soupirant, il se rappela à ses devoirs : enrayer le Cataclysme était plus important qu'aller s'amuser. Il sacrifierait ses divertissements pour une cause vitale.

Emu par sa propre noblesse, en même temps qu'assommé d'ennui, il foudroya du regard les prêtres qui s'attardaient. Enfin, les derniers promeneurs vidèrent les lieux. Soulagé, Tass se releva et s'épousseta. Il cueillit une rose qu'il accrocha à son col, en l'honneur de la saison.

Puis il se glissa dans le temple.

Sa beauté et sa splendeur saisirent le kender. Ravi, il contempla les couloirs remplis de roses aux douces fragrances. Des couronnes ajoutaient un parfum épicé ; le soleil faisait miroiter les pointes des feuilles, tressées de velours rouge et de plumes de cygnes. Des corbeilles de fruits rares et exotiques s'épanouissaient sur les tables, accessibles à tous les visiteurs. Des plateaux de gâteaux et de confiserie complétaient les offrandes.

Pensant à Caramon, Tass s'en remplit les poches ; il

imaginait déjà le ravissement du guerrier. Il ne l'avait jamais vu assez déprimé pour que la vue d'un gâteau restât sans effet sur lui.

Enchanté, Tass hanta les halls, oubliant presque l'objet de son incursion : l'Importante Mission.

Personne ne lui prêta attention. Tous ceux qu'il croisait n'avaient de pensée que pour les préparatifs en cours, les affaires d'Etat ou d'Eglise. De temps à autre, un garde toisait le présomptueux. Tass lui souriait et passait son chemin. C'était un vieux proverbe kender : *Ne change pas de couleur pour te fondre dans le décor. Aie l'air d'être à ta place, et c'est le décor qui s'adaptera à toi.*

Après maints tours et détours — sans compter l'examen répété d'objets intrigants, dont un certain nombre finirent dans ses poches —, il parvint à un corridor austère et désert, *sans* humains affairés et *sans* répétitions de chorales. Avec les rideaux tirés aux croisées, le passage, peu engageant, était plongé dans le noir.

Le contraste avec le reste de l'édifice en liesse était saisissant.

Dans le silence morose, Tass songea qu'un profil bas était de mise. Offenser un corridor taciturne était la dernière des choses à faire !

Il marcha à pas de loup.

La possibilité de surprendre Raistlin au milieu de quelque prodige occulte ne l'effleura même pas.

Près de la porte, il l'entendit parler. Apparemment, le sorcier n'était pas seul.

Sapristi ! songea-t-il. *Je vais devoir attendre, alors que ma mission est capitale ! J'espère qu'ils seront brefs.*

Oreille collée à la serrure, il reconnut une voix familière.

Bien sûr ! Crysania ! Que fait-elle là ?

— Tu as raison, Raistlin, l'entendit-il soupirer. C'est plus calme ici. A mon arrivée, j'étais effrayée. Tu souris ? C'est vrai, je l'admets. Ce corridor semble si désolé à côté des autres ! Tout m'oppresse. Même les décorations me dépriment. Tant d'argent gaspillé au lieu de secourir les indigents !

Dans le silence qui suivit, Tass colla un œil au trou de la serrure. Dans la pièce aux rideaux tirés, Crysania était assise face à la porte. Le menton calé sur une paume, le coude levé, elle avait l'air perplexe.

Le petit espion écarquilla les yeux : elle avait changé ! Disparue sa tunique simple, remplacée par une robe aux fines broderies. Le rose aux joues, elle dardait un regard brillant sur son interlocuteur, qui tournait le dos à Tass.

— Tika avait raison, marmonna-t-il, intrigué.

— J'ignore pourquoi je suis venue, reprit la jeune femme.

Moi, je sais, songea le kender espiègle, remettant vite son oreille en place pour mieux entendre.

— Quand je viens te voir, j'ai toujours tant d'espoir ! Et je repars malheureuse. Je veux te montrer les voies du Bien et du vrai, te prouver qu'elles seules ramèneront la paix dans le monde. Mais tu déformes toujours mes paroles.

— Tes questions t'appartiennent, répondit Raistlin. Je me contente de t'ouvrir les yeux. Elistan met sûrement les adeptes en garde contre la foi aveugle...

Si Tass perçut la note sarcastique, son interlocutrice sembla ne pas la remarquer. Elle répondait avec sincérité :

— Naturellement ! Il nous encourage à remettre en question le monde qui nous entoure et cite souvent Lunedor en exemple. Elle a permis le retour des vrais dieux. Mais les questions devraient éclaircir les problèmes. Or, les tiennes me déroutent !

— Hélas, comme je connais ce sentiment..., murmura Raistlin si bas que Tass faillit ne pas entendre.

Le kender risqua un rapide coup d'œil : le mage avait posé une main sur le bras de sa compagne. Spontanément, Crysania la couvrit de la sienne. Elle reprit la parole avec tant d'espoir, d'amour et de joie que Tass en fut renversé.

— Es-tu sincère ? Ai-je réussi à toucher une partie de ton âme ? Non, ne te détourne pas ! Tu y as réfléchi, n'est-ce pas ? Nous sommes si semblables ! Je l'ai su au premier regard. Ah ! revoilà ton sourire moqueur. Je ne suis pas dupe. Dans la Tour, tu m'as dit qu'une même ambition nous dévorait. Tu as raison ; pour différentes que soient nos façons de procéder, elles ne sont pas si dissemblables que j'aurais cru. Nous sommes des solitaires, voués à nos études. Nous n'ouvrons nos cœurs à personne, pas même à nos proches. Tu vis dans l'ombre, Raistlin, mais je t'ai percé à jour. La chaleur, la lumière...

Tass remit vite l'œil au trou de la serrure.

Il va l'embrasser ! songea-t-il, tout excité. *C'est merveilleux ! Attends un peu que j'en parle à Caramon ! Allons, crétin, au lieu de rester planté les bras ballants... Comment peut-il résister à ces lèvres tendues, ce regard brillant d'amour ?*

Soudain, Raistlin s'écarta.

— Tu ferais mieux de partir, dit-il d'une voix rauque.

Dégoûté, Tass s'éloigna.

Il entendit une toux sèche, suivie de la voix douce et inquiète de Crysania.

— Ce n'est rien, dit Raistlin, ouvrant la porte. Je ne me sens pas très bien, ces derniers jours... Ne peux-tu en deviner la raison ? (Tass se plaqua contre un mur, réticent à les interrompre — ou à manquer quelque chose.) N'as-tu rien senti ?

— Si... Que veux-tu dire ?

— La colère des dieux. (D'évidence, Crysania s'attendait à autre chose. Sans lui prêter attention, il poursuivit :) Leur fureur me taraude, comme si le soleil se rapprochait de cette maudite planète. Peut-être est-ce la raison de ta mélancolie.

— Peut-être, murmura-t-elle.

— Demain commencent les fêtes de Yule. Treize jours après, le Prêtre-Roi fera sa demande. Ses ministres et lui la préparent déjà. Les dieux savent et l'ont averti — d'où la disparition du clergé. Il n'en a pas tenu compte. Chaque jour se produiront des signes avant-coureurs de la catastrophe. As-tu lu les *Chroniques des Treize Derniers Jours* d'Astinus ? Ce n'est pas d'une lecture agréable ; à vivre, ce le sera moins encore.

Le visage de Crysania s'éclaircit :

— Reviens avec nous ! s'écria-t-elle. Par-Salian a remis à Caramon un artefact qui nous rendra à notre époque. Le kender m'a dit...

— Quel artefact ? coupa Raistlin d'un ton qui n'augurait rien de bon. A quoi ressemble-t-il ? Comment fonctionne-t-il ?

Son regard s'embrasa.

— Je... l'ignore, bafouilla-t-elle.

— Je sais ! s'exclama Tass, sortant de l'ombre. Oh ! désolé : je ne voulais pas vous effrayer. Je vous ai entendu. Joyeux Yule à vous deux, au fait.

Il tendit sa petite main, que personne ne serra.

Raistlin et Crysania avaient l'air de convives voyant surgir une araignée dans leur soupe... Sans se démonter, Tass continua à babiller, glissant la main dans une poche.

— Où en étions-nous ? Ah oui, l'engin magique. Eh bien, se hâta-t-il d'enchaîner devant l'air menaçant du jeune homme, déplié, ça ressemble à un sceptre... terminé par une sphère rutilante de gemmes. C'est de la longueur d'un bras environ. Par-Salian a fait quelque chose, et...

— ... Il a diminué, conclut Raistlin, au point de rentrer dans ta poche.

— Mais oui ! Comment as-tu deviné ?

— L'objet m'est familier, dit le sorcier d'une voix tendue.

Etait-ce la peur ou l'euphorie ? Le kender n'aurait su le dire. Crysania le remarqua aussi.

— Qu'est-ce ? demanda-t-elle.

Se refermant comme une huître, Raistlin arbora un masque impassible.

— J'hésite, dit-il. Je dois en apprendre plus. Que cherches-tu, kender ? Est-ce ton habitude d'écouter aux portes ?

— Certainement pas ! J'étais venu vous parler, du moins si dame Crysania et vous en avez terminé.

L'air peu amène, la jeune femme se tourna vers Raistlin.

— Te reverrai-je demain ?

— Je ne crois pas. Naturellement, je n'assisterai pas aux festivités.

— Je ne tiens pas davantage à y participer.

— On t'attendra, Crysania, coupa-t-il d'un ton sec. De plus, j'ai trop longtemps délaissé mes recherches pour le plaisir de ta compagnie.

— Je vois, fit-elle, froide et distante. (Tass perçut sa déception et sa vexation.) Adieu, mes seigneurs.

S'inclinant, elle disparut au bout du couloir ; avec sa robe blanche parut s'évanouir toute lumière.

— Je ferai tes amitiés à Caramon, lança-t-il dans son

dos. (Elle ne se retourna pas.) J'ai peur qu'il ne lui ait pas fait bonne impression, souffla Tass à Raistlin. Il faut dire que les spiritueux lui étaient montés à la tête...

Raistlin toussa.

— Es-tu venu me parler de mon frère ? coupa-t-il avec froideur. En ce cas, tu peux repartir...

— Oh non ! Je viens arrêter le Cataclysme !

Pour la première fois de sa vie, il réussit à stupéfier le sorcier.

Une satisfaction de courte durée.

Livide, le mage se raidit ; son regard impassible parut éclater, dévoilant de sombres incendies. Des serres de prédateur s'enfoncèrent dans les épaules du kender, le projetant dans la pièce. La porte claqua sur eux.

— Qu'est-ce qui t'a donné pareille idée ?

Interdit, Tass se recroquevilla ; ses instincts l'invitèrent à trouver une cachette au plus vite.

— Euh... toi. Tu as parlé de... mon retour. A t'entendre, je pourrais... altérer le temps. Je me suis dit : arrêter le Cataclysme... serait une bonne chose. Non ?

— Comment comptais-tu t'y prendre ?

— Eh bien, je pensais en discuter d'abord avec toi, bien entendu, dit-il aussitôt, espérant que son interlocuteur serait sensible à la flatterie. Avec ton accord, j'irais parler au roi pour lui expliquer son erreur — une des plus mémorables de tous les temps ! Je suis sûr qu'il m'écoutera...

— Bien sûr, répondit Raistlin, gardant son calme. (Chose étrange, Tass eut l'impression qu'il dissimulait un soulagement sans bornes.) Ainsi... tu espères parler au Prêtre-Roi. Et s'il refuse de t'entendre ?

— Euh... Je n'y avais pas pensé. En ce cas, nous rentrerons chez nous.

— Il y a un autre moyen. Infaillible ! Tu serais sûr d'enrayer la catastrophe.

— Ah oui ? Lequel ?

— Le mécanisme magique, répondit le jeune homme, déployant les doigts. Ses pouvoirs sont considérables — au-delà de ce que Par-Salian a confié à mon dadais de frère. Déclenche-le le jour du Cataclysme ; il anéantira la montagne. Ainsi, elle ne nuira à personne.

— Vraiment ? hoqueta Tass. C'est merveilleux ! Mais... comment en être sûr ? Imaginons que ça ne fonctionne pas.

— Qu'as-tu à perdre ? Je serais surpris que ça ne fonctionne pas, sourit-il, enchanté de la crédulité du kender. L'objet n'a-t-il pas été créé par les plus grands thaumaturges au monde ?

— Comme l'orbe draconien ?

— En effet ! Si par extraordinaire ça ne marchait pas, ta vie ne serait pas pour autant en danger : tu pourrais fuir au dernier moment.

— Avec Caramon et Crysania.

Enthousiasmé, le kender ne remarqua pas le silence de Raistlin. Une idée lui vint.

— Et si Caramon décidait de partir avant ? demanda Tass, anxieux.

— Il ne le fera pas, crois-moi.

Le kender réfléchit avant de soupirer.

— Caramon ne me confiera pas l'artefact. Par-Salian lui a recommandé d'y veiller comme sur la prunelle de ses yeux. Il a toujours un œil sur lui ; quand il sort, il l'enferme à clef. Si je lui expliquais mes intentions, jamais il ne me croirait.

— Ne lui dis rien. Le Cataclysme coïncidera avec la finale. Il ne remarquera pas sa disparition.

— Mais ce serait du vol ! s'écria le kender, choqué.

— Disons plutôt un emprunt. La cause ne le justifie-t-elle pas amplement ? Caramon ne t'en voudra pas. Je connais mon frère. Songe combien il sera fier de toi !

— Tu as raison, dit Tass, le regard brillant. Je serai un héros plus fameux que Kronin Brisenœud en personne ! Comment en percer le fonctionnement ?

— Je te donnerai des instructions, dit Raistlin. Reviens... dans trois jours. Pour l'heure... il me faut du repos.

— Bien sûr, fit le kender, jovial. J'espère que ça ira mieux. (Sur le seuil, il hésita :) Je n'ai pas de présent pour toi. Je suis désolé...

— Mais si — et d'une inestimable valeur. Merci.

— Ah oui ? Tu parles du Cataclysme. Voyons, ce n'est rien, je...

En un clin d'œil, il se retrouva au milieu du jardin, et des roses, devant un prêtre sidéré.

— Par la barbe du grand Reorx ! J'adorerais savoir faire ce truc !

CHAPITRE XIII

Le jour de Yule se produisit la première de ce que le monde appellerait par la suite les Treize Calamités — et Astinus, les Treize Avertissements.

Le jour pointa dans une touffeur moite. Même les elfes ne se souvenaient pas de telles chaleurs en la saison. Au temple, les parterres de roses se fanaient ; les couronnes paraissaient avoir été passées au four. La glace qui rafraîchissait les vins dans les récipients d'argent fondait si vite que les serviteurs passèrent la journée à courir d'un bout à l'autre de l'édifice, des seaux d'eau à la main.

Peu avant l'aube, Raistlin se réveilla. Nu et trempé de sueur, il émergeait d'hallucinations enfiévrées qui l'avaient fait déchirer ses habits et ses draps. Si tous les dieux étaient proches de lui, la Reine des Ténèbres l'affectait particulièrement. Devant l'incroyable prétention du Prêtre-Roi à vouloir détruire l'équilibre des forces universelles, la colère divine était quasi palpable.

Raistlin avait rêvé de sa Reine. Contre toute attente, elle n'avait pas pris la forme du terrible dragon à cinq têtes. Le Dragon de Toutes les Couleurs et d'Aucune avait voulu conquérir le monde lors des Guerres de la Lance. Elle n'avait pas davantage pris l'apparence du Guerrier Noir menant ses légions à la mort et à la destruction. Non, la Tentatrice Noire l'avait visité en rêve : la plus belle et la plus séduisante de toutes les femmes.

La nuit entière, elle l'avait tenté avec les délices de la chair.

Frissonnant dans la pièce anormalement froide, Raistlin sentit de nouveau la volupté de ses caresses, revit ses merveilleux cheveux noirs cascader sur ses épaules. S'abandonnant au sortilège, il avait écarté les mèches — et découvert le visage de Crysania !

Arraché à son sommeil, il se félicita de la victoire de l'intellect sur les mirages de la chair, même s'il n'ignorait pas le prix à payer.

Comme par hasard, une nouvelle quinte de toux lui déchira la poitrine.

— Je ne céderai pas, marmonna-t-il quand il retrouva un peu de souffle. Tu ne me vaincras pas si facilement, ma Reine.

Trébuchant hors du lit, il se drapa d'une robe noire et s'installa à son bureau. Penché sur un texte antique, il entreprit de laborieuses recherches.

*

* *

Crysania n'avait pas mieux dormi.

Comme Raistlin, elle sentait la proximité des dieux — surtout celle de Paladine. L'ire divine se teintait d'une indicible tristesse que la jeune femme avait peine à supporter. Accablée de regrets, elle s'enfuit au hasard, sans savoir où elle allait. L'âme tourmentée, elle se sentit sombrer dans le néant. Des bras puissants la rattrapèrent. Un corps musclé se pressa contre le sien. De longs doigts caressèrent ses cheveux, l'apaisant. Elle leva les yeux sur un visage...

Des cloches brisèrent le silence. Surprise, Crysania revint à elle. Au souvenir de la chaleur et du réconfort qu'elle venait de trouver, elle pleura.

*

* *

Au réveil, Tasslehoff avait été déçu. Aujourd'hui débutaient les fêtes de Yule — et, d'après Raistlin, d'horribles choses se préparaient. A la lueur grisâtre du nouveau jour filtrant par la fenêtre, la seule « chose horrible » en vue pour l'instant était Caramon, suant sang et eau dans ses exercices matinaux.

Même s'il passait ses jours à pratiquer l'art de la lutte pour mettre au point de nouvelles techniques, l'athlète combattait sans cesse ses excès de poids. A la fin de sa diète, il suivit de nouveau le régime général. Mais le nain au regard vif constata bientôt que Caramon mangeait cinq fois comme les autres !

Autrefois, manger était un plaisir. A présent, tourmenté au sujet de son frère, il cherchait une consolation dans la nourriture, comme jadis avec la boisson. Une fois, Caramon avait tenté l'aventure, chargeant Tass de lui rapporter des liqueurs en cachette. N'étant plus habitué, il avait été malade comme un chien, au secret soulagement du kender.

Arac avait décrété que le guerrier mangerait à sa faim à condition de suivre quotidiennement une série d'exercices ardus. Chaque matin, au lever du jour, Caramon s'en acquittait. Comment Arac savait-il s'il tenait parole ou non ? Le colosse se le demandait. Pourtant, l'unique fois où il n'avait pas fait sa gymnastique matinale, il s'était vu refuser l'accès aux plats au réfectoire par Raag, gourdin au poing.

Assommé par les jurons et les halètements de son ami, Tass grimpa sur une chaise pour jeter un coup d'œil par la fenêtre.

La vue le réjouit.

— Caramon, viens voir ! As-tu jamais contemplé un ciel d'une telle couleur ?

— Quatre-vingt-dix-neuf, cent...

Avec un bruit mat qui fit trembler les murs, le jeune homme se laissa choir sur des abdominaux désormais durs comme du roc. Puis il rejoignit son petit compagnon devant les barreaux de la fenêtre, essuyant sa sueur à l'aide d'une serviette.

S'attendant à un lever de soleil ordinaire, il écarquilla les yeux.

— Non... Jamais. Pourtant, j'ai vu maintes choses bizarres dans ma vie...

— Oh, Caramon, Raistlin avait raison ! Il a dit...

— Raistlin ? (Tass déglutit. Cela lui avait échappé.) Où l'as-tu revu ?

— Au temple, évidemment. N'en ai-je pas parlé hier ?

— Oui, mais...

— Pourquoi y allais-je sinon pour voir mes amis ?

— Tu n'as jamais...

— J'ai vu dame Crysania et Raistlin. J'en ai forcément parlé. Tu ne m'écoutes jamais, voilà le problème ! Tu restes assis chaque nuit sur ta paillasse, à bouder et à monologuer dans ta barbe... Si je te disais que le toit va s'écrouler, tu répondrais : « C'est très bien, Tass ! »

— Ecoute, kender, si tu l'avais dit hier, je sais que...

— Dame Crysania, Raistlin et moi avons bavardé à propos de Yule. Au fait, tu devrais voir le temple !

C'est splendide ! J'avais rapporté quelque chose pour toi... (Il fit mine de se dégager ; Caramon se planta devant lui.) Oh... J'imagine que ça peut attendre. Tika avait raison, c'est merveilleux : elle est amoureuse de ton frère !

Dérouté par l'usage approximatif des pronoms personnels, Caramon perdit le fil.

Voyant son air confus, le kender rectifia :

— Non, je ne parle pas de Tika, mais de Crysania ! Appuyé contre la porte, j'attendais qu'ils aient fini de bavarder. A un moment, j'ai jeté un coup d'œil par la serrure et il l'a presque embrassée ! Ton frère, Caramon ! Peux-tu imaginer ? (Il soupira.) Enfin... Il l'a pratiquement éconduite. Elle est partie à contrecœur — si jolie avec sa nouvelle robe et sa nouvelle coiffure... Ensuite, on a parlé du Cataclysme. Selon Raistlin, d'horribles choses commenceraient aujourd'hui — des avertissements divins.

— Amoureuse de lui ? marmonna Caramon.

Le front plissé, il se détourna.

— Sans aucun doute, lança Tass.

Il alla chercher les douceurs cachées dans ses poches ; l'homme les accepta et les mangea machinalement.

— D'après ceux qui nous ont envoyés, il a besoin d'un prêtre, marmonna-t-il, la bouche pleine. Avaient-ils raison, tout compte fait ? Devrais-je le laisser faire ou tenter de l'arrêter ? En ai-je le droit ? Si elle choisit son parti, peut-être est-ce mieux pour lui... (Il se lécha les doigts.) Si elle l'aime assez...

Soulagé, Tass attendit l'appel du déjeuner. Caramon n'avait pas pensé à lui demander la raison de sa visite à son frère. A présent, il n'y songerait plus.

Le danger était passé...

Ce jour-là, l'horizon était dégagé. On pouvait presque apercevoir les royaumes voisins. Pourtant, le ciel avait une « teinte particulière »...

Allié à l'air oppressant, sa couleur vert agressif ruina l'humeur festive du jour. On ne s'attarda pas dans les rues pour gagner les lieux de liesse. Le temps bizarre faisait l'objet de conversations irritées.

Une angoisse insidieuse se propageait.

Dans le temple, l'atmosphère était plus joyeuse. Les appartements royaux étaient coupés du monde extérieur. En présence du souverain, la peur et l'agacement s'évanouissaient. Loin de Raistlin, Crysania aussi retomba sous le charme. L'aura du roi la réconforta, bannissant ses inquiétudes nocturnes.

Mais elle avait vu le ciel. Elle s'efforça de se souvenir des Treize Jours.

Ces contes d'enfants se mêlaient à ses rêves de la veille. Sûrement, le Prêtre-Roi ne pourrait pas ignorer tant d'avertissements célestes !

De toute son âme, elle pria. Chassant de son esprit le souvenir du mortel effrayé au regard fuyant aperçu la veille, elle vit à sa place un monarque fort, dénonçant les ministres fourbes qui avaient trompé sa confiance...

*
* *

Ce jour-là, l'arène était loin d'être bondée. Personne n'appréciait le ciel vert. Au fil des heures, la couleur maladive s'assombrit.

Les gladiateurs combattirent mécaniquement ; le cœur n'y était pas. Les rares spectateurs étaient avares d'applaudissements, mais pas de huées et de railleries, même vis-à-vis des favoris.

— Ça arrive souvent par ici ? s'enquit Kiiri. (Caramon, Pheragas et elle attendaient leur tour.) En ce cas, je sais désormais pourquoi mon peuple a choisi de vivre sous la mer !

— Mon père était marin, gronda Pheragas, comme son père et comme moi, avant d'assommer le second du navire, histoire de lui remettre les idées en place. Ce qui m'a valu d'être envoyé ici. Or, je n'ai jamais rien vu de tel. J'ai peur que ça n'augure rien de bon.

— Sans doute, dit Caramon, mal à l'aise.

Il savait que dans treize jours s'abattrait le Cataclysme ! Devenus aussi chers pour lui que Sturm et Tanis, ses amis périraient aussi ! Le reste de la population d'Istar ne représentait rien à ses yeux. Pour autant qu'il sût, c'était un fameux ramassis d'égoïstes — encore que la vue des enfants condamnés lui serrât le cœur.

Il devait prévenir ses compagnons ! Peut-être pourraient-ils quitter la ville à temps et sauver leur vie ?

Perdu dans ses pensées, il n'avait pas fait attention au dernier affrontement. Le Minotaure Rouge — ainsi appelé en raison de la fourrure marron-roux couvrant son visage bestial — était opposé à un nouveau dont Caramon avait suivi l'entraînement avec une condescendance amusée.

Sentant Pheragas se crisper, ses yeux volèrent vers le cercle.

— Qu'y-a-t-il ?

— Ce trident..., souffla-t-il. En as-tu jamais vu de semblable dans les accessoires ?

Fou de rage, Caramon étudia l'arme. Il secoua la tête.

— L'arme est authentique, marmonna Caramon. Arac aurait-il l'intention de se débarrasser du novice si vite ? Regarde !

Des zébrures ensanglantaient déjà sa poitrine.

Pheragas ne dit mot ; Kiiri haussa les épaules.

L'instant suivant, le Minotaure fit un croc-en-jambe à son adversaire et planta les griffes du trident autour de son cou. Ainsi s'achevait le duel.

Comme on le lui avait appris, le vaincu feignit la colère et l'humiliation. Le poing brandi, il quitta l'arène. Au lieu de sourire au passage à Caramon et à ses compagnons, il semblait préoccupé. Caramon remarqua sa pâleur et la sueur qui perlait sur son front. Il avait les mains posées sur ses blessures.

— L'homme du seigneur Onygion, dit Pheragas, une main sur le bras du guerrier. Estime-toi heureux, mon ami, et ne t'en fais plus.

— Comment ? fit-il, interloqué.

Un cri de douleur le fit pivoter ; défiguré par la souffrance, le guerrier se tordait de douleur sur le sol.

— Non ! s'écria Kiiri, retenant Caramon par le bras. Le Minotaure Rouge quitte la piste, c'est notre tour !

Les ignorant, ce dernier passa devant eux — un comportement typique de sa race. Il ne prêta pas plus d'attention à l'agonisant. Arac et Raag accoururent. D'un geste, le nain ordonna à l'ogre de faire disparaître le corps inanimé.

Caramon hésita. Les ongles plantés dans le bras du guerrier, Kiiri l'entraîna dans la fournaise, à l'extérieur.

— C'est un règlement de compte, siffla-t-elle. Apparemment, ton maître n'y est pour rien. Le seigneur Onygion et Quarath sont quittes.

La foule salua les nouveaux combattants. La vue du trio fit oublier l'oppression. Caramon n'entendit pas les cris. Raistlin avait dit vrai : il n'était en rien mêlé à la mort du Barbare ! C'était une coïncidence — ou peut-être une manifestation de l'humour tordu du nain.

Caramon fut soulagé : il pouvait rentrer chez lui ! Si Raistlin et lui suivaient des voies différentes, son frère avait le droit de mener sa vie comme il l'entendait. Il n'était ni une nuisance, ni une menace. Il désirait simplement étudier.

Euphorique, Caramon salua.

Il savoura même les duels. Bien sûr, les combats étaient truqués ; son équipe l'emporterait ; la finale l'opposerait au Minotaure Rouge. Mais bien avant, il serait reparti vers Tika. Il préviendrait ses amis pour qu'ils fuient à temps. Puis il ferait ses excuses à son frère et ramènerait Crysania et Tasslehoff à leur époque. Demain ou le jour suivant, il commencerait une nouvelle vie...

A l'instant où Caramon et les siens saluaient au terme d'une bataille bien orchestrée, un cyclone frappa le temple d'Istar.

Le ciel avait viré au vert malsain des marécages quand apparurent des nuages. Enveloppant les tourelles de leurs volutes, ils les arrachèrent. Le marbre fracturé retomba en pluie.

Il n'y eut pas de blessés graves. Par bonheur, les salles d'études des tourelles étaient désertes au moment de la catastrophe.

Mais le phénomène déclencha la panique.

Redoutant d'autres calamités, les gens quittèrent les gradins et se ruèrent chez eux pour s'y calfeutrer.

Dans le temple, le Prêtre-Roi se tut. Ses ministres — les Fils et les Filles de Paladine —, s'abritèrent pour tenir conseil. Les autres remirent de l'ordre dans les halls où s'étaient engouffrées les bourrasques, renversant meubles et tableaux au passage.

C'est le début, songea Crysania effrayée. *Rien que le début...*

Tremblante, elle ramassa des débris de porcelaine.

Les choses iraient en empirant.

CHAPITRE XIV

— Les forces du Mal s'acharnent contre moi ! s'écria le Prêtre-Roi. Mais je tiendrai bon ! Vous ne devez pas céder non plus ! Face à la menace, restons unis...

— Non, chuchota Crysania, désespérée. Vous ne comprenez rien ! Comment peut-on être si aveugle ?

Douze jours après le premier cyclone, les rapports ne cessaient d'affluer des quatre coins du continent, décrivant une série d'événements bizarres, chaque fois différents.

— Selon le roi Lorac, du Silvanesti, les arbres ont pleuré des larmes de sang toute la journée, continua le Prêtre-Roi horrifié. Palanthas est couverte de brumes blanches si épaisses qu'on se perd dans les rues !

« En Solamnie, aucun feu ne peut prendre. Les âtres et les cheminées sont froids ; les forges, fermées. Les braises pourraient être de la glace, pour toute la chaleur qu'elles donnent ! Pourtant, dans les plaines d'Abanasinie, la prairie s'est enflammée. L'incendie a obscurci jusqu'aux cieux, refoulant les tribus nomades.

« Ce matin encore, les griffons ont rapporté que la cité elfique de Qualinost avait été envahie par les animaux des forêts, soudain transformés en bêtes féroces... »

Incapable d'en supporter davantage, Crysania sortit sans se soucier des regards scandalisés.

Sitôt sur les promenades, un éclair incandescent l'aveugla. Le tonnerre la fit se couvrir le visage.

— Je vais devenir folle ! chuchota-t-elle.

Depuis le cyclone, la tempête faisait rage sur Istar, inondée et battue par la grêle. Les éclairs et le tonnerre n'avaient de cesse, minant les édifices *et* les esprits.

Ivre de fatigue, elle se laissa tomber sur un siège.

On lui effleura le bras, la faisant sursauter ; un beau jeune homme trempé lui faisait face.

— Je suis navré, Prêtresse Révérée, je ne voulais pas t'effrayer, dit-il d'une voix familière.

— Caramon ! s'écria-t-elle, soulagée. Ce doit être horrible, dehors... Tu es trempé jusqu'aux os !

— Depuis des jours, je voulais te voir...

— Je sais. Je suis désolée. J'ai eu tant de choses à faire...

— Dame Crysania, nous ne parlons pas d'une invitation au bal ! Demain, cette ville volera en éclats !

— Chut ! Nous ne pouvons pas tout dire ici ! Viens.

Réticent, il la suivit dans une salle retirée du temple ; les éclairs n'y incendiaient plus l'air. Les murs assourdissaient le tonnerre. La porte refermée, les jeunes gens s'installèrent.

Très conscient de leur dernière rencontre, où son ivrognerie avait failli mener au désastre, Caramon accusait une grande nervosité. Crysania posa sur lui un regard gris et froid comme le petit jour.

Il rougit.

— Je suis heureuse de te voir en meilleure forme. (Le jeune homme étudia ses pieds.) Je suis désolée, ajouta-t-elle. Pardonne-moi. Je ne dors plus depuis des jours. Mon esprit est confus. Tout ce vacarme...

Elle porta une main à son front.

— Je comprends. Tu as le droit de me mépriser autant que je me méprise. Nous devons partir, dame Crysania !

— Tu as raison. Il reste quelques heures à peine pour nous échapper ; j'en suis très consciente, crois-moi. J'ai échoué. Jusqu'à ces dernières heures, j'espérais encore que les choses changeraient. Mais le Prêtre-Roi est *aveugle !*

— Est-ce pourquoi tu m'as évité ? En m'empêchant de partir ?

A son tour, Crysania s'empourpra.

— Non, dit-elle d'une voix à peine audible. Je ne voulais pas partir sans...

— ... Raistlin. Crysania, il n'est pas sans ressources, loin s'en faut. Son Art ne l'a-t-il pas conduit ici ? Il a fait son choix, je m'en rends compte maintenant. Nous devrions partir...

— Ton frère est au plus mal, dit-elle sèchement. (Inquiet, il releva la tête.) Depuis des jours, j'essaie de le voir, mais il interdit sa porte à tous, moi comprise. Aujourd'hui, il m'a envoyée quérir. Je vais le persuader de nous accompagner. Si sa santé est chancelante, il n'aura plus la force de recourir à la magie.

— En effet, bougonna Caramon, songeant à la difficulté du sort requis. (Au mieux de sa forme, Par-Salian avait dû s'y consacrer des jours.) Qu'a-t-il ?

— Comme tout le monde — même si personne ne l'admet —, la proximité des dieux l'affecte. (Attristée, elle fit une pause avant de reprendre :) Tenons-nous prêts au cas où il accepterait de venir avec nous...

— Et s'il refuse ?

— Je crois... qu'il viendra, dit-elle, déroutée. Je lui ai parlé de... ses erreurs : le Mal ne crée rien. Il détruit et se dévore lui-même. Admettant la validité de mes arguments, il a promis d'y réfléchir.

— Et il t'aime, dit-il avec douceur.

Crysania ne put le regarder en face. Le sang cogna si fort à ses tempes qu'elle n'entendit plus rien. Elle sentit le regard de Caramon peser sur elle. Les mains serrées, elle tenta de maîtriser ses tremblements.

Caramon se leva.

— Belle dame, dit-il, solennel, si tu as raison, si ta bienveillance et ton amour le détournent des Ténèbres pour le ramener — de son propre gré —, vers la Lumière, je serai...

Gêné, il se détourna.

A entendre tant d'amour dans sa voix, à voir les larmes qu'il cherchait en vain à cacher, Crysania fut prise de remords. L'avait-elle mal jugé ?

Se levant à son tour, elle lui effleura le bras. Les muscles se tendirent sous sa main.

— Retournes-tu dans l'arène ? Ne peux-tu rester... ?

— Non, je dois m'occuper de Tass et de l'artefact de Par-Salian. Sans parler de mes amis... J'ai voulu les convaincre de partir. C'est sans doute trop tard, mais je ferai une dernière tentative...

— Bien sûr. Je comprends. Reviens au plus vite. Retrouve-moi... dans les appartements de Raistlin.

— D'accord.

Il lui serra les mains avec ferveur et s'éloigna en hâte. A la lueur des torches, elle le regarda disparaître d'une démarche assurée.

A son tour, elle fut envahie par une vague d'énergie.

Prenant les plis de sa robe d'une main, Crysania grimpa l'escalier pour se rendre chez le sorcier à la robe noire.

Dans le corridor, sa bonne humeur retomba : dehors, la tempête ne connaissait plus de frein. Les épais rideaux ne cachaient pas les éclairs ; l'épaisseur des murs n'assourdissait plus les roulements du tonnerre.

Sans doute à cause de croisées mal fermées, même le vent s'engouffrait à son aise dans le palais. Aucune torche ne pouvait brûler — non qu'il y en eût besoin, avec les éclairs incessants.

Ses mèches noires dans les yeux, la robe voletant sur ses jambes, elle frissonna. Hâtant le pas, elle allait frapper à la porte quand un coup de tonnerre particulièrement virulent l'ouvrit à la volée et la jeta dans les bras de Raistlin.

Elle revivait son rêve ! Sanglotant de terreur, elle se pelotonna contre la poitrine du jeune homme. Il la serra presque convulsivement. Puis il lui caressa les cheveux pour l'apaiser.

— Allons, chuchota-t-il, ne crains pas la tourmente. Jubile ! Contemple le pouvoir des dieux, Crysania ! Il effraye les imbéciles. Ils ne peuvent t'atteindre — si tu n'en décides pas autrement.

— Que veux-tu dire ?

D'ordinaire impassible, Raistlin lui révélait ses états d'âme.

D'instinct, elle voulut se dégager. Repoussant une mèche de son front, il chuchota :

— Viens avec moi, Crysania ! Je t'emmènerai dans une époque où tu seras l'unique prêtresse au monde. En franchissant le Portail, nous défierons les dieux ! Penses-y ! Un pouvoir si fantastique !

La relâchant, bras tendus, il éclata de rire. Alors elle remarqua sa fébrilité et les plaques de rougeurs qui constellaient ses joues livides. Il avait terriblement maigri.

— Tu es malade ! Attends, je vais chercher de l'aide...

— Non ! hurla-t-il, couvrant le tonnerre. (Redevenu impassible, il l'agrippa par les poignets.) Je suis malade, admit-il, radouci. Mais échapper à cette folie est la seule cure. Mon travail est presque achevé. Demain, quand le Cataclysme s'abattra, les dieux se concentreront sur la leçon à donner aux misérables mortels. La Reine Noire ne pourra m'empêcher de gagner l'époque où elle *sera* vulnérable face à un véritable prêtre !

— Lâche-moi ! s'écria-t-elle, la douleur et l'indignation occultant sa frayeur.

Courroucée, elle se dégagea, même si son étreinte lui manquait déjà...

— Ourdis le Mal seul, dit-elle d'une voix voilée de larmes. Je n'irai pas avec toi.

— Alors tu mourras.

— Tu oses me menacer !

— Oh, je ne te toucherai pas, dit-il avec un étrange sourire. Tu mourras de la main de ceux qui t'ont envoyée ici.

— Est-ce un autre de tes tours ? demanda Crysania, poignardée au cœur par sa fourberie.

Elle aurait voulu fuir — qu'il ne voie jamais à quel point il l'avait blessée...

— Non, Prêtresse Révérée. Vois par toi-même. J'ai longuement étudié...

Il désigna un tome à la reliure rouge, sur le pupitre, et des rangées entières de grimoires. Elle sursauta. Il n'y avait rien de tout cela la dernière fois qu'elle lui avait rendu visite.

— Oui, dit-il, amusé. Je les ai rapportés de lointaines contrées. Celui-ci vient de la Tour de Wayreth. Regarde !

— Quoi donc ?

Crysania fixa l'objet comme s'il s'agissait d'un serpent venimeux.

— C'est un simple livre. Il ne se transformera pas en dragon pour t'enlever. Une sorte d'encyclopédie antique, écrite à l'Age des Rêves.

— Pourquoi veux-tu me la montrer ? Qu'ai-je à voir avec ça ?

Le calme de son hôte la rassurait. Elle en oubliait presque la tempête.

— C'est un ouvrage sur les artefacts produits à l'époque, expliqua-t-il, imperturbable, sans la quitter des yeux. Lis...

— Je ne comprends pas la langue de l'Art. A moins que tu veuilles la « traduire » ?

Mais la colère du jeune homme avait vite cédé le pas à la tristesse et à l'épuisement.

Crysania en fut touchée.

— Ce n'est pas rédigé dans cette langue. Sinon, je ne t'aurais pas demandé de le consulter. (Baissant les yeux sur sa toge, il eut un sourire amer :) Il y a longtemps, j'en ai payé le prix. Pourquoi vouloir que *tu* me fasses confiance ?

Crysania approcha à contrecœur du bureau. D'un mot de pouvoir, Raistlin invoqua un éclat ambré et l'invita à lire.

Crysania parcourut quelques pages avant que son attention soit retenue. Un chapitre s'intitulait : « *Dispositif pour voyager dans le temps* ». Dans la marge était représenté l'artefact décrit par le kender.

— Est-ce l'objet que Par-Salian a confié à Caramon pour qu'il nous ramène à notre époque ?

— Oui. Lis, répéta-t-il.

Intriguée, elle obéit. Le thaumaturge qui l'avait conçu avait disparu depuis des lustres. L'invention, décrite en détail, faisait référence à des connaissances occultes pointues que la jeune femme ne possédait pas. Elle saisit des bribes :

« *...transportera le sujet dans le passé et le futur... doit être assemblé dans l'ordre prescrit... fonctionnera sur un seul... l'usage en est réservé aux elfes, aux humains et aux ogres... Aucun mot de pouvoir n'est nécessaire...* »

Hésitante, Crysania releva les yeux. Raistlin semblait attendre quelque chose. Que devait-elle comprendre ? Un malaise la gagna ; son cœur saisissait plus vite que son intellect.

— Relis, Crysania.

Consciente de l'orage qui redoublait de violence, elle s'exécuta.

Les mots lui sautèrent aux yeux pour mieux la poignarder.

Fonctionnera sur un seul...

Fonctionnera sur un seul...

Elle vacilla. Raistlin la fit asseoir.

Malgré les myriades d'éclairs, Crysania eut l'impression d'être plongée dans le noir.

— Sait-il ? souffla-t-elle.

— Caramon ? Bien sûr que non ! Sinon, il se serait tué à te le remettre et t'aurait supplié à genoux de l'utiliser à sa place. Quoi de plus noble à ses yeux que de se sacrifier pour toi ?

« Comment Par-Salian aurait-il expliqué ce... détail à Caramon, une fois de retour à son époque — seul ? Je l'ignore. Dans sa rage, mon frère serait capable de démolir la Tour à mains nues. Mais pour l'heure, peu importe. »

Raistlin obligea la jeune femme à croiser son regard. Cette fois, elle y vit son reflet, seule et terrifiée.

— Ils t'ont envoyée à ta mort, Crysania. (Plus fort

que le tonnerre, son murmure l'atteignit en plein cœur.) Est-ce là le Bien dont tu me parles ? A l'instar du Prêtre-Roi, tes dieux aussi vivent dans la peur ! Ils te redoutent autant que tu me crains. La seule voie menant au Bien est la mienne, Crysania ! Aide-moi à vaincre le Mal, j'ai besoin de toi...

Elle ferma les yeux. En esprit, elle relut la lettre de Par-Salian : « *Ta vie ou ton âme. Choisis l'une et tu perds l'autre ! Tu peux revenir de plus d'une façon ; par l'intermédiaire de Caramon, entre autres* ».

Il l'avait trompée à dessein ! Mais d'autres moyens existaient ! Alors qui pourrait la guider ? Qui croire en ce monde sinistre ?

Alors, elle se leva. Les yeux dans le vague, elle murmura :

— Je dois partir... réfléchir...

Raistlin ne tenta rien pour la retenir.

— Demain, chuchota-t-il. Demain...

CHAPITRE XV

Il fallut toute la force de Caramon, conjuguée à celle de deux gardes du temple, pour forcer les portes à s'ouvrir. Dès que le guerrier fut dehors, la bourrasque le plaqua aux murs comme un fétu de paille. Acharné, le jeune homme finit par l'emporter contre les éléments ; profitant d'une brève accalmie, il descendit les marches quatre à quatre.

La fureur des vents quelque peu retombée, il longea d'imposants édifices. Menaçant de déséquilibrer les rares imprudents déjà sonnés par le tonnerre et les éclairs, le torrent qui dévalait les rues montait jusqu'aux genoux.

L'injure ou la prière aux lèvres, les citadins s'étaient retranchés chez eux. De rares passants, désespérés, s'agrippaient aux corniches ou se recroquevillaient de porche en porche.

Pressé de regagner l'arène, Caramon s'entêta. Porté par les ailes de l'espoir, il se dit que, cette fois, Pheragas et Kiiri l'écouteraient.

Il se souvint de leur dernière conversation...

« — Peu importe comment je le sais, je le sais, c'est tout ! Le désastre est à nos portes ! »

« — Tu voudrais qu'on manque la finale ? » s'était enquise Kiiri. »

« — Elle n'aura pas lieu par un temps pareil ! »

« — Aucune tempête de cette force ne dure longtemps, objecta Pheragas. Le beau temps ne tardera pas. De plus... que ferais-tu sans nous dans l'arène ? »

« — Eh bien ! je saurais me battre seul au besoin ! »

« — Au besoin..., avait répété Kiiri, glaciale, échangeant des regards entendus avec Pheragas. Merci de penser à nous, l'ami, mais très peu pour moi. Des esclaves en fuite ! Combien de temps crois-tu que nous survivrions ? »

« — Quelle importance, après... »

Misérable, Caramon avait secoué la tête. Que pouvait-il dire ? Comment leur faire comprendre ? Ils ne lui avaient pas donné sa chance. Ils étaient partis sans un mot de plus, le laissant seul.

Cette fois, ils écouteraient ! Il ne s'agissait pas d'un orage naturel. Auraient-ils le temps de s'abriter ? Pour la première fois, il regretta de n'avoir pas davantage étudié l'Histoire. Quel territoire la catastrophe avait-elle ravagé ? Peut-être était-il déjà trop tard ?

Au moins avait-il essayé. Il s'obligea à envisager des perspectives plus réjouissantes. Bientôt, il serait parti. Tout prendrait des allures de mauvais rêve.

Il serait de retour chez lui avec Tika, et même Raistlin ! Il achèverait sa maison. Il se voyait déjà au coin du feu, Tika pelotonnée contre lui... En compagnie de son jumeau, en robe blanche, il lui narrerait leurs aventures...

Tika n'en croirait pas ses oreilles, mais qu'importait. L'homme qu'elle aimait serait près d'elle. Cette fois, il ne la quitterait pour rien au monde !

Il sentait déjà ses boucles rousses sous ses doigts ; il voyait leur éclat cuivré sous la chaleur des flammes...

Dans l'arène, il poussa la porte secrète qui permettait aux esclaves de s'éclipser la nuit et de revenir sans se faire remarquer. Arac en connaissait l'existence mais il la tolérait, tant que personne n'abusait du privilège. Bien sûr, les entraînements annulés, les lieux étaient déserts.

Demain verrait-il de nouveaux combats ? Les paris étaient ouverts.

*

* *

Arac était d'humeur presque aussi massacrante que le temps. Il comptait déjà le manque à gagner en cas d'annulation de la finale — l'événement sportif de l'année. Bien sûr, *on* lui avait promis du soleil pour le lendemain.

Mais le nain restait morose.

De sa fenêtre, il vit Caramon rentrer au bercail sur la pointe des pieds et alerta Raag. Attendant que le nain range ses livres de comptes, l'ogre agrippa son énorme gourdin.

*

* *

Caramon se hâta de gagner la cellule qu'il partageait avec le kender. Il la trouva vide.

— Tass ?

Un éclair illumina la pièce. Son compagnon n'était nulle part.

— Tass, ce n'est plus le moment de jouer !

Une fois, le sale petit bonhomme l'avait fait sauter au plafond : caché sous le lit, il avait surgi comme un diable dès que Caramon avait eu le dos tourné.

Maugréant, le colosse regarda sous le lit.

— J'espère que cet idiot n'est pas sorti par un temps pareil ! M'attendrait-il dans le hall ? Est-il avec Kiiri et Pheragas ?

Caramon fouilla le coffre où il rangeait son armure dorée. Méprisant, il jeta les plaques par terre.

— Au moins n'aurai-je plus à porter ce costume ridicule ! Quoique... Voir la tête de Tika serait amusant. Elle l'adorerait, j'en suis sûr !

Sifflotant gaiement, il vida le coffre avant de soulever le double fond à l'aide de ses dagues.

Il cessa de siffler.

La cachette était vide.

Frénétique, il passa les épaules dans l'ouverture, même si le talisman n'avait pu disparaître dans une fissure. Le cœur battant la chamade, Caramon bondit et passa la cellule au peigne fin. Il éventrait le matelas de paille quand un détail attira son attention.

Avec le kender avaient disparu ses besaces et ses objets personnels. Ainsi que son manteau.

Tass avait fui avec le précieux artefact.

Mais pourquoi ?

Caramon eut l'impression d'avoir été foudroyé.

Tass avait parlé à son frère, n'est-ce pas ? Or qu'avait-il été faire au temple ?

Tass l'avait questionné sur l'artefact, naturellement. Il avait semblé se satisfaire de ses réponses. De temps à autre, Caramon vérifiait que le précieux objet était toujours en place. C'était une précaution automatique quand on vivait avec un kender...

Ou y avait-il du Raistlin par là-dessous ? Une fois en possession de l'appareil, il pourrait les *forcer* à l'accompagner. L'avait-il envisagé dès le début ? S'était-il servi de Tass et moqué de Crysania ? Ou peut-être...

Il *devait* retrouver Tass et l'arrêter !

Quand il ouvrit la porte, une énorme silhouette lui barra la route.

— Hors de mon chemin, Raag ! gronda-t-il, oubliant où il était.

L'agrippant par l'épaule, l'ogre le lui rappela aussitôt.

— Où vas-tu, esclave ?

Caramon tenta de se dégager ; Raag lui arracha un cri de douleur.

— Ne le blesse pas ! dit une voix derrière eux. Il doit combattre demain. Et qui plus est, gagner !

Sans effort, Raag le repoussa dans la cellule.

— Que d'activités aujourd'hui..., dit Arac du ton de la conversation.

Caramon massa son épaule endolorie. Raag bloquait la porte.

— Tu es déjà sorti par ce temps de chien, reprit le nain, et tu voudrais récidiver ? Allons, c'est hors de question, mon grand ! Tu pourrais attraper froid...

— J'allais rejoindre Tass...

Un autre coup de tonnerre le fit sursauter. Une odeur de bois brûlé se répandit.

— Oublie ça, dit Arac. Le kender est parti avec armes et bagages. Apparemment, il ne compte pas revenir.

Caramon se racla la gorge.

— Je vais le chercher...

— Je me moque de ce petit salaud ! Après tous ses

larcins, je le lui ai fait payer, on est quittes ! En ce qui te concerne, j'ai trop investi pour te perdre maintenant ! Tu ne fuiras pas, esclave !

— M'enfuir ? Vous ne comprenez pas...

— Ah non ? Je ne comprends pas que tu aies voulu débaucher deux de mes meilleurs éléments pour qu'ils s'échappent avec toi ? Tu veux me ruiner ? Qui t'a monté la tête ? Ce n'est pas ton maître, alors inutile de m'embobiner. Il est venu me voir.

— Raist... Euh, Fistandantilus ?

— Oui ! Non content de me mettre en garde contre tes manigances, il a suggéré un châtiment à la mesure de ton crime. Demain, tu combattras le Minotaure, ainsi que Kiiri et Pheragas ! Cette fois, vos armes seront réelles...

— Pourquoi ? Pourquoi veut-il me tuer ?

— Te tuer ? ricana le nain. Absolument pas ! A ses yeux, il s'agit d'une épreuve. Il ne veut que les meilleurs esclaves ! Tu as déjà prouvé ta valeur contre le Barbare... Ton maître est vraiment extraordinaire !

Même Raag en gronda d'amusement.

— Je ne me battrai pas ! s'indigna Caramon. Autant me tuer tout de suite : je n'assassinerai pas mes amis ! Pas plus qu'ils ne tourneront leurs armes contre moi !

— Il connaissait tes arguments à l'avance ! rugit le nain. N'est-ce pas, Raag ? Par Gar, il te connaît par cœur ! On vous croirait jumeaux ! « S'il refuse de combattre, m'a-t-il dit, dis-lui que ses amis prendront sa place contre le Minotaure avec des armes factices ! »

Caramon se rappela l'agonie du jeune homme empoisonné.

— Quant à tes amis, poursuivit Arac d'un ton grinçant, Fistandantilus s'en est aussi occupé. Après ce qu'il leur a dit, ils piaffent d'impatience à l'idée de t'occire !

Caramon se mit à trembler, l'estomac noué. L'impensable malveillance de son frère le plongeait dans le désespoir.

Raistlin les avait tous trompés — Crysania, Tass, lui ! Par ses mensonges, il l'avait forcé à tuer le Barbare. Quant à aimer Crysania, il n'en était pas plus capable que la lune noire d'éclairer le firmament. Il se servait d'elle ! Et Tass était une menace pour lui. Sa destination ne faisait plus de doute...

La plainte des vents déchaînés ne couvrit pas celle de son âme. Fou de chagrin, le guerrier perdit toute conscience de son environnement. Il ne sentit même pas qu'on le ligotait.

La surprise et l'horreur passées, il se retrouva au fond d'un cachot dans les profondeurs du cirque. Raag l'attacha aux anneaux scellés au mur. Puis il vérifia les lanières de cuir qui lui entravaient les poignets.

— Ne serre pas trop, l'avertit le nain. Il combattra demain...

Même sous terre, on entendait encore le tonnerre.

Sur le seuil, Arac se tourna vers le prisonnier.

— Au fait, d'après Fistandantilus, il fera très beau demain. On s'en souviendra encore longtemps.

La porte claqua.

Seul dans les ténèbres, Caramon n'avait plus personne vers qui se tourner.

Cette fois, la décision lui revenait.

Voilà pourquoi les magiciens l'avaient renvoyé ici. Ils savaient la vérité. Il devait apprendre, lui aussi.

Son frère jumeau était perdu à jamais.

Raistlin devait mourir.

CHAPITRE XVI

Personne ne dormit cette nuit-là.

La tourmente semblait vouloir tout détruire. Les plaintes des vents évoquaient les cris redoutables des Esprits hurleurs — et ils couvraient jusqu'aux roulements du tonnerre. La foudre dansait dans les rues. La grêle arrachait les briques, faisant voler en éclats les verres les plus épais ; implacables conquérantes, les bourrasques de vent balayaient les logis de leurs doigts glacés. Emportant tout sur son passage, l'eau dévalait les chaussées.

Personne ne fut blessé.

On eût dit que les dieux, malgré leur fureur, épargnaient encore les vivants, les implorant de réfléchir.

A l'aube, le calme revint : le silence succéda au vacarme. Tout ouïe, les divinités guettèrent le cri qui sauverait le monde.

Le soleil se leva dans un ciel pastel. Aucun oiseau ne pépia. Aucun feuillage ne bruissa sous les brises matinales. Les arbres foudroyés fumaient encore. Les eaux se retirèrent, comme aspirées. Timidement, les gens sortirent pour s'assurer que le cauchemar avait pris fin. Puis ils retournèrent se coucher, recrus de fatigue.

Un seul être avait dormi sur ses deux oreilles. Le silence le réveilla.

Comme Tass Racle-Pieds se plaisait à le rappeler, il avait déjà parlé à des monstres dans le Bois des Ténèbres, puis rencontré une poignée de dragons — il en avait même chevauché un ou dcux —, et il s'était approché *très près* du Bois de Shoikan. Il avait brisé un orbe draconien et été impliqué dans la défaite de la Reine des Ténèbres — non sans aide. Une vulgaire tempête, aussi violente fût-elle, n'allait pas l'empêcher de dormir !

S'emparer de l'artefact avait été un jeu d'enfant. La naïve fierté de Caramon, avec son coffre à double fond, l'avait fait sourire. Un kender de trois ans aurait déjoué la ruse.

Il avait oublié combien le pendentif ovale était charmant. Comment croire que ses petites mains déclencheraient un phénomène d'une telle ampleur ?

En hâte, il révisa les instructions que Raistlin lui avait fournies quelques jours plus tôt pour qu'il les mémorise :

« Choisis ton heure.
Bien que tu la traverses,
Tu la vois
Tournoyer dans l'éternité.
N'obstrue pas les flots,
Agrippe la fin et le début,
Retourne-les et
Tous les détails seront réglés.
Que la destinée soit au-dessus de toi. »

C'était si beau ! Tass aurait volontiers admiré le poème un long moment. Mais le temps lui était compté. Il empocha l'artefact, mit son manteau et se hâta de sortir. En chemin, il repensa à sa conversation avec le mage.

« — « Emprunte » l'objet la veille du désastre, avait dit Raistlin. L'orage sera impressionnant ; Caramon risque de brûler les étapes. Tu te glisseras dans la Chambre Sacrée du temple sans qu'on te remarque. La tourmente retombera au petit matin. Après la procession, dans la Chambre Sacrée, le Prêtre-Roi exposera ses exigences aux dieux.

« Active l'objet juste après... »

« — Comment arrêtera-t-il la catastrophe ? Un rayon de lumière jaillira-t-il vers le ciel ? Abattra-t-il le roi ? »

« — Non... Il... n'abattra pas le roi. Mais tu as raison pour la lumière. »

« — Vraiment ? C'est fantastique ! »

« — Introduis-toi dans la Chambre Sacrée à la faveur de la nuit. Cache-toi derrière les rideaux de l'autel. Personne ne te repérera. »

« — Alors, j'enrayerai le Cataclysme, je rejoindrai Caramon et je lui expliquerai tout ! Je serai un héros ! Mais comment le devenir si j'arrête tout avant que ça commence ? Qui saura ce que j'ai fait si... »

« — Oh ! on le saura. »

« — Vraiment ? Mais... tu as du travail. Je m'en vais. (Raistlin l'avait poussé vers la porte manu militari.) Où vas-tu ? »

« — Où bon me semble. »

« — Puis-je t'accompagner ? »

« — Non, il faut que tu retournes à ton époque pour que tu veilles sur Caramon. »

« — Oui, tu as raison... Ce garçon a besoin qu'on s'occupe de lui... Euh, pourrais-tu me catapulter ailleurs, comme la dernière fois ? C'est tellement génial ! »

Réprimant un soupir, Raistlin lui avait fait ce menu plaisir. Le kender se retrouva dans une mare à canard. Il ne se souvenait pas avoir connu le sorcier si gentil avec lui.

Ce devait être la gratitude... Il ne savait pas l'exprimer, étant malveillant de nature, et se contentait de gestes éloquents.

Oui, avait conclu Tass, ce devait être ça.

Dégoulinant, il sortit de l'eau et retourna au cirque.

La veille du grand jour, la violence des éléments l'avait surpris. Mais Tass avait bravé la furie de la tempête pour gagner le temple comme convenu.

Défier la tourmente était exaltant. La foudre tomba près de lui, avant que les flots dévalant les rues manquent l'emporter. Ç'aurait été amusant si le choc ne lui avait coupé le souffle. Réfugié dans une ruelle, il reprit sa route au plus vite.

Conscient de l'importance de sa mission, il gagna les jardins du temple. Se faufiler au milieu de la confusion générale fut un jeu d'enfant, comme l'avait prédit le mage. Affairés à balayer l'eau et les éclats de verre, les prêtres couraient en tous sens, réconfortant ceux dont les nerfs lâchaient.

Tass ignorait où trouver la Chambre Sacrée. Mais flâner en territoire inconnu était son occupation favorite. Trois heures — et ses besaces pleines à craquer —, plus tard, il aboutit dans une salle correspondant en tout point à la description de Raistlin.

Après une pause, trouvant les lieux austères et assommants, Tass se glissa derrière les rideaux. Abritaient-ils quelque endroit secret où se déroulaient des rituels sacrés loin des yeux des mortels ?

Il soupira. A part des murs, il n'y avait rien. Assis

par terre, il déplia sa cape et examina ses trouvailles à la faveur des éclairs qui zébraient les fenêtres.

Ensuite, bâillant à s'en décrocher la mâchoire, il se roula en boule et sommeilla, vaguement importuné par le tonnerre.

Caramon serait-il furieux contre lui ?

Le silence retomba. Pourquoi cela aurait-il dû le réveiller ? Mystère !

Il comprit que l'orage avait cessé — comme l'avait prédit Raistlin ! Risquant un coup d'œil dehors, il vit qu'il faisait grand jour.

La matinée était bien avancée. Des cloches annoncèrent le nouvel office. Tass sursauta ; allait-il passer le reste de ses jours la tête farcie d'un infernal tintamarre ?

Surpris par une silhouette furtive, il se jeta en arrière. Puis, entrouvrant les rideaux, il épia l'individu.

Tête basse, ce dernier marchait à pas hésitants. La silhouette en robe blanche s'agenouilla devant l'autel.

Sidéré, Tass reconnut...

— ... Crysania ! Que fait-elle là ? (La déception le submergea : avait-elle la même mission que lui ?) Raistlin aurait pu m'avertir !

L'oreille tendue, il l'entendit prier à voix basse.

— Paladine, toi le plus grand et le plus sage des dieux, entends ma voix en ce jour tragique entre tous. Je ne peux rien empêcher. M'interroger sur ton œuvre est peut-être un manque de foi de ma part. Ma prière est simple : aide-moi à comprendre ! Si je dois mourir, que je sache pourquoi. Que ma fin ne soit pas inutile. Montre-moi que je n'ai pas totalement échoué.

« Accorde-moi l'invisibilité, que j'entende ce que nul mortel avant moi n'entendit : la requête du Prêtre-Roi aux dieux. C'est un homme bon — peut-être trop. Ma foi ne tient plus que par un fil. Comment justifier le Cataclysme ? Si tel est votre bon vouloir, je mourrai parmi ceux qui perdirent la foi... »

— Ne dis pas cela, Prêtresse Révérée, tonna une voix venue de nulle part. (Tass faillit se trahir.) Dis plutôt que leur foi fut souillée par l'adoration de fausses idoles : l'argent, le pouvoir, l'ambition...

Le visage de Crysania frappa le nouveau venu. Hâve, des cernes sous les yeux, la jeune femme ne dormait plus depuis des jours. Hirsute, elle contempla le spectre avec frayeur.

— Qui... êtes-vous ?

— Loralon. Je viens te chercher. Tu ne dois pas périr ainsi, Crysania. Tu es la dernière vraie prêtresse de Krynn. Il faut que tu nous rejoignes.

— Loralon, le fameux prêtre du Silvanesti..., murmura-t-elle, détournant le regard. Je ne peux pas — je dois entendre le Prêtre-Roi, comprendre...

— Ne comprends-tu pas assez déjà ? Qu'as-tu ressenti cette nuit ?

— L'humilité, souffla-t-elle. N'est-ce pas naturel en présence du divin ?

— Rien d'autre ? L'envie, peut-être ? Le désir secret de vivre sur le même plan ?

— Non !

Rougissante, elle tourna la tête.

— Viens avec moi, Crysania. Une véritable foi ne requiert aucune justification.

— Les paroles venues de mon cœur sonnent creux à mon oreille. Ce sont des ombres et des leurres. Je veux voir la vérité ! Je veux rester et entendre ce que le Prêtre-Roi a à dire. Je saurai si les dieux ont raison d'agir ainsi !

Loralon la regarda avec commisération.

— Tu ne vois pas la Lumière : tu es devant elle. L'ombre qui te cache la vérité est celle que *tu* projettes. Quand des Ténèbres sans fin t'aveugleront, alors tu ouvriras les yeux. Adieu, Prêtresse Révérée.

Racle-Pieds cilla : le vieil elfe avait disparu ! Avait-il jamais été là ? Tass en fut mal à l'aise. Qu'avait-il voulu dire ? C'était si bizarre ! Et de quoi Crysania parlait-elle ?

Il se rassura vite : grâce à son intervention, le Cataclysme n'aurait pas lieu.

— Elle ira beaucoup mieux quand elle verra que le monde n'est pas détruit !

Des chants précédèrent la procession. Tass contint son enthousiasme ; à l'écart, repliée sur elle-même, Crysania avait l'air misérable.

— Bientôt, tu iras mieux, chuchota Tass.

Reculant dans sa cachette, il sortit l'artefact magique.

Assis en tailleur, il attendit. La procession lui sembla interminable. Les missions importantes étaient vraiment assommantes ! Il fallait espérer qu'on lui saurait gré de ce qu'il avait fait dans l'intérêt général. Tass aurait adoré tripoter son jouet. Mais Raistlin lui avait signifié de ne pas y toucher avant le moment propice, et de *suivre ses instructions à la lettre*. Sa froideur avait impressionné le kender d'ordinaire insouciant.

A présent, il osait à peine remuer un cil.

La jambe gauche presque engourdie, il allait renoncer, désespéré par une si longue attente, quand il entendit des voix. Derrière les rideaux monta une lumière ambrée. La curiosité fut plus forte que tout : il risqua un coup d'œil fugace. Après tout, il n'avait jamais vu le Prêtre-Roi.

Il fut presque aveuglé.

— Par le grand Reorx ! grommela-t-il, sa main en visière.

Enfant, il avait une fois regardé le soleil en face. Etait-ce vraiment une pièce d'or géante ? En ce cas, comment l'arracher au ciel ?

Trois jours de suite, il s'était couché, des bandes de tissu mouillé sur les yeux.

Alors il avait compris la vérité.

Le soleil n'était pas une pièce d'or.

Le Prêtre-Roi était un homme ordinaire.

Contrairement à Crysania, le kender ne fut pas choqué — sans doute parce qu'il n'avait aucun préjugé. Rien ni personne ne l'intimidait vraiment (à l'exception peut-être du seigneur Sobert).

Constater que le très saint monarque était un homme d'âge mûr, au crâne dégarni et au regard bleu clair, le surprit moyennement. L'individu avait l'air d'une biche aux abois.

— Je me suis donné tout ce mal pour rien ! maugréa Tass. Il ne se passera rien. Ce parangon d'insignifiance ne me courroucerait même pas au point de lui lancer une tomate pourrie — encore moins une *montagne !*

Mais, mourant d'envie de se servir de l'artefact magique et n'ayant rien de mieux à faire, il se résolut à attendre la suite des événements.

Le halo magique l'empêchait de voir Crysania.

Le monarque avança vers l'autel, devant lequel il omit de s'agenouiller.

De son point d'observation, Tass le voyait clairement. Son arrogance ne masquait pas la terreur qui luisait au fond de ses yeux.

— Paladine ! commença-t-il d'un ton impérieux. Tu vois le Mal qui m'entoure ! Tu sais les fléaux qui se sont abattus ces derniers jours sur Krynn ! Le Mal s'acharne contre moi, alors que je le combats de toutes mes forces ! Tu vois bien que l'équilibre naturel n'est pas une solution ! (Perdant de son arrogance, le

Prêtre-Roi s'adoucit.) Je comprends, naturellement. A tes débuts, cette doctrine t'était nécessaire. Mais à présent, je suis ton bras droit, ton représentant sur Krynn ! Conjuguons nos forces et balayons celles du Mal ! Détruisons les ogres ! Ramenons les humains dans le droit chemin ! Trouvons des contrées éloignées pour déporter les nains, les kenders et les gnomes que tu ne créas pas volontairement...

Quelle insulte ! songea Tass, hors de lui. *Si je m'écoutais, je les laisserais lui balancer une montagne sur le crâne !*

— Et je régnerai dans la gloire, cria-t-il, pour donner naissance à un nouvel âge d'or capable de rivaliser avec celui des Rêves ! (Il écarta les bras.) Tu as tout donné à Huma, Paladine, un chevalier renégat de basse extraction ! J'exige que tu m'octroies le pouvoir de chasser les ombres qui envahissent nos terres !

Les bras levés, il se tut et attendit.

Tass retint son souffle.

Alors, une horreur sans nom l'envahit — une peur que même le seigneur Sobert ou le Bois de Shoikan n'avait pu soulever en lui.

Gémissant, le kender implora la clémence des forces invisibles.

La tête levée vers des cieux qu'il ne voyait pas, le Prêtre-Roi ne dit mot.

Sa propre aura l'aveuglait.

CHAPITRE XVII

Raag réveilla Caramon en sursaut.

— Que signifie ? s'indigna le jeune homme.

Même si Arac était d'avis qu'il ne tenterait pas de vaincre l'ogre à mains nues, ce dernier se tint sur ses gardes. La veille, Caramon avait paru assez désespéré.

Le prisonnier soupira. Il *l'avait* envisagé. Mais il devait rester en vie — du moins tant que Raistlin n'aurait pas rendu l'âme.

Ensuite...

Pauvre Tika... Elle l'attendrait longtemps avant de se rendre à la raison.

— Debout ! gronda Raag.

Caramon le suivit dans les remises situées sous l'arène. Chassant tout souvenir de Tika, il se concentra. Son frère *devait* mourir. C'était comme si le tonnerre, la veille, lui avait révélé des vérités tapies dans l'ombre depuis des années. Caramon connaissait enfin l'étendue de son ambition, sa soif de pouvoir. L'heure n'était plus à la compréhension. Même l'elfe noir, Dalamar, avait mieux compris que lui son frère jumeau.

A l'instar de Crysania, l'amour l'avait aveuglé. Tanis

avait dit un jour : « Je n'ai jamais vu un geste d'amour engendrer le Mal ». Eh bien, il y avait toujours une première fois !

Et une dernière...

Comment tuer son frère ? Caramon l'ignorait. Mais il savourait une nouvelle paix. Sa clarté et sa logique le surprenaient. Il s'en *savait* capable. Cette fois, Raistlin ne s'en tirerait pas. La mort seule aurait pu arrêter le bras vengeur de Caramon.

Il devait donc vivre à tout prix.

Il laissa Arac et Raag lui passer son armure.

Ce calme inquiéta le nain. Pour un peu, il aurait préféré affronter un taureau enragé ! Quand il accrocha l'épée courte à la taille du gladiateur, le masque impassible se fissura.

Caramon eut un sourire amer.

— Surveille-le, ordonna le nain à Raag. Tiens-le à l'écart des autres.

Les poings liés, le gladiateur fut ramené avec ses compagnons. A sa vue, Kiiri lui tourna le dos. Pheragas soutint son regard, imperturbable. Dérouté, il secoua la tête.

Dehors, la foule trépignait. Il était presque midi. Avec le retour du beau temps, le cirque était bondé. Pour aiguiser l'appétit du public, des combats préliminaires faisaient monter la tension.

La finale était impatiemment attendue. Le vainqueur gagnerait sa liberté, si c'était un esclave, ou une véritable fortune, dans le cas du Minotaure.

Les premières joutes n'étaient pas exemptes de légèreté et de comique. Une bande de nains s'en donna à cœur joie sous les acclamations. Jetant bas des armes qui ne leur servaient à rien, ils clôturèrent leur numéro par une cocasse bataille de boue.

On les sortit de force de l'arène.

Après les salves d'applaudissement, les spectateurs réclamèrent leurs favoris à cor et à cris. En professionnel consommé, Arac laissa l'excitation monter.

Bientôt, l'agitation fut générale.

Ainsi, dans le tumulte assourdissant, personne ne détecta la première secousse.

Caramon la sentit. Allait-il mourir avant d'avoir accompli sa tâche ? Les yeux levés, il fouilla sa mémoire. En milieu d'après-midi, toutes sortes de catastrophes naturelles s'étaient abattues sur Krynn — tremblements de terre et éruptions volcaniques notamment —, avant qu'une montagne en feu ne fonde sur Istar.

D'une violence inimaginable, l'impact avait creusé un tel cratère que la mer avait tout recouvert en quelques instants.

Quand leur vaisseau avait été aspiré par ce qui était devenu la Mer de Sang d'Istar, Caramon avait aperçu les ruines sous-marines de la cité. Les elfes aquatiques avaient secouru l'équipage.

Mais nul n'avait rien pu pour les damnés.

Epouvanté, le jeune homme revit en esprit les édifices ravagés. Il comprit pourquoi il avait refoulé jusqu'ici cet atroce souvenir.

Jamais il n'aurait cru voir arriver ce jour. Et maintenant, il lui restait à peine quelques heures ! Il devait fuir à tout prix !

Il se calma. Raistlin avait besoin de lui — ou du moins d'un lutteur entraîné.

Arac annonça enfin la finale.

— Jusqu'ici, ils combattaient côte à côte, mes seigneurs. C'était la meilleure équipe connue depuis des années. A maintes reprises, vous avez vu ces fiers guerriers risquer leur vie pour sauver un des leurs. Mais les frères d'armes d'hier sont les ennemis mortels d'aujourd'hui. Quand on parle liberté, gloire et fortune, l'amour doit s'effacer ! Ils y mettront tout ce qu'ils ont dans les tripes, vous pouvez en être sûrs ! Ceci est un combat à mort entre Kiiri la Sirène, Pheragas d'Ergoth, Caramon le Vainqueur et le Minotaure Rouge. Trois d'entre eux ne sortiront de l'arène que les pieds devant !

Vociférant, la foule trépigna. Combats truqués ou non, le spectacle était tout ce qui importait. Dédaigneux comme toujours, le Minotaure Rouge entra le premier, trident au poing, suivi de ses adversaires.

Le sort était jeté.

*

* *

Tasslehoff sentit les premières secousses. Rêvait-il ?

Active l'artefact ! cria-t-on dans son crâne.

Tremblant, Tass se répéta les instructions mot pour mot.

— Voyons... *Choisis ton heure* : je tourne le visage gravé vers moi. Là... *Bien que tu la traverses* : ... et le disque de droite à gauche. *Tu la vois*. Le disque inférieur coulisse... Merveilleux, ça marche ! *Tournoyer dans l'éternité* : tourner dans le sens inverse des aiguilles d'une horloge. Voilà. *N'obstrue pas les flots* : rien ne doit entraver la chaîne. *Agrippe la fin et le début* : il faut tenir les disques à chaque bout. *Retourne-les et / Tous les détails seront réglés*. N'est-ce pas fantastique ? *Que la destinée soit au-dessus de toi*. Il me reste à le lever au-dessus de ma tête et... Mais ! Que se passe-t-il ?

Une étrange pluie de piécettes serties de joyaux lui frappa le bout du nez en carillonnant.

Etait-ce normal ? Comment savoir avec les jouets des sorciers ? Retenant son souffle, il guetta la lumière...

Le sol lui sauta à la figure. Puis il fut catapulté à travers les rideaux jusqu'aux pieds du Prêtre-Roi.

Détaché de tout, l'homme ne vit pas le kender. Les rideaux ondulèrent comme des vagues ; l'autel de marbre se lézarda. Convaincu de l'acquiescement divin, il tourna le dos et regagna le centre du temple.

— Non ! gémit Tass. (La chaîne lui glissa des doigts. Presque aussi tremblant que le sol, il se releva tant bien que mal.) Qu'ai-je fait ? J'ai suivi les instructions ! J'en suis sûr !

Accablé, il comprit la vérité. Raistlin s'était assuré qu'il ne commettrait aucune erreur. Il avait *voulu* qu'il brise le mécanisme. Dans quel but sinon les piéger tous ? Alors... Crysania !

Immobile, elle semblait contempler une lumière intérieure et serrait les poings à s'en blanchir les phalanges.

Ses lèvres remuaient. Priait-elle ?

Derrière les rideaux, Tass ramassa les piécettes et la chaîne brisée et les glissa dans sa bourse.

Puis il rejoignit la jeune femme perdue dans son monde intérieur. Il détestait la perturber mais l'heure était grave...

— Crysania ?

— Je sais quelle erreur il a commise, murmura-t-elle. Les dieux m'accorderont peut-être ce qu'ils lui ont refusé ! Paladine, merci !

Semblant revenir à elle, elle vit l'étrange mouvement que de légères secousses sismiques imprégnaient aux meubles.

Tass l'agrippa par sa robe.

— Crysania ! J'ai détruit sans le vouloir notre

unique planche de salut ! Tu dois aider Caramon ! Viens avec moi parler à Raistlin et l'obliger à nous sauver.

— Raistlin..., murmura-t-elle sans reconnaître le kender. Il a voulu m'expliquer mais je n'ai pas écouté... A présent, je sais la vérité !

Le repoussant avec violence, elle prit ses jambes à son cou.

Le temple trembla sur ses fondations.

*
* *

Dans l'escalier qui menait à l'arène, Raag libéra Caramon. Fléchissant les poignets avec une grimace, celui-ci rejoignit ses adversaires sous les acclamations.

Le soleil entamait sa course descendante.

Istar ne le verrait jamais se coucher.

Caramon non plus. Les larmes lui vinrent aux yeux. Combien d'innocents périraient sans comprendre pourquoi ?

Il pleura aussi sur le frère qu'il avait aimé — et qui était mort depuis longtemps.

Quand le Minotaure salua ses admirateurs, il souffla à ses compagnons :

— Kiiri, Pheragas, j'ignore ce que le sorcier vous a dit, mais je ne vous ai jamais trahis. (La jeune femme ne daigna pas tourner la tête. Remarquant ses larmes du coin de l'œil, Pheragas hésita.) Que vous me croyez ou non n'a plus d'importance. Entretuez-vous pour la Clef d'or si ça vous chante. Moi, je gagnerai ma liberté à ma façon.

Incrédule, Kiiri pivota tandis que le Minotaure arpentait l'arène, trident brandi.

— Tu es fou ! chuchota-t-elle.

Comme toujours, l'ogre bloquait la seule issue.

— Nos armes sont réelles, mon ami ! dit Pheragas sèchement. Les tiennes, non !

Caramon opina.

— Ne fais pas ça ! dit Kiiri, approchant. Nous t'aiderons. On n'a pas vraiment cru le sorcier. Admets que ton comportement était bizarre : nous faire quitter la ville à toute force ! On a cru que tu voulais garder la récompense pour toi. Ecoute, simule une blessure grave. Nous t'aiderons à fuir cette nuit...

— Il n'y aura plus d'autre nuit — pour *personne*. Tout est perdu. Il me reste peu de temps ; trop peu pour expliquer. N'essayez pas de m'arrêter, c'est tout ce que je demande.

Pheragas allait répondre quand une secousse plus forte que les autres fit vibrer le sol.

Cette fois, elle ne passa pas inaperçue, car elle manqua déséquilibrer le Minotaure. Kiiri agrippa Caramon. Tel un marin en haute mer, Pheragas écarta les jambes. Des cris éclatèrent quand des structures en bois volèrent en éclats.

Alors la panique éclata.

Caramon en eut la nuque hérissée. Pas un oiseau ne gazouillait, pas un chien n'aboyait. Le silence était total.

Je dois partir d'ici !

Plus rien ne comptait, pas même ses amis. Une idée avait chassé toute autre considération : arrêter Raistlin par n'importe quel moyen.

Perplexe, l'ogre essayait de comprendre ce qui arrivait. Arac l'avait rejoint, espérant ne pas devoir rembourser les places. Les spectateurs attendaient, indécis.

Inspirant à fond, Caramon saisit Kiiri à bras-le-corps et la projeta contre Pheragas, aussi interloqués l'un que l'autre.

Caramon se jeta sur l'ogre. L'impact aurait tué un humain. Le monstre en eut le souffle coupé. Tous deux s'écrasèrent contre le mur.

Caramon lui arracha son gourdin au moment où il reprenait ses esprits. Mais Raag le cueillit d'un direct à la mâchoire.

Le jeune homme s'en remit à ses instincts. Repérant un mouvement du coin de l'œil, il roula et esquiva les dents du trident. Entrant dans la danse, le Minotaure grondait avec une rage bestiale.

Secouant la tête, Caramon se releva d'un bond. Pheragas para un autre coup de trident, qui aurait été fatal.

— Est-ce que ça va ? chuchota Kiiri derrière lui.

— Mon arme ! souffla le jeune homme, le crâne en feu.

— Voilà la mienne, dit-elle, lui glissant son épée courte entre les doigts. Reprends des forces, je m'occupe de Raag.

Ivre de rage, assoiffé de sang, l'ogre fondait sur eux, bavant de convoitise.

— Non ! Tu en as besoin ! protesta Caramon.

Kiiri lui sourit.

Prononçant d'étranges paroles aux consonances elfiques, elle se volatilisa, remplacée par une ourse.

Abasourdi, Caramon se souvint que les Sirènes avaient le pouvoir de changer d'apparence.

Dressé sur les pattes arrière, l'animal affronta l'ogre. Grondant, Kiiri dévoila ses incisives. D'un coup de patte, elle frappa Raag au visage, l'énucléant.

Puis elle bondit, toutes griffes dehors.

D'abord ravie par la tournure des événements, la

foule comprit vite que le combat était réel. Des gens allaient mourir.

Après un silence choqué, les applaudissements et les encouragements éclatèrent de plus belle.

Oubliant tout, Caramon saisit sa chance : seul Arac, que défiguraient la rage et la peur, lui barrait encore la route de la liberté.

Un grondement le fit pivoter : du bout du trident, le Minotaure venait de cueillir Pheragas au plexus solaire. Caramon hurla alors que le monstre s'apprêtait à porter le coup mortel.

Tout sourire, le Minotaure se tourna vers ce nouveau défi. Pour toute arme, l'humain arborait une épée courte. Le monstre frappa ; Caramon esquiva. D'un coup de pied, il explosa le genou de son adversaire ; le Minotaure s'écroula.

Profitant du répit, le guerrier courut vers Pheragas.

Il voulut l'aider à se relever.

En vain.

L'homme noir, trempé de sueur, avait le torse en lambeaux...

A l'air horrifié du gladiateur, Pheragas sut qu'il avait compris. Il se convulsa de douleur.

— Prends... mon épée, souffla-t-il. Vite, imbécile !

Le cœur lourd, Caramon obéit. Le monstre s'était relevé.

En larmes, le guerrier pivota pour endiguer la nouvelle offensive. Malgré sa jambe folle, le Minotaure restait d'une force diabolique. De plus, une simple égratignure suffisait pour qu'il se débarrasse d'un ennemi.

Les deux adversaires s'étudièrent. Caramon n'entendait plus la foule en délire, ne pensait plus à son frère.... Ses instincts de guerrier avaient pris le dessus. Il savait une chose : il devait tuer.

Les Minotaures avaient un défaut majeur : se pensant supérieurs aux autres races, ils les sous-estimaient systématiquement. Avec un brin de patience, on les avait toujours au tournant.

Le Minotaure Rouge ne faisait pas exception à la règle. Rendu furieux par l'outrage et la douleur, il avait hâte d'occire le misérable avorton qui l'avait frappé.

S'inquiétant pour Kiiri, toujours aux prises avec l'ogre, non loin de là, Caramon dérapa sur du sang jaune visqueux.

Avec un cri de joie, le Minotaure bondit. Il comprit trop tard son erreur.

L'épée tendue de l'humain brilla au soleil. Emporté par son élan, le monstre ne put dévier sa course à temps. Le crâne transpercé, il s'effondra.

Caramon retirait son épée du cadavre à l'instant où l'ourse refermait les mâchoires sur la jugulaire de l'ogre.

Le jeune homme allait se précipiter à la rescousse de la Sirène quand il repéra un éclair du coin de l'œil : Arac !

Le nain se jeta sur Kiiri. Caramon le vit poignarder la métamorphe avant qu'il ait le temps d'esquisser un geste. Grondant de souffrance, l'animal balaya Arac d'un revers de patte. Volant dans les airs, le nain alla s'empaler sur les piques qui ornaient la Tour de la Liberté — celle à la fameuse Clef d'or.

Déstabilisée, la structure s'effondra.

La foule en délire scanda le nom de Caramon. Sans rien entendre, le colosse prit Kiiri dans ses bras. Moribonde, elle recouvra sa véritable apparence.

— Tu as gagné, Kiiri, chuchota-t-il d'une voix rauque. Tu es libre.

Avec un faible sourire, elle tourna la tête vers lui. Puis, la vie la quitta. Son regard mourant fixa le ciel.

Aux portes de la mort, se doutait-elle de ce qui allait arriver ?

L'allongeant sur le sable gorgé de sang, Caramon se releva. Non loin de là, Pheragas agonisait.

— Tu répondras de leur mort, mon frère, chuchota le survivant.

Tel le grondement des flots précédant la tempête, un murmure menaçant s'éleva derrière lui. Epée au poing, prêt à tout, Caramon se retourna.

Aucun ennemi ne se dressait devant lui, sinon les autres gladiateurs. A la vue du jeune homme couvert de sang, les joues striées de larmes, ils s'écartèrent pour le laisser passer.

Il était libre.

Libre de retrouver son frère et de mettre un terme à sa malfaisance.

Il ne craignait plus rien, pas même la mort. L'odeur du sang dans les narines, il fut galvanisé par la folie furieuse du guerrier.

Assoiffé de vengeance, il dévala l'escalier menant aux tunnels du cirque.

A cet instant, les premières secousses sismiques sonnèrent le glas d'Istar.

CHAPITRE XVIII

Aveuglée par une myriade de couleurs, Crysania eut une révélation : Paladine l'avait projetée dans le passé non pour sauver le Prêtre-Roi mais afin qu'elle comprenne ses erreurs. Les dieux avaient entendu son appel et ils avaient répondu !

Emergeant de sa chrysalide, la nouvelle Crysania apparut.

Elle se vit brandir le médaillon de Paladine, le platine scintillant au soleil. Des légions de fidèles se ralliaient à elle, l'adoration sur le visage, tandis qu'elle les menait vers des terres de toute beauté.

Où trouver la Clef ? Les couleurs lui donnaient le vertige.

Elle sentit quelqu'un la tirer par la robe.

— Raistlin...

Les tourbillons multicolores s'évanouirent, la plongeant dans une obscurité apaisante.

Raistlin la guiderait. Le Mal ne se dévorait-il pas lui-même ? Donc, le sorcier l'aiderait à son corps défendant, c'était logique. De retour à leur époque, le Mal éradiqué de la surface de la terre, Raistlin verrait enfin la Lumière.

Elle entendit une voix l'appeler entre deux quintes de toux.

Raistlin !

— Crysania ! Nous n'avons plus beaucoup de temps. Dépêche-toi.

La jeune femme tourna la tête de tous côtés sans voir personne. Elle comprit alors qu'il s'adressait à son esprit.

— Raistlin, murmura-t-elle. Je t'entends. Je viens.

Elle sortit du temple à toutes jambes sans entendre les cris du kender.

*

* *

Tass comprit qu'elle courait rejoindre le sorcier. Il se hâta de lui emboîter le pas. A coup sûr, elle convaincrait Raistlin de réparer les dégâts avant qu'il ne soit trop tard.

Le cœur du kender fit un bond dans sa poitrine : la jeune femme courait si vite qu'elle tournait déjà à l'autre bout du couloir !

Les débris de l'artefact à la main, Tass se lança à sa poursuite. Sa queue-de-cheval volant dans le vent, il courut comme jamais encore de sa vie. De ses sacs sautèrent des anneaux, des bracelets et des babioles — un sillage scintillant.

Tass tourna le coin à toute allure et s'écrasa contre le mur opposé.

Il dut reprendre son souffle, puis calmer les battements fous de son cœur.

Le hall était bondé de prêtres en toge blanche ! Comment retrouver Crysania ? Pourtant, il la repéra dans l'attroupement. Les prêtres s'écartaient devant la jeune femme.

Le cœur au bord des lèvres, Tass bondit à sa poursuite. Ignorant les cris d'outrage et les bras tendus, il gagna du terrain.

— Crysania ! hurla-t-il, désespéré.

La foule se refermait sur lui. Chacun s'efforçait de deviner ce qu'annonçaient les étranges vibrations du sol.

Crysania percuta Quarath sans le voir.

— Arrêtez, ma chère, calmez-vous !

La jugeant hystérique, il la secoua.

— Lâchez-moi !

— La terreur la rend folle ! Vous autres, aidez-moi ! ordonna-t-il à des gardes.

Hirsute, les yeux enfoncés dans leurs orbites, la jeune femme *avait* l'air hystérique. Elle semblait ne rien entendre, hormis une improbable voix intérieure.

Poussant des cris incohérents, elle se débattit avec l'énergie du désespoir. Au moment où Tass allait bondir à sa rescousse, un éclat aveugla l'assistance.

Tous se pétrifièrent.

— A mon instigation, les dieux arrivent..., dit une voix mélodieuse.

Le sol explosa, propulsant le kender dans les airs. La brutalité de son atterrissage lui coupa le souffle.

Le verre et le bois volèrent en éclats. Abasourdi, plaqué au sol, le kender vit s'effondrer les colonnes de marbre, les murs, les piliers.

Les gens mouraient comme des mouches.

Le temple d'Istar s'écroulait.

A quatre pattes, Tass s'efforça de rejoindre Crysania, perdue dans un monde inaccessible. Terrifiés, les séides de Quarath l'avaient lâchée.

Elle reprit sa course.

A l'instant où Quarath bondissait sur elle, un pilier de marbre s'abattit.

Quand la poussière retomba, le grand prêtre gisait sous les décombres. Hébétée, Crysania contempla le sang de l'elfe qui avait éclaboussé sa robe blanche.

— Crysania ! hurla Tass à tue-tête.

Indifférente à tout, elle escalada les gravats, plus que jamais déterminée à atteindre son but.

Meurtri, Tass courut derrière elle. Au bout du hall, elle tourna à droite.

Animé d'une terrible curiosité, le kender risqua un coup d'œil derrière lui avant de continuer.

L'éclat illuminait les moribonds et les morts, la voûte effondrée, l'atroce dévastation...

Une voix dure et suraiguë résonnait encore :

— Les dieux arrivent...

*

* *

Caramon traversait au pas de course les rues puant la mort et la destruction. A l'instar de Crysania, il entendait aussi la voix désincarnée de son frère.

Pourtant, ce n'était pas un appel, mais le lien du sang, de leur gémellité, comme dans l'utérus maternel.

Sans s'arrêter aux plaintes des mourants, aux suppliques des malheureux enterrés vifs sous les décombres, ni à quoi que ce fût, il courait à perdre haleine.

Les édifices s'écroulaient par pans. Caramon souffrait de centaines de coupures aux bras et aux jambes dont il n'avait pas conscience.

Escaladant les décombres, écartant les poutres à la force du poignet, il gagna enfin le temple.

Il avait au poing une épée ensanglantée.

*
* *

Tasslehoff suivit Crysania dans les entrailles de l'édifice, où il découvrit de nouvelles zones. Comment avait-il pu manquer toutes ces cages d'escaliers dérobés — si excitantes ? Et comment sa compagne en connaissait-elle l'existence ? Même l'œil exercé du kender n'avait pas repéré ces portes secrètes.

Le tremblement de terre cessa. Un calme horrible lui succéda. Dehors régnaient la mort et le chaos. A l'intérieur, tout n'était que silence.

Comme si le monde entier avait retenu son souffle...

Sous terre, les dégâts étaient minimes. La poussière rendait la respiration difficile. De temps à autre, une lézarde apparaissait sur un mur. Mais la plupart des torches encore en place jetaient un éclat inquiétant sur les lieux.

Sans hésiter, infatigable, Crysania poursuivait sa course. Les côtes endolories, le kender traînait de plus en plus la jambe. Après une énième volée de marches, ils aboutirent enfin dans un hall exigu.

Avec un cri de joie, Crysania disparut, avalée par l'obscurité.

— Bien sûr ! souffla Tass, soulagé. Ce doit être le laboratoire de Raistlin.

Il avait atteint l'accès quand une grande ombre se découpa derrière lui.

Luttant contre la douleur qui lui vrillait les côtes, Tass aperçut l'éclair d'une armure dorée et d'une épée. Il reconnut le corps athlétique — mais le visage était celui d'un étranger.

— Caramon ? chuchota-t-il, dépassé.

Sans l'entendre ni le voir, le gladiateur l'enjamba.

Il y eut un sinistre craquement. Tass vit que la voûte cédait. Désespéré, roulant contre une paroi, il appela en vain Caramon, ses cris couverts par l'infernal grondement. Un objet dur lui heurta la tempe.

Il lutta en vain contre l'inconscience.

CHAPITRE XIX

La voix calme de Raistlin la guidait à travers le chaos et la destruction ; sans hésiter Crysania courait à la rencontre du sorcier. Arrivée au but, le cœur au bord des lèvres, elle hésita.

Elle n'avait rien vu des horreurs croisées en chemin. D'où venait ce sang, sur sa robe ? Pourtant, si le cabinet avait pour seul éclairage une sphère magique, tout s'y découpait avec une effarante clarté. Submergée par l'atmosphère malsaine des lieux, elle resta pétrifiée sur le seuil de la chambre secrète.

On toucha son bras ; affolée, elle pivota. Des créatures informes étaient enfermées dans des cages. L'odeur de sang frais les avait tirées de leur marasme. Ecœurée, elle s'écarta et se heurta à un objet dur.

C'était un cercueil ouvert. Dedans gisait ce qui avait été un jeune homme. La peau tendue sur les os comme du parchemin, il avait la bouche figée sur un hurlement silencieux. Ses orbites vides fixaient la jeune femme.

Inondée de sueurs froides, elle baissa les paupières sur l'horrible vision. Dans sa tête, une voix douce la rassura :

— Viens, tu n'as plus rien à craindre. Les créatures

de Fistandantilus ne peuvent rien contre toi tant que je te protège.

Elle se ressaisit.

Le regard brillant sous sa capuche, Raistlin se tenait à quelques pas d'elle. Rouvrant les yeux, elle refusa de regarder autour d'elle.

— Fistandantilus ? bégaya-t-elle, la gorge sèche. Il a construit ceci ?

— Oui, il y a des années. A l'insu des prêtres, il a usé du Grand Art pour s'enfouir sous le temple, tel un ver géant, forant la roche et érigeant une débauche de protections magiques afin que nul n'en apprenne l'existence. (Il eut un sourire sardonique.) Au fil des années, il l'a révélé à quelques initiés triés sur le volet. Ces privilégiés eurent tous une fin prématurée... Puis, un jour, Fistandantilus commit une erreur en jetant son dévolu sur un nouvel apprenti. De frêle constitution, c'était un jeune homme à la langue acérée, observateur et capable de mémoriser des labyrinthes et des passages secrets. Aujourd'hui, il se tient devant toi. Pour l'instant, nous sommes tous deux à l'abri de l'ire divine.

D'un geste, il invita Crysania à le rejoindre au fond de la pièce, près d'un grand bureau de bois sculpté où un livre à la reliure argentée était ouvert. Un cercle de poudre étincelante entourait le meuble.

— Garde les yeux sur moi. Les Ténèbres ne sont pas si terrifiantes, n'est-ce pas ?

Crysania comprit que, dans sa faiblesse, elle avait laissé filtrer plus d'informations qu'elle n'aurait dû. Rougissante, elle se détourna.

— J'étais surprise, voilà tout. Que contient ce... cercueil ?

— Un des apprentis de Fistandantilus, sans doute. Il

vampirisait les forces vitales de ses victimes afin de prolonger son existence. Il le faisait... souvent.

Son regard se voila à l'évocation de quelque terrible souvenir. La peur et la douleur se lurent sur ses traits d'ordinaire impavides.

Une silhouette se découpa sur le seuil. Le sorcier, d'abord surpris, retrouva vite contenance.

— Entre, mon frère. Je pensais justement à l'Epreuve, et à toi par conséquent.

Caramon ! Soulagée, la jeune femme se tourna, heureuse de l'arrivée du jumeau, jovial et bien intentionné.

Des paroles de bienvenue moururent sur ses lèvres. Les Ténèbres parurent s'épaissir encore.

— En parlant d'épreuves, reprit Raistlin, sarcastique, je suis ravi que tu aies passé la tienne avec les honneurs. La dame ici présente aura besoin de tes services. Tu n'imagines pas combien il est important de pouvoir se fier à quelqu'un.

L'affreux sarcasme fit frémir Crysania. Indifférent, le sorcier reprit son incantation à mi-voix, ses mains fines traçant des arabesques dans les airs.

— Oui, j'ai survécu à ton test, dit Caramon avec un calme terrible.

Epée au poing, il avança.

— Raistlin ! s'écria la jeune femme, affolée.

Irrité par l'interruption, le guerrier leva la tête.

— J'ai survécu, répéta-t-il, comme toi durant l'Epreuve de la Tour. Là, ils brisèrent ton corps. Ici, tu m'as brisé le cœur. A la place, il reste un néant aussi noir que ta toge. Comme cette épée, il est couvert de sang. Un misérable minotaure s'y est empalé. Un ami s'est sacrifié pour me sauver, une autre est morte dans mes bras. Tu as envoyé le kender à *sa* fin, n'est-ce pas ? Combien d'autres ont péri pour que s'accomplissent tes desseins maléfiques ? C'est fini, mon frère. Plus personne ne mourra à cause de toi. Si ce n'est... moi-même. C'est mieux ainsi. Nous sommes venus au monde ensemble. Nous y renoncerons ensemble.

Il avança d'un autre pas. Raistlin fit mine de répondre ; il ne lui en laissa pas le loisir.

— Inutile d'espérer t'en tirer une fois de plus grâce à la magie. Je connais le sort que tu t'apprêtes à lancer. Il exige toute ton énergie et une concentration sans faille. Détournes-en une parcelle pour te débarrasser de moi et adieu ta planche de salut ! Tu n'auras plus la force de partir d'ici. Le résultat, vois-tu, est le même. Dans un cas comme dans l'autre, tu es un homme mort ! Que tu périsses de ma main, ou de celle des dieux, peu me chaut.

Haussant les épaules, Raistlin reprit sa lecture. Caramon fit crisser son armure. Agacé, son jumeau daigna s'interrompre.

— Tu as tort, dit-il d'une voix douce. Une autre innocente mourra si tu t'obstines.

Il lança un regard éloquent vers Crysania, prise entre deux feux, avant de retourner à Caramon, avec un air apitoyé.

— Les dieux l'accueilleront en leur sein. C'est une authentique prêtresse. Aucun véritable prêtre n'a succombé durant le Cataclysme. Voilà pourquoi Par-Salian l'envoya avec nous. Regarde qui attend !

Crysania sentit la présence de Loralon.

— Rejoins-le, Prêtresse Révérée, souffla Caramon. Ta place est en pleine Lumière, pas dans les Ténèbres.

Sa main fine posée sur le grimoire, Raistlin n'esquissa pas le moindre geste.

Crysania ne bougea pas. Telles des ailes maléfiques

dans la Tour des Sorciers, les paroles de Caramon tourbillonnèrent dans son esprit. Elles n'avaient aucun sens.

Elle se revit, un flambeau en main. La Clef..., le Portail... Raistlin, Clef en main, l'invitait à le suivre. Elle sentit de nouveau le contact de ses lèvres brûlantes sur son front.

Une lueur mourut.

Loralon avait disparu.

— Je ne peux pas..., souffla la jeune femme.

Caramon soupira.

— Qu'il en soit ainsi. Une mort de plus ne représente rien pour nous, pas vrai, mon frère ?

Fascinée, Crysania fixait le fil couleur rubis de l'épée. Puis elle regarda Caramon. Pour lui, elle représentait un obstacle de plus à surmonter avant d'atteindre son frère — non un être vivant.

Quelle haine terrible ! songea-t-elle. *Quel amour atroce !*

Caramon bondit pour l'écarter de son chemin. D'instinct, elle se rapprocha de son frère. Raistlin ne leva pas le petit doigt. Elle ne se réfugia pas derrière lui, faisant au contraire un bouclier de son corps au sorcier.

L'épée s'abattit.

Désespérée, Crysania leva le médaillon de Paladine qu'elle portait au cou.

— Arrête ! cria-t-elle.

Fermant les yeux, elle attendit que l'acier déchire sa chair. Puis elle entendit une plainte et le bruit d'une épée tombant par terre. Sanglotant, elle sentit ses jambes se dérober.

Des mains l'empêchèrent de tomber. Elle sombra dans une douce noirceur.

L'étrange langue de la magie résonnait à son oreille. Telles des araignées, les mots glissaient sur elle. Le chant s'amplifia. La voix de Raistlin gagna en assurance. D'extase, il la serra plus fort contre lui. A son tour, Crysania connut l'ivresse.

Les bras autour de sa taille, elle posa la tête contre son épaule, et s'abandonna au tourbillon des Ténèbres.

La magie se mêla aux battements de son cœur et au chant des pierres du temple...

Une note discordante émit une plainte rauque.

Un sourire rêveur aux lèvres, Tass Racle-Pieds entendit chanter les pierres. Il se souvint qu'il était une petite souris...

Il se releva en sursaut. Couvert de poussière et de gravats, il gisait sur la pierre froide. Le sol tremblait de nouveau. Cette fois, il n'y aurait pas de rémission.

Au fond de lui, il le *sut*.

— Crysania ! Caramon !

Seul l'écho lui répondit.

Titubant, il se releva tant bien que mal. La pièce où avait disparu Crysania ne semblait pas touchée. Il y entra sans trouver âme qui vive, hormis des horreurs en cage.

Sachant leur fin proche, les misérables créatures se jetaient sur les barreaux. Aussi tourmentée fût leur existence, elles s'y accrochaient encore.

Où étaient-ils partis ?

— Caramon ? souffla le kender d'une petite voix.

Les grondements s'amplifièrent, n'augurant rien de bon.

Un éclat argenté attira son attention. Il se dirigea vers le bureau.

Sa main se referma sur la garde d'une épée ensanglantée. Non loin de là gisaient des lambeaux de robe blanche. Un cercle de poudre noircie était encore visible.

— Ils sont partis... Ils m'ont abandonné...

Une soudaine secousse le précipita à terre. La voûte se fendit en deux.

Les murs volèrent en éclats. Le marbre se fissura. Tels des pétales de rose s'ouvrant à l'aube pour mourir le crépuscule venu, les dernières pièces explosèrent les unes après les autres.

Dans un vacarme plus épouvantable que le tremblement de terre, le temple s'écroulait pour ne plus se relever.

Incapable de bouger, protégé par la magie noire d'un sorcier mort depuis des lustres, Tass, figé dans le laboratoire de Fistandantilus contemplait les nues.

Une pluie de feu tomba du ciel.

LISTE des MAGASINS PARTENAIRES
PASSION Jeux de Rôles

FRANCE

13 - BOUCHES DU RHÔNE

CRAZY ORQUE SALOON
11 rue Jean Roque, 13001 Marseille
Tel: 91 33 14 48

LE DRAGON D'IVOIRE
64 rue Saint-Suffren, 13006 Marseille
Tel: 91 37 56 66

21 - CÔTE D'OR

EXCALIBUR
44 rue Jeannin, 21000 Dijon
Tel: 80 65 82 99

25 - DOUBS

CADOQUAI
7 quai de Strasbourg, 25000 Besançon
Tel: 81 81 32 11

31 - HAUTE GARONNE

JEUX DU MONDE
Centre commercial Saint-georges, 31000 Toulouse
Tel: 61 23 73 88

33 - GIRONDE

LE TEMPLE DU JEU
62 rue du pas Saint-Georges, 33000 Bordeaux
Tel: 56 44 61 22

34 - HÉRAULT

EXCALIBUR
8 rue Cauzit, 34000 Montpellier
Tel: 67 60 81 33

LIBRAIRIE DES JOURS MEILLEURS
8 promenade Jean Baptiste Marty, 34200 Sète
Tel: 67 74 86 99

35 - ILLE-ET-VILAINE

L'AMUSANCE
Centre commercial des Trois Soleils,
35000 Rennes
Tel: 99 31 09 97

38 - ISÈRE

EXCALIBUR
18 rue Champollion, 38000 Grenoble
Tel: 76 63 16 41

44 - LOIRE-ATLANTIQUE

BROCÉLIANDE
2 rue J.-J. Rousseau, 44000 Nantes
Tel: 40 48 16 94

51 - MARNE

EXCALIBUR
9 rue Salin, 51100 Reims
Tel: 26 77 91 10

54 - MEURTHE-ET-MOSELLE

EXCALIBUR
35 rue de la commanderie, 54000 Nancy
Tel: 83 40 07 44

57 - MOSELLE

LES FLÉAUX D'ASGARD
2 rue Saint-Marcel, 57000 Metz
Tel: 87 30 24 25

59 - NORD

ROCAMBOLE
41 rue de la Clé, 59800 Lille
Tel: 20 55 67 01

67 - BAS-RHIN

PHILIBERT
12 rue de la Grange, 67000 Strasbourg
Tel: 88 32 65 35

69 - RHÔNE

LE TEMPLE DU JEU
268 rue de Créqui, 69007 Lyon
Tel: 72 73 13 26

74 - HAUTE-SAVOIE

VIRUS
13 rue Filaterie, 74000 Annecy
Tel: 50 51 71 00

75 - PARIS

TEMPS LIBRE
22 rue de Sévigné, 75004 Paris
Tel: (1) 42 74 06 31

GAMES IN BLUE
24 rue Monge, 75005 Paris
Tel: (1) 43 25 96 73

76 - SEINE MARITIME

LE DÉ D'YS
160 rue Eau de Robec, 76000 Rouen
Tel: 35 15 47 46

86 - VIENNE

LE DÉ À TROIS FACES
35 rue Grimaud, 86000 Poitiers
Tel: 49 41 52 10

87 - HAUTE-VIENNE

LA LUNE NOIRE
3 rue de la boucherie, 87000 Limoges
Tel: 55 34 54 23

94 - VAL-DE-MARNE

L'ECLECTIQUE
Galerie Saint-Hilaire
94210 La Varenne Saint-Hilaire
Tel: (1).42 83 52 23

EUROPE

SUISSE

AU VIEUX PARIS
1 rue de la Servette, Genève 1201
Tel: 41 22 734 25 76

DELIRIUM LUDENS
Rüschli 17/CP 677, CH 25 02 Bienne
Tel: 41 32 236 760

BELGIQUE

CHAOS
Galerie Gerardrie, 4000 Liège
Tel: 32 41 212 920

Les Magasins **PASSION Jeux de Rôles** sont des spécialistes des jeux de rôles, des jeux de plateau et des wargames, demandez-leur le catalogue.

Achevé d'imprimer en mai 1996
sur les presses de Cox & Wyman Ltd
(Angleterre)

FLEUVE NOIR – 12, avenue d'Italie
75627 PARIS – CEDEX 13.
Tel: 44.16.05.00

Dépôt légal : juin 1996
Imprimé en Angleterre